KB162738

신부의 딸

옮긴이 이영아

서강대학교 영어영문학과를 졸업하고 성균관대학교 사회교육원 전문 번역가 양성 과정을 이수했다. 현재 전문 번역가로 활동하고 있다. 옮긴 책으로 캐런 M. 맥매너스의 『누군가는 거짓말을 하고 있다』와 『우리 중 하나가 다음이다』, 『두 사람의 비밀』, 폴라 호킨스의 『걸 온 더 트레인』, 『스티븐 프라이의 그리스 신화』 시리즈, 리처드 H. 스미스의 『샘통의 심리학』, 앤서니 애브니의 『별 이야기』, 드루드 달레룹의 『민주주의는 여성에게 실패했는가』 등 다수가 있다.

조지 오웰 • 소설 전집

신부의 딸

초판 1쇄 발행 2023년 2월 10일

지은이 · 조지 오웰
옮긴이 · 이영아

펴낸이 · 조미현
책임편집 · 김호주
교정교열 · 김정현
디자인 · 나윤영

펴낸곳 · (주)현암사
등록 · 1951년 12월 24일 · 제10-126호
주소 · 04029 서울시 마포구 동교로12안길 35
전화 · 02-365-5051
팩스 · 02-313-2729
전자우편 · editor@hyeonamsa.com
홈페이지 · www.hyeonamsa.com

ISBN 978-89-323-2272-8 04840
ISBN 978-89-323-2270-4 (세트)

GEORGE ORWELL

조지 오웰 소설 전집

신부의 딸

이영아 옮김

A CLERGYMAN'S DAUGHTER

(1935)

현암사

일러두기

-이 책의 번역 대본으로는 *A Clergyman's Daughter*(Penguin Books, 2000)를 사용했다.

-본문에 나오는 각주는 모두 옮긴이주다.

보잘것없는 일상, 평범한 과업.

— 성가집 A. & M.

차례 ———

신부의 딸

해설

신 없이 성스러운, 무신론자 성녀

도러시의 모험 ─김성중

조지 오웰 연보

제1부

1

서랍장 위의 자명종이 종청동으로 만든 무시무시한 작은 폭탄처럼 쩌렁쩌렁 울려대자 도러시는 복잡하고 심란한 꿈에서 억지로 깨어나 흠칫 눈을 뜨며, 완전히 탈진한 상태로 드러누운 채 어둠 속을 들여다보았다.

여자의 잔소리 같은 아우성은 그칠 줄을 몰랐고, 자명종을 끄지 않으면 5분은 계속될 터였다. 도러시는 머리 끝부터 발끝까지 쑤셔댔고, 아침에 일어날 시간이 되면 흔히 그러듯 음흉스럽고도 한심한 자기 연민이 덮쳐 오자 이불 밑에 머리를 묻고 저 지긋지긋한 소음을 막아보려 애썼다. 하지만 피로감과 싸우며 평소 습관처럼 2인칭으로 스스로를 매섭게 꾸짖었다. 이러지 마, 도러시, 얼른 일어나! 그만 졸아, 제발! 「잠언」 6장 9절. 그때 문득 떠올랐다. 저 소음이 조금이라도 더 계속됐다간 아버지가 깨어나시겠지. 허둥지둥 침대에서 뛰쳐나간 도러시는 서랍장 위의 자명종을 잡아채 소리를 껐다. 자명종을 일부러 서랍장 위에 둔 건 이렇듯 억지로라도 침대에서 몸을 일으킬 이유를 만들기 위해서였다. 여전한 어둠 속에서 그녀는 침대 옆에 무릎을 꿇고 앉아 주기도문을 계속 암송했지만, 차가운 발 때문에 좀처럼 집중이 되지 않았다.

이제 겨우 5시 반이었고, 8월의 아침치고는 쌀쌀했다. 도러시(그녀의 이름은 도러시 헤어, 서퍽주 나이프 힐에 있는 성 애설스탠 교회의 교구 담임 사제인 찰스 헤어 신부의 외동딸이었다)는 낡은 면플란넬 가운을 걸치고 더듬더듬 아래층으로 내려갔다. 냉랭한 아침 공기 속에서 먼지와 눅눅한 회반죽, 그리고 어제저녁에 먹은 가자미 튀김 냄새가 풍겼고, 2층 복도의 양쪽에서 아버지와 가정부 엘런이 코 고는 소리가 교송* 성가처럼 번갈아 들려왔다. 도러시는 조심조심 걸음을 더듬어 부엌으로 들어갔다. 고약한 식탁에 엉덩이뼈를 부딪칠 수도 있으니. 그녀는 벽난로 선반에 있는 초를 밝힌 다음, 여전히 피로감에 쑤셔대는 몸으로 꿇어앉아 화덕에 쌓인 재를 긁어냈다.

부엌은 불을 지피기가 이만저만 힘든 것이 아니었다.

* 미사에서 두 성가대가 「시편」의 노래를 번갈아 부르는 것.

구부러진 굴뚝은 늘 절반은 막혀 있었고, 등유를 한 컵 가득 부어줘야 겨우 불이 붙었다. 술고래가 아침에 진을 한 모금 홀짝여야 정신을 차리듯이. 도러시는 아버지가 면도할 때 쓸 물을 끓이기 위해 주전자를 올려놓은 뒤 위층으로 올라가 욕조 물을 틀었다. 엘런은 여전히 기운차게 드렁드렁 코를 골고 있었다. 엘런은 깨어나기만 하면 부지런히 일하는 괜찮은 하녀였지만, 7시 전까지는 사탄과 그 부하들이 다 같이 덤벼들어도 절대 침대에서 일어나지 못할 사람이었다.

도러시는 최대한 천천히 욕조를 채웠다. 수도꼭지를 너무 세게 틀면 물 튀기는 소리에 꼭 아버지가 깨어났다. 그녀는 몸을 담그고 싶은 기분이 들지 않는 옅은 색의 물웅덩이를 응시하며 잠깐 가만히 서 있었다. 온몸에 닭살이 돋아 있었다. 찬물 목욕은 질색이었다. 바로 이런 이유로 4월부터 11월까지는 차가운 물로 몸을 씻었다. 주저하며 한 손을 물에 담가보니 진저리가 나도록 차가웠다. 도러시는 평소처럼 스스로를 질책하며 몸을 앞으로 움직였다. 이러지 마, 도러시! 들어가! 겁쟁이처럼 굴지 마! 그녀는 과감하게 욕조로 들어가 앉았다. 얼음같이 차가운 물이 미끄러져 올라와 뒤통수 높이에 틀어 올린 머리칼을 빼놓고는 그녀의 온몸을 푹 감쌌다. 다음 순간 그녀는 헐떡이며 꿈틀꿈틀 수면 위로 올라왔고, 숨을 고르자마자 가운 주머니에 넣어 온 쪽지를 떠올렸다. 그녀는 종이 쪼가리를 꺼낸 다음, 차가운 물에 허리까지 담근 몸을 욕조 너머로 기울여, 의자에 놓인 촛불에다 쪽지를 비추었다.

거기에는 이렇게 쓰여 있었다.

7시. 성찬례

T 부인 아기? 방문할 것.

아침 식사. 베이컨. 꼭 아버지에게 돈 부탁할 것. (참)

부엌에 필요한 것들 엘런에게 물어볼 것. 아버지 토닉.

주의: 무대막을 어떤 천으로 만들지 솔파이프스 포목점에 물어볼 것.

P 부인에게 안젤리카 차가 류머티즘에 좋다는《데일리 메일》기사, L 부인에게 티눈 고약.

12시. 〈찰스 1세〉 리허설. 주의: 아교 200그램, 알루미늄 페인트 한 통 주문할 것.

정식 오찬……?

교구 회보 돌릴 것. 주의: F 부인에게 받아야 할 돈 3실링 6펜스.

오후 4시 30분. 어머니 연합 다과회. 커튼용 면포 2미터 잊지 말 것.

교회 꽃. 주의: 브라소 광택제 1통.

저녁 식사. 스크램블드에그.

아버지 설교문 타자하기. 새 리본 타자기를 써볼까?

주의: 콩밭에 심하게 긴 넝쿨 잡초 파낼 것.

도러시가 욕조에서 나와 식탁 냅킨만 한 수건으로 몸을 닦을 때(사제관은 제대로 된 크기의 수건을 사서 쓸 형편이 못 되었다) 머리핀이 떨어지면서 머리칼이 묵직한 두 가닥으로 갈라져 쇄골로 흘러내렸다. 숱지고 결이 고우며 아주 옅은 빛깔의 머리칼이었다. 아버지가 단발로 자르지 못하게 한 건 오히려 잘된 일인지도 몰랐다. 외모에서 그나마 봐줄 만한 곳이 머리칼이니까. 그 외에 키는 보통이고, 몸은 조금 말랐지만 튼튼하고 균형 잡혀 있었다. 그런데 얼굴이 약점이었다. 눈동자 색이 옅고 코가 꽤 기다란, 희고 갸름하며 평범한 얼굴이었다. 자세히 보면 눈가의 잔주름이 보이고, 입은 가만히 있으면 피곤해 보였다. 아직은 아니지만 몇 년 후면 확실히 노처녀처럼 보일 얼굴이었다. 그래도 처음 만나는 사람들은 그녀를 실제 나이(그녀는 아직 스물여덟 살이 되지 않았다)보다 몇 살 어리게 보았다. 아이와도 같은 열성적인 눈빛 때문이다. 그녀의 왼 팔뚝에는 벌레에 물린 자국처럼 작고 붉은 반점들이 나 있었다.

도러시는 다시 잠옷을 입고 양치질을 했다. 물론 맹물로. 성찬례 전에는 치약을 쓰지 않는 편이 좋았다. 성찬례 전에 단식을 하느냐 마느냐, 하는 문제만큼은 로마가톨릭이 옳았다. 이를 닦던 그녀는 갑자기 휘청하며 멈칫

15

하고는 칫솔을 내려놓았다. 내장으로 무시무시한 통증이, 진짜 통증이 지나간 탓이다.

아침에 기분 나쁜 무언가가 제일 처음 기억날 때마다 엄습해오는 불길한 충격과 함께, 카길스 정육점에 일곱 달 동안 밀려 있는 외상값이 떠올랐다. 그 무시무시한 외상값—19파운드, 아니 어쩌면 20파운드일지도 모르는데, 갚을 수 있으리라는 희망은 눈곱만큼도 없었다—은 그녀 인생의 큰 고통 중 하나였다. 밤낮을 가리지 않고 문득문득 떠올라서는 와락 덤벼들어 괴롭혔다. 그와 함께 감히 생각도 못 할 액수로 점점 쌓여가는 더 작은 외상값들도 기억났다. 거의 무의식적으로 도러시는 기도하기 시작했다. "하느님, 오늘 또 카길스에서 계산서가 날아오지 않게 해주세요!" 하지만 다음 순간 이 기도가 속되고 불경하다는 생각이 들어, 용서를 구했다. 그런 다음 가운을 입고는 외상을 머릿속에서 몰아내려 부엌으로 뛰어 내려갔다.

아니나 다를까 불은 꺼져 있었다. 도러시는 석탄 가루를 손에 묻혀가며 불을 다시 지피고, 등유를 새로 부어주고는, 주전자 물이 끓을 때까지 초조하게 서성거렸다. 아버지는 6시 15분에 면도용 물이 당연히 준비되어 있으리라 여겼다. 겨우 7분 늦게 도러시는 물을 위층으로 가져가 아버지 방의 문을 두드렸다.

"들어와, 어서!" 성마르게 웅얼거리는 목소리가 들려

왔다.

커튼이 두껍게 드리워진 방은 남자 냄새 때문에 숨이 막혔다. 신부는 침대 옆 테이블에 촛불을 켜놓고 드러누운 채, 방금 베개 밑에서 꺼낸 금시계를 보고 있었다. 머리칼이 엉겅퀴의 관모처럼 희고 빽빽했다. 신부의 빛나는 검은 눈동자가 어깨 너머로 도러시를 흘겨보았다.

"좋은 아침이에요, 아버지."

"그렇다면 얼마나 좋겠냐, 도러시." 신부는 불분명한 발음으로 말했다. 틀니를 끼기 전에는 목소리가 항상 우물우물하니 망령스럽게 들렸다. "아침에 엘런을 좀 깨워봐. 아니면 너라도 시간을 잘 지키든가."

"정말 죄송해요, 아버지. 부엌 불이 계속 꺼지는 바람에."

"알았다! 그거 경대에 내려놓거라. 내려놓고 커튼 좀 걷어라."

이제 해가 떴지만, 구름 낀 흐린 아침이었다. 도러시는 서둘러 자기 방으로 가서 순식간에 옷을 갈아입었다. 일주일에 엿새는 그래야 했다. 방에는 작은 정사각형 거울 하나밖에 없었는데, 도러시는 그마저도 사용하지 않았다. 그저 금십자가 목걸이—십자가 상이 아니라, 아무런 무늬도 없는 십자가—를 목에 걸고, 머리를 뒤로 틀어 올리고, 핀 몇 개를 대충 찔러 넣은 다음, 3분 만에 허겁지겁 옷들(회색 저지 셔츠, 낡아서 올이 풀린 아이리시 트위드 코트와 치마, 거기에 안 어울리는 스타킹, 닳아빠진 갈

17

색 신발)을 챙겨 입으면 끝이었다. 교회에 가기 전 다이닝 룸과 아버지의 서재를 청소하고, 성찬례를 준비하는 기도를 올리는 데 20분이 넘게 걸렸다.

그녀가 자전거를 끌고 대문을 나설 때, 하늘은 여전히 잔뜩 흐리고 풀은 굵은 이슬에 흠뻑 젖어 있었다. 언덕 비탈을 휘감은 엷은 안개 사이로 성 애설스탠 교회가 납빛을 띤 스핑크스처럼 어렴풋이 보였다. 종 하나가 조종(弔鐘)처럼 구슬픈 소리로 울려댔다. 쾅! 쾅! 쾅! 이제는 단 하나의 종만 사용되고 있었다. 나머지 일곱 개는 지난 3년 동안 철망에 갇힌 채 침묵했고, 종루 바닥은 그 무게를 감당하며 서서히 쪼개지고 있었다. 저 멀리 아래의 안개 속에서 로마가톨릭 교회의 종이 불쾌하게 쨍그랑거렸다. 성 애설스탠 교회의 신부가 머핀 장수의 방울 소리에 비유했던 추잡하고 천박한 쇳소리.

도로시는 자전거에 올라타 핸들 위로 몸을 굽혀 재빨리 언덕을 올랐다. 아침 냉기에 가느다란 콧날이 분홍빛으로 변했다. 머리 위의 구름 낀 하늘에서는 눈에 보이지 않는 붉은발도요가 삑삑 울어댔다. 아침 일찍 나의 노래가 당신께 닿으리! 도로시는 교회 묘지 입구에 자전거를 세워놓고, 석탄 가루 때문에 여전히 잿빛인 손을 보고는 무릎을 꿇고 앉아 무덤들 사이의 기다랗고 축축한 풀에 문질러 닦았다. 이윽고 종소리가 멈추었고, 도로시는 벌떡 일어나 허겁지겁 교회 안으로 들어갔다. 바로 그때

다 해진 수단*에 거대한 인부용 장화를 신은 교회 관리인 프로겟이 신도석의 중앙 통로를 쿵쿵 지나가 소제단에 자리를 잡았다.

차가운 냉기가 감도는 교회에는 양초의 밀랍과 오래묵은 먼지 냄새가 풍겼다. 교회는 신도 수에 비해 과하게 크고 심하게 손상되었으며, 공간의 절반 이상이 비어 있었다. 세 개의 좁다란 섬을 이룬 신도석이 본당의 절반까지 겨우 뻗어 있고, 그 너머로 허허벌판처럼 펼쳐진 돌바닥에는 닳아빠진 몇몇 비명(碑銘)이 옛 무덤 터의 흔적으로 남아 있었다. 성단소 위의 지붕은 눈에 띄게 내려앉았는데, 헌금함 옆 두 기둥에 뻥뻥 뚫린 구멍들은 기독교 세계의 철천지원수인 빗살수염벌레들이 그 범인임을 소리 없이 알려주고 있었다. 흐릿한 유리창으로 엷은 색의 햇빛이 스며들어 왔다. 열린 남쪽 문으로는 어두침침한 대기 속에 잿빛을 띤 채 살살 흔들리고 있는 보리수 가지와 우툴두툴한 사이프러스 한 그루가 보였다.

으레 그렇듯 도러시 외의 수찬자는 한 명밖에 없었다. 그레인지 저택의 늙은 메이필 양. 성찬례의 참석률이 워낙 저조해서 신부를 도와줄 소년 복사들조차 구할 수 없었다. 소년들은 수단과 중백의**를 입고 신도들 앞에서

뽐낼 수 있는 일요일 아침에만 교회에 나왔다. 도러시는 메이필 양의 뒷자리로 들어가, 어제 저지른 몇 가지 죄를 참회하는 뜻에서 무릎 방석을 치우고 맨 돌바닥에 무릎을 꿇었다. 예배가 시작되었다. 수단과 짧은 리넨 중백의 차림의 신부가 능란하고 빠르게 기도문을 낭송했다. 이제 치아를 끼운 덕분에 목소리가 꽤 또렷했고, 묘하게 무뚝뚝했다. 은화처럼 파리한 빛에 깐깐한 표정을 짓고 있는 늙은 얼굴에는 경멸에 가까운 초연함이 깃들어 있었다. "이건 유효한 의식이야." 마치 이렇게 말하는 듯했다. "그리고 이것을 집전하는 것이 나의 의무지. 그러나 내가 당신들의 사제이지 친구가 아니라는 사실을 잊지 마. 인간으로서 난 당신들을 혐오하고 경멸하니까." 붉고 지친 얼굴에 곱슬머리가 희끗희끗한 교회 관리인 프로겟이 신부 옆에 참을성 있게 서 있었다. 의식의 의미를 이해하지는 못하지만 경건한 태도로. 프로겟의 큼직하고 붉은 두 손은 자그마한 성찬례 종을 어설프게 만지작거렸다.

도러시는 두 눈을 손가락으로 꾹 눌렀다. 아직도 도통 생각을 집중할 수가 없었다. 카길스 정육점에 갚아야 할 외상값이 문득문득 떠올라 심란했다. 그녀가 외우고 있는 기도문은 머릿속에서 아무런 의미 없이 그냥 흘러가고 있었다. 잠깐 들어 올린 눈은 곧장 이리저리 방황하기 시작했다. 처음엔 위로. 천장에 달려 있는 머리 없는 천사 조각상들. 천사들의 목에는 청교도 병사들이 톱으로 자른 자국이 여전히 남아 있었다. 그런 다음 도러시의 시선은 메이필 양의 중절모 같은 검은 모자와 흔들리는 흑옥 귀걸이로 돌아왔다. 메이필 양은 곰팡내 나는 검은색 긴 코트를 입었는데, 거기에 달린 작은 아스트라한* 깃에는 기름때 같은 것이 끼어 있었다. 도러시가 기억하는 한 항상 그랬다. 코트의 옷감이 아주 특이했다. 물결무늬 실크 같으면서도 더 거칠었고, 검은 가두리 장식이 뚜렷한 패턴 없이 개울물처럼 코트 전체에 뻗어 있었다. 옛날이야기에서나 듣던 그 유명한 옷감, 검은 봄버진**일지도 몰랐다. 메이필 양은 나이가 아주 많았다. 할머니가 아닌 모습을 기억하는 사람이 아무도 없을 정도였다. 그녀에게서는 은은한 향이 났다. 오드콜로뉴와 좀약에 진이 조금 섞인 듯한 영묘한 향이었다.

도러시는 코트 깃에서 기다란 시침핀을 뽑아낸 후 메이필 양의 등 뒤에 숨어 핀 끝으로 팔뚝을 꾹 눌렀다. 괜찮을까 걱정스러울 정도로 살이 따끔거렸다. 기도에 집중이 안 될 때마다 피가 날 정도로 팔을 세게 찌르는 것이 그녀의 원칙이었다. 불경하고 신성모독적인 생각을 경계하기 위해 스스로 선택한 자기 훈련의 방식이었다.

---

* 러시아의 아스트라한 지방에서 나는 새끼 양의 까맣고 곱슬곱슬한 털가죽. 또는 그것을 본떠 짠 직물.
** 견·양모·레이온·면 등으로 짠 능직물로, 주로 여성용 상복을 만드는 데 사용되었다.

핀을 손에 든 도러시는 잠깐 동안은 그럭저럭 차분하게 기도할 수 있었다. 아버지가 검은 눈동자로 메이필 양을 못마땅한 듯 노려보았다. 메이필 양이 이따금 성호를 긋고 있었는데, 아버지가 싫어하는 행위였기 때문이다. 밖에서 찌르레기 한 마리가 요란하게 울어댔다. 도러시는 아버지의 백중의로 시선을 옮겼다가, 2년 전 자신이 직접 바느질한 주름을 보며 자만하고 있는 스스로를 발견하고는 충격을 받았다. 그녀는 이를 악물고, 핀을 3밀리미터 정도 팔 속으로 찔러 넣었다.

그들은 다시 무릎을 꿇고 있었다. 총고해*의 시간이었다. 도러시는 아까 이리저리 눈을 돌렸던 실수를 떠올렸다. 이런! 또 시작이었다. 이번에 시선이 향한 곳은 오른편에 있는 스테인드글라스 창이었다. 1851년에 왕립미술원 준회원인 워드 투크 경이 완성한 작품으로 천사 가브리엘, 놀라울 만큼 서로 비슷하게 생긴 천사들의 군단과 함께 여왕의 부군이 천국의 문에서 성 애설스탠을 맞이하는 모습을 묘사하고 있었다. 도러시는 팔의 다른 곳을 핀으로 찔렀다. 기도문 구절을 하나하나 정성 들여 곱씹기 시작하자 집중하기가 좀 더 쉬웠다. 하지만 성찬 기도에서 "그러므로 천사와 대천사와 함께"라는 구절의 중간

※ 평생 또는 인생의 일정 기간 안의 모든 죄를 되풀이하여 고백해 용서를 받는 일.

22

에 프로겟이 종을 딸랑딸랑 울리자, 언제나처럼 웃음을 터뜨리고픈 무시무시한 유혹이 찾아들어 다시 한번 핀을 사용할 수밖에 없었다. 예전에 아버지에게 들었던 이야기 때문이었다. 아버지가 어렸을 때 제단에서 사제를 돕고 있었는데, 성찬례 종의 추를 조이고 있던 나사가 풀리자 사제가 말했다. "그러므로 천사와 대천사와 함께 우리는 주님의 거룩한 이름을 소리 높여 찬양하나이다. 끊임없이 주님을 찬미하며 이르되, 나사를 조여, 이 멍텅구리야, 나사를 조이라고!"

신부가 축성을 끝내자 메이필 양은 아주 힘겹게 느릿느릿 몸을 일으키기 시작했다. 마치 이음매가 떨어진 나무 인형이 짙은 좀약 냄새를 풍기며 각 부위를 움직여 일어나는 것 같았다. 삐걱거리는 기이한 소리가 들렸다. 아마도 코르셋이겠지만, 흡사 뼈들이 서로 부딪치는 듯한 소리처럼 들렸다. 검은 코트 안에 바싹 마른 뼈밖에 없는 건 아닐까 의심될 정도였다.

도러시는 좀 더 일어나 있었다. 메이필 양은 느린 걸음으로 비틀비틀 제단으로 기어가듯 다가갔다. 잘 걷지도 못하면서 누군가가 도와주려 하면 발끈 화를 냈다. 얼굴은 핏기 하나 없이 늙었고, 입은 놀라우리만치 크고 축축하며 제대로 다물리지 않았다. 나이가 들어 축 늘어진 아랫입술은 가늘고 긴 잇몸과 낡은 피아노의 건반처럼 누런 틀니 한 줄을 드러내며 침을 흘렸다. 윗입술의 언저리에는 촉촉한 콧수염이 거뭇거뭇 나 있었다. 그리 보기 좋은 입은, 컵을 나누어 쓰고 싶을 만한 입은 아니었다. 갑자기 사탄이 농간을 부리기라도 한 것처럼 도러시의 입에서 무의식적으로 기도가 흘러나왔다. "오, 하느님, 메이필 양 다음에 성배를 받지 않게 해주세요!"

다음 순간 자기가 한 말의 의미를 깨닫고 경악한 도러시는 제대 계단에서 지독히도 불경한 그런 말을 뱉느니 차라리 혀를 깨물어 두 동강 내버렸으면 좋았을걸 하고 생각했다. 그녀는 코트 깃에서 다시 핀을 뽑아 팔을 세게 찌르며, 아파서 터져 나오려는 비명을 꾹 참았다. 그런 다음 제단으로 걸어가 메이필 양의 왼쪽에 순순히 무릎을 꿇었다. 그녀 다음으로 성배를 받기 위해.

꿇어앉아 고개를 숙이고 양손을 무릎에 깍지 끼며, 도러시는 아버지가 면병을 내밀기 전에 얼른 용서를 구하는 기도를 올리려 애썼다. 하지만 생각의 흐름이 깨어졌다. 기도해봐야 헛일이었다. 입술은 움직이고 있었지만, 기도에는 진정성도 의미도 없었다. 프로겟의 장화가 질질 끌리는 소리가 들리더니, "받아서 드십시오"라고 중얼거리는 아버지의 맑고 낮은 목소리가 들렸다. 무릎 밑으로 낡아빠진 붉은 카펫이 보이고 먼지와 오드콜로뉴와 좀약 냄새가 났지만, 그녀가 여기에 온 목적인 그리스도의 몸과 피에 관해서는 사고력을 빼앗긴 양 아무런 생각도 나지 않았다. 무서운 공허가 도러시의 마음에 엄습해왔다. 기도를 하지 **못할** 것 같았다. 아무리 버둥거리고 생각을 정리하고 기도문의 첫 구절을 기계적으로 읊조려 봐도, 말의 죽은 껍데기일 뿐 쓸모도 의미도 없었다. 아버지는 보기 좋게 늙은 손으로 면병을 그녀 앞에 들고 있었다. 엄지와 다른 손가락 사이로 까탈스럽게. 약손가락이라도 되는 것처럼 왠지 꺼림칙하게. 아버지의 시선은 메이필 양에게로 향해 있었다. 나방 애벌레처럼 몸을 옹송그린 채 삐걱거리는 소리를 여러 번 내며 정성껏 십자를 그리는 모습이 마치 코트 앞면에 비비 꼬여 있는 매듭 장식을 연신 그리는 것 같았다. 몇 초 동안 도러시는 망설이며 면병을 받지 않았다. 용기가 나지 않았다. 이처럼 혼란스러운 마음으로 성체를 받느니, 제대에서 내려가는 편이 훨씬 더 나으리라.

그때 우연히 곁눈으로, 열린 남쪽 문이 힐끔 보였다. 그 순간 햇살 한 줄기가 구름 사이를 창처럼 뚫고 내려왔다. 햇빛이 보리수 잎 사이로 내리비치자, 문간에 물보라 치듯 사방으로 뻗어 있는 이파리가 비취보다 에메랄드보다 대서양의 바닷물보다 더 푸르게, 비길 데 없는 초록빛으로 아주 잠깐 반짝였다. 상상을 초월할 만큼 화려한 보석이 일순간 번쩍이며 입구를 초록빛으로 가득 메우고는 서서히 사라진 느낌이었다. 도러시의 마음에 환희가 넘쳐흘렀다. 생기 넘치는 빛깔의 번득임이 이성보다 더 심오한 과정을 통해 그녀에게 마음의 평화, 신을 향한 사랑, 신앙의 힘을 되돌려주었다. 어찌 된 일인지, 이 파리들의 초록빛 덕분에 다시 기도를 올릴 수 있게 되었다. 오, 지상의 모든 푸르른 것이여, 주님을 찬양하라! 도러시는 기쁘고 고마운 마음으로 열심히 기도하기 시작했다. 그녀의 혀 위에서 면병이 녹았다. 도러시는 아버지에게서 성배를 받아 들고는 은 테두리에 남아 있는 메이필 양의 축축한 입술 자국을 어떤 불쾌감도 없이 맛보았다. 이렇듯 스스로를 낮추는 사소한 행위가 오히려 더 즐거울 뿐이었다.

2

성 애설스탠 교회는 나이프 힐의 꼭대기에 있었기에 탑 위로 올라가면 사방으로 15킬로미터 정도까지 주변 풍경이 내려다보였다. 딱히 볼거리가 있는 건 아니었다. 기복도 거의 없이 낮기만 한 잉글랜드 동부의 풍경은 여름엔 견딜 수 없을 만큼 따분하지만, 겨울에는 납빛 하늘을 배경으로 쭉 이어진 부채꼴의 벌거숭이 느릅나무들이 만들어내는 반복적인 무늬가 그런대로 봐줄 만했다.

바로 밑에는 마을이 펼쳐져 있는데, 가로로 쭉 이어진 중심가 하이 스트리트를 기준으로 서로 다른 두 세계가 마주 보고 있었다. 경계선의 남쪽은 옛 풍취를 간직한 고상한 분위기의 농경 지역이었다. 북쪽에는 블리필고든 사탕무 정제소 건물들이 들어서 있고, 주로 공장 직원들이 거주하는 노란색의 흉측하고 작은 벽돌집들이 그 주변으로 난잡하게 줄지어 있었다. 2천 명의 주민 가운데 절반 이상을 차지하는 공장 직원은 도시에서 넘어온 사람들로, 거의 모두가 신을 믿지 않았다.

주민들의 사교 생활은 두 장소를 중심으로 이루어졌다. 그중 한 곳은 '나이프 힐 보수주의 클럽'(정식 허가를 받은 술집이었다)이었다. 영업이 시작된 후로 언제나 둥 그렇게 돌출된 창문 너머로 마을 상류층의 발그레하고 쭈글쭈글하고 큼직한 얼굴들이 수족관 안의 통통한 금붕어들처럼 밖을 내다보고 있었다. 또 한 곳은 하이 스트리트를 따라 조금 더 내려가면 있는 '디 올드 티 숍'으로, 나이프 힐 여성들의 주된 회합 장소였다. 매일 아침 10시에서 11시 사이에는 꼭 이 카페에 가서 '모닝커피'를 마시며 30분 정도 상위 중산층의 목소리로 유쾌한 수다를 떨어야 하는 것이다("그이가 글쎄 에이스랑 퀸까지 스페이드가 **아홉 장**이나 있었는데 트럼프 없이 가겠다고 한 거 있지, 세상에. 뭐야, 설마 **또** 내 커피 값 내주려는 거 아니지? 고마워서 어쩐담! 그럼 내일은 꼭 내가 살게. 그나저나 요 귀여운 토토가 두 발로 일어서는 것 좀 봐. 저 쪼그만 검정 코를 옴질옴질하는데 여간 **똑똑해** 보이지가 않잖아. 요 귀여운 녀석, 줄까, 말까, 줄까, 말까. 각설탕 하나 줄까, 말까, 줄까, 말까. 자, **받아**, 토토!"). 그러지 않으면 나이프 힐의 사교계에서 완전히 멀어졌다. 헤어 신부는 신랄한 그답게 이 여자들에게 '커피 여단'이라는 별명을 붙여주었다. 메이필 양의 집인 그레인지 저택은 커피 여단이 사는 겉만 번지르르한 집들과 가까웠지만, 터가 아주 넓어 다른 집들과 단절되어 있었다. 성을 흉내 내어 돌출 총안까지 만들어 놓은 그 특이한 검붉은 벽돌집—1870년에 지어진 장식용 건물—은 다행히도 빽빽한 관목숲에 거의 가려져 있었다.

사제관은 언덕의 중간 즈음에 서서 하이 스트리트를 등진 채 교회를 바라보고 있었다. 사제관 건물은 나이보다 더 낡았고, 불편할 정도로 컸으며, 여러 해 전부터 누런 회반죽이 벗겨지고 있었다. 이전의 어느 신부가 한쪽에 추가로 지어놓은 널찍한 온실은 도러시의 작업실로 쓰이고 있었지만, 항상 수리가 필요했다. 앞뜰에는 손질이 안 되어 보기 흉한 전나무들과 가지를 넓게 뻗은 거대한 물푸레나무 한 그루가 앞쪽 방들에 그늘을 드리울 만큼 꽉 차 있어서 꽃 같은 건 키울 엄두도 낼 수 없었다. 뒤편에는 널찍한 채소밭이 있었다. 프로겟은 봄과 가을에 대대적인 밭갈이를 했고, 도러시는 짬이 날 때마다 씨를 뿌리고 채소를 심고 잡초를 뽑았다. 그런데도 채소밭은 늘 잡초가 무성해서 밀림과도 같았다.

도러시는 대문에 이르자 자전거에서 뛰어내렸다. 어떤 주제넘은 인간이 대문에 포스터를 붙여놓았다. '블리 필고든과 임금 인상에 한 표를!'(보궐선거가 진행 중이었고, 블리필고든 씨는 보수당의 후보였다.) 대문을 열면서 보니 닳아빠진 코코넛 매트에 편지 두 통이 놓여 있었다. 한 통은 지방 구역장에게서 온 것이었고, 한 통은 아버지의 사제복을 만들어주는 캣킨 앤드 팜에서 보낸 기분 나쁘고 얄팍한 편지였다. 보나 마나 청구서였다. 평소처럼 신부는 관심이 가는 편지들만 챙겨 가고 나머지는 그냥 내버려두었다. 편지들을 집으려 허리를 굽히던 도러시는 우편물 투입구 뚜껑에 끼여 있는 소인 없는 봉투를 보고는 벼락이라도 맞은 듯 충격에 휩싸였다.

청구서였다. 틀림없이 청구서였다! 게다가 도러시는 그것이 눈에 들어오는 순간 카길스 정육점에서 보낸 무시무시한 청구서라는 걸 단번에 '알았다'. 가슴이 철렁 내려앉았다. 그녀는 기도하기 시작했다. 제발 카길스의 청구서가 아니기를, 솔파이프스 포목점에서 보낸 3파운드 9실링짜리 청구서이길, 아니면 인터내셔널 스토어나 빵집이나 우유 가게의 청구서이길. 제발 카길스만 아니기를! 그런 다음 두려움을 억누르며, 우편물 투입구에서 봉투를 빼내어 경련이라도 일으키듯 다급하게 뜯었다.

'다음의 금액을 청구합니다: 21파운드 7실링 9펜스.'

카길 씨네 경리의 정갈한 손글씨로 쓰여 있었다. 하지만 그 아래에 덧붙여진 비난조의 굵은 글씨에는 밑줄까지 진하게 그어져 있었다.

'알려드리자면, 이 외상값은 **아주 오래되었습니다. 하루**

빨리 청산해주시면 고맙겠습니다. S. 카길.'

도러시는 안색이 조금 더 창백해지고, 아침 식사를 할 기분이 싹 달아났다. 어쨌든 청구서를 주머니에 찔러 넣은 후 다이닝 룸으로 들어갔다. 어서 벽지를 갈아야 할 자그맣고 어두컴컴한 다이닝 룸은 사제관의 나머지 방들과 마찬가지로, 어느 고물상에서 쓸어 온 변변찮은 잡동사니들로 꾸며놓은 듯한 분위기였다. 가구들은 '괜찮은' 편이지만 수선이 불가능할 정도로 낡았고, 의자들은 좀이 심하게 쏠아서 약한 부분을 일일이 알고 있어야 안전하게 앉을 수 있었다. 벽에는 흠집이 많이 난 거뭇하고 오래된 강철 판화들이 걸려 있었는데, 그중 한 점—반다이크의 찰스 1세 초상화를 새긴 판화—은 습기 때문에 얼룩이 지지만 않았어도 값이 꽤 나갔을 것이다.

신부는 텅 빈 벽난로 앞에 서서 가상의 불로 몸을 데우며, 기다란 파란색 봉투에서 꺼낸 편지를 읽고 있었다. 그는 여전히 수단을 입은 채였다. 검은 물결무늬 실크로 만든 그 옷은 신부의 숱진 백발, 파리하고 섬세하며 무뚝뚝한 얼굴과 완벽하게 어울렸다. 도러시가 들어오자 신부는 편지를 옆으로 치우고 금시계를 꺼내더니 의미심장한 눈빛으로 들여다보았다.

"제가 조금 늦은 것 같네요, 아버지."

"그래, 도러시, **조금 늦었구나.**" 신부는 섬세하면서도 명확한 어조로 힘주어 그녀의 말을 따라 했다. "정확히는

12분 늦었지. 이런 생각은 들지 않더냐, 도러시? 성찬례를 집전하느라 아침 6시 15분에 일어난 내가 상당히 피곤하고 허기진 상태로 집에 올 테니, 네가 **조금 늦지** 않게 와서 아침을 준비해놓는 게 좋겠다고 말이다."

신부는 도러시가 좋게 돌려 말하는 '심기가 불편한' 상태인 것이 분명했다. 그는 절대 노성을 내는 법이 없었지만, 지치고 교양 있는 목소리는 전혀 나긋나긋하지도 않았다. 그 목소리는 내내 이렇게 말하고 있는 듯했다. "왜 이렇게들 야단법석을 떨어대는지 **도통** 모르겠다니까!" 우둔하고 성가신 다른 사람들 때문에 끊임없이 고통받고 있다는 듯.

"정말 죄송해요, 아버지! 토니 부인한테 들러서 안부를 묻고 왔거든요."(토니 부인은 쪽지에 적혀 있던 'T 부인'이었다.) "어젯밤에 아기가 태어났는데, 부인이 아기를 낳으면 감사 예배를 드리러 오겠다고 약속했잖아요. 하지만 우리가 부인한테 아무 관심도 없다고 생각하면 안 올 거예요. 부인들이 어떤지 아버지도 아시잖아요. 다들 감사 예배를 안 좋아해요. 제가 잘 구슬리지 않으면 절대 안 올 거예요."

신부는 드러내 놓고 툴툴대지는 않았지만, 식탁으로 향하면서 불만 섞인 소리를 작게 냈다. 첫째, 도러시의 설득 없이도 토니 부인은 교회에 와서 감사 예배를 올려야 마땅하며 둘째, 도러시는 마을의 변변찮은 인간들을 하나하나 찾아다니느라 시간을 낭비해서는 안 된다는, 특히 아침 식사 전에 그래서는 안 된다는 뜻이었다. 육체 노동자의 아내인 토니 부인은 하이 스트리트 북쪽의 '이교도 땅'에 살고 있었다. 신부는 의자 등에 손을 얹은 채 아무 말 없이 도러시에게 이런 의미의 눈길을 던졌다. '이제 준비가 끝난 게야? 아니면 더 기다려야 하나?'

"다 됐어요, 아버지. 아버지가 감사 기도만 올리시면……." 도러시가 말했다.

"Benedictus benedicat(복되신 분이 축복하시기를)." 신부는 접시에서 낡은 은 덮개를 들어 올리며 말했다. 은도금한 마멀레이드 스푼처럼 은 덮개 역시 가문 대대로 내려오는 재산이었다. 나이프와 포크를 비롯해 대부분의 그릇은 울워스 슈퍼마켓에서 구한 것이었다. "또 베이컨이군." 신부는 정사각형의 튀긴 빵 위에 동그랗게 말려 있는 작은 베이컨 세 조각을 빤히 쳐다보다가 한마디했다.

"집에 이것밖에 없어서요." 도러시가 말했다.

신부는 엄지와 다른 손가락으로 포크를 집고서, 스필리킨스*라도 하듯 아주 섬세한 동작으로 베이컨 조각 하나를 뒤집었다.

"아무렴. 아침으로 베이컨을 먹는 건 의회정치의 역사

---

* spillikins. 작은 막대기를 높이 쌓아놓고서 다른 것을 허물어뜨리지 않고 하나씩 빼내는 놀이.

만큼이나 오래된 영국의 관습이지. 그래도 말이다, **가끔은 변화가 필요하지 않을까, 도러시?**" 신부가 말했다.

"요즘 베이컨이 아주 싸요." 도러시는 겸연쩍은 듯 말했다. "안 사기엔 너무 아까워요. 이건 450그램에 5펜스밖에 안 하더라고요. 꽤 괜찮아 보이는데 3펜스밖에 안 하는 것도 봤어요."

"오, 덴마크 고기겠군. 이 나라에 온갖 덴마크 물건이 파고들어 와서는! 처음엔 포화와 검이더니 이젠 이 가증스러운 싸구려 베이컨까지. 이런 베이컨 때문에 죽은 사람이 더 많은 거 아니냐?"

재담을 쏟아낸 후 기분이 좀 풀린 신부는 의자에 느긋이 앉아, 방금 악담을 쏟아부었던 베이컨으로 꽤 맛있는 아침 식사를 즐겼고, 도러시(그녀는 이날 아침 베이컨은 입에도 대지 않았다. 어제 '젠장'이라는 단어를 내뱉고 점심 식사 후 30분 동안 게으름을 피운 데 대한 참회의 의미였다)는 어떤 식으로 이야기를 꺼내야 대화가 잘 풀릴까 고민했다.

도러시에게는 정말이지 죽을 만큼 싫은 일이 한 가지 남아 있었다. 바로, 돈을 요구하는 것이었다. 형편이 그나마 괜찮을 때도 아버지에게서 돈을 받아내기란 불가능에 가까웠는데, 오늘 아침 아버지는 평소보다 훨씬 더 '까탈스럽게' 굴 것이 뻔했다. '까탈스럽다'는 표현 역시 도러시가 많이 순화한 것이었다. 나쁜 소식을 들으신 것 같은데, 하고 도러시는 의기소침하게 생각했다. 파란 봉투를 보시던 모습이 심상치 않았어.

신부와 10분이라도 대화를 나누어본 사람이라면 그가 '까탈스럽다'는 데 동의할 수밖에 없었다. 불편한 심기가 한결같이 유지되는 비결이라면, 그가 시대를 잘못 타고 났다는 사실에 있었다. 그는 현대 세계에 태어나지 말았어야 할 사람이었다. 이 시대의 풍조 자체가 그에게 혐오감과 극심한 분노를 불러일으켰다. 200년 전에 태어났다면, 시를 쓰거나 화석을 수집하며 1년에 40파운드로 교구를 운영하는 겸임 성직자로 완벽하게 편안한 인생을 누렸을 것이다. 지금도 만약 더 부유했다면, 20세기를 의식적으로 무시하며 즐겁게 살 수 있었을지도 모른다. 하지만 과거의 방식대로 살려면 엄청난 돈이 든다. 적어도 1년에 2천 파운드는 써야 한다. 자신의 가난을 레닌과 《데일리 메일》의 탓으로 돌리며 만성적인 분노 상태에 있는 신부가 가장 가까운 사람―대개는 도러시―에게 화를 푸는 것도 이상한 일은 아니었다.

1871년 어느 준남작의 작은아들의 작은아들로 태어난 신부는 자고로 작은아들은 성직이 제격이라는 케케묵은 이유로 성직자가 되었다. 제일 처음 맡은 곳은 이스트 런던에 있는 어느 빈민가의 큰 교구였다. 불결하고 위험한 그곳을 회상할 때마다 신부는 강한 혐오감을 드러냈다. 그 시절에도 하층계급(신부는 그들을 꼭 이렇게 불렀다)

은 참으로 상종 못 할 인간들이었다. 켄트주(도러시의 고향이다)의 어느 외진 교구를 임시로 맡았을 땐 조금 나았다. 꽤 힘들게 살고 있던 촌사람들은 그래도 신부를 보면 모자를 가볍게 만지며 인사할 줄 알았다. 하지만 그 무렵 이미 유부남이었던 그는 끔찍하리만큼 불행한 결혼 생활을 하고 있었다. 아내와 다투면 안 되는 성직자 신분이라 그 불행은 비밀이었고, 그래서 열 배는 더 고통스러웠다. 1908년 서른일곱의 나이에 나이프 힐로 왔을 때 신부의 성격은 구제 불능으로 비뚤어져 있었다. 결국엔 남녀노소 할 것 없이 교구의 모든 이가 그를 멀리했다.

사제로서의 그는 나쁘지 않았다. 성직자의 임무만큼은 고지식할 정도로 철저히 지켰다. 잉글랜드 동부 저(低)교회파* 교구의 신부치고는 조금 지나치다 싶을 정도였다. 더할 나위 없이 기품 있게 예배를 집전하고, 탄복할 만한 설교를 했으며, 성찬례가 열리는 매주 수요일과 금요일에는 불편을 감수하고 이른 시간에 일어났다. 하지만 그는 교회 건물 밖에서도 성직자가 해야 할 일이 있다는 생각은 단 한 번도 진지하게 해본 적이 없었다. 보좌 신부를 둘 형편이 안 되어 교구의 궂은일은 죄다 아내에게, 1921년에 아내가 죽은 후로는 도러시에게 맡겨버렸

---

* 성공회(영국국교회)의 한 유파로 전통적인 의식이나 형식보다는 개인적인 신앙과 예배를 더 중시한다.

다. 사람들은 신부가 할 수만 있다면 도러시에게 설교까지 맡겼을 거라고 짐짓 심술궂은 말을 하기도 했다. '하층계급'은 신부가 그들을 어떻게 생각하는지 처음부터 눈치챘고, 만약 그가 부자였다면 관례에 따라 그의 비위를 맞추려 애썼을 것이다. 하지만 지금의 상황에서 신부는 그저 증오의 대상일 뿐이었다. 그들을 거의 의식하지 않는 신부는 미움을 받든 말든 신경 쓰지 않았다. 그렇다고 상류층과 잘 지내는 것도 아니었다. 명문가들과 차례로 다투었고, 준남작의 손자로서 마을의 하급 귀족에게 품고 있는 경멸감을 굳이 숨기지 않았다. 그는 23년 동안 성 애설스턴 교회의 신도를 600명에서 200명 이하로 떨어뜨리는 데 성공했다.

신부 개인의 성격 때문만은 아니었다. 구식의 고(高)교회파*적 태도를 완고하게 고수하는 행보가 교구 내 모든 파벌의 심기를 건드린 탓도 있었다. 요즈음 성직자가 신도를 잃지 않기 위해 택할 수 있는 길은 단 두 가지였다. 순수하고 단순한, 아니 순수하지만 단순하지는 않은 앵글로가톨릭주의**를 고수하거나, 아니면 과감하게 현

---

* 성공회에서 가톨릭의 역사적 전승을 강조하는 일파로, 교회의 권위와 직제(職制) 및 성사(聖事) 등을 중요시한다.
** 1830년대 성공회의 고교회파 내에서 일어난 복고적 종교 운동인 옥스퍼드 운동의 신조로, 종교적 자유주의 풍조에 반대하여 교회의 역사적 권위를 중시하고 종교적 의식이나 사제 제도를 존중했다.

대적이고 개방적인 접근법을 취해 지옥 같은 건 없고 모든 버젓한 종교는 똑같다는 취지의 듣기 편한 설교를 하거나. 신부는 그 어느 쪽도 아니었다. 한편으로 그는 앵글로가톨릭주의를 깊이 경멸했다. 마음을 전혀 움직이지 못한 그것을 신부는 '로마 열병'이라 불렀다. 하지만 정작 나이 든 신도들이 보기에 그는 너무 고교회파에 가까웠다. 가끔 신부는 성스러운 사도신경을 외울 때뿐만 아니라 설교단에서까지 '가톨릭'이라는 치명적인 단어를 사용하여 그들을 경악시켰다. 당연히 해가 갈수록 신도는 줄어들었고, 상류층이 제일 먼저 떠났다. 카운티의 5분의 1을 소유하고 있는 포크손 저택의 포크손 경, 은퇴한 가죽 상인 리비스 씨, 크래브트리 홀의 에드워드 허슨 경, 그리고 자동차가 있는 지주들이 성 애설스탠 교회를 버렸다. 그들 대부분은 일요일 아침마다 8킬로미터 떨어진 밀버러까지 차를 몰고 갔다. 밀버러는 5천 명의 주민이 살고 있는 마을로, 성 에드먼드 교회와 성 베데킨트 교회 중 하나를 택할 수 있었다. 성 에드먼드 교회는 윌리엄 블레이크의 시 「예루살렘」으로 제단 위를 꾸미고 작은 유리잔으로 성찬례 포도주를 마시는 근대주의적 방식을 취했고, 성 베데킨트 교회는 앵글로가톨릭주의를 고집하며 주교와 끊임없이 게릴라전을 벌였다. 하지만 나이프 힐 보수주의 클럽의 총무 캐머런 씨는 로마가톨릭으로 개종했고, 그의 자식들은 로마가톨릭 문학

운동에 열성적으로 참여하고 있었다. 그들이 앵무새에게 "Extra ecclesiam nulla salus(교회를 떠나서는 구원받을 수 없다)"라는 말을 가르치고 있다는 소문이 돌았다. 사실상 명망 있는 사람 중에 성 애설스탠 교회의 충실한 신도로 남은 이는 그레인지 저택의 메이필 양밖에 없었다. 메이필 양은 재산의 대부분을 교회에 남기겠다는 내용의 유언장을 작성했다—그녀의 말로는 그랬다. 하지만 메이필 양이 헌금 주머니에 6펜스 이상 넣는 모습은 한 번도 목격된 적이 없는 데다 그녀의 죽음은 머나먼 얘기처럼 보였다.

아침 식사의 첫 10분은 완벽한 침묵 속에 흘러갔다. 도러시는 용기를 내려 애썼다. 돈 문제를 꺼내기 전에 무슨 대화라도 시작해야 했다. 하지만 아버지는 담소를 나누기에 만만한 상대가 아니었다. 때때로 딴생각에 깊이 빠져서는 상대의 말에 귀를 기울이지 않았다. 또 어떤 땐 지나치게 집중해서 상대방의 말을 꼼꼼히 들은 다음, 쓸데없는 소리 말라며 질린 듯한 표정으로 지적했다. 날씨 따위의 의례적이고 상투적인 얘기를 건네면 대개 비꼬는 답이 돌아왔다. 그래도 도러시는 먼저 날씨로 대화의 포문을 열어보기로 했다.

"오늘 날씨 좀 이상하지 않아요?" 말을 뱉는 그녀의 귀에도 참 무의미하게 들렸다.

"이상하다니?" 신부가 물었다.

"그게, 아침만 해도 엄청 쌀쌀하고 안개가 자욱했는데, 지금은 해가 쨍쨍하니 아주 화창하잖아요."

"그게 뭐가 그리 이상하더냐?"

확실히 분위기가 심상치 않았다. 분명 나쁜 소식을 들으신 거야, 하고 도러시는 생각했다. 그래도 다시 시도해보았다.

"가끔 뒤뜰에도 좀 나가보세요, 아버지. 깍지콩이 정말 잘 크고 있거든요! 꼬투리가 30센티미터 넘게 자랄걸요. 물론 제일 좋은 것들은 추수감사절을 위해서 따로 남겨둘 거예요. 깍지콩들을 한 줄로 잇고 그 사이사이에 토마토를 몇 알 달아서 설교단을 꾸미면 예쁠 것 같아서요."

실수였다. 신부는 지긋지긋하다는 표정으로 접시에서 고개를 들었다.

"도러시. 벌써부터 추수감사절로 나를 걱정시킬 필요가 있을까?" 그는 매섭게 말했다.

"죄송해요, 아버지! 걱정 끼쳐드릴 생각은 없었어요. 전 그냥……." 도러시는 당황하며 말했다.

신부가 말을 이었다. "네 생각에 깍지콩 앞에서 설교하는 것이 조금이라도 즐거울 것 같으냐? 난 채소 장수가 아니다. 생각만 해도 입맛이 뚝 떨어지는구나. 그 한심한 행사는 또 언제지?"

"9월 16일이에요, 아버지."

"한 달 정도 남았군. 제발 조금이라도 더 그 일을 잊고 살게 해주렴! 1년에 한 번 이런 얼토당토않은 행사를 벌이는 건 아마추어 정원사들의 허영심을 채워주기 위함이지. 필요 이상으로 마음 쓸 것 없다."

신부가 추수감사절이라면 질색한다는 사실을 잊지 말았어야 했다. 교회가 행상 가판대 같은 꼴로 바뀌는 게 보기 싫다며, 귀중한 교구민—채소를 가꾸어 시장에 팔다가 은퇴한 토기스 씨—까지 떠나보내지 않았던가. 뼛속까지 비국교도인 토기스 씨가 교회에 나왔던 건 추수감사절에 소제단 주위로 거대한 주키니호박들을 스톤헨지처럼 세워 장식할 수 있는 특권을 누렸기 때문이다. 지난여름 그는 그야말로 거대한 짐승 같은 호박을 재배하는 데 성공했다. 불타는 듯 붉은 그 녀석은 남자 둘이 달라붙어야 겨우 들어 올릴 수 있을 정도로 무지막지했다. 이 괴물 같은 호박이 성단소에 떡하니 놓이자, 제단이 작아 보이고 동쪽 창의 빛깔이 퇴색해버렸다. 교회의 어디에서 바라보든, 아닌 말로 호박이 눈에 확 박히는 듯했다. 토기스 씨는 미칠 듯이 기뻐했다. 사랑하는 호박과 떨어질 수 없어 밤낮으로 교회에 붙어 있었고, 심지어는 친구들을 연이어 데려와 칭찬을 받아냈다. 표정만 보면 웨스트민스터 다리 위에서 워즈워스의 시를 읊고 있는 것처럼 보였다.

지상에 이보다 더 아름다운 것은 없었네.

마음을 뒤흔드는 이 장엄한 광경을
지나치는 자는 영혼이 황폐하리라!

　도러시는 추수감사절 이후에 토기스 씨를 성찬례에 부를 생각까지 하고 있었다. 하지만 도러시의 아버지는 호박을 보더니 노발대발하며, '저 역겨운 것'을 당장 치우라고 명했다. 토기스 씨는 당장에 비국교도의 본색을 드러냈고, 교회는 그와 그의 상속자들을 영원히 잃고 말았다.

　도러시는 마지막으로 한 번 더 대화를 시도해보기로 했다.

　"〈찰스 1세〉의 의상을 준비하고 있어요. (주일학교의 아이들이 오르간 비용 모금을 위해 〈찰스 1세〉라는 제목의 연극을 연습 중이었다.) 좀 더 쉬운 작품으로 할걸 그랬나 봐요. 갑옷 만들기가 이만저만 힘든 게 아니거든요. 군화는 더 어려울 것 같아서 걱정이에요. 다음번엔 로마나 그리스 연극을 해야겠어요. 그럼 토가만 입으면 되잖아요."

　신부는 이번에도 조용히 툴툴거릴 뿐이었다. 학교 연극, 가장행렬, 바자회, 자선 음악회가 추수감사절보다는 낫다고 생각하면서도 관심 있는 척 거짓 연기를 하지는 않았다. 필요악이라고, 그는 말하곤 했다. 이때 하녀 엘런이 문을 열고는, 각질이 일어난 큼직한 손에 쥔 굵은 마직물 앞치마를 배에 댄 채 어정쩡하니 들어왔다. 큰 키에 등이 굽은 그녀는 머리칼이 어두운 회색이었고 목소리가 구슬펐으며, 안색이 나빴고 습진을 달고 살았다. 엘런은 불안한 눈빛으로 신부를 휙 쳐다봤지만, 직접 말하기가 두려웠는지 도러시에게 말을 걸었다.

"저기, 도러시 양⋯⋯." 엘런이 입을 열기 시작했다.

"왜, 엘런?"

"저기." 엘런은 애처롭게 말을 이었다. "포터 씨가 부엌에 와 있는데, 신부님이 집에 들러서 포터 부인의 아기에게 세례를 베풀어주실 수 있을지 묻네요? 아기가 오늘을 못 넘길 것 같은데 아직 세례를 못 받았대요."

도러시가 일어났다. "앉거라." 신부가 음식을 입안 가득 문 채 말했다.

"아기한테 무슨 문제가 있길래?" 도러시가 물었다.

"그게, 몸이 새까매지고 있대요. 그리고 설사가 심하다는데요."

신부는 힘겹게 음식을 삼켰다. "아침 식사 중인 사람한테 그런 역겨운 얘기를 시시콜콜히 해야겠나?" 그는 이렇게 소리치고는 엘런을 바라보았다. "포터한테 자기 할 일이나 하라고 해. 내가 12시에 그 집에 들를 거라고. 왜 하층계급은 꼭 식사 시간을 골라서 사람을 성가시게 하는지, 원." 신부는 의자에 앉는 도러시를 한 번 더 짜증스럽게 힐끔 쳐다보며 덧붙였다.

포터 씨는 육체노동자, 정확히 말하면 벽돌공이었다. 신부는 세례를 아주 중요하게 여겼다. 긴급한 상황이었다면, 30킬로미터 넘는 눈길을 헤치고 가서라도 죽어 가는 아기에게 세례를 베풀 사람이었다. 하지만 도러시가 비천한 벽돌공의 부탁에 아침을 먹다 말고 자리를 뜨려는 꼴은 그의 마음에 들지 않았다.

아침 식사를 하는 동안 더 이상의 대화는 없었다. 도러시의 마음은 점점 더 무거워졌다. 꼭 돈을 받아내야 하는데, 실패가 눈앞에 보였다. 식사를 마친 신부는 자리에서 일어나, 벽난로 선반에 놓여 있는 항아리에서 담뱃잎을 꺼내어 파이프를 채우기 시작했다. 도러시는 용기를 달라는 기도를 짧게 읊조린 다음 자기 몸을 꼬집었다. 어서, 도러시! 빨리 말해버려! 겁먹지 말고! 그녀는 애써 목소리를 가다듬고 말했다.

"아버지……."

"왜?" 신부는 성냥개비를 손에 든 채 멈칫하며 말했다.

"아버지, 부탁드릴 게 있어요. 중요한 일이에요."

신부의 표정이 변했다. 도러시가 무슨 말을 꺼낼지 눈치챈 것이다. 그런데 정말 묘하게도, 짜증스러운 기색이 아까보다 덜했다. 얼굴이 무표정하니 평온하기만 했다. 세상사를 초월한 듯 꼼짝도 하지 않는 스핑크스 같았다.

"그래, 도러시, 네가 무슨 소리를 할지 잘 알겠구나. 또 돈 달라는 소리겠지. 그러냐?"

"네, 아버지. 왜냐하면……."

"음, 내가 네 고민을 덜어주마. 난 지금 빈털터리다. 다음 분기까지는 무일푼이란 말이지. 너한테 줄 돈은 이미 줬고, 거기서 한 푼도 더 못 준다. 지금 나를 걱정시켜 봐야 아무 소용 없어."

"하지만, 아버지⋯⋯."

도러시는 마음이 한층 더 무겁게 가라앉았다. 아버지에게 돈을 요구할 때 가장 참기 힘든 건 아버지의 무심하고 차분한 태도였다. 빚더미에 앉아 있다는 사실을 알려줘도 아버지는 절대 동요하는 법이 없었다. 상인들에게 물건값을 지불해야 하며, 적절한 액수의 돈 없이는 집이 굴러갈 수 없다는 사실을 이해하지 못하는 사람 같았다. 그는 도러시에게 엘런의 임금을 포함한 가계비로 한 달에 18파운드씩 주면서 입맛은 또 '고급'인지라 식사의 질이 조금만 떨어져도 바로 알아챘다. 사정이 이러하니 항상 빚에 쪼들릴 수밖에 없었다. 하지만 신부는 빚에 눈곱만큼도 신경 쓰지 않았다. 아니, 빚을 거의 의식하지도 못했다. 투자를 했다가 돈을 잃으면 마음을 졸였지만, 한낱 상인에게 진 빚은 굳이 고민하려 들지 않았다.

신부의 파이프에서 담배 연기가 태평스럽게 피어올랐다. 그는 찰스 1세의 얼굴이 새겨진 강철 판화를 생각에 잠긴 눈빛으로 물끄러미 바라보고 있었다. 도러시가 요구한 돈은 이미 잊은 기색이었다. 아버지의 태연자약한 모습에 갑자기 절박한 심정이 된 도러시는 용기를 내어 아까보다 더 날카롭게 말했다.

"아버지, 제 말씀 좀 들어보세요! 당장 돈이 필요하다 니까요! 꼭요! 계속 이런 식으로 가다간 큰일 나요. 마을 에 있는 거의 모든 가게에 외상을 졌단 말이에요. 아침에 얼굴 들고 거리를 다니기가 힘들 정도예요. 그 많은 외상 값이 생각나서요. 카길 씨한테 거의 22파운드나 빚진 거 아세요?"

"그게 왜?" 신부는 담배 연기를 후후 불며 말했다.

"외상값이 일곱 달 넘게 쌓였어요! 청구서는 계속 날아 오고 있고요. 갚아야 해요! 받을 돈도 못 받고 이렇게 기 다려야 하다니, 카길 씨가 너무 안됐잖아요!"

"말도 안 되는 소리 말아라, 딸아! 그 인간들은 우리가 늦게 갚기를 기대한다고. 오히려 좋아하지. 결국엔 더 많 은 돈이 들어오니까. 내가 캣킨 앤드 팜에 얼마나 빚을 졌는지 알게 뭐냐. 알아보고 싶은 마음도 없다. 그쪽에선 우편으로 빚 독촉을 해대고 있지. 그래도 내가 언제 한 마 디 불평이라도 하더냐?"

"하지만, 아버지, 전 이렇게 못 살아요! 항상 빚에 쪼들 리는 건 너무 끔찍하다고요! 큰 잘못은 아닐지 몰라도, 정말 싫어요. 너무 수치스러워요! 카길 씨네서 고기를 주 문하면, 아주 퉁명스럽게 답하면서 다른 손님들을 먼저 상대해요. 이게 다 산처럼 쌓인 외상값 때문이에요. 그래 도 겁이 나서 그 가게에 발을 못 끊겠어요. 그랬다가 카 길 씨가 우리를 경찰에 신고하기라도 하면 어떡해요."

신부는 얼굴을 찌푸렸다. "뭐! 그 인간이 너한테 무례하게 굴기라도 하더냐?"

"무례하게 굴었단 말은 안 했어요, 아버지. 하지만 외상값을 못 받아서 화를 낸다고 해도 그 사람을 탓할 순 없죠."

"탓을 왜 못 해! 요즘 사람들 행동거지가 어찌나 가증스러운지! 가증스러운 인간들! 하지만, 자, 보거라. 우리가 살고 있는 이 즐거운 시대가 그렇게 생겨먹었잖으냐. 민주주의라는 거지. '진보'라나 뭐라나. 다시는 그 가게에 가지 말거라. 이제부터 다른 데로 옮기겠다고 당장 카길한테 말해. 그런 인간들은 이렇게 다뤄야 하는 거다."

"하지만 아버지, 그런다고 해결되는 건 아무것도 없어요. 진심으로 카길 씨한테 외상값을 갚아야 한다고 생각하지 않으세요? 어떻게든 돈을 마련할 방법이 없을까요? 주식을 좀 판다거나?"

"애야, 주식 파는 얘기는 하지도 말거라! 방금 중개인한테서 아주 안 좋은 소식이 날아왔다. 내 수마트라 틴 주식이 7실링 4펜스에서 6실링 1페니로 떨어졌다는구나. 그러니까 60파운드 가까이 잃은 셈이지. 더 떨어지면 바로 다 팔아버리라고 얘기할 참이다."

"다 팔면 당장 쓸 수 있는 돈이 생기는 거죠? 이참에 빚을 완전히 청산하는 게 좋지 않겠어요?"

"말도 안 되는 소리." 신부는 파이프를 다시 물며 좀 더 차분하게 말했다. "주식에 관해서는 아무것도 모르는 녀석이. 전망이 더 괜찮은 곳에 재투자해야지. 그래야 본전을 뽑을 수 있어."

신부는 수단 허리띠에 엄지손가락을 집어넣은 채 강철 판화를 바라보며 멍하니 얼굴을 찌푸렸다. 그의 중개인은 유나이티드 셀라니즈를 추천했다. 수마트라 틴이나 유나이티드 셀라니즈처럼 저 멀리 떨어져 있어 어렴풋이 상상만 할 수 있는 회사들이야말로 신부가 시달리고 있는 금전 문제의 주된 원인이었다. 그는 못 말리는 도박꾼이었지만, 물론 그 자신은 도박이라고 생각하지 않았다. '좋은 투자처'를 찾기 위한 평생의 탐색일 뿐이었다. 성년이 되었을 때 신부는 4,000파운드를 상속받았는데, '투자' 덕분에 이 유산은 점차 줄어들어 이제 1,200파운드 정도밖에 남지 않았다. 설상가상으로, 해마다 쥐꼬리만 한 수입에서 50파운드를 어떻게든 박박 긁어모아 똑같은 방식으로 날려버렸다. 참 신기하게도 그 어느 계층보다 성직자들이 '좋은 투자'라는 미끼에 더 쉽게 현혹되는 것 같았다. 암흑시대에 여성의 모습으로 둔갑해 수도사들을 홀리곤 했던 악마들의 현대판이라고나 할까.

"유나이티드 셀라니즈를 500주 사야겠어." 신부가 이윽고 입을 열었다.

도러시는 체념하기 시작했다. 이제 아버지는 '투자'(그녀는 이 '투자'에 대해 아무것도 몰랐다. 놀라울 정도로 한

결같이 잘못 풀렸다는 사실 말고는)에 대해 생각하고 있었고, 외상값 따위는 순식간에 머릿속에서 사라질 것이 뻔했다. 그녀는 마지막 시도를 해보았다.

"아버지, 제발 이 문제를 해결해요. 빠른 시일 내에 돈을 조금 마련할 수 없을까요? 지금 당장은 아니어도 괜찮아요. 다음 달이나 다다음 달이라도 어떻게 안 될까요?"

"아니, 애야, 그건 무리다. 크리스마스 즈음이면 혹시 몰라도. 사실 그때도 거의 불가능하긴 하지. 어쨌든 지금은 절대 안 된다. 여윳돈이라곤 한 푼도 없어."

"하지만, 아버지, 빚을 못 갚는다니 너무 참담하잖아요! 정말 망신스럽다고요! 지난번에 웰인 포스터 씨가 왔을 때(웰인 포스터 씨는 지방 구역장이었다) 웰인 포스터 부인이 마을 사람들한테 우리에 대해 아주 사적인 질문들을 하고 다녔어요. 우리가 시간을 어떻게 보내는지, 우리 재산이 얼마나 되는지, 1년에 석탄을 얼마나 사용하는지, 온갖 얘기를요. 부인은 항상 우리 일을 꼬치꼬치 캐려고 해요. 우리가 빚더미에 앉아 있는 걸 알기라도 하면 어떡해요!"

"자기네들이 간섭할 문제가 아닐 텐데? 웰인 포스터 부인이든 누구든 우리 빚이랑 무슨 상관인지 도무지 모르겠구나."

"하지만 부인이 얘기를 퍼뜨리고 다닐 거예요, 심지어 더 부풀려서요! 웰인 포스터 부인이 어떤 사람인지 아버지도 아시잖아요. 어느 교구에 가든 그곳 신부의 치부를 찾아내서 주교에게 낱낱이 고해바쳐요. 심한 말은 하고 싶지 않지만, 정말 그 여자는……."

심한 말이 금방이라도 튀어나올 것 같아 도러시는 입을 다물었다.

"그 여자는 가증스러운 인간이다. 그래서 뭐? 지방 구역장의 아내치고 가증스럽지 않은 인간이 있더냐?" 신부는 무덤덤하게 말했다.

"하지만, 아버지, 상황이 얼마나 심각한지 모르셔서 그래요! 당장 다음 달 생활비도 없어요. 오늘 정찬으로 먹을 고기를 구할 수 있을지나 모르겠어요."

"오찬이다, 도러시, 오찬! 정오의 식사를 정찬이라 부르는 하층계급의 그 끔찍한 버릇은 버리도록 해라." 신부는 짜증스럽게 말했다.

"네, 오찬요. 고기는 어디서 구하죠? 카길 씨한테는 부탁 못 하겠어요."

"다른 정육점에 가면 되지. 누구더라? 솔터였지. 카길은 그냥 무시해버려. 조만간 외상값을 받으리라는 걸 자기도 알고 있을 테니까. 거참, 뭣 때문에 이리 야단법석을 떠는지 모르겠구나! 외상 하나 안 지고 사는 사람이 어디 있더냐? 내 똑똑히 기억하는데," 신부는 어깨를 조금 펴고 파이프를 다시 물며 먼 곳을 바라보았다. 추억에 잠긴 듯 목소리가 눈에 띄게 온화해졌다. "내 똑똑히 기억하는데, 내가 옥스퍼드에 다닐 때 아버지가 30년 전에 다 내지 못한 학비가 아직 남아 있었다. 톰(톰은 신부의 사촌으로 준남작이었다)은 돈이 생기기 전까지 7천 파운드의 빚이 있었고. 톰이 직접 해준 얘기야."

이것으로 도러시의 마지막 희망마저 사라져버렸다. 아버지의 입에서 사촌 톰, 그리고 '옥스퍼드에 다닐 때'라는 말이 나오기 시작하면 더는 어쩔 도리가 없었다. 정육점 외상값 같은 천박한 문제 따위는 존재하지도 않았던 가상의 황금빛 과거로 빠져들었다는 뜻이므로. 오래전부터 아버지는 자신이 사유지나 나중에 돌려받을 부동산이 있는 명문가 청년이 아니라 가난에 쪼들리는 시골 신부에 불과하다는 사실을 잊은 듯했다. 어떤 상황에서든 아주 자연스럽게 귀족처럼 굴며 고급스러운 것만 찾았다. 그리고 이렇듯 아버지가 상상의 세계에서 태평하게 지내는 동안, 도러시는 가게 주인들과 싸우고 양 다리 고기 하나로 일요일부터 수요일까지 버티려 애썼다. 하지만 그녀는 아버지와 더 입씨름을 해봐야 헛수고라는 걸 알았다. 아버지의 화를 부추기는 꼴만 되리라. 그녀는 식탁에서 일어나 쟁반에 접시들을 쌓기 시작했다.

"정말 한 푼도 못 주세요?" 도러시는 문간에서 마지막으로 물었다. 쟁반을 품에 안고서.

고리 모양으로 아늑하게 감도는 담배 연기 속에서 허공을 가만히 바라보고 있는 신부는 그녀의 말을 듣지 못했다. 옥스퍼드에서의 행복했던 시절을 추억하고 있는 모양이었다. 도러시는 눈물이 날 것 같은 비참한 심정으로 방에서 나갔다. 지금껏 수없이 그래왔듯, 빚이라는 고통스러운 문제가 최종적으로 해결될 희망은 또 한 번 멀어지고 말았다.

3

도러시는 핸들에 바구니가 달린 낡은 자전거를 타고 페
달을 밟지 않은 채 언덕을 미끄러져 내려가며 머릿속으
로 계산을 해보았다. 다음 분기 결산일까지 쓸 수 있는
돈은 3파운드 19실링 4펜스가 전부였다. 부엌에 필요한
것들을 쭉 적어봤었다. 하지만 떨어지지 **않은** 게 있기나
한가? 차, 커피, 세제, 성냥, 양초, 설탕, 렌틸콩, 장작, 소
다, 등유, 구두약, 마가린, 베이킹파우더. 하나같이 동이
나고 있는 듯했다. 거기다 깜빡 잊고 있었던 것들이 순간
순간 떠올라 낭패감이 들었다. 이를테면 세탁비, 거의 다
떨어진 석탄, 금요일에 먹을 생선 같은 것들. 신부는 생
선에 '까다로웠다'. 간단히 말하자면, 값비싼 생선만 먹
으려 했다. 대구, 민어, 청어, 홍어, 훈제 청어 같은 건 입

에 대지 않았다. 오늘의 정찬, 아니 오찬에 먹을 고기를 구하는 것도 문제였다. (도러시는 아버지의 지적이 떠올라 순순히 **오찬**이라 불렀다. 하지만, 저녁 식사는 '만찬'이라 부를 수밖에 없으므로 사제관에 '정찬'이라는 식사는 없는 셈이었다.) 오늘 오찬으로는 오믈렛을 만들어야겠다고 도러시는 생각했다. 또 카길스 정육점에 갈 엄두가 나지 않았다. 물론, 오찬으로 오믈렛을 먹은 다음 저녁 식사로 스크램블드에그를 내놓으면 보나 마나 아버지에게 좋은 소리를 듣지 못하겠지만. 지난번 하루에 두 끼 달걀을 먹었을 때 아버지는 차갑게 물었다. "양계장이라도 차렸나 보지, 도러시?" 내일 인터내셔널 스토어에서 소시지를 1킬로그램 정도 구하면 하루는 더 버틸 수 있을 터였다.

앞으로 39일을 겨우 3파운드 19실링 4펜스로 지내야 한다고 생각하니 자신이 가여워졌지만, 도러시는 곧장 자기 연민의 감정을 억눌렀다. 자, 자, 도러시! 우는소리 좀 그만해! 하느님만 믿으면 무슨 일이든 잘 풀리게 되어 있어. 「마태오의 복음서」 6장 25절. 먹고살 길은 주님이 마련해주실 거야. 그렇겠지? 도러시는 자전거 핸들에서 오른손을 떼고 시침핀을 더듬었지만, 불경한 생각은 점차 사그라졌다. 그때 길가에서 정중하면서도 다급하게 그녀를 불러 세우는 프로겟의 침울하고 붉은 얼굴이 보였다.

도러시는 멈춰 선 후 자전거에서 내렸다.

"미안해요, 도러시 양. **특별히** 말씀드릴 게 있어서." 프로겟이 말했다.

도러시는 속으로 한숨지었다. 프로겟이 **특별히** 말씀드릴 게 있다고 할 땐 무슨 얘기가 나올지 뻔했다. 교회의 상태에 관한 걱정스러운 소식인 것이다. 프로겟은 비관적이고 성실한 남자였으며, 나름대로는 아주 충실한 신자였다. 그의 둔한 머리로는 확고한 종교관을 가질 수 없기에, 교회 건물의 상태를 끔찍이 염려하는 방식으로 신앙심을 드러냈다. 오래전부터 그에게 그리스도의 교회란 곧 나이프 힐 성 애설스탠 교회의 벽들과 지붕, 탑을 의미했다. 그래서 시도 때도 없이 교회를 구석구석 뒤지고 다니며 금이 간 돌벽, 벌레 먹은 들보를 발견하고는 우울해했다. 물론 그러고 나서는 난감한 액수의 돈이 드는 수선을 요구하며 도러시를 괴롭혔다.

"왜 그래요, 프로겟?" 도러시가 말했다.

"그게요, 도러시 양, 저……." 여기서, 말이라기보다는 프로겟의 입술에서 저절로 만들어진 듯한 말의 망령 같은 기묘하고 불완전한 소리가 났다. '엮'으로 시작하는 단어 같았다. 프로겟은 언제나 욕을 뱉을 듯하다가도 이 사이로 새어 나가는 욕설을 겨우 붙들었다. "저 **종들**요, 도러시 양." 그는 '엮' 소리를 속으로 삭이며 말했다. "탑에 있는 종들요. 저 종들 때문에 종탑 바닥이 갈라지고 있어서 보기만 해도 몸이 덜덜 떨린다니까요. 언제 무너져 내릴지 몰라요. 오늘 아침에 올라가 봤는데, 종들 밑에서 바닥이 부서지고 있길래 올라갈 때보다 더 빨리 내려왔다니까요."

프로겟은 2주에 한 번 이상은 종의 상태에 대해 하소연했다. 종들을 종탑 바닥에 내려놓은 지 3년이나 지났다. 종을 다시 사용하거나 치우는 데 25파운드 정도가 들 거라는데, 25파운드든 2만 5,000파운드든 지불할 형편이 안 되는 건 마찬가지였다. 위험하다는 프로겟의 말은 허튼소리가 아니었다. 올해나 내년이 아니더라도, 머지않아 종들이 종탑 바닥을 뚫고 교회 현관으로 떨어질 것이 확실했다. 그리고 프로겟이 자주 지적하듯, 주일 아침에 신도들이 교회로 들어올 때 그런 사태가 벌어질지도 몰랐다.

도러시는 또 한숨지었다. 저 끔찍한 종들은 오래된 고민거리였다. 종이 떨어지는 꿈을 꾼 적도 있었다. 교회에는 항상 이런저런 문제가 있었다. 종탑이 아니면 지붕이나 벽, 혹은 목수가 수리비로 10실링을 요구한 망가진 신도석, 혹은 1실링 6펜스가 필요한 일곱 권의 성가집, 혹은 꽉 막힌 난로 연통―청소 비용은 반 크라운*이었다―이나 박살 난 창유리나 소년 성가대의 너덜너덜해진 수단.

---

* 반 크라운은 영국의 옛 동전으로 2실링 6펜스이다. 당시 영국의 화폐는 1파운드가 20실링이었으며, 1실링은 12펜스였다.

어느 것 하나 해결할 돈이 없었다. 5년 전 신부가 고집을 부려서 새 오르간―신부가 말하기를, 예전에 쓰던 오르간은 꼭 천식에 걸린 암소 같다고 했다―을 산 후 교회의 재정 상태는 심하게 휘청거렸다.

"지금은 뾰족한 수가 없어요." 마침내 도러시가 말했다. "정말이에요. 돈이 없거든요. 그리고 주일학교 연극으로 돈이 좀 들어온다 해도, 전부 다 오르간 기금으로 들어갈 거예요. 오르간 업체 사람들이 외상값 때문에 닦달을 하고 있거든요. 아버지한테 말씀해보셨어요?"

"그럼요. 신부님은 전혀 이해를 못 하세요. 이렇게 말씀하시더라고요. '종탑은 500년 동안 잘 버텨왔네. 설마하니 몇 년 더 못 버틸까.'"

역시 그다운 반응이었다. 교회가 눈에 띄게 쓰러져가고 있는데 신부는 꿈쩍도 하지 않았다. 걱정하고 싶지 않은 일들 앞에서는 항상 그러듯, 그냥 무시해버렸다.

"음, 지금은 뾰족한 수가 없어요." 도러시는 똑같은 말을 되풀이했다. "안 그래도 다다음 주에 자선 바자회가 열려요. 메이필 양이 정말 괜찮은 물건을 내놓지 않으실까 기대 중이에요. 그럴 형편이 되는 분이니까요. 쓰지 않는 가구 같은 게 엄청 많으시거든요. 요전에 댁에 가봤는데, 정말 예쁜 로스토프트 도자기 찻잔 세트가 찬장에 처박혀 있더라고요. 20년 넘게 안 쓰셨대요. 그 찻잔 세트를 우리한테 주시면 정말 좋을 텐데. 엄청난 값에 팔릴 거예요. 자선 바자회가 성공적으로 끝나길 기도하는 수밖에 없어요, 프로겟. 적어도 5파운드는 벌게 해달라고 기도하자고요. 마음을 다해 기도하면 돈을 구할 수 있을 거예요."

"그래요, 도러시 양." 프로겟은 공손하게 답하고는 시선을 저 먼 곳으로 돌렸다.

이때 경적이 빵빵 울리더니, 반짝거리는 거대한 파란색 차가 하이 스트리트 쪽으로 느릿느릿 구르며 다가왔다. 사탕무 정제소 사장인 블리필고든 씨가 창밖으로 고개를 삐죽 내밀고 있었다. 매끈하니 윤기 흐르는 검은 머리는 엷은 갈색의 해리스 트위드 정장과 전혀 어울리지 않았다. 평소에는 도러시를 무시하던 그가 추파라도 던지는 것처럼 따뜻한 미소를 획 던지며 지나갔다. 엘리엇식 자유시의 아류작을 즐겨 쓰는 스무 살의 중성적인 청년인 그의 장남 랠프―블리필고든 씨와 나머지 가족의 발음대로라면 월프―와 포크슨 경의 두 딸도 차에 함께 타고 있었다. 그들 모두 빙긋 웃고 있었다, 포크슨의 딸들마저. 지난 몇 년 동안 거리에서 마주치면 거들먹거리며 어쩔 수 없이 알은체를 하던 사람들이었기에, 도러시는 깜짝 놀랐다.

"블리필고든 씨가 오늘 아침엔 참 다정하시네요." 도러시가 말했다.

"그래요, 도러시 양. 그럴 테지요. 다음 주에 선거가 있거든요. 자기한테 한 표 달라고 간살부리는 겁니다. 선거 다음 날이면 바로 우리 얼굴도 잊어버릴 거면서."

"아, 선거!" 도러시가 어정쩡하게 말했다. 의회 선거 같은 건 사제관에서의 일과와 너무 동떨어진 일이라 거의 의식도 못 하고 있었다. 사실, 자유당과 보수당 혹은 사회당과 공산당 간의 차이도 잘 몰랐다. "저기, 프로겟." 선거는 그녀의 머릿속에서 곧장 잊혔다. 더 중요한 일이 있었다. "아버지한테 종 문제가 얼마나 심각한지 말씀드릴게요. 아무래도 종만을 위한 특별 기부금을 받아야겠어요. 누가 또 알아요? 5파운드가 들어올지. 10파운드까지 노려볼 만해요! 메이필 양한테 찾아가서 첫 기부자로 5파운드를 내달라고 부탁하면 주실까요?"

"메이필 양한테는 절대 아무 말도 마세요. 놀라서 기함할걸요. 종탑이 위험하다고 생각하면 다시는 교회에 안 들어갈 거예요."

"어머! 설마요."

"아니요, 도러시 양. 그 할멈한테는 한 푼도 못 뽑아먹어요. 그 늙고 염……." 프로겟의 입술 사이로 '염' 소리가 또 한 번 망령처럼 스쳐 지나갔다. 종에 관한 격주 보고를 마치고 마음이 한결 편해진 그는 모자를 한 번 만지고는 떠났고, 도러시는 자전거를 타고 하이 스트리트로 들어갔다. 머릿속에서는 외상값과 교회 경비라는 두 가지 문제가 빌라넬 시의 두 후렴구처럼 서로 쫓고 쫓기고 있었다.

　여전히 물기를 머금은 4월의 햇빛이 복슬복슬한 구름섬들 사이로 숨바꼭질을 하며 하이 스트리트로 비스듬히 내리비쳐, 북쪽의 주택 정면들을 주르르 미끄러져 가고 있었다. 가볍게 방문할 땐 더할 나위 없이 평화로워 보이지만, 그 안에 살면서 수많은 적과 빚이 생기면 인상이 아주 달라지는, 나른하고 예스러운 거리였다. 눈살을 찌푸리게 만드는 건물이 딱 두 채 있었다. 디 올드 티 숍(가짜 들보가 못으로 박혀 있는 회반죽 앞면, 크라운유리* 창들, 중국의 절에서나 볼 수 있을 법한 추하고 꼬불꼬불한 지붕)과 도리스 양식의 기둥이 세워져 있는 신축 우체국. 200미터 정도 지나 하이 스트리트가 갈라지는 곳에 작은 장터가 형성되어, 이제는 작동하지 않는 펌프 하나와 벌레 먹은 비단향꽃무 한 쌍으로 꾸며져 있었다. 펌프의 양쪽에는 마을의 대표적인 여관인 도그 앤드 보틀과 나이프 힐 보수주의 클럽이 있었다. 거리의 끝에는 카길의 무시무시한 정육점이 떡하니 서 있었다.

　모퉁이를 돌아가니, 트롬본으로 연주하는 〈지배하라, 브리타니아여〉의 선율과 사람들의 환호가 뒤섞여 무서우리만치 시끄러웠다. 평소에는 잠든 듯 조용한 거리가 북적거리고, 골목길들에서 점점 더 많은 사람이 다급한

---

* 입으로 부는 방식의 구식 유리 제법인 크라운 법으로 만든 창유리.

걸음으로 나와 모여들고 있었다. 승리의 행진 같은 거라도 벌어지는 모양이었다. 거리 바로 맞은편에, 도그 앤드 보틀의 지붕에서부터 보수주의 클럽의 지붕까지 줄 하나가 걸려 있었다. 수많은 장식 리본이 달린 줄의 중간에는 '블리필고든과 제국!'이라고 적힌 거대한 현수막이 걸렸다. 인파 사이로 블리필고든의 차가 걷듯이 천천히 움직이며 현수막 쪽으로 다가갔다. 블리필고든 씨는 이쪽저쪽으로 번갈아 고개를 돌리며 환하게 웃었다. 차 앞에서는 진지하게 트롬본을 부는 작은 남자를 필두로 버펄로단*의 파견대가 행진했다. 그들이 들고 있는 또 다른 현수막에는 다음과 같은 글귀가 쓰여 있었다.

빨갱이들로부터 영국을 구할 사람은?
블리필고든
여러분의 맥주통에 다시 맥주를 채워줄 사람은?
블리필고든
블리필고든이여, 영원하라!

보수주의 클럽의 창에서 거대한 영국 국기가 휘날리고, 그 위로 붉게 달아오른 여섯 개의 얼굴이 열성적으로

---

 * 1822년에 만들어진 영국 최대의 결사 조직으로 회원들과 그 가족들, 자선 기관들을 원조한다.

활짝 웃고 있었다.

도러시는 천천히 자전거를 끌었다. 카길스 정육점을 지나갈 생각에 너무 심란해져서(솔파이프스 포목점에 가려면 어쩔 수 없이 지나가야 했다), 행렬은 눈에 잘 들어오지 않았다. 블리필고든의 차가 디 올드 티 숍의 밖에 잠깐 멈추어 섰다. 커피 연대, 앞으로 행진! 마을 여자의 절반이 작은 강아지나 장바구니를 품에 안고 나와서 허겁지겁 차 주위로 몰려들었다. 포도주의 신 디오니소스를 추앙하는 광적인 여신도들 같았다. 어쨌거나 선거는 상류층 인간들과 미소를 주고받을 수 있는 거의 유일한 기회였다. 여자들이 열성적으로 울부짖었다. "행운을 빌어요, 블리필고든 씨! **친애하는** 블리필고든 씨! 꼭 당선되세요, 블리필고든 씨!" 블리필고든 씨의 미소는 한결같이 너그러웠지만, 상대에 따라 미묘하게 달라졌다. 서민들 앞에서는 누구에게랄 것도 없이 이리저리 둘러보며 막연한 미소를 지었고, 커피 연대의 여자들과 진홍빛 얼굴을 한 보수주의 클럽의 애국자들 여섯 명과는 일일이 눈을 마주치며 미소를 보냈다. 젊은 월프는 마음에 드는 사람이 보이면 가끔 손을 흔들며 꽥꽥거리는 목소리로 "야호!" 하고 소리쳤다.

도러시는 심장이 조여왔다. 다른 상인들처럼 카길 씨도 가게 문간에 서 있었다. 파란색 줄무늬 앞치마를 두른 그는 큰 키에 험악한 인상이었고, 비쩍 마르고 긁힌 상처가 있는 얼굴은 창 안에 기다랗게 놓여 있는 고깃덩어리처럼 자줏빛을 띠고 있었다. 그 불길한 모습에 홀린 듯 앞을 제대로 보지 못한 도러시는 뒷걸음질로 보도에서 벗어나던 거구의 건장한 남자와 부딪치고 말았다.

거구의 남자가 몸을 휙 돌리더니 탄성을 질렀다. "이런! 도러시!"

"어머 워버턴 씨! 신기하네요! 그게, 왠지 오늘 만날 것 같은 예감이 들었거든요."

"직감으로 말이지?" 워버턴 씨는 큼직하고 태평한 분홍빛 얼굴로 환하게 웃으며 말했다. "어떻게 지냈소? 하긴!" 그가 덧붙였다. "물을 필요도 없겠는걸? 이렇게 요염한 걸 보니."

워버턴 씨는 도러시의 맨살이 드러난 팔꿈치를 두 손가락으로 꽉 집었다. 그녀는 아침을 먹은 후 소매 없는 깅엄 원피스로 갈아입었었다. 도러시는 얼른 뒷걸음질 치며 그의 손길을 멀찍이 피했다. 남이 몸을 꼬집거나 함부로 건드리는 건 싫었다. 도러시는 꽤 엄한 투로 말했다.

"내 팔꿈치 건드리지 말아요. 싫으니까요."

"오, 도러시, 이런 팔꿈치를 보고 어떻게 안 건드릴 수가 있겠소? 저절로 만지게 되는 그런 팔꿈치라니까. 반사 작용이라고나 할까."

"나이프 힐에는 언제 돌아오셨죠? 두 달 넘게 안 보이시던데요." 도러시는 워버턴 씨와의 사이에 자전거를 둔 채 물었다.

"그저께 돌아왔소. 하지만 잠깐 들른 거요. 내일 다시 떠난다오. 아이들을 데리고 브르타뉴로 갈 생각이오. 그 **사생아들** 말이오."

도러시는 **사생아**라는 말이 불편해서 고개를 돌렸지만, 그 단어를 뱉는 워버턴 씨의 말투에는 순수한 자부심이 묻어 있었다. 그와 그의 '사생아들'(세 명이었다)은 나이프 힐의 유명한 스캔들이었다. 굳이 일을 하지 않아도 먹고사는 데 아무런 지장이 없는 워버턴 씨는 자칭 화가였고—해마다 여섯 점 정도의 평범한 풍경화를 그렸다—2년 전 나이프 힐에 와서 사제관 뒤에 새로 지어진 별장 중 한 채를 샀다. 그는 그곳에 살면서, 아니 주기적으로 머물면서, 가정부라 부르던 첩과 공개적으로 동거를 했다. 넉 달 전 이 여자—외국인이었는데, 사람들 말로는 스페인 사람이라고 했다—는 워버턴 씨를 갑자기 떠남으로써 또 한 번 더 심각한 스캔들을 일으켰고, 세 아이는 지금 런던에서 인내심 많은 어느 친척과 함께 지내고 있었다. 워버턴 씨는 머리카락 한 올 없는 대머리이긴 했지만(이 사실을 감추느라 아주 큰 정성을 들였다) 사람들의 눈길을 끌 만한 미남이었고, 세련된 분위기를 풍기는 덕분에 불룩 나온 배가 가슴의 부속물쯤으로 보이는 효과까지 생겼다. 나이는 마흔여덟이었는데, 마흔넷이라고 말하고 다녔다. 마을 사람들은 그를 '진정한 늙은 악당'이라고 불렀다. 젊은 여자들이 괜히 두려워하는 것이 아니었다.

워버턴 씨는 자애로운 아버지인 척 도러시의 어깨에 손을 얹고는 사람들 사이를 뚫고 지나가며, 쉴 틈 없이 계속 떠들어댔다. 펌프 주위를 한 바퀴 돈 블리필고든의 차는 여전히 중년의 여성 광신도들을 거느린 채 이제 돌아가고 있었다. 워버턴 씨는 그 광경에 관심을 보이며 멈춰 서서 가만히 지켜보았다.

"이 괴상한 짓거리는 대체 뭐요?" 그가 물었다.

"아, 뭐라더라? 선거운동이라는 거예요. 자기한테 투표해달라고 호소하는 거죠."

"투표해달라고 호소라니! 맙소사!" 워버턴 씨는 개선 행진과도 같은 행렬을 빤히 쳐다보며 중얼거렸다. 그러더니 항상 들고 다니는 지팡이—끝에 은장식이 달린 큼직한 지팡이—를 들어 올려, 행렬 속의 두 사람을 차례로 보란 듯이 가리켰다. "저 꼴 좀 보시오! 보라니까! 아양을 떨어대는 쭈그렁 할멈들을. 저 얼빠진 멍청이는 도토리를 본 원숭이처럼 우리를 보면서 히죽거리고 있잖소. 이런 역겨운 광경을 본 적 있소?"

"말조심하세요! 누가 듣겠어요." 도러시가 낮게 말했다.

워버턴 씨는 곧장 목소리를 높였다. "잘됐군! 저 천박한 인간은 자기 틀니를 보여주면 우리가 좋아할 줄 아는 모양인데, 무례하기 짝이 없군! 그리고 저 작자가 입고 있는 정장은 그 자체로 범죄요. 사회당 후보는 없소? 있다면 꼭 그 사람에게 투표하겠어."

보도에 있는 몇 사람이 고개를 돌려 워버턴 씨를 빤히 쳐다보았다. 키 작은 철물상 트위스 씨가 도러시의 눈에 띄었다. 가게 문간에 걸린 골풀 바구니들 너머로 노인의 쭈글쭈글한 가죽빛 얼굴이 적의를 감춘 채 밖을 내다보고 있었다. '사회당'이라는 단어를 알아들은 트위스 씨의 마음속에서 워버턴 씨는 사회주의자로, 도러시는 사회주의자들의 친구로 낙인찍히고 있었다.

"전 이제 가볼게요. 살 물건들이 많아서요. 그럼 나중에 봬요." 워버턴 씨가 눈치 없이 더 심한 말을 뱉기 전에 달아나는 것이 상책이다 싶어 도러시는 허둥지둥 말했다.

"아니, 아니, 무슨 그런 소리를. 그렇게는 안 되지. 같이 갑시다." 워버턴 씨가 유쾌하게 말했다.

도러시가 자전거를 끌고 가는 동안 워버턴 씨는 넓은 가슴을 앞으로 쭉 내밀고 지팡이를 겨드랑이에 낀 채 그녀의 옆에서 걸으며 계속 떠들어댔다. 워버턴 씨는 떨어내기 힘든 남자였고, 도러시는 그를 친구로 여기긴 했지만, 추문의 주인공인 그가 신부의 딸인 그녀에게 공공장소에서 말을 거는 것이 가끔은 불편하게 여겨졌다. 하지만 지금 이 순간만은 그와의 동행이 반가웠다. 카길의 정육점을 지나가기가 훨씬 더 수월해졌기 때문이다. 카길은 여전히 가게 앞에 서서, 의미심장한 눈빛으로 그녀를 곁눈질하고 있었다.

"지금 당신을 만나다니, 마침 잘됐소." 워버턴 씨가 말을 이었다. "실은 당신을 찾고 있었다오. 오늘 내가 누구와 저녁 식사를 하는지 아시오? 뷸리, 로널드 뷸리라오. 물론 그 이름을 들어봤겠지?"

"로널드 뷸리요? 아니요. 그 사람이 누군데요?"

"설마! 로널드 뷸리, 소설가 말이오. 『양어장과 첩들』을 쓴 작가. 『양어장과 첩들』은 읽어봤을 거 아니오?"

"아니요, 안 읽었어요. 실은 제목도 처음 듣는걸요."

"오, 이런! 자기 자신을 아낄 줄 알아야지. 『양어장과 첩들』은 꼭 읽어야 하는데. 아주 끝내주거든. 진정한 고급 외설물이라오. 그런 걸 봐야 걸가이드*의 때를 벗겨낼 수 있지 않겠소?"

"그런 얘기 좀 하지 마세요!" 도러시는 불쾌해져서 그의 눈을 피했다가 카길과 눈이 마주치자 곧장 다시 고개를 돌렸다. "뷸리 씨라는 분은 어디 사시죠?" 그녀가 덧붙여 물었다. "여긴 아니죠?"

"그래요. 입스위치에서 와서 저녁을 먹고 아마 오늘 밤은 여기서 묵을 거요. 그래서 당신을 찾고 있었다오. 뷸리를 만나고 싶어 할 것 같아서. 오늘 저녁에 함께 식사

* 1909년 소녀들의 수양과 교육을 위해 만들어진 단체로 이후 미국에서 걸스카우트로 발전했다.

하겠소?"

"안 돼요. 아버지 저녁을 챙겨드려야 하는 데다 할 일이 산더미처럼 쌓였거든요. 8시가 지나야 겨우 시간이 날 거예요." 도러시가 말했다.

"그럼 저녁 식사 후에 와요. 당신한테 뷸리를 소개해주고 싶소. 정말 재미있는 친구거든. 블룸즈버리의 추문은 물론이고 모르는 것이 없다오. 만나면 분명 즐거울 거요. 닭장 같은 교회에서 몇 시간 탈출하는 것도 좋지 않겠소?"

도러시는 망설였다. 마음이 혹했다. 솔직히 말하면 가끔 워버턴 씨의 집에 방문하는 것이 아주 즐거웠다. 물론 **아주** 가끔이었다. 많아봐야 서너 달에 한 번. 이런 사내와 가깝게 어울려봐야 좋을 것이 없었다. 도러시는 그의 집에 가더라도, 다른 손님이 한 명 이상 있는지 사전에 꼭 확인했다.

2년 전 워버턴 씨가 처음 나이프 힐에 왔을 때(그때 그는 아이 둘인 홀아비 행세를 했다. 하지만 얼마 후 가정부가 한밤중에 갑자기 셋째 아이를 낳았다), 도러시는 어느 다과회에서 그를 만났고 나중에 그의 집을 방문했다. 워버턴 씨는 정말 좋은 차를 대접하면서 이런저런 책에 관해 즐겁게 얘기하더니, 차를 다 마시자마자 소파에 앉은 그녀 옆으로 와 앉아서는 난폭하고 격하게, 마치 짐승처럼 그녀의 몸을 더듬기 시작했다. 거의 폭행이나 마찬가지였다. 도러시는 혼비백산했지만, 저항하지 못할 정도는 아니었다. 그녀는 소파의 반대쪽으로 달아나 하얗게 질린 얼굴로 덜덜 떨며 울먹였다. 반면 워버턴 씨는 뻔뻔한 얼굴이었고, 오히려 더 즐거워 보였다.

"어떻게, 어떻게 이럴 수 있어요?" 도러시는 흐느끼며 말했다.

"난 아무것도 못 한 것 같소만." 워버턴 씨가 말했다.

"어떻게 그런 짐승 같은 짓을 하죠?"

"아, 그거? 진정해요, 진정해. 아가씨도 내 나이가 되면 이해할 거요."

시작은 이렇듯 안 좋았지만, 두 사람 사이에 일종의 우정이 싹텄고, 급기야 도러시와 워버턴 씨를 한데 엮은 소문이 돌기까지 했다. 나이프 힐에서 남의 입에 오르내리기란 그리 어려운 일이 아니었다. 도러시는 어쩌다 한번씩 워버턴 씨를 만났고 절대 그와 단둘이 있지 않도록 조심했지만, 그는 어떻게든 틈을 찾아내 스스럼없이 그녀에게 추근거렸다. 하지만 신사적인 방식이었다. 이전의 불쾌한 사건은 다시는 되풀이되지 않았다. 나중에 그녀에게 용서를 받은 워버턴 씨는 봐줄 만한 용모의 여성을 만날 때마다 "항상 그 일을 시도한다"라고 해명했다.

"거절당할 때가 많지 않아요?" 도러시는 실례라 생각하면서도 이렇게 물었다.

"오, 그건 그렇소만. 성공하는 경우도 꽤 많다오."

아무리 가끔이라지만 어떻게 도러시 같은 여자가 워버

턴 씨 같은 남자와 어울려 지낼까 사람들은 의아스럽게 여겼다. 하지만 도러시가 그에게 휘둘리는 건, 독실한 자들이 항상 불경한 방탕아들에게 휘둘리는 것과 같은 이치였다. 가까운 주위만 둘러봐도, 독실한 자와 부도덕한 자가 자연스럽게 상종한다는 사실을 알 수 있다. 문학에 등장하는 최고의 매음굴 장면은 하나같이 독실한 신자나 성실한 비신자가 쓴 것들이었다. 그리고 물론, 20세기에 태어난 도러시는 워버턴 씨의 신성모독적인 언사에 최대한 차분히 반응하려 애썼다. 깜짝 놀라는 모습을 보였다간 사악한 자들을 우쭐하게 만들어 돌이킬 수 없는 결과를 초래할 수도 있으니. 게다가 도러시는 진심으로 그를 좋아했다. 워버턴 씨는 지분거리며 그녀를 괴롭혔지만, 그래도 그녀는 다른 곳에서는 구할 수 없는 일종의 연민과 이해를 자신도 모르게 그로부터 얻고 있었다. 단점이 넘쳐나긴 해도 워버턴 씨는 분명 호감 가는 사람이었고, 그의 화법은 그녀를 경악시키는 동시에 매혹시켰다. 일곱 배 희석된 오스카 와일드 같은 그 조잡한 화려함을 미숙한 그녀는 간파하지 못했다. 그리고 지금은 유명한 뷸리 씨를 만나리라는 기대감에 약간 들뜨기도 했다. 『양어장과 첩들』은 도러시가 읽지 않거나, 읽더라도 후에 깊이 참회할 유의 책 같았지만. 런던 사람들이야 소설가 쉰 명을 만나게 해주겠다고 해도 시큰둥하겠지만, 나이프 힐 같은 곳은 사정이 달랐다.

"블리 씨가 확실히 오시긴 하는 거예요?" 그녀가 물었다.

"확실하지. 그리고 아마 그의 아내도 올 거요. 그러니 안심하시오. 오늘 밤엔 타르퀴니우스와 루크레티아[*] 같은 일은 절대 없을 테니까."

"좋아요. 정말 고마워요. 8시 반 정도에 갈게요." 도러시가 마침내 말했다.

"잘됐군. 해가 지기 전에 올 수 있으면 더욱 좋고. 우리 집 바로 옆에 셈프릴 부인이 살고 있다는 걸 잊지 마시오. 어두워진 후에는 부인이 두 눈에 불을 켜고 감시할 거요."

셈프릴 부인은 마을에 추문을 퍼뜨리는 험담꾼이었다. 그런 부류의 사람들 중에서도 특히 유명했다. 원하는 것을 얻은(그는 도러시에게 집에 더 자주 오라며 끊임없이 졸라대고 있었다) 워버턴 씨는 'au revoir(또 봐요)'라는 인사와 함께 떠났고, 도러시는 장을 보기 시작했다.

조금 어둑한 솔파이프스 포목점에서 도러시가 2미터 정도 되는 커튼용 얇은 면포를 들고 계산대를 뜨는 찰나 낮고 구슬픈 목소리가 들려왔다. 셈프릴 부인이었다. 마흔 살의 호리호리한 여인인 그녀는 마르고 누르스름하며 이목구비가 뚜렷한 얼굴, 윤기 흐르는 검은 머리칼, 그리

---

[*] 고대 로마의 7대 왕 타르퀴니우스의 셋째 아들이었던 섹스투스 타르퀴니우스는 사촌의 아내인 루크레티아를 강간하여 자살하게 만들었다.

고 한결같이 띠고 있는 애수의 빛 때문에 반다이크가 그린 초상화 같았다. 부인은 한 무더기의 크레톤* 뒤에 단단히 자리를 잡고서, 도러시와 워버턴 씨의 대화를 내내 지켜보고 있었던 것이다. 셈프릴 부인에게만은 들키고 싶지 않은 무언가를 할 때마다 그녀는 꼭 근처 어딘가에 있었다. 사람들이 원하지 않는 곳이면 어디든 아라비아의 정령처럼 나타나는 능력이라도 있는 듯했다. 아무리 사소한 추태라도 부인의 감시망을 벗어나지 못했다. 워버턴 씨는 그녀가 「요한의 묵시록」 속 네 짐승 같다고 말하곤 했다. "그 짐승들은 눈알로 뒤덮여 있고, 낮이든 밤이든 쉬질 않지."

"도러시. 자기랑 꼭 얘기를 나누고 싶었어. 정말 **끔찍한** 일이 일어나고 있거든. **몸서리쳐질 만큼!**"셈프릴 부인은 나쁜 소식을 최대한 부드럽게 전하려고 애쓰는 사람처럼 슬픔에 잠긴 다정한 목소리로 중얼거렸다.

"뭔데요?"어떤 얘기가 나올지 뻔하기에 도러시는 체념한 듯 말했다. 셈프릴 부인에게 대화 주제는 단 한 가지밖에 없었다.

두 사람은 가게에서 나와 거리를 걷기 시작했다. 도러시는 자전거를 끌었고, 그녀 옆에서 셈프릴 부인은 우아하고 경쾌하게 종종걸음 쳤다. 이야기가 은밀해질수록

---

* 굵은 실로 촘촘히 두껍게 짠 혼방 면직물.

부인의 입술은 도러시의 귀로 점점 더 가까이 다가왔다.

"혹시 알아?" 부인이 말하기 시작했다. "교회 오르간에서 가장 가까운 신도석 끝에 앉는 여자? 붉은 머리에 꽤 **예쁘장하게** 생긴 여자애 말이야. 이름을 모르겠네." 나이프 힐에 사는 모든 남녀노소의 성(姓)과 세례명에 **빠삭**한 셈프릴 부인이 덧붙였다.

"몰리 프리먼이에요. 청과상 프리먼의 조카딸이죠." 도러시가 말했다.

"아, 몰리 프리먼? **그게** 그 여자 이름이야? 참 궁금했는데. 저기……."

우아한 붉은 입술이 더 가까이 다가오더니, 슬픔에 잠겨 있던 목소리가 충격 어린 소곤거림으로 가라앉았다. 셈프릴 부인은 몰리 프리먼과 사탕무 정제소에서 일하는 여섯 명의 청년에 얽힌 추잡한 사건을 줄줄이 쏟아내기 시작했다. 잠시 후 이야기가 극단으로 치닫자, 얼굴이 홍당무가 된 도러시는 셈프릴 부인의 속살대는 입술에서 얼른 귀를 떼어내고 자전거를 멈추었다.

"난 그런 얘기에 안 넘어가요!" 그녀가 불쑥 말했다. "몰리 프리먼이 그런 사람이 아니라는 걸 **알거든요.** 그럴 리 없어요! 정말 착하고 점잖은 여자예요. 아주 모범적이고, 교회 바자회 같은 행사가 있을 때마다 두 팔 걷어붙이고 도와주죠. 부인이 말씀하시는 것 같은 그런 짓을 할 사람이 절대 아니에요."

"하지만, 도러시! 말했다시피, 내 두 눈으로 직접 봤다니까……."

"상관없어요! 그렇게 사람들 험담을 하면 안 돼요. 설사 사실이라 해도, 말을 옮기는 건 옳지 않아요. 굳이 찾아보지 않아도 이미 세상은 악으로 물들어 있는걸요."

"**찾아보다니!**" 셈프릴 부인은 한숨을 내쉬었다. "도러시, 내가 굳이 찾고 싶었던 것도 아니고, 찾을 **필요도** 없었어! 문제는 이 마을에 퍼져가는 무시무시한 사악함이 내 눈에 전부 보인다는 거야."

셈프릴 부인은 추문거리를 **찾아다닌다는** 비난을 들을 때마다 진심으로 놀라워했다. 인간의 사악함을 목격하는 것만큼 그녀에게 고통스러운 일은 없다고 항변했다. 하지만 보고 싶지 않아도 그런 광경이 끊임없이 눈에 띄니, 투철한 사명감으로 어쩔 수 없이 세상에 알린다는 것이었다. 도러시의 발언에 셈프릴 부인은 입을 다물기는커녕, 나이프 힐의 전반적인 타락에 대해 일장 연설을 늘어놓기 시작했다. 몰리 프리먼의 나쁜 행실은 한 사례에 불과하다면서 말이다. 몰리 프리먼과 여섯 명의 청년부터 시작해 코티지 병원의 간호사 두 명을 임신시킨 보건소장 게이슨 박사, 오드콜로뉴에 취해 들판에 쓰러진 채 발견된 서기관의 아내 콘 부인, 밀버러에 있는 성 베데킨트 교회에서 성가대 소년과 심각한 추문에 휘말린 보좌신부까지 부인의 이야기는 꼬리에 꼬리를 물고 이어졌다. 계속 떠들게 내버려 두면, 마을과 주변 시골에 사는 모든 주민의 추악한 비밀을 폭로할 기세였다.

셈프릴 부인의 이야기는 추잡하고 중상적일 뿐만 아니라, 소름 끼치는 변태적 욕망과 거의 항상 연관되어 있었다. 시골 마을의 평범한 험담꾼들이 보카치오*라면 그녀는 프로이트였다. 부인의 이야기를 듣고 있노라면, 천 명 남짓한 주민이 사는 나이프 힐이 소돔과 고모라와 부에노스아이레스를 합친 것보다 훨씬 더 사악한 곳처럼 느껴졌다. 과연, 현대판 평야의 도시**인 이 마을의 주민들이 어떻게 살고 있는지 되돌아보면—재혼과 중혼으로 얻은 자식들에게 고객의 돈을 쏟아부은 은행 지점장부터, 도그 앤드 보틀의 바에서 굽 높은 새틴 슬리퍼만 신고 술을 나르는 여자 바텐더, 진 병들과 익명의 편지들을 숨겨놓고 있는 노처녀 음악 교사 섀넌, 자기 형제의 자식을 셋이나 낳은 제빵사의 딸 매기 화이트까지—그리고 남녀노소, 부자와 빈자 가릴 것 없이 흡사 바빌론인들처럼 무시무시한 악덕에 물들어 있는 이곳을 생각하면, 당장이라도 하늘에서 불이 떨어져 마을을 완전히 태워버릴

---

* 보카치오의 대표작 『데카메론』은 흑사병을 피해 어느 언덕에 모여든 젊은 남녀 열 명이 열흘 동안 각각 하루에 하나씩 총 100편의 이야기를 주고받는 내용이다. 다양한 인간사를 주제로 하는데, 성과 쾌락에 관한 자극적인 이야기가 주를 이룬다.

** 소돔과 고모라를 비롯하여 「창세기」에 등장하는 타락한 다섯 도시.

것만 같았다. 하지만 셈프릴 부인의 이야기를 조금만 더 오래 들으면, 처음에는 무시무시해 보이던 음란한 악행 들이 참을 수 없이 따분하게 들렸다. 중혼자, 남색꾼, 마 약쟁이가 넘쳐나는 마을에서는 아무리 불미스러운 추문 이라도 무덤덤하게 느껴지기 마련이다. 사실 셈프릴 부 인은 사람들을 따분하게 만든다는 점에서 독설가보다 더 나빴다.

사람들이 그녀의 이야기를 믿는 정도는 상황에 따라 달랐다. 어떤 때는 그녀를 입버릇 나쁜 심술궂은 여자로, 그녀가 하는 모든 말을 거짓말로 몰아가는 분위기가 형 성되기도 했다. 반면 그녀의 폭로 한 마디에 수개월, 심 지어는 수년이나 고생하는 불행한 사람도 있었다. 그녀 때문에 여섯 건 이상의 약혼이 깨어지고, 부부 사이에 숱 한 다툼이 일어났다.

도러시는 셈프릴 부인을 떼어내려 계속 애를 썼지만 부질없는 헛수고였다. 알게 모르게 몸을 조금씩 틀어 서 서히 거리를 건넌 후 오른편 갓돌을 따라 자전거를 끌었 지만, 셈프릴 부인이 뒤쫓아 와 쉴 새 없이 소곤거렸다. 하이 스트리트 끝에 이르자 도러시는 이 상황에서 완전 히 탈출하기로 마음먹었다. 그녀는 걸음을 멈추고 자전 거 페달에 오른발을 얹었다.

"전 이만 가볼게요. 할 일이 산더미처럼 쌓여 있어서 시간이 없거든요."

76

"오, 하지만 도러시! 아직 할 얘기가 남았어. 가장 **중요**한 일이라고!"

"미안해요, 정말 급해서 그래요. 다음에 들을게요."

"그 **끔찍한** 워버턴 씨에 관한 거야. 워버턴 씨가 이제 막 런던에서 돌아왔는데, 그 인간이 ―**누구보다** 도러시 양한테 말해주고 싶었어―그 인간이 사실은……." 도러시가 듣지도 않고 달아나 버릴까 봐 셈프릴 부인이 다급하게 말했다.

부인의 이 말에 도러시는 무슨 일이 있어도 당장 달아나야겠다는 결심을 굳혔다. 셈프릴 부인과 둘이서 워버턴 씨에 관해 얘기하는 것만큼 불편한 일도 없었다. 도러시는 자전거에 올라탄 뒤 "미안해요, 정말 가봐야 해요!"라는 짧은 한마디를 남긴 채 급하게 페달을 밟기 시작했다.

"내 말 좀 들어봐. 그 인간한테 새 여자가 생겼다니까!" 셈프릴 부인은 이 흥미진진한 소식을 전하려는 욕심이 앞선 나머지, 속삭이는 것도 잊은 채 도러시의 등에다 대고 소리를 질렀다.

하지만 도러시는 못 들은 척 뒤도 돌아보지 않고 잽싸게 모퉁이를 돌았다. 현명한 행동은 아니었다. 셈프릴 부인의 말을 잘라서 좋을 것이 없었다. 부인은 자신의 얘기를 듣지 않으려는 행위를 타락의 신호로 여겼고, 상대가 떠나는 순간 그 사람에 관한 새롭고 더 심각한 추문을 퍼뜨렸다.

도러시는 집을 향해 달리면서 셈프릴 부인에 관해 몰인정한 생각을 했고, 그 벌로 자기 몸을 꼬집었다. 그런데 이제야 새로이 떠오르는 불안한 생각이 하나 있었다. 그녀가 오늘 저녁 워버턴 씨의 집에 방문한다는 사실을 셈프릴 부인은 분명히 알게 될 테고, 내일쯤이면 그 일을 수치스러운 사건으로 과장하여 퍼트릴 것이 뻔했다. 사제관 대문에 도착하자 도러시는 불길한 예감을 어렴풋이 느끼며 자전거에서 내렸다. 마을의 유명한 정신지체아, 삼각형의 진홍빛 얼굴이 딸기처럼 생긴 3학년짜리 멍청이, 바보 잭이 개암나무 가지로 대문 기둥을 멍하니 때려대고 있었다.

4

11시가 조금 지났다. 전성기를 지나 시들었건만 여전히 희망에 가득 차서 열일곱 살인 척하는 과부처럼, 계절에 맞지 않게 4월처럼 선선하던 날씨가 8월임을 이제 기억해냈는지 푹푹 찌기 시작했다.

도러시는 나이프 힐에서 1.5킬로미터 정도 떨어진 피넬윅이라는 작은 마을로 들어갔다. 르윈 부인의 티눈 고약을 배달해준 뒤, 지금은 류머티즘에 안젤리카 차가 좋다는 내용의 《데일리 메일》 기사를 피서 부인에게 전하러 가는 길이었다. 맑은 하늘에서 이글이글 타오르는 태양이 깅엄 원피스 속의 등을 달구었고, 먼지 자욱한 길에는 아지랑이가 피어올랐으며, 요맘때에도 수많은 종달새가 짜증스러울 정도로 울어대는 뜨겁고 평평한 초원은 눈이 따가울 정도로 푸르렀다. 일하지 않아도 되는 사람들은 '눈부시게 아름답다'고 할 만한 날이었다.

도러시는 피서 부부의 작은 집 대문에 자전거를 세워 놓고는 가방에서 손수건을 꺼내어, 자전거 핸들을 잡고 오느라 땀에 흠뻑 젖은 두 손을 닦았다. 뙤약볕 아래 달려온 얼굴은 핏기 없이 초췌했다. 아침의 이 시간에 그녀는 제 나이보다 조금 더 들어 보였다. 깨어 있는 동안—대개는 열일곱 시간이었다—그녀는 피로와 활력을 규칙적으로 번갈아 느꼈는데, 1차 '방문'을 하는 오전은 피로한 구간이었다.

집에서 집까지의 거리가 멀어 자전거를 타야 하는 '방문'은 도러시의 하루 일과 중 절반 가까이 차지했다. 일요일을 제외하고 날이면 날마다 그녀는 교구 주민의 집을 여섯에서 열두 곳 정도 방문했다. 비좁은 집 안으로 뚫고 들어가 먼지 나는 울퉁불퉁한 의자에 앉아서, 과로로 지친 뚱뚱하고 지저분한 주부들과 잡담을 나누었다. 그러고는 무척이나 분주한 30분을 보냈다. 수선과 다리미질을 돕고, 복음서를 읽어주고, 불편한 다리에 감긴 붕대를 바로잡아 주고, 입덧으로 고생하는 임신부들을 위로했다. 쉰내 풍기는 아이들과 함께 장난감 말 타기 놀이를 하기도 했다. 아이들의 끈적끈적하고 조그만 손가락들이 그녀의 원피스를 만지작거려 가슴 부분을 더럽혔다. 도러시는 병든 엽란에 대해 조언을 해주고, 아기의 이름을 추천해주고, 뭉근한 불로 끊임없이 끓이는 '좋은 차'를 셀 수도 없이 마셨다. 일하는 여자들은 언제나 그녀에게 '좋은 차'를 대접하고 싶어 했다.

이런 방문은 대개 아주 맥 빠지는 일이었다. 도러시는 이 여자들을 기독교도의 삶으로 이끌려 애썼지만, 그 개념조차 이해하지 못하는 경우가 태반이었다. 개중에는 두려움과 의혹을 품고 방어적인 태도를 취하면서, 성찬례에 와달라고 설득하면 이런저런 핑계를 대는 여자들도 있었다. 또 어떤 사람들은 교회 헌금함에서 몇 푼 얻어낼 심산으로 독실한 신자인 척했다. 도러시의 방문을 반기는 여자들은 대부분 남편의 '부정한 행태'에 대한 푸념이나 죽은 친척들이 앓았던 역겨운 병에 관한 끝도 없는 투병 이야기("그래서 유리관을 핏줄에 꽂아야 했다니까요" 등등)를 들어줄 상대가 필요한 수다스러운 사람들이었다. 방문 명단에 있는 여자의 절반이 막연하고 비이성적인 무신론자라는 걸 도러시도 알고 있었다. 그녀는 하루 종일 이 현실에 직면해야 했다. 무지한 사람들이 공통으로 지닌 모호하고 공허한 불신 앞에서는 어떤 논리도 통하지 않는다. 그녀가 아무리 애를 써도, 성찬례에 정기적으로 참석하는 신도가 열 명 이상으로 늘어날 일은 없을 터였다. 여자들은 성찬례에 나가겠다고 약속하고 한두 달 정도 약속을 지키다가 다시 서서히 발길을 끊었다. 젊은 여자들은 특히 가망이 없었다. 그들은 자신들의 이익을 위해 운영되는 모임에도 가입하지 않으려 했다. 도러시는 그런 모임 가운데 세 곳의 명예 간사와 더불어 걸가이드의 대장을 맡고 있었다. 결혼을 위한 교류회와 연소자 금주 동맹의 회원 수는 전멸하다시피 했으며, 어머니 연합이 계속 굴러가는 이유는 무한 제공되는 진한 차를 마시고 수다를 실컷 떨 수 있는 주간 바느질 모임의 참석률이 괜찮기 때문이었다. 정말이지 맥 빠지는 작업이었다. 허무의 의미—사탄의 가장 교묘한 무기—를 몰랐다면, 이 모든 일이 허무하게 느껴졌을 것이다.

도러시는 피서 부부네 문을 똑똑 두드렸다. 틀에 잘 맞지 않는 문 밑으로 삶은 양배추와 개숫물의 음울한 냄새가 새어 나왔다. 오랜 경험을 통해 그녀는 방문하는 모든 집의 냄새를 알았고, 들어가기 전부터 냄새의 정체를 알아챘다. 그중에는 극도로 특이한 냄새도 있었다. 예를 들어, 늙은 툼스 씨의 집에서는 짭짤하니 야생의 냄새가 감돌았다. 서점을 운영하다가 은퇴한 그 노인은 하루 종일 어둑한 방에서 침대에 누워, 거대한 크기의 호화로운 털양탄자에 파묻힌 채 기다랗고 지저분한 코와 두툼한 돋보기를 밖으로 삐죽 내밀고 있었다.

하지만 양탄자에 손을 얹으면 그것은 여러 갈래로 나누어지면서 사방으로 후다닥 달아나 버렸다. 양탄자의 정체는 고양이들, 정확히는 스물네 마리의 고양이였다. 툼스 씨는 "그 녀석들이 나를 따뜻하게 해준다"라고 해명했다. 거의 모든 집에서 기본적으로 풍기는 낡은 외투와 개숫물의 냄새에 제각각의 또 다른 냄새들이 끼얹어졌다. 오물 냄새, 양배추 냄새, 아이들 냄새, 10년 치의 땀이 스며든 코듀로이에서 풍기는 베이컨 같은 진한 악취.

피서 부인이 문을 열었다. 항상 문설주에 꼭 들러붙어 있는 그 문을 확 비틀어 열면 집 전체가 흔들렸다. 부인은 숱이 적은 희끗희끗한 머리에 덩치가 크고 허리가 구부정하고 안색이 창백했으며, 굵은 마직물 앞치마를 두르고서 모직 슬리퍼를 질질 끌고 다녔다.

"오, 도러시 양이잖아!" 이렇게 탄성을 지르는 부인의 목소리는 메마르고 생기가 없었지만, 무정하게 들리지는 않았다.

부인은 오랜 세월과 끊임없는 물일 때문에 껍질을 깐 양파처럼 반짝이는 큼직하고 울퉁불퉁한 두 손으로 도러시를 잡고서, 뺨에 쪽 하고 입을 맞추었다. 그런 다음 그녀를 지저분한 집 안으로 끌어당겼다.

"바깥양반은 일하러 나가고 없어요, 도러시 양. 게이손 박사님 댁에 가서 화단을 파헤치고 있다오." 안으로 들어가자 부인이 선언하듯 말했다.

피서 씨는 품팔이 정원사였다. 일흔이 넘은 피서 부부는 도러시의 방문 명단에서 몇 안 되는 진짜 독실한 신자에 속했다. 피서 부인은 우물, 싱크대, 난로, 조그만 텃밭 사이를 벌레처럼 옴지락옴지락 오가며 따분한 인생을 살고 있었다. 문 상인방이 너무 낮은 탓에 끊임없이 목이 아팠다. 부엌은 꽤 깔끔했지만 숨 막힐 정도로 뜨겁고 악취가 풍겼으며, 오래 묵은 먼지로 뒤덮여 있었다. 부인은 난로의 반대쪽 끝에 일종의 기도대를 만들어두었다. 고장 난 조그만 풍금 앞에 기름때 낀 너덜너덜한 매트를 깔아놓았다. 풍금 위에는 십자가에 못 박힌 예수를 묘사한 유화식 석판화, 구슬 세공으로 만든 '깨어서 기도하라(Watch and Pray)'라는 문구, 그리고 1882년에 찍은 결혼사진이 놓여 있었다.

"가여운 양반!" 피서 부인은 침울한 목소리로 말을 이었다. "그 나이에, 류머티즘이 그렇게 심한데 땅을 파고 있다니! 너무 힘들지 않겠어요, 도러시 양? 그리고 가랑이도 좀 아프다네요, 이유는 자기도 모르겠답니다. 며칠 전부터 아침마다 그렇게 아파하더니. 우리 가난한 노동자들은 사는 게 이렇게 힘들다오, 도러시 양."

"안타깝네요. 그래도 피서 부인은 잘 지내고 계셨죠?" 도러시가 말했다.

"아, 도러시 양, 잘 지내긴요. 내 병은 안 나아요, 이 세상에서는 안 나아요. 이 사악한 세상에서 나을 리가 없지."

"오, 그런 말씀 마세요, 피서 부인! 오래오래 사셔야죠."

"아, 도러시 양, 지난주에 내가 얼마나 힘들었는지 몰라서 그래요! 이 몹쓸 늙은 다리 뒤쪽이 계속 아프다 말다 하더니, 어떤 날은 아침에 양파 뽑으러 텃밭에 나가기도 힘듭디다. 아, 도러시 양, 우리가 이렇게 힘든 세상에 살고 있다오. 힘들고 죄 많은 세상에."

"하지만 잊으시면 안 돼요, 피서 부인, 더 좋은 세상이 오리라는 걸요. 지금의 삶은 그저 시험일 뿐이에요. 이 시험으로 우리는 더욱 강해지고, 인내심을 기르게 될 거예요. 그래야 때가 왔을 때 천국을 제대로 맞을 수 있죠."

이 말에 피서 부인은 갑작스럽고도 큰 변화를 보였다. '천국'이라는 단어 때문이었다. 피서 부인에게 대화 주제는 딱 두 가지였다. 천국의 환희, 그리고 현재 삶의 고통. 도러시의 말이 부인에게 마법이라도 부린 듯했다. 흐리멍덩한 회색 눈동자는 빛을 내지 못했지만, 목소리는 흥겹게 빨라졌다.

"아, 도러시 양, 말 한번 잘했어요! 그렇고말고! 바깥양반이랑 내가 늘 하는 말이 그거라오. 우리가 죽지 않고 계속 사는 것도 그 때문이야. 천국에서 오래오래 쉴 생각으로 참고 사는 거지. 무슨 고생을 하든 천국에서 다 보답을 받을 테니까, 안 그래요, 도러시 양? 백배, 천배로 보답받을 거야. 그렇지요, 도러시 양? 천국에서는 우리 모두 편히 쉴 수 있지요? 류머티즘도 없고, 땅을 파지 않아도 되고, 요리도 빨래도 아무것도 안 해도 되고, 그냥 쉬면서 평화롭게 사는 거야. 도러시 양도 **정말** 그렇게 믿지요?"

"그럼요." 도러시가 말했다.

"아, 도러시 양, 우린 천국만 생각하면 마음이 편해져요. 바깥양반은 밤에 지쳐서 돌아올 때마다, 우리 류머티즘이 심해질 때마다 이렇게 말한답니다. '걱정 마, 천국이 멀지 않았으니까. 천국은 우리 같은 사람들이 가는 곳이야. 우리처럼 힘들게 일하는 사람들, 술도 안 마시고 하느님을 믿고 성찬례에 꾸준히 나가는 사람들.' 이 세상에서는 가난하게 살다가 저세상에서 부자가 되는 게 최고 아니에요, 도러시 양? 자동차를 끌고 다니고 예쁜 집에서 사는 부자 중 몇몇은 죽지 않는 벌레와 꺼지지 않는 불에서 구원받지 못할 거야. 그나저나 참 아름다운 구절이라니까. 나랑 같이 작은 기도 한번 올릴까요, 도러시 양? 아침 내내 기도할 시간만 기다리고 있었거든."

피서 부인은 밤이든 낮이든 때를 가리지 않고 '작은 기도'를 올릴 준비가 되어 있었다. 다른 부인들의 '좋은 차'와 똑같은 것이었다. 두 사람은 너덜너덜한 매트에 무릎을 꿇고 앉아 주기도문과 주간 본기도를 읊었다. 그런 다음 도러시는 피서 부인의 요청에 따라 부자와 라자로 이야기를 읽었다. 간간이 피서 부인이 끼어들었다. "아멘! 참말이지요, 도러시 양? '그 거지는 죽어서 천사들의 인도를 받아 아브라함의 품에 안기게 되었고.' 아름다워요! 오, 그저 아름답잖아요! 아멘, 도러시 양, 아멘!"

도러시는 류머티즘에 안젤리카 차가 좋다는 내용의 《데일리 메일》 기사를 피서 부인에게 건넨 다음, 부인의 몸이 너무 안 좋아서 그날 사용할 물을 아직 긷지 못했다는 말을 듣고는 우물로 가서 물을 세 양동이 길어 왔다. 아주 깊은 우물인데 난간이 너무 낮아서, 피서 부인이 우물에 빠져 익사하는 것으로 최후를 맞는다 해도 전혀 이상할 것이 없었다. 심지어 도르래도 없어서 손으로 양동이를 끌어 올려야 했다. 그러고 나서 두 사람은 몇 분 동안 함께 앉아 있었고, 피서 부인은 천국에 대해 조금 더 얘기했다. 항상 머릿속에 천국에 관한 생각만 가득한 것도 신기하지만, 천국의 모습을 진짜처럼 생생하게 그려 내는 건 더욱 신기했다. 황금빛 거리와 동양산 고급 진주로 만들어진 대문들은 마치 실제로 눈앞에 있었던 듯 부인에게는 진짜였다. 부인의 환영은 세부 내용이 너무도 구체적이고 현실적이었다. 저기에 보드라운 침대가! 맛깔스러운 음식! 매일 아침 깨끗하게 입을 수 있는 아름다운 비단옷! 모든 일로부터 영원히 해방! 인생의 거의 모든 순간에 천국의 환영은 부인에게 격려와 위로가 되었으며, '가난한 노동자들'의 삶에 절망하여 넋두리를 늘어놓다가도, 결국 천국의 주민 대부분은 '가난한 노동자들'이 되리라 생각하면 신기하게도 기분이 풀렸다. 일종의 흥정이었다. 따분한 노동으로 얼룩진 인생을 사는 대가로 영원한 축복을 얻으리. 부인의 신앙심은 가능할까 싶을 정도로 **지나치게** 컸다. 이상한 일이지만, 천국을 불치병에 걸린 사람들의 영광스러운 요양원쯤으로 여기며 그곳에 갈 날이 꼭 오리라 확신하는 부인의 모습이 도러시는 묘하게 불편했다. 도러시가 떠날 채비를 하자, 피서 부인은 요란스럽게 감사 인사를 하더니, 항상 그러듯 류머티즘에 관한 불평으로 되돌아갔다.

"안젤리카 차 꼭 한번 마셔보리다. 친절하게 알려줘서 고마워요, 도러시 양. 딱히 효과가 있을지는 모르겠지만. 아, 도러시 양, 지난주에 류머티즘이 얼마나 심했는지 몰라요! 다리 뒤쪽이 시뻘건 부지깽이로 지지는 것처럼 주기적으로 쑤셔대는데, 주무르려고 해도 손이 닿아야 말이지. 좀 주물러주고 가지 않으려오? 지나친 부탁이려나? 싱크대 밑에 엘리먼스*가 한 병 있다오." 부인이 말을 맺었다.

피서 부인의 눈에 띄지 않게 도러시는 자신의 팔을 세게 꼬집었다. 예상 못 한 일도 아니잖은가. 전에도 여러 번 했었지만, 피서 부인의 다리를 주물러주는 일은 전혀 즐겁지 않았다. 도러시는 스스로를 따끔하게 꾸짖었다. 정신 차려, 도러시! 교만하게 굴지 마!「요한의 복음서」 13장 14절. "그럼요, 해드려야죠, 피서 부인!" 도러시는 곧장 말해버렸다.

그들은 곧 부서질 듯한 좁은 계단을 올라갔다. 어느 지점에서는 천장이 머리에 닿을 듯 말 듯 해서 몸을 거의

---

* 류머티즘이나 신경통, 근육통 등에 바르는 도포제의 상표명.

반으로 접어야 했다. 침실의 작은 정사각형 창문으로 햇빛이 들어왔는데, 20년 동안 열린 적 없는 그 창문은 틀에 바깥의 덩굴이 꽉 끼어 있었다. 방 전체를 가득 채우다시피 한 거대한 더블 침대에는 1년 내내 눅눅한 이불들이 깔려 있고, 털 뭉치를 채워 넣은 매트리스는 스위스의 등고선 지도처럼 울퉁불퉁했다. 노파는 끙끙 앓는 소리를 여러 번 내며 침대 위로 기어 올라가 엎드렸다. 방에서는 지린내와 진통제 냄새가 진동했다. 도러시는 엘리먼스 병을 가져와, 잿빛 정맥이 불거진 거대하고 탄력 없는 다리에 연고를 꼼꼼히 발랐다.

집 밖으로 나온 도러시는 현기증이 일 듯한 더위 속에서 자전거를 타고 서둘러 집으로 달리기 시작했다. 햇볕에 얼굴이 따가웠지만, 공기는 맑고 상쾌하게 느껴졌다. 도러시는 행복했다, 행복! 아침의 '방문'이 끝나면 언제나 날아갈 듯 행복했는데, 기이하게도 그녀는 이 행복한 기분의 이유를 깨닫지 못했다. 낙농업자 볼라스의 목초지에 이르자 무릎까지 올라오는 반짝이는 풀밭 속에서 붉은 암소들이 풀을 뜯고 있었다. 바닐라와 싱싱한 건초를 끓여 농축한 듯한 암소들의 냄새가 도러시의 콧구멍 속으로 흘러들었다. 아침에 할 일이 아직 남아 있었지만, 그녀는 늑장을 부리고픈 유혹을 이기지 못하고 한 손을 볼라스의 목초지 대문에 댄 채 자전거를 멈추었다. 촉촉한 코가 연분홍빛을 띤 암소 한 마리가 문기둥에 턱을 긁더니, 멍하니 도러시를 바라보았다.

도러시는 산울타리 너머 꽃이 피지 않은 들장미를 하나 발견하고는, 해당화인지 알아볼 심산으로 대문을 타고 넘었다. 그러고는 울타리 밑의 키 큰 잡초들 사이로 무릎을 꿇었다. 여기 아래는 땅과 가까워서 무척 더웠다. 눈에 보이지 않는 수많은 벌레가 윙윙거리고, 베인 채 뒤엉킨 풀들에서 피어오른 여름의 진한 향이 그녀를 에워쌌다. 근처에 자라고 있는 높다란 회향 줄기는 길게 갈라진 이파리들을 늘어뜨린 모습이, 연한 청록빛 말들의 꼬리를 달고 있는 것처럼 보였다. 도러시는 회향 이파리를 하나 잡아당겨 얼굴에 대고, 그 진하고 달콤한 향을 들이마셨다. 잠깐 머리가 아찔해질 정도로 강하고 짙은 향이었다. 코로 깊이 빨아들인 향이 폐를 가득 채웠다. 사랑스럽기 그지없는 향기였다. 여름의 향기, 즐거운 어린 시절의 향기, 따뜻한 거품이 이는 동양의 바다에서 향신료에 흠뻑 젖어 있는 섬들의 향기!

도러시의 가슴은 갑작스러운 환희로 부풀어 올랐다. 어쩌면 그녀가 신의 사랑으로 오해하고 있을지도 모를 세상의 아름다움과 자연의 이치에서 느끼는 신비로운 환희였다. 뙤약볕과 달콤한 향과 나른한 벌레 소리 속에 무릎을 꿇고 앉아 있자니, 세상과 모든 피조물이 그들의 창조주에게 끊임없이 바치는 웅장한 찬가가 들리는 것만 같았다. 모든 초목, 이파리, 꽃, 풀이 반짝이는 몸을 바르르 떨며 환희 속에 울부짖고 있었다. 눈에 보이지 않는 종달새 성가대도 하늘에서 지저귀며 음악을 내려주었다. 여름의 풍요로움, 땅의 온기, 새들의 노래, 암소들의 냄새, 무수한 벌이 윙윙거리는 소리, 이 모두가 한데 어우러져 영원히 불타는 제단의 연기처럼 피어오르고 있었다. 그러므로 천사와 대천사와 함께! 기도를 시작한 도러시는 신앙의 환희에 빠져 잠시 자신도 잊은 채 열렬히 행복하게 기도를 올렸다. 그런데 1분도 채 지나지 않아 자신이 아직도 회향 이파리를 얼굴에 대고서 입을 맞추고 있다는 사실을 깨달았다.

도러시는 퍼뜩 정신을 차리고 이파리에서 얼굴을 떼어냈다. 그녀는 뭘 하고 있었던 걸까? 그녀가 찬양하고 있었던 건 하느님일까, 아니면 그저 이 세상일까? 가슴을 채웠던 환희가 썰물처럼 빠져나가더니, 자신도 모르게 거의 이교도적인 황홀경에 빠졌었다는 섬뜩하고 불편한 느낌이 찾아들었다. 도러시는 스스로를 꾸짖었다. 안 돼, 도러시! 자연숭배는 절대 안 된다고! 도러시는 아버지에게 자연숭배의 위험을 경고받았었다. 자연숭배를 비판하는 설교를 들은 적이 몇 번이던가. 아버지는 그것이 범신론에 불과하다고 말했는데, 현대의 역겨운 유행물이라는 사실에 더욱 분노하는 듯했다. 도러시는 장미 가시로 팔을 세 번 찌르며 삼위일체의 삼위격을 되새긴 후, 대문을 타고 넘어 자전거에 다시 올라탔다.

먼지투성이의 검은 셔블 모자* 하나가 산울타리의 모퉁이를 돌아 이쪽으로 다가오고 있었다. 역시 자전거를 타고 신도들의 집을 돌아다니고 있는 로마가톨릭 사제 맥과이어 신부였다. 통통하고 거대한 몸집 때문에 자전거가 아주 작아 보였는데, 자전거에 아슬아슬하게 올라탄 모습이 티에 얹은 골프공 같았다. 얼굴은 발그레하고 익살스러웠으며, 약간 음흉해 보였다.

도러시의 표정이 순식간에 어두워졌다. 그녀는 붉어진 얼굴로, 원피스 속에 있는 금십자가 목걸이의 언저리를 무심코 만졌다. 맥과이어 신부는 평온하고 조금은 즐거운 기색으로 그녀를 향해 달려오고 있었다. 도러시는 애써 미소 지으며 딱딱하게 중얼거렸다. "안녕하세요." 하지만 신부는 알은체도 하지 않고 그냥 지나가 버렸다. 그의 시선은 그녀의 얼굴을 쓱 훑고 지나 허공으로 향했다. 그녀의 존재를 알아채지 못한 척하는 감탄스러운 연기였다. 천성적으로 도러시는 아는 사람을 뚫어져라 쳐다보고도 모른 척하는 짓은 하지 못했다. 그녀는 자전거를 타고 달리기 시작하며, 맥과이어 신부를 만나기만 하면 그녀 안에 피어오르는 잔인한 생각들과 씨름했다.

5-6년 전, 맥과이어 신부가 성 애설스탠 교회의 묘지에서 장례식을 거행했을 때(나이프 힐에는 로마가톨릭 묘

---

* 성직자들이 쓰는 챙 넓은 모자.

지가 한 군데도 없었다), 도러시의 아버지는 맥과이어 신부의 예복 차림이 적절치 않다며 따지고 들었고, 두 사제는 덮지도 않은 무덤 옆에서 망신스럽게 언쟁을 벌였다. 그 후로 그들은 말도 섞지 않았다. 도러시의 아버지는 오히려 잘됐다고 말했다.

찰스 헤어 신부는 나이프 힐의 다른 성직자들—회중파 교회의 워드 씨, 감리교회의 폴리 씨, 에벤에셀 교회에서 난잡한 파티를 여는 시끄러운 대머리 노인—을 천박한 비국교도 패거리라 부르면서, 도러시에게 그들과 상종하여 그를 언짢게 하지 말라고 경고했다.

5

12시였다. 다 무너져가는 널따란 온실에서 〈찰스 1세〉
의 리허설이 다급하고 떠들썩하게 진행되고 있었다. 온
실 지붕의 판유리는 세월과 먼지의 여파로 인해 오래된
로마 유리처럼 흐릿하니 푸르스름했고 보는 각도에 따라
색깔이 변했다.

도러시는 리허설에 참여하진 않았지만 의상을 만드느
라 바빴다. 아이들이 하는 연극의 의상은 대부분 그녀가
만들었다. 연출과 무대감독은 주일학교 교사인 빅터 스
톤—도러시는 그냥 빅터라고 불렀다—이 맡았다. 작은
체구에 흥분을 잘하는, 검은 머리의 스물일곱 살 청년 빅
터는 성직자 복장과 비슷한 검은 옷을 입고, 돌돌 만 원
고를 우둔해 보이는 여섯 명의 아이들에게 사납게 흔들

어대고 있었다. 벽에 기대어진 기다란 벤치에 앉은 네 아이는 부지깽이를 서로 부딪쳐 '효과음'을 내는 연습을 하다가도 1페니어치의 박하사탕 40알이 들어 있는 작고 더러운 봉투를 두고 옥신각신 다투곤 했다.

온실 안은 지독하게 더웠고, 아교 냄새와 아이들의 시큼한 땀내가 풀풀 풍겼다. 도러시는 입에는 핀을 잔뜩 물고 손에는 큰 가위를 든 채 바닥에 무릎을 꿇고 앉아, 갈색 포장지를 길고 가느다란 조각들로 거침없이 잘랐다. 옆으로는 석유난로 위에서 아교 냄비가 보글보글 끓고 있었다. 뒤로는 여기저기 잉크가 묻은, 곧 쓰러질 듯 위태위태한 작업대 위에 만들다 만 의상들과 갈색 포장지들, 재봉틀, 삼베 꾸러미들, 마른 아교 조각들, 나무로 만든 검들, 뚜껑 열린 페인트 통들이 놓여 있었다. 도러시는 찰스 1세와 올리버 크롬웰이 신을 17세기의 군화를 두 켤레나 어떻게 만들까 고민하면서, 빅터가 리허설을 할 때마다 으레 그러듯 점점 더 불같이 화를 내며 질러대는 고함 소리에 귀를 기울였다. 어수룩한 아이들을 데리고 연극 연습을 하는 건 타고난 배우인 그에게 몹시도 고되고 따분한 일이었다. 빅터는 성큼성큼 걸어 다니며 거친 속어로 열변을 토하다가, 가끔은 말을 멈추고 작업대에서 집어 온 목검으로 아이들을 찔러대곤 했다.

"생기를 좀 불어넣을 수 없어?" 빅터는 황소 같은 얼굴을 한 열한 살짜리 아이의 배를 쿡 찌르며 소리쳤다. "웅얼웅얼하지 말고! 뭔가 의미가 담긴 말처럼 대사를 치란 말이야! 꼭 무덤에서 나온 시체 같잖아. 그렇게 속으로 옹알이만 하면 어쩌겠다는 거야? 똑바로 서서 소리를 쳐. 덜떨어진 살인자 같은 표정은 집어치우고!"

"이리 와, 퍼시!" 도러시가 입에 핀을 문 채 소리쳤다. "얼른!"

그녀는 아교와 갈색 포장지로 갑옷을 만들고 있었다. 지긋지긋한 군화를 빼고는 가장 어려운 작업이었다. 오랜 경험을 통해 도러시는 아교와 갈색 포장지만 있으면 만들지 못하는 것이 거의 없었다. 심지어는 갈색 포장지에 염색한 삼베를 머리카락으로 붙여 그런대로 괜찮은 가발까지 만들 수 있었다. 한 해 동안 그녀가 아교와 갈색 포장지, 무명천, 그리고 아마추어 연극에 필요한 온갖 자잘한 소품과 씨름하는 데 쏟아붓는 시간은 엄청났다. 교회에 늘 돈이 궁하다 보니, 자선 바자회는 말할 것도 없고 학교 연극이나 가장행렬이나 활인화(活人畫)* 공연을 하지 않고 지나가는 달이 거의 없었다.

대장장이의 아들인 작은 몸집의 곱슬머리 소년 퍼시 조잇이 벤치에서 내려와 몸을 비비 꼬며 도러시 앞에 억지로 섰다. 도러시는 갈색 포장지 한 장을 집어 퍼시에게

---

* 살아 있는 사람이 분장하여 정지된 모습으로 명화나 역사적 장면 등을 연출하는 공연.

댄 다음, 목과 팔이 들어갈 부분에 구멍을 내고 아이의 몸통에 종이를 걸친 후 빠른 손놀림으로 핀을 꽂아 대충 흉갑의 모양을 만들었다. 목소리들이 한데 뒤엉켜 시끄러웠다.

빅터: "자, 자, 뭐 해! 올리버 크롬웰 입장. 너잖아! **아니,** 그게 아니지! 설마 올리버 크롬웰이 방금 매질당한 개처럼 그렇게 살금살금 걸어 나오겠어? 똑바로 서. 가슴을 앞으로 쭉 내밀고. 인상을 쓰란 말이야. 좀 낫군. 이제 계속해, 크롬웰: '멈춰라! 내 손에 권총이 있다!' 해봐."

소녀: "저기요, 도러시, 엄마가 그러는데요……."

도러시: "가만히 좀 있어, 퍼시! **제발** 좀 가만있으라니까!"

크롬웰: "엄쳐라! 내 옹에 건총이 있다!"

벤치에 앉은 작은 소녀: "선생님! 사탕을 떨어뜨렸어요! (코를 훌쩍이며) 사탕을 떨어뜨렸어요-오-오!"

빅터: "아니, 아니, 그게 **아니지,** 토미! 아니, 아니, **아니야!**"

소녀: "저기, 엄마가 내 속바지를 만들어주기로 했었는데 못 만들겠대요, 왜냐하면……."

도러시: "네가 또 그러면 내가 핀을 삼키고 말 거야."

크롬웰: "멈춰라! 내 손에 권총이……."

작은 소녀: (눈물을 흘리며) "내 사타아아아앙!"

도러시는 아교 붓을 쥐고는 퍼시의 가슴 부분에 갈색 포장지 조각들을 위아래로, 앞뒤로 왔다 갔다 하며 차곡차곡 빠른 속도로 붙여나갔다. 종이가 손가락에 붙을 때만 멈추었다. 5분 만에 그녀는 아교와 갈색 포장지로 흉갑을 하나 뚝딱 만들어냈다. 어찌나 튼튼한지, 아교가 마르고 나면 진짜 검과도 한판 붙어볼 만했다. 날카로운 종이 가장자리에 턱을 베고 '완벽한 강철에 갇힌' 퍼시는 목욕하는 개처럼 절망하고 체념한 표정으로 자기 몸을 내려다보았다. 도러시는 가위를 집어 흉갑의 한쪽을 길게 튼 다음 말리기 위해 세로로 세워두고, 얼른 다음 아이로 넘어갔다. 권총 사격과 말발굽을 흉내 내는 '효과음' 연습이 시작되자 쨍그랑거리는 소리가 무시무시하게 터져 나왔다. 손가락이 점점 더 끈적끈적해졌지만, 도러시는 미리 준비해둔 뜨거운 물로 간간이 아교를 떼어냈다. 20분 만에 그녀는 흉갑 세 개를 어느 정도 마쳤다. 나중에 제대로 완성한 다음 알루미늄 페인트를 칠하고 옆구리 부분을 끈으로 매면 끝이었다. 그 후엔 허벅지 부분과 최악으로 힘든 투구를 만들어야 했다. 빅터는 시끄러운 말발굽 소리보다 더 크게 고함을 지르고 검을 휘두르며 올리버 크롬웰, 찰스 1세, 원두당,* 왕당파, 소작농

※ 영국 청교도혁명 시대의 의회파를 이르던 말. 머리를 짧게 깎았다 하여 이런 이름이 붙었다.

들, 궁정 여인들을 차례로 연기하고 있었다. 산만해진 아이들은 하품을 하고, 징징거리고, 선생님 몰래 서로 발로 차고 꼬집어댔다. 흉갑이 완성되자마자 도러시는 작업대에 어질러져 있는 것들을 쓸어낸 다음, 재봉틀을 끌어당겨 왕당파의 녹색 벨벳 더블릿*을 만들기 시작했다. 실은 번들거리는 녹색 무명천이었지만, 멀리서 보면 그럴듯했다.

10분간의 열띤 작업이 또다시 시작되었다. 실이 끊어지자 도러시는 "젠장!"이라고 내뱉을 뻔하다가 정신을 차리고는 서둘러 실을 다시 꿰었다. 시간이 촉박했다. 연극까지는 2주밖에 남지 않았는데, 아직 만들지 못한 것이 너무 많았다. 투구, 더블릿, 검, 군화(지난 며칠 동안 그 끔찍한 군화가 악몽처럼 그녀의 머릿속을 떠나지 않았다), 칼집, 소매와 옷깃에 달 프릴, 가발, 박차, 무대배경. 생각만 해도 기운이 빠졌다. 아이들의 부모는 연극 의상 만드는 일을 전혀 도와주지 않았다. 좀 더 정확히는, 항상 도와주겠다고 약속해놓고는 나중에 발을 뺐다. 온실 안의 열기 때문에, 그리고 재봉틀을 돌리는 동시에 갈색 포장지로 군화의 본을 어떻게 뜰지 머릿속으로 계산하느라 힘들어서 도러시는 미치도록 머리가 아팠다. 지금 이 순간만큼은 카길스 정육점에 갚아야 할 외상값 21파운드

---

* 14-17세기에 남성들이 입던 짧고 꼭 끼는 상의.

7실링 9펜스도 생각나지 않았다. 앞으로 만들어야 할 무시무시한 양의 옷 말고는 아무 생각도 할 수 없었다. 하루 종일 이런 식이었다. 골치 아픈 문제가 잇따라 불쑥불쑥 떠올랐다. 연극 의상, 무너져 내리고 있는 종탑 바닥, 가게들에 갚아야 할 외상값, 콩밭을 망치고 있는 덩굴 잡초. 하나같이 너무도 시급하고 성가신 문제라 그중 한 가지가 떠오르면 다른 것은 머릿속에서 싹 다 지워졌다.

빅터는 목검을 휙 던지고 손목시계를 꺼내더니 시간을 보았다.

"이제 그만! 금요일에 계속하지. 다들 가버려. 꼴도 보기 싫으니까." 그는 아이들을 상대할 때마다 항상 그러듯 퉁명스럽고 차갑게 말했다.

아이들이 나가는 모습을 지켜보던 빅터는 시야에서 사라지자마자 아이들의 존재를 잊고는 주머니에서 악보를 하나 꺼내더니 초조하게 이리저리 서성이다, 구석에 쓸쓸히 방치된 화분 두 개를 힐끔 쳐다보았다. 죽어서 갈색으로 변한 덩굴손이 화분 가장자리 너머로 축 늘어져 있었다. 도러시는 여전히 재봉틀로 몸을 구부린 채 녹색 벨벳 더블릿의 솔기를 박고 있었다.

빅터는 활동적이고 지적인 청년으로, 누군가 혹은 무언가와 다툴 때만 행복을 느꼈다. 섬세한 이목구비에 안색이 파리한 얼굴은 무슨 불만이라도 있나 싶은 표정을 짓고 있지만, 실은 불만이 아니라 소년 같은 열망이었다.

빅터를 처음 만나는 사람은 그가 마을 교사라는 별 볼 일 없는 직업에 재능을 썩히고 있다고 말하곤 했지만, 사실 빅터는 음악적 재능이 약간 있고 아이 다루는 실력이 아주 뛰어날 뿐 달리 내세울 만한 재주는 전혀 없었다. 다른 방면으로는 부족했지만 아이들을 상대하는 실력만큼은 탁월했다. 그는 학생들에게 교사로서 적절하고 엄격한 태도를 취했다. 하지만 물론, 다른 모든 사람처럼 빅터도 자신만의 이 특별한 재주를 경멸했다. 그의 관심사는 거의 일편단심 교회였다. 그는 사람들이 흔히 말하는 **종교에 미친** 청년이었다. 한결같이 성직자를 꿈꾸었으며, 그리스어와 히브리어를 익힐 능력만 있었다면 정말 그렇게 했을 것이다. 사제가 되지 못한 그는 자연스럽게 교회 교사이자 오르간 연주자로 자리 잡았다. 그 덕에 어쨌든 교회에 몸담을 수 있었다. 말할 것도 없이 빅터는《처치 타임스(_Church Times_)》의 열혈 구독자인 강경한 앵글로 가톨릭주의자였다. 성직자들보다 더 성직자다워서 교회의 역사를 잘 알았고, 예복에 관해서는 전문가 수준이었으며, 근대주의자, 개신교도, 과학자, 과격한 공산주의자, 무신론자를 만나면 언제든 신랄한 맹비난을 퍼부을 준비가 되어 있었다.

도러시가 재봉틀을 멈추고 실을 끊으며 말했다. "생각해봤는데, 낡은 중절모를 구할 수 있으면 그걸로 투구를 만들까 봐요. 챙을 잘라내고, 종이로 은색 투구 챙을 만들어서 붙이면 돼요."

"맙소사, 뭐 하러 그런 고민을 합니까?" 리허설이 끝나 자마자 연극 따위는 빅터의 관심 밖으로 사라져버렸다.

"제일 걱정인 건 그 끔찍한 군화예요." 도러시는 더블 릿을 무릎에 걸친 채 내려다보며 말했다.

빅터가 악보를 펼치며 말했다. "오, 그놈의 군화! 잠시 라도 연극 생각은 집어치우고 내 말 좀 들어봐요. 신부님 한테 나 대신 물어봐 줄래요? 다음 달에 예배 행진을 하 면 안 되느냐고."

"또? 왜요?"

"음, 글쎄요. 이유야 찾으면 되죠. 8일이 성모마리아 탄 신 축일이잖습니까. 그 정도면 충분한 이유가 되지 않을 까 싶은데. 아주 멋들어지게 해보자고요. 다 같이 우렁차 게 부를 수 있는 정말 흥겨운 찬가를 하나 구했거든요. 그리고 밀버러의 성 베데킨트 교회에서 성모마리아가 그 려진 파란 배너를 빌릴 수 있을 겁니다. 신부님이 허락만 하시면 곧장 성가대 연습에 들어갈게요."

도러시는 더블릿에 단추를 달기 위해 바늘에 실을 꿰 며 말했다. "아버지가 반대하실 게 뻔하잖아요. 아버지는 예배 행진을 정말 안 좋아하세요. 괜히 물어봤다간 아버 지 화만 돋울 거예요."

"젠장! 마지막 행진이 몇 개월 전이었잖습니까. 그렇게 따분한 예식은 처음 봤어요. 무슨 침례교회도 아니고." 빅터가 따지듯 말했다.

빅터는 신부의 정확하고 따분한 예배 집전에 항상 불만을 품고 있었다. 그가 꿈꾸는 이상적인 방식은 이른바 '진정한 가톨릭식 예배'였다. 말하자면, 무한히 피어오르는 향, 도금한 그림이나 조각상들, 그리고 좀 더 로마적인 예복이 필요한 것이다. 오르간 연주자 자격으로 빅터는 언제나 더 많은 행진, 더욱 풍성한 음악, 더욱 정교한 성가를 강하게 요구했고, 그래서 빅터와 신부 간에 팽팽한 줄다리기가 끊임없이 이어졌다. 도러시는 이 문제만큼은 아버지 편이었다. 영국국교회 특유의 이성적인 엄격한 중용을 중시하는 분위기에서 자란 그녀로서는 '제의적인' 모든 것이 싫고 조금은 두려웠다.

빅터가 말을 이었다. "나 참! 행진이 얼마나 재미있다고요! 신도석 중앙 통로를 지나서 서쪽 문으로 나간 다음 남쪽 문으로 들어오는 거예요. 촛불을 든 성가대가 행렬을 뒤따라가고, 배너를 든 보이스카우트가 앞장서고. 얼마나 보기 좋겠어요." 그는 가늘지만 아름다운 테너 목소리로 한 구절을 불렀다.

"축제의 날이여, 어서 오라, 영원히 경배받을 축복의 날이여!" 그런 다음 덧붙였다. "그리고 내 뜻대로 할 수만 있다면, 사내아이 둘한테 긴 사슬이 달린 멋진 향로를 동시에 흔들도록 시킬 겁니다."

"그래요, 하지만 신부님이 그런 걸 얼마나 싫어하시는

지 당신도 알잖아요. 동정녀 마리아에 관한 거라면 더더욱. 아버지 말씀으로는 그건 모두 로마 열병이고, 그것 때문에 사람들이 엉뚱한 때 성호를 긋고 무릎을 꿇고 하는 거래요. 대림절에 무슨 일이 있었는지 기억하죠?"

지난해 빅터는 대림절 성가로 "마리아 님 기뻐하소서, 마리아 님 기뻐하소서, 은총이 가득하신 마리아 님 기뻐하소서!"라는 후렴구가 있는 642장을 독단으로 선택했다. 로마가톨릭의 냄새가 풀풀 풍기는 이 성가에 신부는 노발대발했다. 1절이 끝나자 신부는 성가집을 툭 내려놓고는 몸을 돌려 아주 차가운 표정으로 신도들을 응시했고, 그러자 성가대 소년 몇 명이 더듬거리며 거의 울음을 터뜨리려 했다. 나중에 신부는 시골뜨기들이 어눌한 발음으로 후렴구를 외칠 때 도그 앤드 보틀의 싸구려 바가 떠올랐다고 말했다.

"젠장! 내가 예배에 생기를 좀 불어넣으려고 할 때마다 당신 아버지가 황소고집을 피우니. 향도, 제대로 된 음악도, 정식 예복도 허용을 안 하지. 그래서 어떻게 됐어요? 심지어 부활절에도 신도석이 4분의 1도 안 차잖아요. 그나마 나오는 사람이라고 해봐야 보이스카우트, 걸가이드, 할머니 몇 명이 전부죠." 빅터가 분해하며 말했다.

"나도 알아요. 정말 심각하죠." 도러시는 단추를 꿰매어 달며 인정했다. "우리가 뭘 하든 달라질 것 같지 않아요. 사람들은 그냥 교회에 안 나와요. 그래도." 그녀가 덧붙였다. "결혼식이랑 장례식 때 오기는 하죠. 그리고 올해 신도가 줄어들지는 않았을 거예요. 부활절 성찬례에 거의 200명이 참석했으니까."

"200명! 2,000명은 돼야죠. 이 마을 인구가 그렇잖습니까. 사실 마을 사람들 중 4분의 3은 평생 교회 근처에도 안 가요. 교회는 이제 사람들한테 아무런 힘도 못 씁니다. 교회가 있는 줄도 모를걸요. 그 이유가 뭘까요? 난 알 것 같은데. 이유가 뭐겠습니까?"

"그게 다 과학이다, 자유사상이다 하는 것들 때문이겠죠." 도러시는 아버지의 말을 인용하며 짐짓 무게를 잡았다.

이 발언에 빅터는 원래 하려던 말을 잊었다. 그는 성 애설스탠 교회의 예배가 따분해서 신도 수가 줄었다고 말할 참이었다. 하지만 과학과 자유사상이라는 싫어하는 단어들이 나오자 또 한 번 폭발했다. 그의 이런 반응은 너무도 익숙한 모습이었다.

"그래요, 그 자유사상이라는 게 문젭니다!" 빅터는 이렇게 외치며, 다시 안절부절못하고 이리저리 서성이기 시작했다. "버트런드 러셀이나 줄리언 헉슬리 같은 꼴통 무신론자들. 제대로 항변해서 그 멍청이들과 거짓말쟁이들한테 망신을 주기는커녕 놈들이 그 끔찍한 무신론을 온 세상에 퍼뜨리고 다니는 걸 구경만 하고 있으니 교회가 망할 수밖에. 물론 이 모두가 주교들 잘못이지." (모든 앵글로가톨릭주의자처럼 빅터도 주교들을 깊이 경멸했다.)

"그 인간들은 하나같이 근대주의자, 기회주의자예요. 참!" 그는 멈칫하더니 좀 더 유쾌하게 덧붙였다. "지난주에 내가 《처치 타임스》에 기고한 글 봤어요?"

"아니요, 미안하지만 못 봤어요." 도러시는 엄지손가락으로 또 다른 단추의 위치를 잡으며 답했다. "무슨 내용이었는데요?"

"아, 근대주의자 주교들과 그 밖에 이것저것. 영감탱이 반스한테 한 방 제대로 먹였죠."

빅터는 거의 매주 《처치 타임스》에 편지를 보냈다. 그는 모든 논쟁의 중심에 있었는데, 특히 《처치 타임스》가 근대주의자와 무신론자를 표적으로 삼을 땐 인정사정없이 끼어들었다. 메이저 박사와 두 번 격론을 벌였고, 주임 사제 잉거와 버밍엄의 주교를 신랄하게 비꼬는 편지를 썼으며, 극악무도한 러셀에 대한 직접적인 공격도 서슴지 않았다. 물론 러셀은 아무런 답도 하지 않았다. 솔직히 말해 도러시는 《처치 타임스》를 거의 읽지 않았고, 신부는 사제관에서 그 신문이 한 부만 눈에 띄어도 화를 냈다. 사제관에서 받는 주간신문은 《하이 처치맨스 가제트(High Churchman's Gazette)》였다. 발행 부수가 아주 적은 이 오래된 신문은 시대착오적이고 전통적인 보수주의를 고수했다.

"역겨운 러셀 자식! 그 인간만 생각하면 피가 끓어오른단 말이야!" 빅터는 두 손을 주머니에 푹 찔러 넣은 채 회상에 잠겨 말했다.

"똑똑한 수학자인가 뭔가 하는 사람 아니에요?"도러시는 실을 이로 끊으며 말했다.

"뭐, 자기 분야에서는 똑똑하겠죠."빅터는 마지못해 인정했다. "하지만 그게 무슨 상관입니까? 숫자에 밝다고 해서—뭐, 어쨌든! 하고 있던 얘기로 돌아가죠. 왜 우리는 사람들을 교회로 불러오지 못할까요? 그건 우리 예배가 너무 삭막하고 불경해서 그렇습니다. 사람들은 예배다운 예배를 원해요. 우리가 속한 진정한 가톨릭교회의 진정한 가톨릭 예배 말입니다. 그런데 우리가 그걸 안 해주고 있잖아요. 개신교 교회에나 어울리는 낡은 헛소리, 완전히 끝장난 개신교 교리나 들려주고 있으니."

"그렇지 않아요."도러시는 세 번째 단추를 제자리에 꾹 누르며 자못 날카롭게 말했다. "우린 개신교 교회가 아니에요. 영국국교회는 가톨릭교회라고 신부님도 항상 말씀하시잖아요. 사도전승*에 관한 설교를 얼마나 많이 하셨어요? 그래서 포크손 경 같은 분들이 우리 교회에 안 오시잖아요. 아버지가 앵글로가톨릭주의 운동에 동참하시지 않는 건 제의를 위한 제의에 집착한다고 생각해서예요. 나도 거기에 동감하고요."

---

* 교회의 성직(특히 가톨릭의 주교)이 예수의 사도들로부터 이어져 내려왔다는 교리.

"아니, 내 말은 당신 아버지가 교리에 충실하지 않다는 소리가 아니에요. 전적으로 충실하시죠. 그런데 우리가 가톨릭교회라면서 왜 제대로 된 가톨릭 예배를 올리지 않으실까요? **가끔이라도** 향을 피우지 못한다니, 너무 하찮습니까. 그리고 예복에 관한 신부님의 생각은 말이죠, 미안하지만, 그냥 끔찍합니다. 부활절에 신부님은 현대 이탈리아식 레이스 장백의*를 입으셨죠. 갈색 장화를 신고 중산모를 쓴 차림과 다를 게 뭡니까."

"음, 난 예복이 그렇게 중요하다고 생각하지 않아요. 중요한 건 사제의 옷이 아니라 정신이죠."

"원시감리교** 신자들이나 할 법한 소리를!" 빅터는 역겹다는 듯 소리쳤다. "예복은 당연히 중요하죠! 제대로 하지 않을 거면 뭐 하러 예배를 올립니까? 진정한 가톨릭 신앙을 보고 싶다면, 밀버러의 성 베데킨트 교회를 봐요! 거긴 아주 멋들어지게 한다고요! 성모상을 모시고, 불참자들을 위해 성찬을 남겨두고, 뭐든 제대로. 세 번이나 켄짓파*** 신자들을 설득해서 자기들 교회에 나오게 했고, 주교는 그냥 무시해버리죠."

"오, 난 성 베데킨트 교회의 예배 방식이 마음에 안 들

---

* 사제가 미사 때 입는 길고 흰 웃옷.

** 1810년 잉글랜드에서 조직된 감리교 보수파.

*** 1889년 존 켄짓이 영국국교회 내의 로마가톨릭 영향에 반대하여 창설한 개신교 진리 협회(Protestant Truth Society)의 신도들.

어요! 너무 자극적이에요. 향 연기가 자욱해서 제단이 보이지도 않잖아요. 그런 사람들은 그냥 로마가톨릭으로 개종하는 게 나아요." 도러시가 말했다.

"친애하는 도러시, 당신은 비국교도였어야 했는데. 진심으로 하는 말입니다. 플리머스 형제단*의 형제, 아니 자매든 뭐든. 당신이 좋아하는 성가는 567장이겠군요. '오, 두려운 주여, 주께서는 너무 높으시니!'"

"당신은 231장을 좋아하겠군요. '나는 밤마다 나의 움직이는 장막을 로마에 더 가까이 짓는다네!'**" 도러시가 마지막 단추에 실을 빙빙 감으며 날카롭게 대꾸했다.

도러시가 왕당파의 중산모(도러시가 쓰고 다녔던 낡은 검은색 펠트로 된 학교 모자)에 깃털과 리본을 달아 장식하는 몇 분 동안 두 사람은 계속 옥신각신했다. 그녀와 빅터는 같은 공간에 오래 있기만 하면, 제의에 대한 집착이 옳으냐 아니냐를 두고 꼭 다투었다. 도러시가 보기에 빅터는 막지만 않으면 가톨릭으로 개종할 사람이었고, 그녀의 이런 생각은 허황한 것이 아니었다. 하지만 빅터는 자신에게 다가올지도 모를 운명을 아직 의식하지 못하고 있었다. 지금 당장은, 세 전선—오른쪽에는 개신교도들이, 왼쪽에는 근대주의자들이, 그리고 안타깝게도

---

* 1820년대 후반 아일랜드 더블린에서 기독교 근본주의 성격의 복음주의 운동으로 태어난 개신교 교파.

** 원래 가사는 '집(home)에 더 가까이 짓는다네'이다.

뒤쪽에는 간교한 공격을 엿보는 로마가톨릭교도들이 있었다―에서 끊임없이 흥미진진한 전쟁을 벌이고 있는 앵글로가톨릭주의 운동의 열기에 푹 빠져 있었다.《처치타임스》를 통해 메이저 박사와 벌인 논쟁에서 거둔 승리는 빅터에게 인생의 그 어떤 중대사보다 더 큰 보람을 가져다주었다. 하지만 이렇듯 종교에 미친 그가 정작 자신이 속한 조직에는 눈곱만큼의 신심도 갖고 있지 않았다. 빅터가 종교적 논쟁에 끌리는 건 그것을 일종의 게임으로 여기기 때문이었다. 영원히 계속되고 아주 조금의 반칙만 허용되기에, 세상에서 가장 몰입감 넘치는 게임.

"살았다, 드디어 끝났어!" 도러시는 왕당파의 중산모를 손 위로 빙빙 돌린 다음 내려놓았다. "휴, 그래도 아직 할 일이 산더미처럼 남았네! 그 지긋지긋한 군화 생각 좀 안 하고 싶어. 몇 시예요, 빅터?"

"1시까지 5분 정도 남았어요."

"이런, 큰일 났네! 뛰어가야겠어. 오믈렛을 세 개 만들어야 하는데. 엘런은 못 믿겠고. 그리고, 참, 빅터! 혹시 자선 바자회에 내놓을 물건 없어요? 낡은 바지 한 벌이면 좋을 텐데. 바지는 항상 잘 팔리거든요."

"바지요? 아니요. 그 대신 내놓을 수 있는 걸 말해줄게요.『천로역정』과 폭스의『순교자 열전』요. 몇 해 전부터 없애고 싶었거든요. 개신교의 더러운 쓰레기! 국교에 반대하는 늙은 이모한테 받은 책들이죠. 이렇게 돈 구걸하는 거 지겹지도 않아요? 예배를 제대로 된 가톨릭 방식으로 올린다면, 그래서 신도 수가 늘어난다면, 이런 고생을 할…….."

"잘됐네요. 책 판매대는 항상 있거든요. 한 권당 1페니에 팔면 거의 다 팔려요. 이번 자선 바자회는 꼭 성공해야 해요, 빅터! 메이필 양이 정말 **괜찮은** 걸 내놓지 않으실까 기대 중이에요. 특히 그 예쁘고 낡은 로스토프트 도자기 찻잔 세트를 기부해주시면, 적어도 5파운드에 팔릴 거예요. 제발 메이필 양에게 그 찻잔을 받을 수 있게 해달라고 아침 내내 특별 기도를 올렸어요." 도러시가 말했다.

"오?" 빅터가 평소보다 뜨뜻미지근하게 말했다. 아침 일찍 만났던 프로겟처럼, 그도 '기도'라는 단어에 당혹스러워진 것이다. 제의의 의미에 관해서라면 하루 종일 떠들 수 있을지 몰라도, 사적인 신앙생활을 이야기하는 건 그에게 약간 남부끄러운 일이었다. "잊지 말고 당신 아버지한테 예배 행진 얘기 좀 해줘요." 그는 좀 더 가벼운 주제로 돌아갔다.

"알았어요, 여쭤보기는 할게요. 하지만 결과는 뻔해요. 짜증 내시면서 로마 열병이라고 하겠죠."

"그놈의 빌어먹을 로마 열병!" 도러시와 달리 빅터는 욕설에 아무런 죄책감도 느끼지 않았다.

도러시가 서둘러 부엌으로 가봤더니, 달걀 다섯 개로 3인분의 오믈렛을 만들어야 하는 상황이었다. 그래서 큼직

111

한 오믈렛을 하나 만들고, 어제 먹다 남은 차가운 삶은 감자를 넣어 조금 부풀리기로 했다. 오믈렛을 성공적으로 만들 수 있게 해달라고 짧은 기도를 올리며(오믈렛은 프라이팬에서 꺼낼 때 너무 쉽게 망가졌다) 그녀는 달걀을 휘저었다. 그 사이 빅터는 절반은 애틋하게, 절반은 부루퉁하게 "축제의 날이여, 어서 오라"를 콧노래로 흥얼거리며 사제관 진입로를 급하게 걸어가다가, 메이필 양이 자선 바자회에 내놓을 손잡이 없는 요강 두 개를 넌더리 난 표정으로 나르고 있는 하인을 지나쳤다.

6

10시가 조금 지났다. 여러 가지 일들이 있었지만, 딱히 중요한 일은 없었다. 오후와 저녁 내내 평소처럼 교구 관련 용무를 보았을 뿐이다. 지금 도러시는 아침에 약속했던 대로 워버턴 씨의 집이었고, 그의 농간으로 끌려 들어간 두서없는 논쟁에서 지지 않으려 애쓰고 있었다. 그들은 신앙이라는 문제에 관해 얘기를 나누는 중이었는데, 워버턴 씨는 늘 교묘하게 대화의 주제를 이쪽으로 몰고 갔다.

"도러시." 워버턴 씨가 한 손은 코트 주머니에 집어넣고 한 손으로는 브라질산 시가를 든 채 이리저리 서성이며 말하고 있었다. "도러시, 설마하니 당신 나이에─스물일곱으로 알고 있소만─그리고 그 지성에, 신앙을 아직도 거의 '온전한' 상태로 유지하고 있단 말이오?"

"물론이죠. 그렇다는 걸 워버턴 씨도 아시잖아요."

"오, 이런! 그 속임수 덩어리를? 엄마 무릎에 앉아서 배웠던 그 모든 헛소리를? 아직도 그걸 믿는 척한단 말이오? 설마! 그럴 리가! 당신은 그저 인정하기가 두려운 것뿐이오. 여기서는 아무 걱정 할 필요 없소. 지방 구역장의 아내도 없고, 난 입을 단단히 잠글 테니까."

"'그 모든 헛소리'라니, 그게 무슨 말씀이시죠?" 조금 기분이 상한 도러시는 허리를 더 꼿꼿이 펴며 말했다.

"자, 한 가지 예를 들어봅시다. 특히 받아들이기 힘든 것. 이를테면 지옥. 당신은 지옥의 존재를 믿소? 내가 말하는 **믿음**이라는 건, 감상적이고 은유적으로 믿는다는 뜻이 아니오. 젊은 빅터 스톤이 질색하는 근대주의자 주교들처럼. 정말로 지옥을 믿소? 오스트레일리아의 존재를 믿듯이 지옥의 존재를 믿느냐 이 말이오."

"그럼요, 믿어요." 도러시는 지옥의 실재가 오스트레일리아의 실재보다 훨씬 더 현실적이고 영원하다는 걸 그에게 설명하려 애썼다.

"흠." 워버턴 씨는 시큰둥하게 답했다. "나름 그럴듯하군. 하지만 난 당신네 종교인들이 항상 미심쩍다오. 자신의 믿음에 대해 지독히도 냉정하거든. 상상력이 빈약하다는 증거지. 여기 있는 나는 신앙심도 없고 불경하며 7대 죄악 중 적어도 여섯 가지는 저질렀으니, 분명 영벌

114

을 받을 운명이오. 그러니 누가 또 알겠소, 한 시간 후에 내가 지옥의 가장 뜨거운 곳으로 떨어져 구워지고 있을지. 그런데 당신은 거기 앉아서 아무 일도 없을 것처럼 내게 말을 하고 있잖소. 이제, 내가 암이나 나병 같은 병에 걸린다고 해봅시다. 그럼 당신은 꽤 괴로워하겠지—그런 즐거운 착각이라도 하게 해주시오. 반면에 내가 영원토록 불판 위에서 지글지글 굽힐지도 모른다는 사실은 크게 신경 쓰지 않는 것 같소만."

"워버턴 씨가 지옥에 갈 거라는 말은 안 했어요." 도러시는 약간 거북해졌다. 대화의 방향을 바꾸고 싶었다. 사실 그에게 말하진 않겠지만, 워버턴 씨가 제기한 문제는 그녀 자신도 분명 고민했던 점이었다. 도러시는 지옥의 존재를 분명히 믿었지만, 누군가가 그곳에 실제로 **간다**고는 확신할 수 없었다. 그녀는 지옥이 존재한다고 믿었지만, 그곳은 비어 있었다. 이런 믿음이 이단인지 아닌지 확신할 수 없었기에 그녀만의 비밀로 간직하고 있었다. "**누군가** 지옥으로 갈지 아닐지는 확실히 정해져 있는 게 아니에요." 이 점에서만큼은 자신이 있었기에 도러시는 좀 더 확고하게 말했다.

"아니! 설마 내게도 아직 희망이 있단 말이오?" 워버턴 씨는 짐짓 놀란 표정으로 우뚝 멈추어 섰다.

"물론 있죠. 회개하든 아니든 지옥으로 간다고 주장하는 건 끔찍한 예정론자들뿐이에요. 영국국교회가 칼뱅파라고 생각하시는 건 아니죠?"

"불가항력적 무지*라는 것도 있으니 좀 봐주시오." 워버턴 씨는 생각에 잠겨 이렇게 말하더니 좀 더 자신 있게 말을 이었다. "도러시, 나를 안 지 2년이 지났는데 당신은 아직도 나를 개종시킬 수 있다고 생각하는 것 같소. 나를 길 잃은 양, 불에서 꺼낸 그슬린 나무 따위로 보는 거지. 조만간 내 눈이 활짝 뜨이면, 지독하게 추운 어느 겨울 아침 7시에 성찬례에서 날 보게 될 거라고 아직도 헛된 희망을 버리지 못한 거야. 안 그렇소?"

"그야……." 도러시는 또 거북해졌다. 그런 희망을 품고 있는 건 사실이었지만, 워버턴 씨에게서는 개종 가능성이 거의 보이지 않았다. 믿음이 없는 사람을 보면 교화하려고 조금이라도 노력하는 것이 그녀의 천성이었다. 납득할 만한 이유 하나 없이 신을 믿지 않는 자들과 열띤 토론을 벌이느라 얼마나 많은 시간을 쏟아부었던가! "맞아요." 도러시가 인정한 것은 딱히 자백하고 싶어서가 아니라 얼버무리고 싶지 않아서였다.

워버턴 씨는 유쾌하게 웃었다.

"당신은 긍정적인 성격이군요. 하지만 혹시라도 내가 **당신을** 개종시킬까 두렵진 않소? 자기가 놓은 덫에 걸리

＊ 기독교의 메시지를 들을 기회가 없었기 때문에 모르는 사람(이교도들이나 아기들 같은)의 상태를 지칭하는 말.

는 사람도 있으니 말이오."

이 말에 도러시는 그저 미소 지었다. '충격받은 기색을 절대 보이지 말 것.' 그녀가 워버턴 씨와 대화할 때마다 항상 되새기는 규칙이었다. 지난 한 시간 동안 그들은 어떤 결론에도 이르지 못한 채 이런 식으로 논쟁을 벌였고, 도러시가 계속 머물 마음만 있다면 두 사람의 말다툼은 밤새도록 이어질 것 같았다. 워버턴 씨는 걸핏하면 도러시의 신앙을 걸고넘어지며 그녀를 놀렸다. 그에게는 불신앙과 종종 한패가 되는 치명적 영리함이 있었고, 논쟁을 벌일 때마다 도러시가 항상 **옳았지만** 항상 이기지는 못했다. 그들은 달빛 비치는 잔디밭이 창으로 내다보이는 널찍하고 쾌적한 방—워버턴 씨는 이 방을 '작업실'이라 불렀지만, 어떤 작업의 흔적도 보이지 않았다—에 앉아 있었다. 아니, 도러시는 앉아 있고, 워버턴 씨는 서 있었다. 유명한 뷸리 씨가 끝내 나타나지 않아 도러시는 크게 실망했다.(사실 뷸리 씨도, 그의 아내도, 『양어장과 첩들』이라는 제목의 소설도 실제로 존재하지 않았다. 워버턴 씨가 도러시를 집으로 초대할 구실을 만들기 위해 즉흥적으로 셋 모두 지어낸 것이었다. 다른 손님 없이는 도러시가 절대 오지 않으리라는 걸 알았기 때문이다.) 도러시는 워버턴 씨가 혼자 있는 걸 알고는 조금 불편했었다. 곧장 집으로 돌아가는 것이 현명하다는 생각이, 아니 완벽한 확신이 들었다. 그래도 그녀는 떠나지 않았다. 지독히 피곤한 데다, 도러시가 집에 들어가자마자 워버턴 씨가 툭 밀어 앉힌 가죽 안락의자가 너무도 안락해서 일어날 수가 없었던 것이다. 하지만 이제 슬슬 양심에 찔리기 시작했다. 그의 집에 늦게까지 있어봐야 **좋을 것이** 없었다. 소문이 나면 사람들의 입에 오르내릴 테니까. 게다가 지금 하고 있어야 할 수많은 일을 제쳐두고 여기 왔다. 빈둥거리는 데 익숙하지 않은 그녀는 한 시간 동안 수다만 떨고 있자니 왠지 죄를 짓는 듯한 기분이었다.

도러시는 지나치게 안락한 의자에서 애써 몸을 똑바로 폈다. "실례지만, 이제 정말 집에 가야 할 것 같아요."

"불가항력적 무지라는 말이 나와서 얘긴데." 워버턴 씨는 도러시의 말을 무시한 채 계속 떠들어댔다. "내가 말했는지 모르겠소만, 한번은 첼시의 술집 월즈 엔드 앞에서서 택시를 기다리고 있는데, 정말 못생긴 구세군 여자애가 오더니 서론도 없이 다짜고짜 '심판대에서 뭐라고 말씀하시겠어요?'라고 묻지 않겠소. 그래서 내가 이렇게 말했지. '내 변호를 유보하겠습니다.' 꽤 멋지지 않소?"

도러시는 답하지 않았다. 양심에 또 한 번, 더 세게 찔린 것이다. 아직 만들지 않은 지긋지긋한 군화들, 그리고 적어도 한 짝은 오늘 밤에 만들어야 한다는 사실이 떠올랐다. 하지만 견딜 수 없이 피곤했다. 무척 고단한 오후를 보낸 탓이었다. 뙤약볕 속에 15킬로미터 넘는 거리를 자전거로 오가며 교구 회지를 배달한 후에는 교회 홀 뒤편에 있는 좁고 뜨거운 나무 방에서 어머니 연합과 다과회를 열었다. 수요일 오후마다 어머니들이 만나서 차를 마시고 기부할 옷들을 바느질하는 동안 도러시는 책을 읽어주었다. (요즘 그녀가 읽고 있는 책은 진 스트래턴 포터의 『림벌로스트의 소녀』였다.) 그런 일은 거의 언제나 도러시에게 맡겨졌다. 대부분의 교구에서 궂은일을 도맡아하는 독실한 여성들(일명 교회의 암탉들)이 나이프 힐에는 기껏해야 너덧 명밖에 남아 있지 않았기 때문이다. 도러시가 언제든 도움을 구할 수 있는 사람은 푸트 양뿐이었다. 큰 키에 얼굴이 토끼 같은 서른다섯 살의 우유부단한 처녀인 푸트 양은 선의로 도와주었지만 무슨 일이든 엉망으로 만들었고 항상 허둥거렸다. 워버턴 씨는 푸트 양을 보면 혜성이 떠오른다고 말하곤 했다. "불규칙한 궤도로 정신없이 돌아다니지만 항상 조금씩 늦는, 뭉툭한 코의 우스꽝스러운 생명체." 푸트 양에게 교회 장식은 맡길 수 있어도 어머니들이나 주일학교는 맡길 수 없었다. 착실히 교회에 나오긴 했지만 신앙이 바른지는 의심스러웠기 때문이다. 푸트 양은 도러시에게 돔 지붕 같은 푸른 하늘 아래에서 하느님을 제일 잘 경배할 수 있다고 털어놓았었다. 다과회가 끝난 후 도러시는 교회로 황급히 달려가 제단에 싱싱한 꽃을 올려놓은 다음 아버지의 설교문을 타자기─보어전쟁 전의 제품으로 금방이라도 부서질 듯한 그녀의 타자기는 타자한 글을 바로바로 확인할 수 없었고 한 시간에 평균 800자도 치기 어려웠다—로 쳤고, 저녁 식사 후에는 해가 지고 허리가 끊어지기 직전 까지 콩밭의 잡초를 뽑았다. 이런저런 일들로 그녀는 평소보다 훨씬 더 피곤했다.

"정말 집에 **가야** 해요. 너무 늦었어요." 도러시는 좀 더 단호하게 다시 말했다.

"집? 무슨 말도 안 되는 소리를! 저녁은 아직 시작되지도 않았는데." 워버턴 씨가 말했다.

그는 시가를 던져버리고 두 손을 코트 주머니에 넣은 채 다시 방을 이리저리 서성이고 있었다. 군화를 만들어야 한다는 생각이 망령처럼 도러시의 머릿속으로 슬금슬금 되돌아왔다. 허비한 시간을 참회하는 의미로 군화를 한 짝이 아니라 두 짝 만들기로 그녀는 갑자기 마음먹었다. 머릿속으로 갈색 포장지를 잘라서 군화 발등 부분을 만들기 시작했을 때, 도러시는 워버턴 씨가 안락의자 뒤에 서 있다는 걸 깨달았다.

"몇 시죠?" 그녀가 물었다.

"아마 10시 반 정도 됐을 거요. 하지만 당신이나 나 같은 사람들은 시간 같은 저속한 문제를 얘기하지 않지."

"10시 반이라면 정말 가봐야 해요. 잠자리에 들기 전에 마쳐야 할 일이 많거든요."

"일이라니! 이 시간에? 말도 안 돼!"

"아니요, 사실이에요. 군화를 한 켤레 만들어야 해요."

"뭘 한 켤레 만든다고?"

"군화요. 주일학교 학생들이 하는 연극에 쓸 거예요. 아교와 갈색 포장지로 만들죠."

"아교와 갈색 포장지라니! 맙소사!" 워버턴 씨는 이렇게 중얼거리고는, 도러시의 의자로 점점 더 가까이 다가가고 있다는 걸 숨기려는 속셈으로 말을 계속 이어나갔다. "참으로 대단한 인생이야! 한밤중에 아교와 갈색 포장지를 만져야 하는 삶이라니! 정말이지, 성직자의 딸이 아니라서 다행이다 싶군."

"내 생각엔……." 도러시가 입을 떼기 시작했다.

바로 그 순간, 의자 뒤에 있어 보이지 않던 워버턴 씨가 손을 내려 그녀의 어깨를 가볍게 잡았다. 도러시는 그에게서 벗어나려 곧장 몸을 비틀었지만, 워버턴 씨는 그녀를 제자리에 눌러 앉혔다.

"가만있어요." 그가 평온하게 말했다.

"놔줘요!" 도러시가 소리쳤다.

워버턴 씨는 오른손으로 그녀의 어깨에서 팔꿈치까지 애무하듯 훑어 내렸다. 이 동작에는 그의 속내를 드러내는 아주 독특한 구석이 있었다. 여자의 몸을 음식만큼의 가치로 여기는 남자가 여유롭게 탐색하는 듯한 손길이었다.

"팔이 아주 멋지군. 어떻게 지금까지 미혼으로 남아 있는 거요?" 그가 말했다.

"당장 놔줘요!" 도러시는 다시 몸부림치기 시작하며

말했다.

"하지만 난 당신을 놔주고 싶지 않은데."

"그런 식으로 내 팔 만지지 말아요! 싫어요!"

"참 신기한 여인이로군. 이게 왜 싫지?"

"싫다니까요!"

"돌아보지 마시오. 내가 뒤쪽에서 당신한테 접근한 것은 다 그럴 만한 이유가 있어서요. 당신이 뒤돌아본다면, 당신 아버지뻘이 될 만큼 늙은 데다 흉측하게 머리가 다 벗어진 내가 보일 거요. 하지만 가만히 앉아서 날 보지 않으면, 아이버 노벨로와 함께 있다고 상상할 수 있잖소." 워버턴 씨가 온화하게 말했다.

도러시는 자신을 어루만지고 있는 손을 힐끔 쳐다보았다. 큼직하고 아주 사내다운 분홍빛 손, 두툼한 손가락들, 손등에 난 금빛 털들. 그녀의 얼굴이 파랗게 질렸다. 표정은 단순한 짜증에서 혐오와 공포로 바뀌었다. 그녀는 강하게 몸을 비틀어 벗어난 다음 그를 마주 보고 섰다.

"이러지 말아요!" 도러시는 반은 분노하고 반은 괴로워하며 말했다.

"대체 뭐가 문제요?" 워버턴 씨가 말했다.

그는 태연하게 평소처럼 꼿꼿이 서서, 약간의 호기심이 담긴 눈빛으로 도러시를 바라보았다. 그녀의 얼굴은 변해 있었다. 핏기만 사라진 것이 아니었다. 겁에 질린 듯 움츠린 눈빛을 하고 있었다. 이 순간만큼은 낯선 사람 보듯 그를 바라보고 있었다. 그는 자신이 그녀에게 상처를 입혔다는 걸 깨달았지만, 어떤 연유인지 알 수 없었다. 어쩌면 도러시는 그가 끝까지 알지 못하기를 바랄지도 몰랐다.

"대체 뭐가 문제요?" 그가 다시 물었다.

"왜 나를 만날 때마다 이러는 거죠?"

"'나를 만날 때마다'라니, 그건 좀 과장된 말 아니오? 우리가 만나면 얼마나 만난다고. 하지만 당신이 진심으로 싫다면……."

"물론 싫어요! 당신도 알잖아요!"

"자, 자! 그럼 이제 더 이상 그 일은 입 밖에 내지 맙시다. 앉아요. 다른 얘기를 하면 되니까." 워버턴 씨는 인자하게 말했다.

뻔뻔스럽기 그지없었다. 어쩌면 뻔뻔함이야말로 그의 가장 두드러진 기질일지도 몰랐다. 그녀를 유혹하려다 실패해놓고는 아무 일도 없었던 양 대화를 이어나가려 하다니.

"지금 집에 가겠어요. 단 1초라도 여기 있고 싶지 않아요." 도러시가 말했다.

"바보같이! 아까 일은 잊고 그냥 앉아요. 윤리신학이든, 대성당 건축이든, 걸가이드의 요리 교실이든, 당신이 하고 싶은 얘기를 합시다. 지금 이 시간에 당신이 집으로 가버리면, 나 혼자 남아서 얼마나 지루하겠소."

하지만 도러시는 고집을 피웠고, 두 사람은 옥신각신 다투었다. 설령 그녀의 몸에 손을 대려는 의도가 없었더라도—그리고 그가 무슨 약속을 하든 간에 그녀가 가지 않으면 몇 분 후에 또 수작을 부릴 것이 뻔했다—워버턴 씨는 도러시가 떠나지 못하도록 막았을 것이다. 한가한 사람들이 모두 그렇듯 그는 잠자리에 드는 걸 두려워했고, 시간의 가치에 대한 개념이 없었다. 할 수만 있다면 새벽 3-4시까지 수다를 떨 사람이었다. 마침내 도러시가 그의 집에서 벗어났을 때도 워버턴 씨는 달빛 비치는 차도를 그녀와 나란히 걸으며 계속 떠들어댔다. 너무도 싹싹한 태도에 도러시는 더 이상 화를 낼 수가 없었다.

대문에 이르자 그가 말했다. "난 내일 아침 일찍 떠날 거요. 차를 가져가서 아이들, 그 **사생아**들을 데리고 그다음 날 프랑스로 떠날 예정이오. 그 후엔 어디로 갈지 모르겠소. 동유럽일지도 모르지. 프라하, 빈, 부쿠레슈티."

"좋겠네요."

워버턴 씨는 뚱뚱한 거구의 사내치고 놀랍도록 민첩하게 어느새 도러시와 대문 사이로 비집고 들어와 있었다.

"여섯 달 넘게 떠나 있을 거요. 한참이나 헤어져 있어야 하니 작별의 키스 정도는 당연히 해줄 수 있겠지?" 그가 말했다.

도러시가 정신을 차릴 새도 없이 워버턴 씨가 한 팔로 그녀를 잡아 자기 쪽으로 끌어당겼다. 도러시는 몸을 뒤로 뺐지만, 이미 늦었다. 그는 그녀의 뺨에 키스했다. 그녀가 제때 고개를 돌리지 않았다면 입술에 키스했을 것이다.

"이거 놔요! **제발 놔줘요!**" 도러시가 울부짖었다.

"아까 말했다시피. 난 당신을 놔주기 싫은데." 워버턴 씨는 손쉽게 그녀를 붙들고서 말했다.

"셈프릴 부인네 창문이 바로 앞에 있잖아요! 우리를 볼 거예요!"

"오, 이런! 그렇겠군! 잊고 있었어."

천하의 워버턴 씨도 이 말에는 도러시를 풀어주었다. 그녀는 당장 대문 뒤로 돌아가 워버턴 씨와 자신 사이에 벽을 만들었다. 그동안 그는 셈프릴 부인의 창을 자세히 살피고 있었다.

"불이 하나도 안 켜져 있어. 운이 좋으면 그 빌어먹을 쭈그렁 할멈이 우리를 못 봤을 거요." 마침내 그가 말했다.

"안녕히 계세요. 이젠 **진짜** 가야 해요. 아이들한테 안부 전해주세요." 도러시가 얼른 말했다.

그러고 나서 그녀는 워버턴 씨가 또 키스를 시도할까 두려워 뛰다시피 급하게 자리를 떴다.

그때 들려오는 어떤 소리에 도러시는 순간 멈칫했다. 셈프릴 부인의 집 어딘가에서 틀림없이 쾅 하고 창문이 닫혔다. 혹시 셈프릴 부인이 이쪽을 보고 있었을까? 혹시라니, 하고 도러시는 생각했다. **당연히** 보고 있었겠지! 달

125

리 뭘 예상할 수 있을까? 셈프릴 부인이 그런 장면을 놓칠 리가 없잖은가. 그리고 만약 부인이 그들을 보고 **있었다면**, 내일 아침쯤엔 보나 마나 마을 전체에 소문이 쫙 퍼지고 이야기는 점점 더 부풀려질 터였다. 하지만 이 불길한 생각은 걸음을 재촉하는 도러시의 머릿속을 잠시 스쳐 지나갈 뿐이었다.

워버턴 씨의 집이 시야에서 완전히 사라지자 도러시는 걸음을 멈추고 손수건을 꺼내어, 그가 키스했던 뺨을 문질러 닦았다. 어찌나 북북 문질러댔는지 뺨으로 피가 쏠렸다. 그의 입술이 남겨놓은 가상의 얼룩을 완전히 지워 없앤 후에야 그녀는 다시 걷기 시작했다.

그의 행동은 그녀를 심란하게 만들었다. 지금도 가슴이 불편하게 뛰놀고 두근거렸다. 난 그런 건 **감당** 못 해! 도러시는 몇 번이나 속으로 되뇌었다. 그리고 유감스럽게도 여기에는 한 톨의 거짓도 없었다. 남자에게 키스나 애무를 당하는 건—몸을 감싸는 남자의 묵직한 팔과 입술을 짓누르는 남자의 두툼한 입술을 느끼는 건—무섭고 역겨웠다. 기억으로든 상상으로든 그런 일을 떠올리기만 해도 몸이 움츠러들었다. 그것은 그녀가 평생토록 짊어져온 특별한 비밀, 치유할 수 없는 특별한 장애였다.

날 건드리지만 않으면 좋잖아! 도러시는 걸음을 조금 늦추며 생각했다. 그녀가 습관처럼 하는 생각이었다. 그냥 날 건드리지만 않으면! 남자가 무작정 싫은 건 아니었기 때문이다. 오히려 여자보다 남자가 좋았다. 도러시가 워버턴 씨에게서 벗어나지 못하는 이유는 그가 남자이고, 여자들에게서는 좀처럼 볼 수 없는 무심한 유쾌함과 높은 지성을 갖고 있어서이기도 했다. 하지만 왜 남자들은 여자를 그냥 내버려두지 못할까? 왜 항상 키스하려들고, 못 건드려 안달일까? 키스할 때의 남자들은 끔찍했다. 끔찍할 뿐만 아니라 조금 혐오스럽기도 했다. 너무도 다정하지만 언제든 위험하게 변할 수 있는 거대한 털짐승처럼 여자들에게 마구 몸을 비벼댔다. 그리고 키스와 난폭한 애무 너머에는 감히 생각할 엄두도 안 나는 무시무시한 또 다른 일들(도러시는 '그런 일'이라 불렀다)이 항상 도사리고 있었다.

물론 도러시에게 가벼운 관심을 보이는 남자들은 꽤 많았다. 적당히 예쁘고 적당히 평범해서, 남자들이 상습적으로 추근댈 만한 여자였으니까. 남자들은 가벼운 재미를 원할 때, **지나치게** 예쁜 여자는 고르지 않는다. 예쁜 여자는 (남자들의 생각에) 응석받이로 자라 버릇없고, 그래서 변덕스러우니 말이다. 하지만 평범한 여자는 손쉬운 먹잇감이다. 설령 성직자의 딸이라 하더라도, 설령 나이프 힐 같은 마을에 살면서 대부분의 시간을 교구 일에 쏟아붓는 여자라도, 남자들은 눈독을 들인다. 도러시는 그런 상황에 익숙해져 있었다. 음흉하니 기대에 찬 눈으로 그녀를 바라보는 살찐 중년의 남자들. 그들은 거리에서 마주치면 차의 속도를 늦추거나, 자기소개를 하고는 10분 후에 팔꿈치를 건드리기 시작했다. 남자들은 하나같이 그랬다. 심지어는 성직자마저도. 한번은 주교 전속 사제가……

하지만 문제는, 바른 남자가 점잖게 접근해온다고 해서 더 좋은 건 아니라는 점이었다. 아니! 확실히 더 나빴다. 도러시의 마음은 5년 전으로 돌아갔다. 밀버러에 있는 성 베데킨트 교회의 보좌신부였던 프랜시스 문. 사랑하는 프랜시스! 그런 일만 아니라면 그와 기꺼이 결혼했을 텐데! 그는 몇 번이고 도러시에게 청혼했었고, 물론 그녀는 거절할 수밖에 없었다. 그리고 물론, 그는 이유를 전혀 알지 못했다. 도러시는 그에게 이유를 말할 수 없었다. 그러다 프랜시스는 떠났고, 겨우 1년 후 엉뚱하게도 폐렴으로 죽었다. 그녀는 아버지가 죽은 자를 위한 기도를 별로 안 좋아한다는 사실을 잠시 잊은 채 프랜시스의 영혼을 위해서 기도를 속삭인 다음, 그 기억을 애써 밀어냈다. 아, 다시는 생각하지 말아야지. 프랜시스만 생각하면 가슴이 아팠다.

평생 결혼하지 못하리라, 도러시는 오래전 결론을 내렸다. 어릴 적부터 이미 알고 있었다. 무슨 수를 써도 그런 일에 대한 공포를 극복하지 못하리라는 걸. 그 생각만 해도 속이 움츠러들고 얼어붙었다. 그리고 물론 극복하고 싶은 마음도 딱히 없었다. 모든 비정상적인 사람이 그러듯 그녀는 자신이 이상하다는 걸 완전히는 인식하지 못하고 있었다.

이런 성적 냉담함은 선천적이고 불가피한 것처럼 보였지만, 도러시는 원인을 잘 알고 있었다. 아버지와 어머니 사이에 벌어졌던 무시무시한 광경들, 고작 아홉 살에 목격했던 그 장면들이 바로 어제 일처럼 생생하게 기억났다. 그녀의 마음에는 깊고도 비밀스러운 상처가 남았다. 그리고 나서 얼마 후에는 사티로스에게 쫓기는 님프들을 묘사한 강판 조각을 보고 겁에 질렸다. 덤불 속이나 큰 나무 뒤에 숨어 있다가 당장이라도 튀어나가 님프들을 뒤쫓을 기회만 호시탐탐 노리는 그 뿔 달린 반인반수들은, 뚜렷한 이유 없이 도러시의 어린 마음에 아주 불길한 공포를 불러일으켰다. 꼬박 1년 동안, 사티로스가 나타날까 무서워 숲길을 혼자 걷지 못했다. 물론 나이가 들면서 그런 두려움은 사라졌지만, 그 괴물을 떠올릴 때마다 느껴지는 감정은 여전했다. 사티로스는 그녀에게 하나의 상징으로 남게 되었다. 아마도 이 특별한 두려움은 평생 사라지지 않을 터였다. 이성으로는 설명이 되지 않는 두려움—인적 드문 숲속의 발굽 자국, 사티로스의 가느다란 털북숭이 허벅지—으로부터 헛된 도피를 하며 살아갈 수밖에. 어떤 논리를 앞세워도 절대 바뀌지 않을 두려움이었다. 하지만 요즘은 교육받은 여성들 사이에 너무도 흔한 감정이니 놀랄 것도 없었다.

사제관에 이르렀을 무렵 도러시의 어수선하던 마음은 대부분 가라앉았다. 사티로스, 워버턴 씨, 프랜시스 문과 그의 허무한 운명에 관한 잡념이 머릿속을 계속 들락거리다가 서서히 사라지더니, 그 자리에 군화의 이미지가 떠올라 속이 뜨끔해졌다. 잠들기 전까지 일할 수 있는 틈이 최대 두 시간 있었다. 집은 어둠에 잠겨 있었다. 그녀는 이미 잠들었을 아버지를 깨울까 봐 두려워, 집 뒤편으로 돌아가서 부엌방 문으로 살금살금 들어갔다.

온실로 이어지는 어둑한 통로를 더듬더듬 지나가던 도러시는 오늘 밤 워버턴 씨의 집에 가지 말았어야 했다는 생각이 문득 들었다. 다른 손님이 있다 해도 다시는 그 집에 가지 않으리라 다짐했다. 그리고 오늘 밤 그곳에 간 것을 내일 속죄하리라. 램프를 밝힌 그녀는 내일 할 일이 이미 적힌 쪽지를 우선 꺼낸 다음 '아침 식사' 옆에다 '참'이라는 단어를 덧붙였다. '참회'라는 뜻이었다. 내일 아침에도 베이컨은 없다. 도러시는 아교 냄비 밑의 석유난로에 불을 붙였다.

아직 완성되지 못한 채 탁자에 쌓여 있는 옷들과 재봉틀 위로 램프의 노란 불빛이 드리워지자, 아직 시작도 하지 못한 더 많은 옷이 생각났다. 그리고 그녀가 몸을 가누기 힘들 정도로 끔찍하게 피곤하다는 사실도 함께 떠올랐다. 워버턴 씨가 어깨에 손을 얹는 순간 싹 달아났던 피로감이 이제 두 배는 더 강력하게 되돌아왔다. 더욱이,

오늘 밤의 피로감에는 왠지 이례적인 면이 있었다. 마치 파도에 휩쓸려 떠내려 온 듯한 느낌이었다. 탁자 옆에 서 있자니 머릿속이 텅 빈 것 같은 묘한 기분이 들면서, 몇 초 동안은 온실에 온 이유도 기억나지 않았다.

그러다 떠올랐다. 그렇지, 군화! 비열한 작은 악마가 도러시의 귓가에 속삭여댔다. "군화는 내일로 미루고 그냥 침대로 가지 그래?" 그녀는 힘을 달라고 기도하고는 팔을 꼬집었다. 정신 차려, 도러시! 게으름 피우지 마! 「루가의 복음서」 9장 62절. 그녀는 탁자에 어질러진 잡동사니들을 치우고 가위와 연필, 갈색 포장지 넉 장을 꺼낸 다음 앉아서 아교가 끓는 동안 그 지긋지긋한 군화의 발등을 만들었다.

아버지의 서재에 있는 대형 괘종시계가 자정을 알릴 때까지도 도러시의 일은 끝나지 않았다. 이제 그녀는 형태가 잡힌 군화 두 짝에 가느다란 종잇조각을 겹겹이 붙여 튼튼히 만들고 있었다. 길고도 지저분한 작업이었다. 온몸의 뼈마디가 쑤시고, 졸려서 눈이 자꾸 감겼다. 뭘 하고 있는지도 흐릿하게만 기억이 날 뿐이었다. 그래도 그녀는 종잇조각들을 기계적으로 붙이고 또 붙이며, 아교 냄비 밑에서 석유난로가 내는 단조로운 소리에 넋이 나갈 것 같아 2분마다 한 번씩 팔을 꼬집었다.

제2부

1

꿈도 꾸지 않고 깊디깊은 잠에 빠졌던 도러시는 거대한 암흑의 심연에서 밝은 수면 위로 끌려 올라가는 느낌으로 깨어났다.

도러시의 눈은 여전히 감겨 있었다. 하지만 눈꺼풀이 차츰 빛에 적응하면서 저절로 파르르 떨리며 열렸다. 그녀는 거리를 바라보고 있었다. 작은 가게와 좁다란 집이 늘어선, 누추하지만 활기 넘치는 거리에 사람과 전차와 자동차가 양방향으로 줄줄이 지나갔다.

하지만 그녀가 **바라보고** 있다고 말하기는 어려웠다. 도러시의 눈에 보이는 사물은 사람이든 전차든 자동차든, 어떤 특정한 것으로 파악되지 않았다. 움직이는 **사물**로, 아니 사물로도 이해되지 않았다. 짐승들이 그러듯 그녀는 아무 생각 없이, 의식도 거의 없이, 그저 보이는 것으로 눈을 향하고 있을 뿐이었다. 사람들의 목소리, 빵빵거리는 경적, 꺼끌꺼끌한 선로와 마찰하며 미끄러지는 전차들의 괴성이 한데 뒤섞인 거리의 소음이 머릿속으로 흘러들어 와 순수한 육체적 반응을 불러일으켰다. 그녀는 어떤 말도 떠오르지 않았다. 말 같은 것들의 목적도 알 수 없었으며 시간이나 공간, 혹은 몸이나 심지어는 자신의 존재도 의식할 수 없었다.

하지만 서서히 감각이 날카로워졌다. 연이어 움직이는 사물들이 눈을 뚫고 들어와 뇌 속에서 별개의 이미지로 구분되기 시작했다. 어떤 기다란 사물이 더 좁고 기다란 물건 네 개에 받쳐진 채 미끄러지듯 지나가면서, 그 뒤로 두 개의 원 위에 얹힌 정사각형 물건 하나를 끌고 갔다. 도러시는 지나가는 그것을 지켜보고 있다가, 느닷없이, 마치 즉흥적인 것처럼 한 단어가 번뜩 떠올랐다. '말[馬]'이었다. 그것은 서서히 사라졌다가 이내 좀 더 복잡한 형태로 돌아왔다. '저건 말이다.' 다른 단어들—'집', '거리', '전차', '자동차', '자전거'—이 이어지다가 몇 분 만에 그녀는 눈에 들어오는 거의 모든 사물의 이름을 알아냈다. '남자'와 '여자'라는 단어를 발견했고, 이 단어들에 대해 생각하다 보니 생물과 무생물, 인간과 말, 남자와 여자 간의 차이가 떠올랐다.

주변에 있는 사물을 대부분 인식하고 난 후에야 비로

소 도러시는 **자기 자신**을 인식하기 시작했다. 지금까지는, 반응은 하지만 아무런 감정도 없는 뇌를 뒤에 둔 한 쌍의 눈에 불과했다. 하지만 이제는 묘한 충격과 함께, 자신이 독자적이고 유일무이한 존재임을 깨달았다. 자신이 존재한다는 걸 느낄 수 있었다. 마치 그녀 안의 무언가가 "나는 나야!"라고 절규하는 듯했다. 또한 이런 '나'가 먼 과거부터 똑같이 존재해왔다는 건 알았지만, 과거는 전혀 기억나지 않았다.

하지만 이런 자각도 순간뿐이었다. 처음부터 거기에는 불완전한 느낌, 막연히 불만족스러운 느낌이 있었다. 이유인즉슨, 해답처럼 보였던 '나는 나' 자체가 의문이 되어버렸기 때문이다. '나는 나'가 아니라 '난 **누구지?**'가 문제였다.

나는 누구일까? 머릿속으로 이 질문을 곰곰이 생각해본 그녀는 자신이 누구인지 전혀 모르고 있음을 깨달았다. 하지만 지나가는 사람들과 말들을 지켜보면서 자신이 말이 아닌 인간이라는 사실을 이해했다. 그러자 질문은 또다시 다른 형태로 바뀌었다. '나는 남자일까, 여자일까?' 이번에도 역시 감정이나 기억은 답의 실마리를 주지 못했다. 그런데 바로 그 순간, 어쩌면 우연히도, 손가락 끝이 몸을 살짝 스치고 지나갔다. 그녀는 자신의 몸이 존재한다는 걸, 이 몸이 그녀의 것이며 바로 그녀 자신이라는 걸 아까보다 더 확실히 실감했다. 몸을 탐험하기 시작한

두 손이 유방과 맞닥뜨렸다. 그러므로 그녀는 여자였다. 여자만 유방을 갖고 있으니까. 눈에 보이지는 않지만 길을 지나가는 저 모든 여자의 옷 속에 유방이 있다는 걸, 그녀는 왜인지 알고 있었다.

이제 그녀는 자신의 정체성을 알려면 얼굴부터 시작해 몸을 살펴봐야 한다는 걸 이해했다. 그래서 얼굴을 보려고 잠깐 시도하다가 불가능한 일임을 깨달았다. 내려다보니, 다 해지고 조금 긴 검은색 새틴 원피스, 때 묻고 올이 풀린 선명한 색의 인조 실크 스타킹, 그리고 아주 낡은 검은색 새틴 하이힐이 보였다. 어느 것 하나 친숙한 것이 없었다. 두 손을 살펴보니, 둘 모두 낯선 동시에 낯설지 않았다. 이 자그마한 손들은 아주 지저분하고 손바닥이 단단했다. 잠시 후 그녀는 두 손이 낯설게 느껴지는 이유가 불결함 때문이라는 걸 깨달았다. 손 자체는 자연스럽고 적절해 보였지만, 그녀는 이 손들을 알아볼 수가 없었다.

조금 망설이던 그녀는 왼쪽으로 몸을 돌려 보도를 따라 걷기 시작했다. 텅 빈 과거로부터 지식의 한 파편이 신비롭게 날아들었다. 거울의 존재, 그 목적, 그리고 상점들의 진열창에 종종 거울이 있다는 사실. 잠시 후 그녀가 다다른 어느 작은 싸구려 보석 가게 안에 좁고 긴 거울 하나가 행인들의 얼굴을 비추는 각도로 놓여 있었다. 도러시는 거울에 비친 10여 명의 얼굴들 가운데 자신의 얼굴을 곧장 가려냈다. 하지만 그 얼굴을 알아봤다고 말할 수는 없었다. 지금 이 순간 전까지는 본 기억이 전혀 없는 얼굴이었다. 한 여성의 꽤 젊은 얼굴이 보였다. 아주 희고, 야위었으며, 눈가에 잔주름이 있고, 때가 약간 낀 얼굴. 머리카락은 아무렇게나 푹 눌러 쓴 천박한 검은색 클로시*에 대부분 가려져 있었다. 상당히 낯선 얼굴이지만 이상하지는 않았다. 이 순간까지는 어떤 얼굴일까 예상하지 못했지만, 보고 나니 예상했음 직한 얼굴이라는 생각이 들었다. 적절한 얼굴이었다. 그녀 안의 무언가에 들어맞았다.

보석 가게의 거울에서 고개를 돌리자 맞은편 가게의 진열창에 적힌 '프라이스 초콜릿'이라는 글자가 눈에 띄었다. 그녀는 자신이 쓰기의 목적을 알고 있다는 사실을, 그리고 순간 애를 먹긴 했지만 글자를 읽을 줄 안다는 사실도 깨달았다. 그녀의 두 눈은 거리를 쭉 훑으며 이런저런 활자들을 보고 해독했다. 상점의 이름, 광고, 신문 벽보. 그러다 어느 담배 가게 밖에 붙어 있는 빨간색과 흰색의 벽보 두 장이 눈에 들어와, 거기에 쓰인 글자들을 읽어보았다. 그중 하나에는 '신부의 딸에 대한 새로운 소문들', 다른 하나에는 '신부의 딸. 지금은 파리에 살고 있는 것으로 추정'이라고 적혀 있었다. 그런 다음 위를 올

---

* 1920년대에 많이 쓰던 종 모양의 여성용 모자.

려다보니 어느 집의 모퉁이에 적힌 '뉴 켄트 로드'라는 흰 글씨가 보였다. 이 단어가 그녀를 사로잡았다. 그녀는 자신이 뉴 켄트 로드에 서 있으며, 뉴 켄트 로드가 런던의 어딘가라는 걸 알았다—또 한 번 신비로운 지식의 파편이 날아든 것이다. 그러므로 그녀는 런던에 있었다.

이 사실을 깨달았을 때 그녀의 온몸에 기이한 전율이 일었다. 이제 정신은 완전히 깨어났다. 지금까지는 몰랐지만 자신이 얼마나 기이한 상황에 처해 있는지 이해하고 나니 당황스럽고 무서웠다. 이게 다 무슨 일일까? 그녀는 여기서 뭘 하고 있는 걸까? 어쩌다 여기 왔을까? 그녀에게 무슨 일이 있었던 걸까?

그 답은 곧 찾아왔다. '그래! 기억을 잃은 거야!' 그녀는 이렇게 생각했고, 그 의미를 완벽하게 이해할 수 있을 것 같았다.

이때 두 청년과 한 여자가 터벅터벅 지나갔다. 청년들은 투박한 마직 보따리를 등에 지고 있었다. 세 사람은 걸음을 멈추더니 신기한 듯 그녀를 쳐다보았다. 그들은 잠깐 망설이다가 다시 걷기 시작하더니, 5미터 정도 떨어진 가로등 기둥 근처에서 또 멈춰 섰다. 도러시는 그들이 그녀를 돌아보며 자기들끼리 얘기하는 모습을 보았다. 청년 중 한 명은 스무 살 정도로 보였는데 가슴팍이 좁고 검은 머리에 뺨이 불그레하고 코가 큰 런던 토박이 미남으로, 저속한 매력이 있는 말쑥한 파란색 정장에 체크무늬 모자를 쓰고 있었다. 다른 한 명은 땅딸막한 체구에 몸놀림이 빠르고 힘이 넘치는 스물여섯 살 정도의 청년으로, 들창코와 깨끗한 분홍빛 피부가 눈에 띄었고, 소시지처럼 굵고 거대한 입술 사이로 누렇고 강한 치아가 보였다. 누가 봐도 행색이 남루했으며, 삭발한 오렌지색 머리카락이 조금씩 자라고 있어서 놀라우리만치 오랑우탄과 닮아 보였다. 멍한 표정의 통통한 여자는 도러시와 아주 비슷한 옷차림을 하고 있었다. 그들의 대화가 조금 들려왔다.

"저 매춘부, 어디 아픈가 봐." 여자가 말했다.

〈서니 보이(Sonny Boy)〉를 듣기 좋은 바리톤 목소리로 부르고 있던 오렌지색 머리의 남자가 노래를 멈추고 답했다. "아픈 게 아니야. 백수인 거지. 우리처럼."

"노비랑 잘 놀아줄 것 같지 않아?" 검은 머리의 청년이 말했다.

"야!" 여자는 놀란 표정으로 요염하게 소리치며, 남자의 머리를 때리는 시늉을 했다.

젊은 사내들은 보따리를 내려 가로등 기둥에 기대어놓았다. 그러고는 세 명 모두 주뼛주뼛 도러시에게 다가왔다. 이름이 노비인 듯한 오렌지색 머리의 남자가 대표인 양 앞장섰다. 원숭이처럼 까불까불 걸으며 노골적으로 활짝 웃는 남자에게 도러시는 미소로 답할 수밖에 없었다. 남자가 도러시에게 다정히 말을 건넸다.

"안녕, 친구!"

"안녕!"

"백수야?"

"백수?"

"음, 떠돌이?"

"떠돌이?"

"어머, 살짝 맛이 갔나 봐." 여자는 이렇게 중얼거리며, 검은 머리의 남자를 도러시에게서 떼어놓으려는 듯 남자의 팔을 잡아끌었다.

"그러니까 내 말은, 돈은 있어?"

"모르겠어."

이 말에 세 사람은 어리둥절한 표정으로 서로를 쳐다보았다. 순간 그들은 도러시가 정말 미쳤다고 생각했을지도 모른다. 하지만 그와 동시에 도러시는 아까 발견한 원피스의 작은 안주머니에 손을 집어넣어 보았다. 그랬더니 큼직한 동전의 윤곽이 만져졌다.

"1페니 있는 것 같아." 그녀가 말했다.

"1페니! 대단한 부자 납셨네!" 검은 머리의 청년이 질색하며 말했다.

도러시는 동전을 꺼냈다. 반 크라운이었다. 세 사람의 표정이 돌변했다. 노비는 입을 벌리고 헤헤 웃으며, 환희에 찬 거대한 원숭이처럼 이리저리 깡충깡충 뛰어대다가 멈추더니 도러시의 팔을 슬며시 잡았다.

"대단한데! 이게 웬 횡재야. 너한테도 마찬가지고, 정말이야. 우릴 만난 날을 축복하게 될걸. 우리가 큰돈 벌어줄 테니까. 자, 이제 우리 셋이랑 손잡지 않겠어?" 그가 말했다.

"뭐?" 도러시가 말했다.

"내 말은, 플로, 찰리, 그리고 나랑 사이좋게 지내자는 거지. 동업자, 어때? 어깨를 맞대고 함께 나아가는 동지. 뭉치면 살고 흩어지면 죽는다. 우리는 머리를 쓰고, 넌 돈을 쓰는 거야. 어때? 할 거야, 말 거야?"

"닥쳐, 노비! 이 여잔 네가 무슨 소리를 하고 있는지 한마디도 못 알아들어. 좀 제대로 말해." 여자가 끼어들었다.

"됐어, 플로. 너나 닥치고 있어, 말은 내가 할 테니까. 내가 매춘부 다루는 요령을 좀 알거든. 자, 이제 대답해 보실까, 이름이 어떻게 되시나?" 노비가 태연히 말했다.

도러시는 "몰라"라고 말하려다 퍼뜩 정신을 차리고 입을 다물었다. 머릿속에 곧장 떠오르는 대여섯 개의 여자 이름 가운데 하나를 골라 답했다. "엘런."

"엘런. 그래. 떠돌이 생활을 하는 사람들은 성(姓)이 없지. 자, 엘런, 이제 내 말 좀 들어봐. 우리 셋이 홉을 따러 가는데……."

"홉을 따?"

"홉 말이야! 켄트주로 가서 홉을 딴다고! 못 알아들어?" 도러시의 무지가 지긋지긋한 듯 검은 머리의 청년

143

이 짜증스럽게 말했다. 목소리와 태도가 약간 뚱했고, 억양은 노비보다 훨씬 더 거칠었다.

"아, 홉! 맥주 만드는 거?"

"그래, 그거! 잘 따라오고 있네. 음, 그러니까 말이야, 우리 셋이 홉을 따러 갈 거야. 블레싱턴이라는 사람이 하는 로어 몰스워스 농장에 일자리를 구했거든. 그런데 우리가 좀 곤란해졌지 뭐야? 땡전 한 푼 없어서 55킬로미터 떨어진 농장까지 걸어가야 할 판이거든. 거기다 쫄쫄 굶고, 밤에는 노숙까지 해야 돼. 그건 좀 곤란하다고, 여자도 있으니까. 하지만 네가 우리랑 같이 간다면? 2펜스로 전차를 타고 브롬리까지 25킬로미터를 편하게 갈 수 있지. 그럼 하룻밤만 거리에서 보내면 돼. 그리고 네가 우리랑 한 팀이 돼서—한 팀당 최대 인원이 네 명이야—1부셸*에 2펜스씩 받으면, 일주일에 10실링 정도는 쉽게 벌 수 있어. 어때? 이런 큰 도시에서는 2실링 6펜스 갖고 있어봐야 별 소용 없다고. 하지만 우리랑 손을 잡으면, 넌 한 달 넘게 지낼 곳이 생기고, **우린 브롬리까지 전차 얻어 타면서 배를 안 곯아도 되고.**"

도러시는 그가 하는 말을 4분의 1 정도 알아들었다. 그녀는 아무 질문이나 던졌다.

"배를 곯다니?"

＊ 곡물이나 과일 등의 중량 단위로, 약 36리터에 해당한다.

"그거? 못 먹는다고, 밥을. **너한테 곧 일자리가 생길 거야.**"

"아…… 그러니까, 너희랑 같이 홉 따러 가자는 말이야?"

"바로 그거야, 엘런. 할래, 말래?"

"그래. 같이 가." 도러시는 곧장 답했다.

그녀는 일말의 의혹도 없이 이런 결정을 내렸다. 물론 자기 처지를 심사숙고할 시간이 있었다면 다르게 행동했을지도 모른다. 십중팔구 경찰서에 가서 도움을 구했을 것이다. 그것이 합리적인 처신이었을 테니까. 하지만 노비 일행은 결정적인 순간에 나타났고, 앞길이 막막하기만 한 도러시로서는 제일 처음 다가오는 사람과 운명을 함께하는 것이 아주 당연하게 느껴졌다. 그리고 이유는 알 수 없지만, 그들이 켄트로 간다는 말을 들으니 마음이 놓였다. 그녀가 가고 싶은 곳이 바로 켄트가 아닐까 싶었다. 나머지 두 명은 호기심을 잃은 듯 불편한 질문도 던지지 않았다. 노비는 "좋아, 좋았어!"라고 말하더니, 도러시의 손에서 반 크라운을 살며시 가져가 자기 주머니에 집어넣었다. 혹시 잃어버릴지도 모르니까, 라고 그가 해명했다. 검은 머리의 청년—이름은 찰리인 듯했다—이 퉁명스럽게 말을 툭 던졌다.

"어이, 빨리 가자고! 벌써 2시 반이야. 이러다 전차 놓치겠어. 어디서 출발하지, 노비?"

"엘리펀트. 4시 전에는 타야 돼. 4시가 지나면 무임승

차가 힘들거든."

"그럼 시간 낭비하지 마. 브롬리까지 가서 하룻밤만 잘 버티면 좋은 일거리가 생긴다고. 자, 가자, 플로."

"출발!" 노비가 보따리를 어깨에 휙 둘러메며 말했다.

그들은 별다른 말 없이 걷기 시작했다. 도러시는 여전히 얼떨떨했지만, 30분 전보다는 기분이 훨씬 더 좋아졌다. 도러시 옆에서 플로와 찰리는 그녀를 무시한 채 자기들끼리 대화를 나누며 걸었다. 처음부터 그들은 도러시에게 조금 거리를 두는 듯했다. 그녀의 반 크라운을 나누어 쓰는 데는 반대하지 않았지만, 그녀에게 어떤 호의도 보이지 않았다. 앞장선 노비는 무거운 짐에도 아랑곳없이 힘차게 걸으며, 군가를 모방한 노래를 씩씩하게 불렀다. 유명한 군가의 곡조에 이런 가사가 붙어 있었다.

"개소리!" 밴드는 이것밖에 연주할 수 없었다네.
"개소리! 개소리!" 너야말로!

2

이날은 8월 29일이었다. 도러시가 온실에서 잠들었던 건 21일 밤이었다. 그러니까 그녀의 인생에 여드레 정도의 공백이 생긴 것이다.

도러시에게 일어난 일은 거의 매주 신문에 비슷한 사건이 실릴 만큼 흔하디흔했다. 한 남자가 집에서 사라져 며칠이나 몇 주 행방불명됐다가 자신이 누군지도, 어디서 왔는지도 모른 채 경찰서나 병원에서 발견되는 것이다. 대개는 그 사람이 공백의 시간을 어떻게 보냈는지 알아내기란 불가능하다. 최면이나 몽유병에 걸린 듯한 상태로, 그렇지만 의혹의 눈초리를 받지 않고 이리저리 헤매 다녔을지도 모른다. 도러시의 경우엔 딱 한 가지 분명한 사실이 있다. 배회하던 중 강도에게 당했다는 것. 도러시가 입고 있는 옷은 그녀의 것이 아니었고, 금십자가 목걸이가 사라졌기 때문이다.

노비가 다가와서 말을 걸었던 순간, 그녀는 이미 회복 중이었다. 보살핌만 제대로 받았다면 기억이 며칠, 아니 몇 시간 내에 돌아왔을지도 모른다. 아주 사소한 사건 하나만으로도 충분했을 것이다. 친구를 우연히 만난다거나, 집의 사진을 본다거나, 노련한 질문을 몇 개 받는다거나. 하지만 그녀에게 필요한 정신적 자극은 조금도 주어지지 않았다. 도러시는 자신의 기묘한 상태를 곧장 깨달았다. 정신은 정상인 듯한데, 수수께끼 같은 자신의 정체를 풀려고 노력할 만큼의 힘은 낼 수 없었다.

물론, 노비 패거리와 함께하기로 한 이상 그녀 자신을 돌아볼 기회는 완전히 사라지고 말았다. 앉아서 그 문제를 생각할 시간이 없었다. 자신이 처한 곤경을 이해할 시간도, 해결책을 찾을 방법을 고민할 시간도 없었다. 그녀가 순식간에 뛰어든 이 낯설고 구질구질한 밑바닥 세상에서는 단 5분이라도 가만히 앉아 생각하는 것이 불가능해 보였다. 악몽이 이어지는 생활 속에 며칠이 지나갔다. 정말이지 악몽과도 같았다. 바로 눈앞에 닥친 공포가 아니라 배고픔과 불결함과 피로감, 그리고 번갈아 찾아오는 더위와 추위가 악몽 그 자체였다. 훗날 도러시가 이때를 회상했을 때는 낮과 밤이 하나로 뭉뚱그려져 그 수를 확실히 기억할 수가 없었다. 아주 오랜 기간 늘 발이 아팠으며, 거의 언제나 배가 고팠다는 사실만 떠올랐다. 허기진 배와 아픈 발이 이 시기에 관한 가장 뚜렷한 기억이었다. 밤엔 추웠고, 불면과 끊임없는 바깥 활동으로 인해 몸이 너저분해지고 정신이 멍해지는 듯한 기묘한 느낌에 늘 젖어 있었다.

브롬리에 도착한 그들은 여러 도살장에서 나온 폐기물이 악취를 풍기고 종이가 널브러져 있는 끔찍한 쓰레기장을 샅샅이 뒤진 다음, 어느 유원지의 가장자리에 높이 자란 축축한 풀들 속에서 부대 자루만 덮은 채 오들오들 떨며 밤을 보냈다. 아침에 그들은 홉 농장을 향해 걷기 시작했다. 이때 이미 도러시는 일자리가 정해져 있다는 노비의 말이 새빨간 거짓말이라는 사실을 알고 있었다. 그는 그녀를 데려오기 위해 지어낸 얘기라고, 아무렇지도 않은 듯 털어놓았다. 그들이 일자리를 구할 수 있는 유일한 방법은 홉의 고장으로 가서 인력이 모자란 곳을 찾을 때까지 모든 농장에 문을 두드려보는 것뿐이었다.

지름길로 55킬로미터 정도 되는 거리였는데, 그들은 사흘이 지나서야 홉 농장들의 언저리에 겨우 닿았다. 이렇게 늦어진 이유는 물론 끼니를 해결해야 했기 때문이다. 배를 채울 필요가 없었다면, 이틀, 아니 어쩌면 하루만에 도착할 수 있었을지도 모른다. 그들이 홉 밭 쪽으로 제대로 가고 있는지 아닌지 생각할 시간조차 없었다. 도러시의 반 크라운은 몇 시간 만에 사라져버렸고, 그 후로는 구걸하는 수밖에 없었다. 하지만 그때 난관이 찾아왔다. 혼자라면 거리에서 음식을 구걸하기가 쉽고, 두 명도 그런대로 괜찮지만, 네 명이 함께 있으면 사정이 달라진다. 이런 상황에서는 들짐승처럼 눈에 불을 켜고 집요하게 먹잇감을 찾아다녀야만 살아남을 수 있다. 사흘 동안 그들의 머릿속에는 음식, 오로지 음식뿐이었고, 단 한 번의 끼니도 쉽게 해결한 적이 없었다.

그들은 아침부터 밤까지 구걸을 했다. 카운티를 구불구불 가로지르며 엄청난 거리를 떠돌았다. 마을에서 마을로, 집에서 집으로 전전하면서 정육점이나 빵집, 왠지 음식을 내줄 것 같은 집이 보일 때마다 문을 두드리고, 혹시나 하는 기대로 야외 파티를 기웃거리고, 지나가는 자동차에 헛되이 손을 흔들고, 노신사에게 순진한 얼굴로 다가가 딱한 사정을 늘어놓았다. 빵 껍질 하나, 베이컨 한 줌 얻겠다고 8킬로미터나 길을 벗어나는 경우가 허다했다. 도러시도 나머지 세 명과 함께 구걸을 했다. 과거를 전혀 기억하지 못하는 그녀에게는 비교 기준도 없었기에, 구걸이 창피하게 느껴지지 않았다. 이렇듯 힘들게 구걸했지만, 도둑질도 함께 하지 않았다면 그들은 거의 언제나 굶주렸을 것이다. 해 질 녘과 이른 새벽에 과수원이나 밭으로 몰래 들어가 사과, 자두, 배, 개암, 가을 나무딸기, 그리고 빼놓을 수 없는 감자를 훔쳤다. 노비는 감자밭을 지나면서 한 주머니 이상 담아 가지 않는 건 죄악이라 여겼다. 훔치는 건 대부분 노비가 했고, 나머지 셋은 망을 보았다. 노비는 대담한 도둑이었다. 단단히 매여 있지 않은 건 뭐든 훔칠 수 있다고 우쭐거리는 그를 때때로 말리지 않았다면 그들 모두 철창신세를 졌을 것이다. 한번은 노비가 거위 한 마리를 건드렸는데, 거위가 무시무시하게 큰 소리로 울어댔다. 찰리와 도러시가 노비를 억지로 끌고 나가는 순간, 주인이 무슨 일인지 보려고 문밖으로 나오고 있었다.

첫 며칠 동안 그들은 하루에 30-40킬로미터를 걸었다. 공유지들을 가로지르고, 믿기 힘든 이름의 매몰촌들을 지나고, 어디로도 이어지지 않는 골목길에서 길을 잃고, 회향과 쑥국화 향이 풍기는 바짝 마른 배수로에 기진맥진해 쓰러지고, 개인 소유의 숲으로 몰래 들어가 덤불 속을 샅샅이 뒤져 장작과 물을 구한 뒤 그들이 지닌 유일한 냄비인 2파운드짜리 코담배 깡통으로 기묘하고 불결한 음식을 요리했다. 가끔 운이 좋으면, 구걸한 베이컨과 훔친 꽃양배추로 맛있는 스튜를 만들어 먹고, 가끔은 잿더미에 구운 맛없는 감자를 폭식하고, 가끔은 훔친 가을 나무딸기를 코담배 깡통에 끓여서 잼을 만들어 아직 델 것처럼 뜨거울 때 게걸스레 먹어치웠다. 차만큼은 절대 떨어지지 않았다. 먹을 것이 완전히 동났을 때도 언제나 차는 있었다. 뭉근히 끓여, 짙은 갈색이 되도록 우리고 또 우렸다. 차는 구걸하기가 비교적 쉬웠다. "부인, 차를 조금만 나눠주시겠어요?"라고 애원하면 몰인정한 켄트주의 주부들도 거의 거절하지 않았다.

낮은 찌는 듯 무더웠다. 흰 도로는 눈이 부셨고, 지나가는 자동차들은 그들의 얼굴에 따끔거리는 먼지를 튀겨댔다. 홉을 따러 가는 가족들이 대형 트럭에 가구와 아이들, 개들과 새장들을 엄청 높이 싣고서 환호성을 지르며 지나가기도 했다. 밤은 늘 추웠다. 자정 후에는 아주 따뜻해지는 잉글랜드의 밤은 이곳에서 전혀 기대할 수 없었다. 그들 사이에 침구라고는 큼직한 부대 자루 두 개뿐이었다. 플로와 찰리가 하나를, 도러시가 다른 하나를 썼고, 노비는 맨땅에서 잤다. 불편함은 추위만큼이나 심각했다. 반듯이 누우면, 베개를 베지 못한 머리가 뒤로 넘어가 목이 부러질 것만 같았다. 옆으로 누우면, 엉덩이뼈가 땅에 짓눌려 아팠다. 어쩌다 한밤중에 잠이 든다 해도, 깊디깊은 꿈속으로 냉기가 뚫고 들어왔다. 아무렇지도 않게 견디는 사람은 노비뿐이었다. 축축한 풀밭에서도 침대에 누운 양 편하게 잤고, 구리선을 싹둑 자른 듯 불그스름한 금색 턱수염이 몇 가닥 듬성듬성 나 있는 투박한 원숭이 얼굴은 따뜻한 분홍빛을 잃는 법이 없었다. 머리가 붉으면, 자기 안에 불타는 빛으로 자신뿐만 아니라 주변 공기까지 따뜻하게 데울 수 있는 모양이었다.

도러시는 이 이상하고도 불편한 생활을 당연하게 여겼다. 기억 저편의 또 다른 인생은 사뭇 달랐을 거라는 생각이 어렴풋이 들 뿐이었다. 고작 이틀 만에 도러시는 자신이 처한 기묘한 곤경에 대한 고민을 접어버렸다. 그녀는 모든 것을 받아들였다. 불결함과 배고픔과 피로감, 끊임없는 노정, 먼지 날리는 무더운 낮과 오들오들 떨리는 불면의 밤. 너무 피곤해서 생각이라는 걸 할 여력이 없었다. 둘째 날의 오후 즈음, 그들은 넋이 나갈 정도로 녹초가 되었다. 무슨 일이 있어도 지치는 법이 없는 노비는 제외였다. 출발한 지 얼마 안 되어 부츠 밑창에 못이 박혔는데도 힘든 기색이 전혀 없었다. 도러시가 한 번에 한 시간씩 거의 잠든 상태로 걸어 다녔던 시기가 있었다. 이제 그녀에게는 짐도 하나 생겼다. 두 남자의 손은 이미 차 있었고, 플로가 아무것도 들지 않겠다고 고집을 피우자 도러시는 훔친 감자가 든 자루를 들겠다고 자발적으로 나섰다. 대개는 4킬로그램 정도의 감자가 비축되어 있었다. 도러시는 노비와 찰리처럼 자루를 어깨에 둘러 멨지만, 끈이 톱날처럼 살을 파고들었고, 자루에 엉덩이 피부가 쓸려 급기야 피까지 났다. 엉성하고 약해빠진 구두는 출발할 때부터 이미 망가지기 시작했었다. 둘째 날 오른쪽 구두의 굽이 떨어지는 바람에 그녀가 절뚝거리자, 이런 문제에 관한 한 전문가인 노비는 다른 쪽 구두의 굽도 떼어내서 평평하게 걸으라고 조언했다. 그랬더니 언덕을 오를 때 쇠막대로 발바닥을 얻어맞는 것처럼 정강이에 격심한 통증이 일었다.

하지만 플로와 찰리의 상황은 도러시보다 훨씬 더 나빴다. 두 사람은 그들이 걸어야 하는 거리에 지치기보다는 놀라고 분개했다. 하루에 30킬로미터씩 걷는다는 건 지금껏 상상도 못 한 일이었다. 그들은 런던에서 태어나 자랐으며, 몇 달 동안 궁핍하게 지내긴 했지만 그전에는 부랑 생활을 해본 적이 없었다. 찰리는 아주 최근까지도 좋은 직장에서 일했고, 플로 역시 꼬드김에 넘어가 매춘의 길로 빠지기 전까지는 좋은 집을 갖고 있었다. 그들은 트래펄가 광장에서 알게 된 노비와 함께 홉 따기를 하러 떠나기로 했다. 그저 가벼운 소일거리 정도로 생각하고서 말이다. 당연히 비교적 짧은 기간 '실직' 상태에 있었던 그들은 노비와 도러시를 업신여겼다. 노비의 길거리 지식과 대담한 도둑질은 높이 샀지만, 사회적 위치는 자기들이 그보다 높다고 여겼다. 그리고 도러시에 관해서 말하자면, 그녀의 반 크라운이 동난 후로는 거의 쳐다보지도 않았다.

이틀째부터 이미 그들의 용기는 사그라지고 있었다. 그들은 뒤처져서 느릿느릿 움직이며 쉴 새 없이 투덜거렸고, 자신들의 몫보다 더 많은 음식을 요구했다. 사흘째에는 여정을 그만두려 했다. 홉 농장에 도착하든 말든, 얼른 런던으로 돌아가고 싶어 했다. 잠시 쉴 수 있는 편안한 곳을 찾을 때마다 큰대자로 뻗고, 남은 음식이 있으면 걸신들린 듯 먹어치우려 했다. 한번씩 멈추고 쉴 때마다 지루한 말다툼 끝에야 다시 출발할 수 있었다.

"왜 이래, 친구들! 궁둥이 떼, 찰리. 이제 출발할 시간이야." 노비는 이렇게 말하곤 했다.

"출발 좋아하시네." 찰리는 뚱하게 답했다.

"여기서 자면 안 돼. 오늘 밤에 세븐오크스까지 가야 하니까."

"세븐오크스는 무슨! 세븐오크스든 어디든 나한텐 다를 게 하나도 없어."

"인마! 내일 일자리를 구하려면 농장들 돌아다니면서 알아봐야 할 거 아냐."

"그놈의 농장! 망할 홉 얘기는 괜히 들어서. 난 너처럼 이렇게 힘들게 걸어 다니고 노숙하면서 살아온 사람이 아니야. 이제 질렸어. 지긋지긋하다고."

"홉 따기라면 진절머리가 나." 플로가 끼어들었다.

노비가 도러시에게 귀뜸하기를, 플로와 찰리는 기회만 있으면 런던으로 '꽁무니를 뺄' 거라고 했다. 하지만 노비는 어떤 일에도 기가 죽거나 화를 내는 법이 없었다. 신발에 박힌 못 때문에 너저분한 양말이 피로 거뭇해졌을 때조차. 사흘째 되는 날 못이 발에 구멍을 냈고, 노비는 1킬로미터마다 한 번씩 멈춰서 못을 내리쳐야 했다.

"미안, 썩을 놈의 발을 또 봐야겠어. 못 때문에 환장하겠네."

그는 둥근 돌을 찾아서 배수로에 쪼그리고 앉아 조심

스럽게 못을 두드렸다.

"자! 그놈은 이제 뒈졌어!" 노비는 못이 박혔던 자리를 엄지손가락으로 만지며 낙관적으로 말하곤 했다.

하지만 그 무덤에는 '나는 부활하리라'라는 묘비명이 새겨졌어야 했다. 10분 정도 지나면 못은 어김없이 또 기어 올라오기 시작했다.

물론 노비는 도러시의 몸에 손을 대려 했고, 그녀가 거부하자 뒤끝 없이 물러났다. 그의 유쾌한 성격은 웬만해서는 꺾이지 않았다. 항상 서글서글했고, 항상 활기찬 바리톤 목소리로 노래를 불렀다. 노비가 즐겨 부른 세 곡은 〈서니 보이〉, 〈구빈원에서의 크리스마스〉*(〈교회의 참된 터는〉이라는 성가의 선율에 맞추어), 그리고 군가에 "'개소리'! 밴드는 이것밖에 연주할 수 없었다네"라는 활기찬 가사를 붙인 노래였다. 그는 스물여섯 살의 홀아비였으며 신문팔이, 좀도둑, 소년원생, 군인, 절도범, 부랑자의 인생을 연이어 살았다. 하지만 자신의 삶을 순서대로 이야기할 능력이 없었으므로, 대화 상대가 이런 사실들을 스스로 끼워 맞춰야 했다. 노비는 문득문득 떠오르는 생생한 기억을 툭툭 던지듯 말했다. 눈을 다쳐 제대하기 전까지 전열 보병 연대에서 복무했던 여섯 달, 할러웨이 감옥에서 나왔던 역겨운 오트밀 죽, 뎃퍼드의 빈민굴에서

※ 저널리스트 조지 로버트 심스가 지은 극적 독백 형식의 발라드.

보낸 어린 시절, 그가 스무 살이었을 때 아이를 낳다 죽은 열여덟 살의 아내, 징그럽게도 잘 구부러지던 소년원의 회초리, 우드워드의 신발 공장 안전문 안에서 니트로글리세린이 꽝하고 폭발하던 둔탁한 소리. 노비는 그 공장에서 번 125파운드를 3주 만에 탕진했다.

셋째 날 오후, 홉 재배지의 언저리에 도착한 그들은 일자리가 전혀 없어 런던으로 돌아가는 낙담한 사람들과 마주치기 시작했다. 대부분 부랑자들이었다. 홉의 질이 좋지 않아 가격이 떨어졌고, 집시와 지역민이 일자리를 싹쓸이해 버렸다고 했다. 그러자 플로와 찰리는 완전히 희망을 버렸지만, 노비가 협박과 설득을 교묘하게 뒤섞어 그들을 몇 킬로미터 더 끌고 갔다. 웨일이라는 작은 시골 마을에서 그들은 이제 막 근처의 홉 농장에 일자리를 얻은 매켈리것 부인이라는 아일랜드인 노파를 만났다. 그들은 훔친 사과 몇 알을, 노파가 그날 일찍 구걸한 빵 한 조각과 바꾸었다. 노파는 홉 따기에 관해, 그리고 공략해볼 만한 농장들에 관해 몇 가지 유용한 단서를 주었다. 녹초가 된 그들은 마을의 중심에 있는 큰 잔디밭에 큰대자로 뻗었고, 맞은편에는 신문 벽보가 붙은 작은 잡화점이 하나 있었다.

"차머스네 농장에 가서 한번 알아보지그러나. 여기서 8킬로미터 조금 더 가면 있어. 거긴 열 명 정도 더 필요하다고 들었거든. 빨리 가면 일을 줄걸." 매켈리것 부인이

걸걸한 더블린 억양으로 조언했다.

"8킬로미터라니! 젠장! 더 가까운 덴 없어요?" 찰리가
툴툴거렸다.

"뭐, 노먼네가 있긴 하지. 내가 일을 구한 데도 노먼네
농장이거든. 내일 아침부터 시작이야. 그래도 자네들은
거기 가봐야 헛수고일 거야. 지역민만 뽑고, 홉의 절반은
그냥 날려버릴 생각이니까."

"왜 지역민만 뽑아요?" 노비가 물었다.

"그야, 부근에 사는 사람이 아니면 농장 주인이 잘 곳
을 대줘야 하니까 그렇지. 요즘은 다 그래. 옛날엔 홉 따
러 오면 당연히 마구간에서들 잤지. 그런데 참견질 좋아
하는 죽일 놈의 노동당 정부가 농장 주인이 품팔이들한
테 꼭 제대로 된 거처를 마련해줘야 한다는 법을 만들었
잖아. 그래서 노먼은 자기 집이 있는 사람들만 받아주는
거야."

"할머니는 집이 없잖아요?"

"없고말고! 하지만 노먼은 반대로 알고 있지. 근처 작
은 집에서 지내고 있다고 공갈을 쳤거든. 우리끼리 얘기
지만, 밤마다 외양간에서 신세 지고 있어. 똥내가 지독한
거 빼고는 그럭저럭 괜찮은데, 아침 5시에는 나와야 해.
안 그랬다가는 소 치는 사람한테 들키니까."

"우리는 홉을 따본 적이 한 번도 없어요. 홉이 눈앞에
있어도 못 알아볼걸요. 농장 주인한테 홉을 많이 따봤다

고 말하는 게 좋겠죠?"노비가 말했다.

"무슨! 홉 따는 데 경험 따위가 왜 필요해. 톡 떼서 통으로 던져 넣으면 그만이지. 그러면 그냥 끝이라니까."

도러시는 거의 잠들어 있었다. 나머지 사람들의 두서없는 대화가 들려왔다. 홉 따기에 관해 얘기하던 그들은 집에서 사라진 어떤 여자에 관한 신문 기사로 넘어갔다. 맞은편 가게의 앞면에 붙은 벽보들을 읽고 있던 플로와 찰리는 어느 정도 기운을 차렸다. 그 벽보들이 런던과 런던의 즐거움을 상기시켰기 때문이다. 그들이 꽤 관심을 보이는 실종된 여자는 '신부의 딸'로 불리고 있었다.

"저거 보여, 플로?"찰리는 한 벽보를 아주 흥겹게 읽었다. "'신부의 딸의 은밀한 연애 생활. 놀라운 폭로.' 하! 1페니라도 있음 저걸 읽어볼 텐데."

"응? 무슨 내용인데?"

"뭐? 안 읽었어? 신문마다 야단법석인데. 신부의 딸이 이러쿵, 신부의 딸이 저러쿵. 무지하게 지저분한 얘기도 있고."

"신부의 딸이라는 그 여자, 꽤 화끈한가 본데."노비는 드러누우며 생각에 잠겨 말했다. "그 여자가 지금 여기 있으면 얼마나 좋을까! 그 여자랑 뭘 해야 할지 나는 아주 잘 알거든, 음."

"가출했다잖아. 자기보다 스무 살이나 많은 남자랑 놀아나다가 사라져버려서 사람들이 여기저기 찾아다니고 있다지." 매켈리것 부인이 말했다.

"잠옷 차림으로 한밤중에 차를 타고 도망쳐버렸대. 촌구석이 지긋지긋해서 떠났나 보지." 찰리가 감탄한 듯 말했다.

"남자가 여자를 외국으로 끌고 가서 파리의 매음굴에 팔아버렸다는 소리도 있더구먼." 매켈리것 부인이 덧붙였다.

"잠옷 차림으로? 정말 난잡한 여자였나 봐."

대화가 더 구체적으로 진행되려는 찰나 도러시가 끼어들었다. 그들의 얘기가 그녀에게 약간의 호기심을 불러일으켰다. 그녀는 자신이 '신부'라는 단어의 의미를 이해하지 못한다는 사실을 깨달았다. 도러시는 일어나 앉아 노비에게 물었다.

"신부가 뭐야?"

"신부? 종교인, 성직자. 교회에서 설교도 하고, 성가도 가르치고 하는 인간. 어제도 한 명 봤잖아. 녹색 자전거를 타고, 흰 목띠 같은 옷깃을 달고 있던. 사제. 너도 알지?"

"아…… 그래, 알 것 같아."

"사제들! 개중에는 참 역겨운 인간들도 있지." 매켈리것 부인은 추억에 잠긴 듯 말했다.

도러시는 여전히 아리송했다. 노비의 말을 듣고 조금 이해할 것도 같았으나 아주 조금뿐이었다. '교회'나 '성직자'와 연관된 모든 생각은 이상하게도 애매하고 흐릿하게 흘러갔다. 그녀가 과거로부터 가져온 불가사의한 지식에 뚫려 있는 여러 구멍 가운데 하나였다.

그들이 사흘째 길 위에서 보내는 밤이었다. 날이 어둑해지자 늘 그렇듯 '노숙하기' 위해 작은 숲으로 들어갔는데, 자정이 조금 지나자 비가 퍼붓기 시작했다. 비를 피할 곳을 찾아 어둠 속에서 청승맞게 더듬더듬 헤매던 그들은 드디어 건초 더미를 발견하여, 바람이 부는 방향으로 그 위에 옹송그리고 앉아 앞이 보일 정도로 하늘이 밝을 때까지 버텼다. 플로는 밤새도록 듣기 싫은 소리로 아이처럼 엉엉 울어댔고, 아침 즈음에는 반쯤 무너진 상태였다. 비와 눈물에 깨끗하게 씻긴 멍하고 통통한 얼굴은 흡사 돼지 오줌보 같았다. 자기 연민으로 일그러진 돼지 오줌보. 노비는 산울타리 밑을 마구 헤집어 조금 마른 나뭇가지들을 한 아름 모은 다음, 어렵사리 불을 피워 평소처럼 차를 끓였다. 아무리 날씨가 안 좋아도 노비는 반드시 차 한 깡통을 만들어냈다. 그는 나무가 젖었을 때 땔감으로 쓸 낡은 자동차 타이어를 가지고 다녔고, 부랑자들 중에서도 소수의 전문가만이 가능하다는 촛불로 물 끓이기 기술까지 갖추고 있었다.

끔찍한 밤을 보낸 후 모두들 팔다리가 뻣뻣하게 굳었고, 플로는 한 발짝도 더 걸을 수 없다고 선언했다. 찰리도 플로의 편을 들었다. 이렇게 두 사람이 꼼짝도 하지 않으려 하니, 도러시와 노비는 농장을 돌아다녀 본 후 그들과 어디서 만날지 정한 다음 차머스의 농장으로 향했다. 8킬로미터 떨어진 차머스의 농장에 도착한 두 사람은 홉 밭을 찾아 드넓은 과수원 사이를 지나다가 감독관이 '곧 올 거라는' 말을 들었다. 그래서 농장 끝머리에서 네 시간을 기다리며, 해를 등지고 선 채 옷을 말리고 일꾼들이 홉 따는 모습을 지켜보았다. 왠지 평화롭고 매혹적인 장면이었다. 깍지콩을 엄청나게 확대한 것처럼 생긴 높다란 홉 덩굴이 줄줄이 이어져 푸르른 길을 만들어내고, 거대한 포도알 같은 연초록빛 홉이 송이송이 달려 있었다. 바람이 일자 유황과 차가운 맥주의 싱그럽고 쌉쌀한 향이 흩뿌려졌다. 각각의 줄마다 햇볕에 그을린 사람들이 홉을 부대 자루로 훑어 내리며 노래를 부르고 있었다. 그리고 곧 경적이 울리자 하던 일을 멈추더니, 홉 덩굴로 피운 타닥거리는 모닥불에다 차를 끓이기 시작했다. 도러시는 그들이 무척 부러웠다. 모닥불에 둘러앉아 그 연기와 홉 냄새 속에서 차와 빵과 베이컨을 먹는 저 행복한 모습이라니! 도러시도 이런 일을 하고 싶었다. 하지만 지금은 불가능했다. 1시 즈음 감독관이 오더니 남은 일자리가 없다고 했고, 그래서 두 사람은 돌아가는 길에 차머스의 농장에 대한 복수로 사과 10여 알을 훔쳤다.

만나기로 했던 장소에 도착해보니 플로와 찰리는 사라지고 없었다. 물론 두 사람은 그들을 찾아봤지만, 어떻게 된 일인지도 물론 아주 잘 알고 있었다. 불 보듯 뻔했다.

플로가 지나가는 화물차 기사에게 추파를 던지고, 기사는 플로와 바짝 붙어 갈 수 있는 기회를 얻기 위해 둘을 런던까지 태워다준 것이다. 설상가상으로 그들은 보따리를 두 개 다 훔쳐갔다. 도러시와 노비는 이제 먹을 것이 하나도 없었다. 빵 껍질 하나, 감자 한 알, 차 한 줌 남지 않았다. 잠자리도, 심지어는 구걸하거나 훔친 것으로 요리를 할 때 쓸 코담배 깡통마저 없어졌다. 두 사람이 지금 입고 있는 옷만 달랑 남았다.

그 후 서른여섯 시간은 힘들었다. 아주 힘들었다. 굶주리고 녹초가 된 몸으로 얼마나 애타게 일거리를 찾아 헤맸던가! 하지만 켄트주 안으로 들어가면 갈수록 일자리를 얻을 가능성은 점점 더 줄어드는 것 같았다. 그들은 농장을 끊임없이 전전하며 일꾼이 필요 없다는 똑같은 답을 들었고, 이리저리 돌아다니느라 구걸할 시간조차 없는 탓에 훔친 사과와 자두밖에 먹지 못해서 속이 쓰리면서도 미친 듯 배가 고팠다. 그날 밤은 비가 내리지 않았지만, 전날보다 훨씬 더 추웠다. 도러시는 잠들 시도조차 하지 않고, 불 가에 웅크리고 앉아 불이 꺼지지 않게 지키며 밤을 보냈다. 그들은 너도밤나무 숲의 땅딸막한 고목 아래에 숨어 바람을 피했지만, 때때로 뿌려지는 차가운 이슬에 젖었다. 팔다리를 쭉 뻗고 드러누운 채 입을 벌리고 아이처럼 평온하게 잠든 노비의 널따란 한쪽 뺨에 모닥불의 희미한 빛이 아른거렸다. 불면과 견디기 힘든 불편함에서 생겨난 막연한 궁금증이 밤새도록 도러시의 마음을 어지럽혔다. 그녀는 이런 인생을 살도록 태어났을까? 낮에는 내내 곯은 배로 정처 없이 떠돌아다니고, 밤에는 물이 뚝뚝 떨어지는 나무 밑에서 오들오들 떨어야 하는 인생. 텅 비어 있는 과거에도 그녀의 삶은 이랬을까? 그녀는 어디서 왔을까? 그녀는 누구일까? 어떤 답도 얻지 못했고, 동틀 녘 그들은 길 위에 있었다. 저녁이 될 때까지 두 사람은 열한 곳의 농장을 돌았고, 도러시는 다리가 풀리기 시작한 데다 피로감으로 현기증까지 일어 똑바로 걷기가 힘들었다.

하지만 저녁 늦게 전혀 뜻밖의 행운이 찾아왔다. 클린톡이라는 시골 마을의 케언스라는 농장에 찾아갔더니, 어떤 질문도 없이 그 자리에서 바로 고용되었다. 감독관은 그들을 아래위로 훑어본 후 그저 "좋아, 괜찮겠어. 내일 아침부터 시작해. 19조의 7번 자루를 맡아"라고 말할 뿐, 이름조차 묻지 않았다. 홉 따기에는 기질도 경험도 필요 없는 모양이었다.

그들은 일꾼들의 숙소가 있는 목초지로 향했다. 도러시는 마침내 일자리를 얻었다는 환희와 탈진 사이의 몽롱한 상태에 빠진 채, 창문에 알록달록한 세탁물을 걸어 놓은 집시들의 카라반과 양철 지붕 오두막 사이의 미로 같은 길을 걸었다. 오두막들 사이로 난 좁다란 풀밭 골목에 아이들이 떼 지어 있고, 누더기를 걸친 상냥한 표정의 사람들이 셀 수도 없이 많은 장작불 위에다 식사를 요리하고 있었다. 들판의 아래쪽에는 다른 숙소보다 훨씬 조악한 둥그런 모양의 양철 오두막들이 있었다. 미혼자들을 위해 따로 마련된 곳이었다. 치즈를 굽고 있던 한 노파가 도러시에게 여자 숙소 중 하나를 가리켰다.

도러시는 오두막 문을 열었다. 폭이 4미터 정도 되는 공간에 유리를 끼우지 않은 창들은 판지로 막혀 있고, 가구라곤 하나도 없었다. 지붕에 닿을 만큼 거대하게 쌓인 짚 더미 말고는 아무것도 없는 듯했다. 사실, 오두막 전체가 짚으로 가득 차 있다시피 했다. 졸려서 이미 감기기 시작한 도러시의 눈에 짚은 천국처럼 편안해 보였다. 그녀는 사람들을 밀어젖히며 짚 쪽으로 향하다가 밑에서 들려오는 앙칼진 소리에 멈칫했다.

"야! 뭐야? 저리 꺼져! 누가 내 배 밟고 다니래, 이 바보야."

짚 사이사이에 여자들이 있는 모양이었다. 도러시는 좀 더 조심스럽게 앞으로 나아가다가 무언가에 걸려 짚으로 쓰러지자마자 잠들기 시작했다. 옷을 반쯤 벗고 있는 험상궂은 생김새의 한 여자가 짚의 바다에서 인어처럼 불쑥 나타났다.

"안녕, 친구! 자기 완전히 지쳤구나?" 여자가 말했다.

"그래, 피곤해, 정말 피곤해."

"이 짚에서 아무것도 안 덮고 자면 얼어 죽어. 담요 없어?"

"없어."

"그럼 잠깐 기다려. 나한테 부대 자루가 하나 있걸랑."

여자는 짚 속으로 파고들더니 2미터 길이의 홉 자루를 들고 다시 나타났다. 이미 잠들어 있던 도러시는 깨어나서, 머리까지 다 들어갈 만큼 기다란 부대 자루 속으로 들어갔다. 그런 다음 몸을 꿈틀꿈틀하며 밑으로 가라앉기 시작했다. 짚 더미는 그녀가 상상했던 것보다 더 따뜻하고 건조했다. 지푸라기가 부대 자루를 뚫고 들어와 콧구멍을 간질이고, 머리카락 속으로 파고들고, 몸을 찔러댔지만, 이 순간 이보다 더 관능적으로 그녀를 애무해줄 잠자리는 상상할 수 없었다. 클레오파트라의 백조 깃털 소파도, 하룬 알 라시드*의 해먹도 부럽지 않았다.

※ 아바스 왕조의 제5대 칼리프. 『천일야화』의 등장인물로도 알려져 있다.

3

일자리를 얻기만 하면 홉 따기 작업에 적응하기란 놀라우리만치 쉬웠다. 일주일만 지나면 전문가 대접을 받았으며, 평생 홉을 따온 것처럼 느껴졌다.

대단히 쉬운 일이었다. 물론 몸은 힘들었다. 하루에 열 시간에서 열두 시간씩 서 있어야 했고, 저녁 6시엔 곯아떨어졌다. 하지만 어떤 기술도 필요 없었다. 일꾼들 가운데 3분의 1 정도가 도러시처럼 미경험자였다. 홉이 어떻게 생겼는지, 혹은 홉을 따는 방법이나 이유조차 잘 모르고 런던에서 온 사람들도 있었다. 한 남자는 첫날 아침 밭으로 가면서 이렇게 물었다고 했다. "삽은 어디 있어요?" 그 남자는 홉을 땅에서 파낸다고 생각했던 것이다.

일요일을 제외하면 숙소에서의 하루는 날마다 다를 것

이 없었다. 5시 반에 오두막 벽을 톡톡 치는 소리가 들리면 잠자리에서 기어 나가, 짚 속에 여기저기 파묻혀 있는 여자들(예닐곱 명, 아니 어쩌면 여덟 명일지도 몰랐다)이 비몽사몽 뱉는 욕설을 들으며 신발을 찾기 시작했다. 그 거대한 짚 더미에서 어리석게도 옷을 벗었다간 당장에 잃어버리고 말았다. 지푸라기와 말린 홉 덩굴을 한 아름씩, 그리고 밖에 쌓여 있는 잔가지들을 한 단 챙겨서 아침 식사를 만들 불을 피웠다. 도러시는 항상 노비의 식사까지 함께 만들었고, 준비가 되면 그가 있는 오두막의 벽을 톡톡 쳤다. 노비보다는 그녀가 아침에 잘 깨어났다. 9월의 아침은 아주 추웠고, 시커멓던 동쪽 하늘은 서서히 암청색으로 밝아왔으며, 이슬 맺힌 풀들은 은백색을 띠었다. 아침 식사는 늘 똑같았다. 베이컨과 차, 그리고 베이컨 기름에 튀긴 빵. 아침을 먹는 사이 똑같은 점심 식사를 만든 다음, 도시락통을 들고 밭으로 출발했다. 바람 부는 푸른 새벽에 2.5킬로미터 정도를 걸었는데, 추위 때문에 콧물이 너무 많이 흘러서 이따금 걸음을 멈추고 마직물 앞치마로 닦아야 했다.

홉은 약 4,000제곱미터의 재배장들로 나뉘어 있었고, 각 조—대개는 집시인 감독이 마흔 명 정도의 일꾼들을 맡았다—가 한 번에 한 재배장에서 홉을 땄다. 홉 덩굴은 3.5미터 이상으로 자랐고, 세로로 높이 쳐놓은 줄을 타고 올라가다가 가로로 쳐진 철사들에 매달렸다. 1-2미터 간격으로 떨어진 각 줄에는 부대 자루 하나가 아주 깊은 해먹처럼 묵직한 나무틀에 걸려 있었다. 일꾼들은 도착하자마자 각자의 자루를 제 위치에 매달고, 옆에 있는 두 세로 줄부터 자른 뒤 거기에 붙은 덩굴을 뜯어냈다. 그러면 거대한 뾰족탑 같은 수많은 가닥의 이파리가 라푼젤의 땋은 머리처럼 우수수 떨어지며 이슬을 퍼부었다. 일꾼들은 줄기들을 자루 위로 끌어 올린 다음 덩굴의 두툼한 끝부터 시작해서 묵직한 홉 송이들을 떼어내기 시작했다. 아침의 그 시간대에는 느릿느릿 서툴게 딸 수밖에 없었다. 아직 굳은 손은 차가운 이슬 때문에 무감각했고, 홉은 축축하고 미끄러웠다. 이파리와 잎자루를 함께 따지 않고 홉만 떼어내기가 무척 어려웠다. 이파리가 너무 많이 끼어 있으면, 검량인이 받아주지 않을 때도 있었다.

덩굴의 잎자루를 뒤덮은 잔가시는 2-3일 안에 손의 살갗을 난도질해놓았다. 손가락이 너무 굳어 잘 구부러지지도 않는 데다 열 군데도 넘게 피가 나는 아침에 홉을 따기 시작하면 아주 고통스러웠다. 하지만 상처가 다시 벌어져 피가 시원하게 흐르면 통증은 잦아들었다. 질이 좋은 홉을 잘만 따면 10분 안에 덩굴 하나를 처리할 수 있고, 최상의 덩굴에서는 0.5부셸의 홉이 나왔다. 하지만 재배장마다 홉의 상태가 크게 달랐다. 어떤 곳은 홉이 호두만큼이나 크고, 잎이 없는 거대한 송이로 달려 있어서

한 번만 비틀어주면 쉽게 떨어졌다. 또 어떤 재배장의 홉은 변변찮아서 겨우 콩알만 했고, 너무 드문드문 자라 있어 한 번에 하나씩 따야 했다. 한 시간을 따도 1부셸을 못 채울 만큼 불량한 홉도 있었다.

홉이 마르지 않아 다루기 어려운 이른 아침에는 작업 속도가 느렸다. 하지만 곧 해가 뜨면 따뜻해지는 홉에서 싱그럽고 쌉싸름한 향이 흘러나오기 시작하고, 새벽에 뚱했던 기분이 풀린 일꾼들은 본격적인 작업에 돌입했다. 8시부터 정오까지는 열정적으로 따고, 따고, 또 땄다. 시간이 흐를수록 점점 더 불타오르는 의욕으로 덩굴을 하나씩 처리하고 줄을 따라 자루를 조금씩 앞으로 옮겼다. 처음에는 재배장마다 모든 자루가 나란히 출발했지만, 손 빠른 일꾼들이 차츰 앞으로 치고 나갔고, 개중에는 남들이 겨우 절반쯤 왔을 때 한 줄을 마치는 사람들도 있었다. 그런 자들은 많이 뒤처진 사람의 줄로 가서 대신 작업을 끝내주는, 이른바 '남의 홉 훔치기'를 할 수 있었다. 도러시와 노비는 항상 꼴찌였다. 대부분은 네 명이 한 팀을 이루었는데, 그들은 단 두 명이었다. 그리고 손이 크고 거친 노비는 홉을 따는 데 어설펐고, 대체로 남자들보다는 여자들이 잘 땄다.

항상 도러시와 노비의 양쪽에 있는 6번 자루와 8번 자루 사이에 막상막하의 접전이 벌어졌다. 6번 자루는 집시 가족—곱슬머리에 귀걸이를 한 아버지, 가죽 같은 갈색 피부에 쭈글쭈글 늙은 어머니, 건장한 두 아들—이었고, 8번 자루는 이스트 엔드의 노파 행상인이었다. 노파는 챙이 넓은 모자에 기다란 검은 망토를 입고, 뚜껑에 증기선이 그려진 혼응지 상자에서 코담배를 꺼내 피웠다. 딸들과 손녀들이 교대로 런던에서 찾아와 이틀씩 머물며 노파를 도왔다. 많은 아이들이 바구니를 들고 따라오면서, 어른들이 작업하는 동안 땅에 떨어진 홉을 주워 담았다. 노파 행상인의 조그맣고 핼쑥한 손녀 로즈와 인도인처럼 거뭇한 얼굴의 한 집시 소녀는 툭하면 슬그머니 자리를 벗어나 가을 나무딸기를 훔치고 홉 자루로 그네를 만들었다. 둘이 자루 주변에서 끊임없이 노래를 불러대면 그 사이로 노파의 새된 소리가 들려왔다. "일이나 해, 로즈, 이 게으른 년아! 홉을 주워! 볼기짝 쥐여 터지기 전에!"

그 조의 일꾼들은 절반 가까이 집시들이었다. 숙소에는 200명 이상의 집시가 있었다. 다른 일꾼들은 그들을 '디다카이'라 불렀다. 집시들은 나쁜 사람들이 아니라 꽤 친절했고, 무언가 얻어내고 싶은 것이 있으면 심하게 알랑거렸다. 하지만 교활했다. 그들의 야만스러운 교활함은 뚫고 들어갈 수가 없었다. 멍청하고 동양적인 얼굴에는 사납지만 게으른 짐승의 표정, 결코 꺾이지 않을 간사함과 공존하는 아둔함이 깃들어 있었다. 집시들은 대여섯 가지 이야기를 지치지도 않고 몇 번이고 반복했다.

171

6번 자루의 젊은 집시 둘은 노비와 도러시에게 똑같은 수수께끼를 하루에 열 번이 넘게 냈다.

"영국에서 가장 똑똑한 사람도 할 수 없는 일은?"

"모르겠는데. 뭐야?"

"전신주로 각다귀의 똥구멍 간질이기."

그러고는 꼭 폭소를 터뜨렸다. 하나같이 지독하게 무지한 그들은 단 한 단어도 못 읽는다는 사실을 자랑스레 떠벌렸다. 곱슬머리의 늙은 아버지는 도러시가 '학자'일 거라고 막연히 상상했는지, 한번은 그녀에게 자기가 카라반을 몰고 뉴욕까지 갈 수 있겠느냐고 진지하게 물었다.

12시에는 한 시간의 휴식을 알리는 경적이 농장에서 울렸고, 이보다 조금 전에 검량인이 와서 홉을 수거했다. 감독이 "홉 준비해, 19조!" 하고 큰 소리로 경고하면, 모두들 떨어진 홉을 줍고, 여기저기 방치된 덩굴의 홉을 마저 따고, 자루에서 이파리들을 빼내느라 정신이 없었다. 여기에도 요령이 있었다. 너무 '깔끔하게' 따는 건 득이 되지 않았다. 이파리나 홉이나 똑같이 무게를 부풀리는 데 도움이 되었기 때문이다. 집시 같은 숙련자들은 어느 정도로 '지저분하게' 따야 무사히 넘어갈 수 있는지 귀신같이 알았다.

검량인은 1부셸이 담기는 광주리를 들고, 장부에 각 자루의 수확량을 기록하는 '경리'를 데려왔다. '경리'는 사무원이나 공인회계사 같은 청년들로 이 일을 유급휴가로 여겼다. 검량인이 자루에서 홉을 한 번에 1부셸씩 푸면서 "하나! 둘! 셋! 넷!" 하고 읊조리면 일꾼들은 자신의 기록장에 그 숫자를 기입했다. 1부셸당 2펜스를 받았는데, 물론 측량을 두고 불공평하다는 비난과 말다툼이 끊이지 않았다. 홉은 스펀지와 같아서, 마음만 먹으면 1쿼트*짜리 그릇에 1부셸의 홉을 눌러 담을 수 있다. 그래서 검량인이 한 번 풀 때마다 일꾼은 자루 속으로 몸을 기울여 홉을 휘저어서 더 느슨하게 풀어놓았고, 그러면 검량인이 자루 끝을 들어 올려서 홉을 다 함께 흔들어 다시 붙여놓았다. '엄격하게' 하라는 명령이 떨어지는 아침에는 홉을 삭삭 그러모아 한 번에 2부셸씩 펐고, 그러면 성난 고함 소리가 터져 나왔다. "염병, 그렇게 꾹꾹 눌러 담는 게 어딨어! 아예 짓밟으시지그래?" 숙련자들은 작업 마지막 날 젖소들이 들어가 있는 연못에 처박힌 검량인들을 안다고 험악하게 말했다. 이렇게 퍼낸 홉은 50킬로그램이 담긴다는 포대들로 옮겨졌지만, 검량인이 '엄격한' 날에는 포대 하나를 들어 올리는 데도 두 남자가 달라붙어야 했다.

점심 식사는 한 시간 안에 끝내야 했고, 일꾼들은 홉 덩굴로 불을 피워—금지된 일이었지만 모두가 그렇게 했다—차를 데우고 베이컨 샌드위치를 먹었다. 점심을 먹

* 1갤런의 4분의 1, 1파인트의 두 배로 약 1.11리터.

은 후에는 다시 홉을 따기 시작했고, 저녁 5-6시가 되면 검량인이 한 번 더 와서 홉을 가져갔다. 그 후에는 자유롭게 숙소로 돌아갈 수 있었다.

나중에, 홉 농장에서의 이 시절을 회상할 때마다 도러시에게 늘 떠오르는 건 오후였다. 강한 햇빛 속에서 마흔 명의 노랫소리를 들으며 나무를 땐 연기와 홉 냄새를 맡으며 힘들게 일했던 그 기나긴 시간에는 묘하면서도 잊을 수 없는 무언가가 있었다. 오후가 지날수록 너무 피곤해져서 서 있기도 힘들었고, 작은 녹색 진디가 머리카락과 귓속으로 들어와 괴롭혔으며, 독한 즙에 물든 손은 피를 흘릴 때가 아니면 흑인의 손처럼 시꺼멨다. 그래도 행복했다. 이유를 알 수 없는 행복이었다. 그 일은 사람을 휘어잡고 집어삼켰다. 미련하고 기계적이고 고단한 일인 데다 날이 갈수록 손이 더 아팠지만, 일이 싫어지지는 않았다. 날씨가 화창하고 홉이 잘 열려 있으면, 평생 홉을 따며 살 수 있을 것 같은 기분이 들었다. 그곳에 몇 시간이고 서서 묵직한 송이들을 떼어내고, 자루 속에서 점점 더 높이 쌓여가는 연초록빛 더미를 지켜보며 1부셸 당 2펜스씩 주머니에 들어올 생각을 하자면 안에서 따뜻한 만족감이, 육체적인 즐거움이 느껴졌다. 내리쬐는 뙤약볕에 몸은 갈색으로 그을리고, 절대 물리지 않는 쌉싸름한 향기는 시원한 맥주의 바다에서 불어오는 바람처럼 콧구멍으로 흘러 들어와 기운을 북돋아 주었다. 해가 밝게 빛나면 모두 노래를 부르며 일했다. 재배장에 노랫소리가 쩌렁쩌렁 울렸다. 어떤 이유에선지 그해 가을 일꾼들이 부른 노래들은 하나같이 슬펐다. 거부당한 사랑과 보답받지 못한 정절에 관한 그 노래들은 마치 〈카르멘〉과 〈마농 레스코〉의 빈민굴 버전 같았다.

> 저들은 환희에 차 있네,
> **행복한** 소녀와 **운 좋은** 소년.
> 하지만 **난 여기**
> 비탄에 잠겨 있다네!

이런 노래도 있었다.

> 하지만 난 눈물을 머금은 채 춤춘다네.
> 내 품 안의 여자가 당신이 아니라서!

그리고,

> 샐리를 위해 종이 울리고 있구나.
> 하지만 샐리와 나를 위한 종이 아니라네!

어린 집시 소녀가 부르고 또 부르는 노래가 있었다.

부행의 농장에 있는 우리는
너무도 부행해, 모두 부행해!

모두가 '불행의 농장'이라 말해줘도, 소녀는 꿋꿋이 '부행의 농장'이라 불렀다. 노파 행상인과 손녀 로즈는 홉 따기와 관련된 노래를 불렀다.

더러운 홉!
더러운 홉!
검량인이 오면
땅에서 주워, 땅에서 주워!
무게를 재러 갈 때
어디서 멈춰야 하는지 우리는 몰라.
어이, 어이, 자루를 거두어
이리 가져와!

일꾼들이 특히 즐겨 부른 노래는 '저들은 환희에 차 있네'와 '샐리를 위해 종이 울리고 있구나'였다. 물리지도 않고 부르고 또 불렀다. 수확기가 끝날 때까지 수백 번은 불렀을 것이다. 줄줄이 늘어선 푸르른 홉 덩굴 사이로 울려 퍼지는 이 두 곡의 선율은 쌉싸름한 향과 작열하는 햇빛만큼이나 홉 밭의 분위기를 이루는 중요한 일부였다.

6시 반 즈음 숙소로 돌아가면, 오두막 옆을 흐르는 개

울가에 쪼그리고 앉아 그날 처음일지도 모를 세수를 했다. 손에 긴 새까만 때를 벗겨내는 데 20분 정도 걸렸다. 물을 써도, 심지어 비누를 써도 아무런 소용이 없었다. 때를 없애주는 건 오로지 두 가지였으니 진흙, 그리고 참으로 기묘하게도 흡즙이었다. 씻고 나면 저녁을 요리했다. 대개는 또 빵과 차, 베이컨을 먹었지만, 노비가 마을로 가서 1페니어치 고기를 두 점 사 올 때도 있었다. 장을 보는 건 항상 노비였다. 그는 2펜스로 4펜스어치 고기를 얻어낼 줄 알았고, 뛰어난 수완으로 푼돈을 아꼈다. 예를 들어, 그는 다른 모양의 빵보다는 항상 코티지 로프*를 샀다. 코티지 로프는 반으로 찢으면 두 덩이처럼 보이니까, 라고 노비는 이유를 밝혔다.

저녁을 먹기 전부터 잠이 쏟아졌지만, 오두막들 사이에 피워놓은 큼직한 모닥불이 너무 좋아 떠나기 아쉬웠다. 농장은 각각의 오두막마다 하루에 땔감 두 단을 허용했지만, 일꾼들은 원하는 만큼 무단으로 가져다 썼다. 아침까지 계속 타오르는 느릅나무 뿌리도. 어떤 밤에는 엄청나게 큰 불을 피워놓고 스무 명이 편안하게 둘러앉아, 늦은 밤까지 노래를 부르고 이야기를 나누고 훔친 사과를 굽기도 했다. 청춘 남녀들은 함께 슬그머니 빠져나가 어둑한 샛길로 들어갔고, 노비처럼 대담한 몇몇은 자루

---

* 크기가 약간 다른 둥근 빵 두 개를 포개놓은, 식빵 비슷한 모양의 빵.

를 들고 나가 근처 과수원을 털었으며, 아이들은 어스름 속에서 숨바꼭질을 하고 숙소에 자주 출몰하는 쪽독새들—런던 토박이인 그들은 꿩이라 착각했다—을 공격했다. 토요일 밤에는 50-60명의 일꾼들이 술집에서 진탕 마시고는 마을 거리를 싸돌아다니며 외설적인 노래들을 시끄럽게 불러대 주민들의 원성을 사기도 했다. 주민들에게 홉 수확기란, 로마령 갈리아의 품위 있는 백성들이 해마다 당했던 고트족의 침입과도 같았다.

마침내 몸을 질질 끌고 짚 속의 둥지로 돌아가면, 그곳은 전혀 따뜻하지도 편하지도 않았다. 더없이 행복한 첫날 밤을 보낸 후 도러시는 짚이 끔찍한 잠자리라는 사실을 깨달았다. 따끔거릴 뿐만 아니라, 건초와 달리 사방에서 들어오는 외풍을 막아주지 못했다. 하지만 밭에서 마음껏 훔쳐 온 자루 네 개를 겹겹이 쌓아 고치 비슷하게 만들면 적어도 다섯 시간은 따뜻하게 잘 수 있었다.

4

홉 따기로 번 돈으로는 간신히 연명만 할 수 있을 정도였다. 케언스 농장의 품삯은 1부셸당 2펜스였고, 홉이 많이 달려 있다면 능숙한 일꾼은 한 시간에 평균 3부셸을 딸 수 있었다. 따라서 이론적으로 따지자면 일주일에 60시간 노동으로 30실링을 버는 것이 가능했다. 하지만 실제로 숙소에서 이 수치의 근처에라도 가는 사람은 한 명도 없었다. 최고의 일꾼들은 일주일에 13-14실링을 벌었고, 가장 서툰 일꾼들은 6실링도 손에 넣기 힘들었다. 각자 딴 홉을 한데 모아서 내고 품삯을 나눈 노비와 도러시는 주당 약 10실링을 벌었다.

여기에는 여러 가지 이유가 있었다. 우선, 어떤 밭은 홉이 실하게 열리지 않았다. 다음으로, 작업이 지연되어 하루에 한두 시간을 그냥 날리기도 했다. 한 재배장을 마치면 다음 재배장으로 이동해야 하는데, 그 거리가 1.5킬로미터 정도였다. 거기다 무슨 착오라도 있으면 다른 재배장으로 50킬로그램짜리 자루를 낑낑대며 끌고 가느라 또 30분을 허비해야 했다. 그중 최악은 비였다. 그해 9월은 날씨가 좋지 않아, 사흘에 하루는 비가 내렸다. 가끔은 오전이나 오후 내내, 아직 떼어내지 않은 덩굴들 속으로 피신하여 자루를 어깨에 두른 채 오들오들 떨며 비가 그치기를 기다리기도 했다. 비가 내릴 땐 홉을 딸 수 없었다. 홉이 너무 미끈거려서 다루기가 힘든 데다, 딴다 해도 득이 될 것이 없었다. 물에 흠뻑 젖으면 쪼그라들어 자루를 전혀 부풀려주지 못했다. 하루 종일 밭에 있고도 1실링을 벌지 못하기도 했다.

일꾼들의 대다수는 이를 상관하지 않았다. 그중 절반이 집시들이라 쥐꼬리만 한 품삯에 익숙해져 있었고, 나머지 사람들은 대부분 점잖은 이스트 엔드 사람, 행상인, 작은 가게 주인이었다. 휴일 나들이로 홉을 따러 온 그들은 왕복 교통비 정도를 벌고 토요일 밤의 재미를 느낄 수만 있다면 아무런 불만이 없었다. 농장 주인들은 이 사실을 알고 이용해먹었다. 홉 따기를 휴가로 여기는 사람이 없다면, 이 산업은 당장이라도 무너져 내릴 판이었다. 이제 홉의 가격이 너무 떨어져서, 일꾼들에게 생계가 가능한 만큼의 임금을 줄 수 있는 농장 주인은 한 명도 없었다.

일주일에 두 번은 품삯의 절반까지 '가불'을 할 수 있었다. 수확이 끝나기 전에 떠나면, 곤란한 상황에 처한 농장주들은 1부셸당 2펜스가 아닌 1페니를 지급할 권리가 있었다. 그러니까, 일꾼에게 주어야 할 돈의 절반을 착복하는 것이다. 수확기가 끝날 무렵 받을 돈이 꽤 쌓인 일꾼들이 일을 때려치워 모은 돈을 날리고 싶어 하지 않을 때가 되면 농장주가 임금 지급률을 1부셸당 2펜스에서 1.5페니로 깎는다는 것 역시 누구나 알고 있는 사실이었다. 파업은 사실상 불가능했다. 품팔이들에게 노동조합은 없었으며, 작업장의 감독들은 남들처럼 1부셸당 2펜스를 받는 것이 아니라 주급을 받았고 파업이 벌어지면 자동으로 수입이 끊겼기 때문에 무슨 수를 써서라도 막으려 했다. 전체적으로 보자면 농장주들이 일꾼들을 진퇴양난에 빠뜨리는 꼴이었다. 하지만 농장주를 탓할 일은 아니었다. 홉의 낮은 가격이 문제의 근원이었다. 나중에 도러시가 알아차린 대로, 자기가 얼마를 버는지 제대로 아는 일꾼은 극히 소수에 불과했다. 성과급 시스템이 낮은 임금률을 은폐해버렸다.

'가불'을 할 수 없는 첫 며칠 동안 도러시와 노비는 거의 굶어 죽을 뻔했고, 다른 일꾼들에게 얻어먹지 못했다면 쫄쫄 굶었을 것이다. 하지만 모두가 굉장히 친절했다. 조금 위쪽에 있는 더 큰 오두막에서 지내는 사람들이 있었다. 짐 버로스라는 화초 상인, 그리고 런던의 큰 식당에서 쥐나 벌레를 제거하는 일을 하는 짐 털(Turle)이라는 남자였다. 한 자매의 남편들이자 가까운 친구 사이인 그 사람들이 도러시는 마음에 들었다. 그들은 도러시와 노비가 굶주리지 않도록 도와주었다. 첫 며칠 동안 저녁마다 열다섯 살의 메이 털이 냄비에 스튜를 가득 담아 와서는, 동정의 기미가 보이지 않도록 일부러 무심하게 건넸다. 항상 같은 수법이었다.

"저기, 엘런, 엄마가 이 스튜를 내다 버리려다가 어쩌면 당신이 좋아할지도 모르겠다고 하더라고요. 엄마한테는 아무 필요 없대요. 그러니까 당신이 받아주면 고맙겠대요."

이상하게도, 그 첫 며칠 동안 털 가족과 버로스 가족은 수많은 것을 '내다 버리려' 했다. 한번은 노비와 도러시에게 돼지머리 스튜의 절반을 주기까지 했다. 음식 외에, 프라이팬으로 쓸 수 있는 양철 접시와 냄비 여러 개도 주었다. 무엇보다 그들은 불편한 질문을 하나도 던지지 않았다. 도러시의 인생이 신비에 싸여 있다는 걸 잘 알았는지 "엘런은 잘살다가 힘들어졌을 거야"라고 말했다. 하지만 그녀가 난처해할까 봐 아무것도 묻지 않았다. 숙소에서의 첫 2주 동안은 도러시의 성(姓)을 물어보는 이도 없어 편했다.

도러시와 노비가 '가불'을 할 수 있게 되자마자 돈 문제는 해결되었다. 하루에 1실링 6펜스로 두 사람이 생활하기는 놀라우리만치 쉬웠다. 그중 4펜스는 노비의 담뱃값으로, 4.5펜스는 빵 한 덩이에 썼고 차와 설탕, 우유 (농장에서 우유 반 파인트를 반 페니에 얻을 수 있었다), 그리고 마가린과 베이컨 '조각들'에 7펜스가 나갔다. 물론, 1페니나 2펜스를 훔치지 않고서는 하루를 버틸 수 없었다. 끊임없이 배가 고팠고, 훈제 청어나 도넛이나 1페니어치 감자튀김을 살 수 있는지 보려고 끊임없이 푼돈을 세었다. 켄트주 사람들의 절반은 작당이라도 한 듯, 쥐꼬리만큼 버는 품팔이들의 주머니를 야금야금 털어 갔다. 그곳의 상인들은 홉 따러 온 사람들 400명을 숙박시켜 한 해의 나머지를 합친 것보다 더 많이 벌면서도, 그들을 런던의 쓰레기 취급하며 업신여겼다. 오후가 되면 농장 노동자들은 홉 자루들 근처에 와서 사과와 배를 일곱 개당 1페니에 팔았고, 런던의 행상인들은 도넛이나 빙과, '반 페니짜리 막대 사탕'을 바구니에 담아 오곤 했다. 밤에는 런던에서 아주 저렴한 식료품, 생선, 감자튀김, 장어 젤리, 새우, 오래 묵은 케이크, 2년 동안 안 팔리다가 이제 9펜스에 팔리고 있는 흐리멍덩한 눈의 수척한 토끼들을 화물차에 싣고 온 행상인들이 숙소로 몰려들었다.

홉 따는 사람들은 대개 불결한 음식을 먹고 지냈다. 그럴 수밖에 없었다. 제대로 된 음식을 살 돈이 있다 해도, 일요일 말고는 요리를 할 시간이 없었기 때문이다. 그런데도 숙소에 괴혈병이 창궐하지 않은 이유는 훔친 사과들이 넘쳐난 덕분이었다. 사과 절도는 체계적으로 그리고 부단히 이어졌다. 숙소의 거의 모든 이가 사과를 훔치거나 남들에게 나누어주었다. 과수원을 털 목적으로 주말마다 런던에서 자전거를 타고 오는 청년들(런던의 과일 행상들에게 고용되었다는 소문이 돌았다)도 있었다. 노비는 과일 절도를 과학으로 만들었다. 네 번이나 감방 생활을 한 전적이 있는 진짜 절도범 노비를 영웅처럼 우러러본 청년들이 일주일 만에 그의 주위에 모여들었고, 매일 밤 땅거미가 지면 그들은 자루를 들고 나갔다가 100킬로그램이나 되는 과일을 가지고 돌아왔다. 홉 밭 근처에는 드넓은 과수원들이 있었는데, 농장주들이 팔지 못해 버려둔 사과들, 특히 아름다운 골든 러싯 사과가 나무 밑에 수북이 쌓인 채 썩어가고 있었다. 그것들을 쓸어 담지 않는 건 죄악이라고, 노비는 말했다. 노비 패거리는 닭까지 두 번 훔쳤다. 이웃 사람들을 깨우지 않고 어떻게 해냈는지 수수께끼였다. 하지만 노비는 닭의 머리에 자루를 씌워 한밤중에 고통 없이, 아니 적어도 소음 없이 닭을 죽이는 요령을 알고 있는 듯했다.

　이런 식으로 한 주, 두 주가 흘렀고 도러시는 여전히 자신의 정체를 종잡지 못하고 있었다. 오히려 전보다 더 막연해졌다. 아주 가끔 떠오를 뿐 그 문제가 머릿속에서 사라지다시피 했기 때문이다. 차츰 그녀는 자신의 기묘한 상황을 당연하게 여겼고, 어제나 내일은 더 이상 생각하지 않았다. 홉 밭에서 살다 보면 자연스레 겪게 되는 일이었다. 의식의 범위가 찰나의 순간으로 좁혀졌다. 끊임없이 졸리고 끊임없이 할 일이 있는 상황에서 모호한 정신 문제와 씨름하기는 어려웠다. 밭에서 일하지 않을 때는 요리를 하거나, 마을에서 이런저런 물건을 가져오거나, 젖은 나뭇가지들로 불을 피우거나, 물통을 들고 왔다 갔다 했다. (숙소에 급수전이 딱 하나 있었는데 도러시의 오두막에서 200미터 정도 떨어져 있었고, 땅 구덩이를 파서 만든 지독한 변소도 같은 거리에 있었다.) 기력이 모조리 빨려 고단하면서도 의심할 나위 없이 깊디깊은 행복이 느껴지는 생활이었다. 말 그대로 바보가 되었다. 밭에서의 기나긴 하루, 변변찮은 음식, 모자란 잠, 나무를 땐 연기와 홉의 냄새는 사람을 거의 야만적인 무기력 상태에 빠뜨렸다. 비와 햇빛, 항상 맑은 공기 속에 있다 보면 피부는 두꺼워지고, 지각은 흐려졌다.

물론 일요일에는 밭일이 없었지만, 일요일 아침은 바빴다. 한 주의 주된 식사를 요리하고, 빨래를 하고, 이런저런 수선을 해야 했기 때문이다. 땡땡 울리는 마을 교회의 종소리가 바람에 실려 와, 성 아무개의 전도단이 홉 따는 사람들을 위해 거행하는 야외 예배에서 몇 안 되는 사람들이 부르는 〈오, 주여, 우리를 도와주소서〉의 가냘픈 가락과 한데 뒤섞였다. 그동안 숙소 곳곳에서 거대한 장작불이 활활 타오르고, 양동이든 양철 깡통이든 냄비

든 구할 수 있는 모든 그릇에서 물이 펄펄 끓고, 모든 오두막의 지붕에서는 다 해진 세탁물들이 바람에 펄럭였다. 처음으로 맞은 일요일에 도러시는 털 가족에게서 대야를 빌려 먼저 머리를 감은 다음 속옷과 노비의 셔츠를 빨았다. 그녀의 속옷 상태는 충격적이었다. 얼마나 오래 입고 있었는지 알 길은 없었지만, 적어도 열흘이 넘은 건 확실했고, 그동안 내내 입고 잤었다. 스타킹은 발 부분이 거의 닳아 없어졌고, 구두는 덕지덕지 붙어 딱딱해진 진흙 덕분에 망가지지 않은 채 간신히 버티고 있었다.

빤 옷들을 넌 후 도러시는 점심을 요리했다. (훔친) 닭과 (훔친) 사과로 스튜를 끓이고, (훔친) 감자를 삶았다. 도러시와 노비는 그 절반을 호사스럽게 먹어치운 다음, 손잡이가 달린 진짜 찻잔을 버로스 가족에게서 빌려 차를 마셨다. 점심 식사를 마치고 나서 오후 내내 도러시는 오두막의 햇볕 잘 드는 곳에 앉아 마른 홉 자루를 무릎에 펼쳐 원피스를 눌러놓고는 꾸벅꾸벅 졸다가 다시 깨어나기를 반복했다. 숙소에 있는 사람 중 3분의 2가 그랬다. 햇볕 속에서 졸다가 깨어나서는 암소들처럼 멍하니 허공을 바라보았다. 일주일간의 중노동 후에는 암소와 동질감을 느낄 수밖에 없었다.

3시쯤 도러시가 막 잠들려 할 때 노비가 웃통을 벗은 채—셔츠가 아직 마르지 않았다—어슬렁어슬렁 다가왔다. 손에는 어디선가 빌린 일요 신문이 들려 있었다. 외설적인 일요 신문 다섯 개 중에서도 가장 외설적인《피핀스 위클리(*Pippin's Weekly*)》였다. 노비는 지나가면서 도러시의 무릎에다 신문을 툭 떨어뜨렸다.

"한번 읽어봐." 그가 인심 쓰듯 말했다.

도러시는《피핀스 위클리》를 집어 무릎 위에 놓았지만, 너무 졸려서 못 읽을 것 같았다. 큼지막한 헤드라인이 그녀를 노려보고 있었다. '시골 사제관에서 벌어진 치정극'. 그런 다음 추가적인 헤드라인 몇 개, 행간을 더 띄어 강조한 단락, 그리고 어떤 여자의 사진이 실려 있었다. 대략 5초 만에 도러시는 거무스름하고 흐릿한 그 사진이 자신의 얼굴임을 알아보았다.

사진 밑에는 세로로 한 단 정도의 기사가 인쇄되어 있었다. 사실 이 무렵 대부분의 신문은 2주나 지나 오래되고 김빠진 '신부의 딸' 미스터리에서 손을 뗐다. 하지만《피핀스 위클리》는 자극적인 뉴스라면 오래됐든 말든 개의치 않는 데다, 그 주에는 강간이나 살인이 거의 일어나지 않았다. 그래서 '신부의 딸'을 마지막으로 한 번 대대적으로 보도하며 1면의 왼쪽 상부라는 중요한 위치에 실었다.

도러시는 멍하니 사진을 응시했다. 보기 싫은 검은 활자들 속에서 그녀를 바라보고 있는 한 여자의 얼굴. 머리에 떠오르는 건 아무것도 없었다. 도러시는 단어들을 기계적으로 다시 읽어보았다. '시골 사제관에서 벌어진 치정극'. 이해도 되지 않고, 눈곱만큼의 흥미도 일지 않았다. 글을 읽을 여력이 없었다. 사진을 보는 것조차 버거웠다. 깊은 잠이 머리를 무겁게 짓눌러대고 있었다. 막 감기려는 두 눈이 페이지를 휙 가로질러 가서 어떤 사진에 닿았다. 스노든 경, 아니면 탈장대를 차지 말라고 선전하는 남자였다. 바로 그 순간 그녀는 《피핀스 위클리》를 무릎에 얹은 채 잠들어 버렸다.

오두막의 골함석 벽에 기대어 있는 것이 그리 불편하지 않아 도러시는 미동도 없이 곤히 잠들었고, 6시에 노비가 그녀를 깨우며 차가 준비됐다고 말했다. 도러시는 《피핀스 위클리》를 다시 보지 않고 알뜰하게 챙겨두었다 (나중에 불을 피울 때 유용할지도 몰랐다). 그녀의 문제를 해결할 기회는 이렇게 지나가 버렸다. 일주일 후 일어난 어떤 불쾌한 사건 때문에 기겁한 도러시가 그런대로 불만 없이 살고 있던 생활에서 벗어나지 않았다면 그 문제는 몇 달이나 더 미해결로 남았을지 모른다.

5

그다음 주 일요일 밤, 두 경찰관이 갑자기 숙소에 들이닥쳐 노비와 다른 두 명을 절도죄로 체포했다. 순식간에 벌어진 일이었고, 미리 경고받았다 해도 노비는 달아나지 못했을 것이다. 시골에 특별 순찰대원들이 들끓고 있었기 때문이다. 켄트주에는 특별 순찰대원들이 어마어마하게 많다. 가을마다 임명되는 그들은 홉 따는 일꾼들 속의 절도범 패거리를 상대하는 일종의 민병대다. 과수원을 털리는 데 질린 농장주들이 경고성 처벌을 내리기로 결심한 것이다.

당연히 숙소에 엄청난 소동이 일었다. 도러시는 무슨 일인지 보려고 오두막에서 나갔다. 불빛을 받으며 둥글게 모여 선 사람들을 향해 모두가 달려가고 있었다. 도러시는 그들을 뒤쫓아갔고, 무슨 일이 벌어졌는지 알 것 같아 온몸이 오싹해졌다. 사람들 사이를 비집으며 꿈틀꿈틀 앞으로 나간 그녀의 눈앞에는 두려워하던 바로 그 광경이 펼쳐졌다.

노비가 거구의 경찰관에게 잡혀 있고, 또 다른 경찰은 겁에 질린 두 사내아이의 팔을 붙잡고 있었다. 그들 중 열여섯 살도 채 안 된 불쌍한 아이는 엉엉 울고 있었다. 희끗희끗한 구레나룻을 기른 꼬장꼬장한 케언스 씨와 농장 노동자 두 명이 노비의 오두막 짚 속에서 찾아낸 도난당한 물건들을 지키고 있었다. 증거물 A, 사과 한 무더기. 증거물 B, 피 묻은 닭 털. 노비는 사람들 속에서 도러시의 모습을 발견하자 큼직한 이를 번득이며 씩 웃고 한쪽 눈을 찡긋했다. 사람들의 고함 소리가 시끄럽게 뒤섞였다.

"저 불쌍한 꼬마 녀석 우는 것 좀 봐! 풀어줘! 부끄러운 줄 알아, 저렇게 어린 애를! 우리를 곤경에 빠트리다니, 저 젊은 자식은 당해도 싸! 풀어줘! 항상 욕먹는 건 우리 일꾼들뿐이지! 우리가 딴 사과는 한 개도 못 잃어. 풀어줘! 닥치지 못해? **당신들** 사과라면 어떻겠어? **당신들도** 지랄을……." 등등. 그리고 그때. "물러서! 애 엄마가 오잖아."

무시무시하게 가슴이 크고 머리를 등으로 늘어뜨린 땅딸막하고 뚱뚱한 여자가 둥글게 선 사람들을 뚫고 들어가더니 경찰관, 케언스 씨, 그리고 아들을 나쁜 길로 인도한 노비에게 차례로 고함을 질러댔다. 그러다 결국엔 농장 노동자들에게 끌려 나갔다. 여자의 호통 사이로 케 언스 씨가 노비에게 퉁명스레 따져 묻는 소리가 들렸다.

"자, 젊은이, 사과를 누구한테 나눠줬는지 털어봐! 이 도둑질 게임을 영원히 끝장내 버리게. 자백하면 사정을 봐주도록 하지."

노비는 여전히 태평스레 답했다. "봐주는 거 좋아하시 네!"

"순순히 털어놓지그래. 안 그랬다간 뜨거운 맛을 본 다음 판사 앞으로 끌려갈 거야."

"뜨거운 맛 좋아하시네!"

노비는 씩 웃었다. 자신의 재치에 신이 난 모양이었다. 도러시와 눈이 마주친 그는 또 한 번 윙크를 하다가 끌려 갔다. 그리고 그것이 도러시가 본 노비의 마지막 모습이 었다.

조금 더 고함이 이어졌고, 죄인들이 잡혀가자 수십 명 의 남자가 뒤따라가며 경찰관들과 케언스 씨에게 우우 하고 야유를 보냈지만, 그 누구도 감히 방해하지 못했다. 그사이 도러시는 슬그머니 자리를 떴다. 노비에게 작별 인사를 할 기회가 있을지 알아볼 생각조차 하지 않았다. 너무 무섭고, 너무 불안해 달아나기도 힘들었다. 두 무 릎이 제멋대로 후들거렸다. 오두막으로 돌아가 보니 다 른 여자들이 일어나 앉아 노비의 체포에 대해 신나게 떠들어대고 있었다. 그녀는 짚 더미 속으로 깊숙이 파고들어, 다른 사람들의 목소리가 들리지 않도록 숨었다. 그들은 밤의 절반이 지나도록 떠들었고, 물론 도러시를 노비의 여자로 여겨 계속 위로하면서 질문을 퍼부었다. 그녀는 잠든 척하며 답하지 않았다. 하지만 그날 밤 잠들 수 없으리라는 걸 잘 알고 있었다.

이 모든 일이 무섭고 혼란스러웠다. 하지만 합리적이고 당연한 두려움은 아니었다. 그녀는 어떤 위험에도 처하지 않았기 때문이다. 농장 노동자들은 노비가 사과를 훔쳐 도러시에게 나누어주었다는 사실을 알지 못했다. 사실 숙소의 거의 모든 이가 나누어 먹은 데다, 노비가 도러시를 배신할 리 없었다. 한 달 동안 감옥에서 썩는대도 신경 쓰지 않을 노비를 크게 걱정할 필요도 없었다. 두려운 건 그녀 안에서 벌어지고 있는 일이었다. 마음에 어떤 변화가 일어나고 있었다.

한 시간 전과는 다른 사람이 된 것 같았다. 안팎으로 모든 것이 변했다. 뇌 속에 있던 거품이 터지면서 그녀가 존재를 잊고 있던 생각과 감정과 두려움이 풀려난 것처럼. 지난 3주 동안의 몽환적인 무심함이 산산이 부서졌다. 정말이지 도러시는 꿈속에 살고 있었다. 모든 걸 받아들이고 아무것도 묻지 않는 것이야말로 꿈의 기묘한 상태 아니던가. 더러운 때, 누더기, 방랑 생활, 구걸, 도둑질, 이 모든 것이 그녀에게는 자연스럽게 느껴졌었다. 기억상실조차 자연스러운 일 같았다. 적어도 이 순간 전까지는 그 문제를 고민한 적이 거의 없었다. '난 누굴까?' 하는 의문은 머릿속에서 서서히 희미해지다가 몇 시간 동안 완전히 기억에서 사라져버릴 때도 있었다. 그런데 이제야 아주 절박하게 되돌아왔다.

그 의문이 계속 머릿속을 들락거려 도러시는 밤을 지새우다시피 했다. 하지만 의문 자체보다는 답을 곧 알게 되리라는 예감 때문에 더욱 괴로웠다. 기억이 되돌아오고 있었다. 이는 틀림없는 사실이었으며, 어떤 불쾌한 충격이 함께 찾아오고 있었다. 자신의 정체를 깨닫게 될 그 순간이 정말 두려웠다. 직면하고 싶지 않은 무언가가 의식의 표면 바로 아래에서 기다리고 있었다.

5시 반, 도러시는 평소처럼 일어나 더듬더듬 구두를 찾았다. 밖으로 나가 불을 피우고 깡통에 든 물을 뜨거운 잿불 사이에 놓고 끓였다. 바로 그때, 생뚱맞은 기억 하나가 뇌리를 스쳐 지나갔다. 2주 전 웨일의 큰 잔디밭에서 잠깐 쉬었을 때의 기억이었다. 그때 그들은 매켈리겟이라는 아일랜드인 노파를 만났다. 그 장면이 생생하게 떠올랐다. 녹초가 되어 풀밭에 드러누운 채 팔로 얼굴을 가리고 있는 도러시 자신, 반듯이 누운 그녀의 몸을 사이에 두고 얘기를 나누는 노비와 매켈리겟 부인, "신부의 딸의 은밀한 연애 생활"이라며 벽보를 신나게 읽는 찰리, 그리고 관심은 별로 없지만 궁금해져서 일어나 앉아

"신부가 뭐야?"라고 묻는 그녀 자신.

지독한 냉기가 얼음 손처럼 도러시의 심장을 옥죄어 왔다. 도러시는 일어나 허겁지겁 오두막으로 달려간 다음, 그녀의 포대 자루들이 놓인 곳으로 가서 그 밑의 짚을 더듬었다. 이 거대한 짚 더미에 아무렇게나 둔 물건은 사라져버린 후 차츰 바닥으로 내려갔다. 하지만 아직 잠이 덜 깬 여자들에게 욕을 먹으며 몇 분 동안 더듬은 끝에 도러시는 찾던 물건을 발견했다. 일주일 전에 노비가 주었던 《피핀스 위클리》였다. 도러시는 밖으로 나가 불가에 무릎을 꿇고 신문을 펼쳐 보았다.

그것은 1면에 있었다. 사진, 그리고 세 개의 큼직한 헤드라인. 그래! 이거야!

시골 사제관에서 벌어진 치정극

—

사제의 딸과 늙은 유혹자

—

백발의 아버지, 슬픔에 몸져눕다

(《피핀스 위클리》특집)

"차라리 딸아이가 무덤에 누워 있는 걸 봤으면 좋겠소!" 스물여덟 살의 딸이 화가라는 늙은 독신남 워버턴과 눈이 맞아 함께 달아났다는 사실을 알게 된 서퍽주 나이프 힐의 찰스 헤어 신부가 터뜨린 비통한 절규다. 8월 21일 밤에 마을을 떠난 헤어 양은 여전히 실종 상태이며, 그녀의 흔적을 찾으려는 모든 시도는 실패로 돌아갔다. (행간을 띄우고) 아직 확인되지 않은 한 소문에 따르면, 최근 빈의 악명 높은 호텔에서 그녀가 어떤 남성과 함께 있는 모습이 목격되었다고 한다.

—

《피핀스 위클리》의 독자들은 이 사랑의 도피가 극적 상황에서 벌어졌음을 기억할 것이다. 8월 21일 자정 조금 전, 워버턴 씨의 옆집에 사는 과부 에블리나 셈프릴 부인은 우연히 침실 창문을 내다봤다가 워버턴 씨가 대문에서 젊은 여성과 대화를 나누는 모습을 목격했다. 달빛이 밝은 밤이었으므로 셈프릴 부인은 이 젊은 여성이 신부의 딸 헤어 양이라는 걸 알아볼 수 있었다. 두 사람은 몇 분이나 대문에 머무르다가, 셈프릴 부인의 묘사에 따르면 아주 뜨거운 포옹을 나눈 다음 집 안으로 들어갔다고 한다. 대략 30분 후 그들은 워버턴 씨의 차를 함께 탄 채 다시 나타나더니 후진으로 대문을 빠져나가 입스위치 로드 쪽으로 달려갔다. 헤어 양은 노출이 심한 옷차림이었으며, 술에 취한 듯 보였다.

얼마 전부터 헤어 양이 상습적으로 워버턴 씨의 집을 은밀히 방문해왔음이 밝혀졌다. 우리의 끈질긴 설득 끝에 셈프릴 부인은 아주 마음 아픈 이야기를 더 폭로……

도러시는 《피핀스 위클리》를 마구 구겨서 불 속으로 집어 던졌다. 물통이 엎어져 재와 유황 같은 연기가 자욱하게 피어오르자, 도러시는 아직 타지 않은 신문을 얼른 불에서 끄집어냈다. 피해봐야 소용없었다. 최악의 상황을 알아두는 편이 나았다. 그녀는 끔찍한 마법에 홀린 듯한 기분으로 기사를 계속 읽어나갔다. 자기 자신에 관한 기사라면 기분 좋게 읽을 만한 내용은 아니었다. 이상한 일이었지만, 그녀는 자신이 읽고 있는 이야기의 주인공이 바로 자신임을 추호도 의심하지 않았다. 도러시는 사진을 자세히 살폈다. 흐릿해서 알아보기 힘들었지만, 틀림없었다. 사실 이제 사진 따위는 더 이상 필요 없었다. 모든 기억이 돌아왔다. 워버턴 씨의 집에서 기진맥진 집으로 돌아와 아마도 온실에서 잠들었을 그날 저녁까지, 그녀가 어떻게 살아왔는지 전부 다. 이토록 또렷한 기억을 잊고 있었다니 기가 막힐 정도였다.

도러시는 그날 아침 식사에 손을 대지 않았고, 점심을 준비할 생각도 하지 않았다. 하지만 시간이 되자, 습관이 무서운지라 다른 일꾼들과 함께 홉 밭으로 향했다. 혼자가 된 도러시는 무거운 자루를 힘겹게 제자리로 끌고 가서 옆에 있는 덩굴을 끌어내려 홉을 따기 시작했다. 하지만 몇 분 뒤 일하기가 불가능하다는 사실을 깨달았다. 홉을 따는 기계적인 노동조차 감당하기 어려웠다. 《피핀스 위클리》에 실린 끔찍한 거짓 기사 때문에 속이 뒤숭숭해 잠깐이라도 다른 일에 집중할 수가 없었다. 그 선정적인 구절들이 머릿속을 계속 맴돌았다. '아주 뜨거운 포옹', '노출이 심한 옷차림', '술에 취한'. 하나하나 떠오를 때마다 너무도 고통스러워, 몸이 아픈 것처럼 울부짖고 싶어졌다.

잠시 후 그녀는 홉을 따는 시늉조차 그만두고 자루 위로 떨어진 덩굴을 방치한 채 철사를 받친 기둥에 기대어 앉았다. 도러시의 딱한 사정을 지켜본 다른 일꾼들은 그녀를 동정했다. 가슴이 찢어지겠지, 라고 그들은 말했다. 자기 남자가 잡혀갔으니 속이 오죽하겠어. (물론 숙소의 모든 사람은 노비를 도러시의 애인으로 알고 있었다.) 그들은 도러시에게 농장에 가서 아프다고 말하라고 조언했다. 12시 무렵 검량인이 올 때가 되자, 같은 조의 모든 일꾼이 모자에 홉을 가득 담아 와서 그녀의 자루에 쏟아부었다.

검량인이 왔을 때도 도러시는 여전히 땅바닥에 앉아 있었다. 꾀죄죄한 때와 햇볕에 그을린 자국 밑으로 창백한 안색이 엿보이고, 초췌한 얼굴은 전보다 훨씬 더 나이 들어 보였다. 그녀의 자루는 나머지 자루들보다 20미터 정도 뒤처졌고, 그 안에는 3부셸도 안 되는 홉이 들어 있었다.

"왜 이래? 어디 아파?" 검량인이 다그쳤다.

"아니요."

"그런데 왜 일을 안 해? 무슨 나들이라도 온 줄 알아? 땅바닥에서 빈둥거리면 어쩌자는 거야?"

"닥치고 그 처자 좀 내버려 둬!" 런던에서 온 행상인 노파가 갑자기 소리를 버럭 질렀다. "불쌍한 처자가 편히 쉬고 싶다는데 그것도 못 봐줘? 댁이랑 썩을 경찰 끄나풀들 때문에 자기 남자가 쇠고랑을 차게 생겼잖아. 켄트의 못돼 처먹은 경찰 앞잡이들이 안 건드려도 걱정거리가 넘친다고!"

"작작 좀 하시지, 할망구!" 검량인은 퉁명스레 말했지만, 전날 밤 체포된 사람이 도러시의 애인이라는 소리를 듣고는 표정이 조금 누그러졌다. 노파는 주전자가 끓자 도러시를 자기 자루로 불러 진한 차와 빵과 치즈를 주었다. 점심 휴식 시간이 끝나자, 짝이 없는 다른 일꾼이 도러시의 자루로 보내졌다. 작은 몸집에 쭈글쭈글하니 늙은 부랑자, 디피였다. 도러시는 차를 마시고 나니 기분이 좀 나아졌다. 일솜씨 좋은 디피를 보며 힘을 얻은 도러시는 오후 동안 자기 몫의 일을 해냈다.

요모조모 따져보고 나니 어수선하던 마음이 조금 가라앉았다. 《피핀스 위클리》 기사를 떠올리면 여전히 수치심으로 얼굴이 찌푸려졌지만, 이젠 상황을 직시할 힘이 생겼다. 그녀에게 무슨 일이 벌어졌는지, 그리고 셈프릴 부인이 왜 거짓말로 그녀의 명예를 땅으로 떨어뜨렸는지 잘 알고 있었다. 셈프릴 부인은 대문에 함께 있는 도러시와 워버턴 씨를 보고, 워버턴 씨가 도러시에게 키스하는 모습을 목격한 것이다. 그 후 두 사람 모두 나이프 힐에서 사라지자 그들이 사랑의 도피를 했다고 결론 내리는 것이 당연했다. 셈프릴 부인에게는 그랬다. 생생한 세부 내용은 나중에 부인이 지어냈으리라. 아니, **과연** 지어냈을까? 셈프릴 부인이라면 확신할 수 없었다. 의식적이고 계획적으로 거짓말을 했는지, 아니면 괴상하고도 혐오스러운 마음을 지닌 부인이 착각을 진실로 믿어버렸는지.

어찌 됐든 이미 벌어진 일이니, 더 걱정해봐야 아무 소용 없었다. 이제, 나이프 힐로 어떻게 돌아가느냐가 문제였다. 사람을 보내서 옷을 가져와야 할 테고, 기차를 타고 집까지 가려면 2파운드가 필요했다. 집! 그 단어에 가슴이 저려왔다. 몇 주일을 씻지도 못하고 배고픔에 시달린 끝에 집이라니! 기억이 돌아오고 나니 집이 어찌나 그리운지!

하지만—!

으스스한 작은 의혹이 고개를 쳐들었다. 이 순간이 되기 전까지는 생각지 못했던 문제였다. 집으로 돌아가도 될까? 감히 그래도 될까?

시끌벅적한 추문을 일으켜놓고서 나이프 힐로 돌아가 얼굴이나 제대로 들고 다닐 수 있을까? 의문스러웠다. 《피핀스 위클리》1면에 등장해놓고서. "노출이 심한 옷차림", "술에 취한". 아, 그만 생각하자! 하지만 온갖 끔찍한 오명을 뒤집어쓴 채 주민 2천 명이 서로의 개인사를 낱낱이 꿰고 하루 종일 떠들어대는 마을로 돌아갈 수 있을까?

갈팡질팡 결정을 내릴 수가 없었다. 하지만 어느 순간, 그녀가 남자와 눈이 맞아 달아났다는 이야기는 너무 터무니없어서 아무도 믿지 않을 거라는 생각이 들었다. 워버턴 씨가 반박할 수도 있었다. 무슨 이유로든 분명 반박할 터였다. 하지만 다음 순간, 워버턴 씨가 해외로 떠났다는 사실이 떠올랐다. 영국 밖의 유럽 신문들에 실리지 않았다면 그는 이 소식을 듣지도 못했을 것이다. 도러시는 다시 풀이 죽었다. 작은 시골 마을에서 추문을 견디며 살아야 하는 인생이 어떤지 그녀는 잘 알고 있었다. 지나갈 때마다 사람들이 흘깃거리고 서로 은근슬쩍 팔꿈치를 찔러대겠지! 거리를 걸으면 커튼 친 창문 뒤의 호기심 어린 눈동자들이 내내 따라오리라! 블리필고든의 공장 근처 구석진 모퉁이에서는 젊은 사내들이 그녀를 입에 올리며 음담패설을 늘어놓겠지!

"조지! 야, 조지! 저기 저 여자 보여? 금발 말이야."

"어디, 저 빼빼 마른 여자? 그래. 누군데?"

"신부의 딸. 헤어 양. 그런데 말이지! 2년 전에 저 여자가 무슨 짓을 저질렀는지 알아? 아버지뻘 되는 남자랑 도망갔대. 파리에서 그 작자랑 흥청망청 신나게 놀았나 보더라! 저 여잔 쳐다보지도 마."

"계속 얘기해봐!"

"그랬다니까! 정말로. 신문 같은 데 다 나왔어. 3주 만에 남자한테 차여서 얼굴에 철판 깔고 돌아왔지. 엄청 뻔뻔하지 않냐?"

그래, 오명을 씻으려면 시간이 걸리리라. 수년, 어쩌면 10년이 지나도 사람들은 도러시에 대해 그렇게 입방아를 찧어댈 것이다. 그리고 최악은, 셈프릴 부인이 실제로 떠들고 다닌 얘기가 《피핀스 위클리》 기사보다 훨씬 더 심하리라는 사실이었다. 당연히도 《피핀스 위클리》는 과도하게 파고들려 하지 않았다. 하지만 셈프릴 부인을 막을 수 있는 것이 있기나 할까? 상상력의 한계뿐이리라. 그리고 부인의 상상력은 하늘만큼이나 넓었다.

그래도 한 가지 사실은 위로가 되었다. 무슨 일이 있어도 아버지는 최선을 다해 그녀를 지켜줄 거라는 사실. 물론 다른 이들도 있었다. 그녀에게 친구가 없는 건 아니었으니까. 적어도 교회 신자들은 도러시를 알고 신뢰했으며, 어머니 연합과 걸가이드 단원들, 그리고 그녀의 방문 명부에 있는 여자들은 그런 소문을 절대 믿지 않을 터였다. 하지만 가장 중요한 사람은 아버지였다. 돌아갈 집과 곁에서 힘이 되어줄 가족만 있다면 어떤 상황이든 견딜 수 있다. 용기를 내고 아버지의 지지를 얻으면 맞서 싸울 수 있으리라. 저녁 즈음 도러시는 처음엔 힘들겠지만 나이프 힐로 돌아가는 것이 옳다는 결론을 내렸고, 그날의 작업이 끝나자 1실링을 가불하여 마을의 잡화점으로 가서 1페니짜리 편지지를 샀다. 숙소로 돌아와서는 불 가의 풀밭에 앉아—물론 숙소에는 탁자나 의자가 전혀 없었다—몽당연필로 편지를 쓰기 시작했다.

사랑하는 아버지, 수많은 일이 있었지만, 드디어 아버지께 편지를 쓸 수 있게 되어 얼마나 다행인지 몰라요. 저 때문에 너무 근심하시거나 그 끔찍한 신문 기사들로 너무 상심하셨을까 봐 걱정이네요. 제가 그렇게 갑자기 사라지고 나서 한 달 가까이 아무런 소식도 없었으니, 아버지가 무슨 생각을 하셨을지 모르겠어요. 하지만……

여기저기 찢기고 뻣뻣해진 손가락으로 연필을 쥐는 느낌이 어찌나 이상한지! 아이처럼 큼지막한 글씨로 휘갈겨 쓸 수밖에 없었다. 하지만 그녀는 긴 편지로 모든 일을 설명하며, 옷가지와 기차 요금 2파운드를 보내달라고 부탁했다. 또, 엘런 밀버러—서퍽주 밀버러에서 따온 성—라는 가명 앞으로 답장을 보내달라는 부탁도 했다. 가명을 써야 하다니, 무슨 범죄자라도 된 양 꺼림칙했다. 하지만 마을이나 숙소 사람들에게 그녀가 그 악명 높은 '신부의 딸' 도러시 헤어라는 사실이 알려지는 위험을 감수할 수는 없었다.

6

일단 마음을 먹고 나니 도러시는 하루라도 빨리 홉 농장에서 벗어나고 싶었다. 다음 날 그 바보 같은 일을 계속할 의욕이 생기지 않았고, 불편함과 열악한 음식도 비교할 기억이 생겼으므로 견디기가 힘들었다. 집으로 돌아갈 돈만 있었다면 당장이라도 달아났을 것이다. 아버지의 답장이 2파운드와 함께 도착하는 순간 틸 가족에게 작별 인사를 하고, 집으로 가는 기차를 타고, 도착하고 나서는 안도의 한숨을 내쉬리라. 역겨운 추문과 마주해야 하겠지만.

편지를 쓴 지 사흘째 되는 날, 도러시는 마을 우체국으로 가서 그녀 앞으로 온 편지가 있는지 물어보았다. 홉 따는 품팔이들을 지독히 경멸하는, 닥스훈트처럼 생긴 여자 우체국장은 한 통도 오지 않았다고 차갑게 말했다. 도러시는 낙담했다. 유감스럽게도 편지가 중간 우체국에 묶여 있는 것이 분명했다. 하지만 상관없었다. 내일 받아도 늦지 않았다. 하루만 더 기다리면 된다.

다음 날 저녁 도러시는 편지가 도착해 있으리라 확신하고 다시 우체국을 찾았다. 이번에도 없었다. 이제 슬슬 불안해졌고, 닷새째 저녁까지도 답장이 오지 않자 불안은 끔찍한 공포로 변했다. 도러시는 편지지를 또 사서 넉장을 꽉꽉 채운 방대한 편지를 썼다. 그녀에게 일어난 일을 몇 번이고 설명하면서, 이런 불안한 상황 속에 내버려두지 말라고 애원했다. 편지를 부친 그녀는 일주일 후에 다시 우체국을 들르기로 했다.

토요일이 되었다. 수요일에 도러시의 결심은 무너져내렸다. 정오의 휴식을 알리는 경적이 울리자 그녀는 자루를 떠나 헐레벌떡 우체국으로 갔다. 2.5킬로미터 정도되는 거리였고, 그래서 점심은 건너뛸 수밖에 없었다. 우체국에 도착한 도러시는 창피함을 무릅쓰고 카운터로 갔다. 말을 꺼내기도 두려웠다. 개 얼굴의 우체국장은 카운터 끝에 놋쇠 창살이 질러진 새장 같은 곳에 앉아서 기다란 회계장부의 숫자들을 확인하고 있었다. 우체국장은 누군가 싶어 홀깃 쳐다봤다가 도러시를 무시한 채 하던 일을 계속했다.

도러시는 횡격막이 왠지 아파왔다. 숨을 쉬기가 힘들

어 겨우 말을 뱉었다. "나한테 온 편지 없나요?"

"이름은요?" 우체국장이 장부에 체크 표시를 하며 물었다.

"엘런 밀버러예요."

우체국장은 닥스훈트 같은 기다란 코를 어깨 너머로 휙 돌려, 우편물 일시 보관함의 M 부분을 힐끔 보았다.

"없어요." 우체국장은 회계장부로 고개를 되돌리며 말했다.

도러시는 어영부영 밖으로 나가 흡 밭을 향해 걷기 시작하다가 멈춰 섰다. 굶어서이기도 하겠지만 명치가 텅 빈 듯한 무서운 공허감에 힘이 쭉 빠져 걸을 수가 없었다.

아버지의 침묵이 의미하는 건 단 한 가지뿐이었다. 아버지는 셈프릴 부인의 이야기를 믿은 것이다. 그녀, 도러시가 망신스러운 가출을 한 다음 거짓 변명을 늘어놨다고 믿은 것이다. 그래서 너무 화나고 괘씸해서 답장을 쓰지 않았다. 아버지가 바라는 건 그저 그녀를 지워버리고, 모든 연락을 끊어버리는 것뿐. 묻히고 잊혀야 할 망신거리에 불과한 그녀를 눈앞에서도 머릿속에서도 없애버려야 했다.

이런 상황에서는 집으로 돌아갈 수 없었다. 감히 그럴 수 없었다. 아버지의 생각을 알고 나니 자신이 얼마나 무모한 일을 꾀하고 있었는지 퍼뜩 실감이 났다. 집으로 돌아갈 수 없는 것이 **당연**하잖아! 수치스럽게 슬금슬금 돌아가 아버지를 욕보이다니, 아, 말도 안 돼, 절대 안 돼! 어떻게 감히 그런 생각을 했을까?

그렇다면 이제 어찌해야 할까? 숨어 살 수 있을 만큼 넓은 어딘가로 곧장 떠나는 수밖에 없었다. 런던이면 괜찮으려나. 아무도 그녀를 모르고, 그녀의 얼굴이나 이름이 지저분한 기억들을 소환하지 않을 곳.

도러시가 우두커니 서 있을 때 굽잇길을 돌아가면 있는 마을 교회에서 종소리가 흘러나왔다. 종 연주자들이 〈때 저물어 날 이미 어두우니〉를 즐겁게 연주하고, 피아노 연주자 한 명이 손가락 하나로 그 곡조를 두드리고 있었다. 하지만 〈때 저물어 날 이미 어두우니〉는 이내 익숙한 일요일 아침의 소음으로 바뀌었다. "내 마누라 내버려 둬! 너무 취해서 집에 못 가!" 성 애설스탠 교회의 종들도 3년 전 아직 사용되고 있을 때는 저렇게 큰 소리로 울렸었다. 그 소리는 도러시의 가슴에 격렬한 향수를 일깨워, 순간순간의 생생한 기억을 연이어 불러왔다. 학교 연극 의상을 만들 때 온실에서 풍기던 아교 냄비 냄새, 성찬례 전 기도를 올릴 때 그녀의 방 창문 밖에서 울어대며 방해하던 찌르레기들, 다리 뒤쪽의 통증에 관해 시시콜콜히 이야기하던 피서 부인의 애절한 목소리, 그리고 무너져 내리는 종탑과 외상값, 콩밭의 넝쿨 잡초 같은 걱정거리들. 노동과 기도 사이를 오갔던 생활 속에 수없이 존재했던 긴급한 문제들.

기도! 아주 잠깐, 아마도 1분, 그 생각이 도러시를 사로잡았다. 그 시절엔 기도가 그녀 삶의 근원이자 중심이었다. 힘들 때나 행복할 때나 그녀는 기도에 의지했다. 그리고 집을 떠난 후로, 심지어는 기억이 돌아온 후로도 기도를 전혀 올리지 않았다는 사실을 처음으로 깨달았다. 심지어 기도하고픈 충동이 눈곱만큼도 일지 않았다. 도러시는 기계적으로 기도를 중얼거리기 시작했다가 거의 동시에 멈추었다. 기도문은 공허하고 허망했다. 그녀 삶의 대들보였던 기도가 이제는 아무런 의미도 없었다. 거리를 천천히 걸으며 도러시는 이 사실을 인식했다. 배수로 속의 꽃 한 송이나 도로를 건너는 새 한 마리처럼 잠깐 스쳐 지나가는 무언가, 눈에 띄었다가 금세 잊히는 무언가를 인식하듯이 찰나적으로, 거의 무심하게. 그 의미를 되새길 시간도 없었다. 더 중대한 일들 때문에 그 문제는 뒤로 밀려났다.

지금 생각해야 하는 건 미래였다. 무엇을 해야 하는지는 도러시의 머릿속에 이미 꽤 명확하게 정리되어 있었다. 홉 따기가 끝나면 런던으로 가서 아버지에게 돈과 옷을 부탁하는 편지를 쓰고—아무리 화가 났어도 궁지에 빠진 딸을 나 몰라라 할 리는 없을 테니까—일자리를 구해야 한다. '일자리 구하기'라는 이 무시무시한 말이 그녀의 귀에는 전혀 무섭게 들리지 않을 정도로 도러시는 세상 물정에 어두웠다. 그녀는 자신이 강하고 의지가 굳으며, 할 수 있는 일이 많다는 걸 알고 있었다. 이를테면 보모 겸 가정교사로 일할 수도 있었다. 아니, 가정부나 하녀가 더 나았다. 도러시는 대부분의 집안일에 웬만한 하인보다 더 능숙했다. 게다가 비천한 일을 할수록 과거를 숨기기가 더욱 쉬울 터였다.

어쨌든 아버지의 집으로 돌아갈 수 없다는 건 분명했다. 이제부터는 혼자 힘으로 살아가야 했다. 그 의미를 아주 어렴풋하게만 의식한 채 결단을 내린 그녀는 걸음을 재촉하여, 오후 작업 시간에 늦지 않게 밭으로 돌아갔다.

홉 수확기는 그리 길지 않았다. 일주일쯤 후면 케언스의 농장은 문을 닫고, 런던 사람들은 런던행 기차를 타고, 집시들은 말을 구하고 카라반에 짐을 싼 다음 북쪽의 링컨셔로 올라가 감자밭에서 일자리 쟁탈전을 벌이리라. 이 무렵 홉 따기라면 신물이 난 런던 사람들은 울워스와 생선 튀김 가게를 쉽게 찾을 수 있는 사랑스러운 런던을 애타게 그리워했다. 짚 더미에서 자고, 나무 땐 연기에 눈물을 흘리며 깡통 뚜껑에 베이컨을 튀겨 먹는 생활과 얼른 작별하고 싶어 했다. 홉 따기로 휴가를 보내려 했지만, 이 휴가의 끝은 그리 아름답지 않았다. 환호를 지르며 온 그들은 돌아갈 때 더 큰 소리로 환호를 지르며 다시는 오지 않으리라 맹세했다. 하지만 다음 해 8월이 되면, 추운 밤과 형편없는 품삯, 손의 상처는 기억에서 지워져 버리고, 밤마다 붉은 모닥불을 피워놓고 돌그릇에 따라 마시던 맥주와 오후의 작열하는 태양만 추억으로 남았다.

아침은 11월처럼 으스스해지고 있었다. 잿빛 하늘, 첫 낙엽, 겨울을 대비해 벌써 날아오기 시작한 되새와 찌르레기 떼. 도러시는 돈과 옷을 부탁하는 편지를 아버지에게 한 번 더 보냈었다. 답장은 오지 않았고, 어느 누구도 그녀에게 편지를 쓰지 않았다. 그녀의 현재 주소를 아는 사람은 아버지뿐이었다. 하지만 혹시 워버턴 씨가 편지를 보내지 않을까 하는 기대가 있었다. 이제 도러시에게 남은 용기는 거의 없었다. 밤이 되면 특히 힘들었다. 불편한 짚 더미에 누워 불투명하고 무서운 미래를 생각하며 잠들지 못했다. 그녀는 조금은 절박한 심정으로, 미친 듯 힘을 내어 홉을 땄다. 홉을 한 움큼씩 딸 때마다 굶주림으로부터 조금씩 멀어질 수 있다는 생각이 나날이 강해졌다. 같은 자루를 담당한 디피도 도러시와 마찬가지로 시간에 쫓기듯 일했다. 다음 해의 홉 수확기가 돌아오기 전까지는 이것이 디피가 돈을 벌 수 있는 마지막 기회였기 때문이다. 그들이 목표로 삼은 액수는 둘이 합쳐 하루에 5실링—30부셸—이었지만, 하루도 성공한 날이 없었다.

디피는 별난 늙은이었고 노비보다 못한 동료였지만, 나쁜 사람은 아니었다. 여객선의 승무원으로 일하다가 수년 전부터 떠돌이 생활을 한 그는 귀가 먹어 대화 중에 엉뜻한 소리를 하곤 했다. 또 노출증도 있었지만, 남에게 해를 끼치지는 않았다. '내 고추 고추로, 내 고추 고추로'라는 가사의 노래를 몇 시간이고 부르곤 했는데, 자기가 부르는 노래를 듣지 못하면서도 마냥 즐거워 보였다. 도러시는 그렇게 털이 많이 난 귀는 본 적이 없었다. 그의 양쪽 귀에는 기다란 구레나룻처럼 털이 촘촘히 자라 있었다. 디피는 해마다 케언스의 농장에서 홉을 따 1파운드를 모은 다음 뉴잉턴 버츠의 하숙집에서 천국 같은 일주일을 보낸 후 다시 길거리로 돌아갔다. 그 일주일은 그가 침대다운 침대에서 잠을 잘 수 있는 유일한 기간이었다.

9월 28일, 홉 따기가 끝났다. 몇몇 밭은 수확 전이었지만 홉의 질이 좋지 않았고, 마지막 순간 케언스 씨는 그 불량한 열매들을 '날려버리기로' 결정했다. 19조가 오후 2시에 마지막 밭의 작업을 마치자 작은 집시 감독이 장대를 기어 올라가서 상태가 안 좋은 덩굴을 회수하고, 검량인이 마지막 홉을 실어 갔다. 검량인이 사라지자 갑자기 "자루에 집어넣어!" 하는 고함 소리가 들리더니, 여섯 명의 남자가 사악한 표정으로 도러시를 향해 돌진했다. 같은 조의 모든 여자가 뿔뿔이 흩어져 달아났다. 도러시가 정신을 차려 도망가기도 전에 남자들이 그녀를 붙잡아 자루 속에 눕혀놓고는 좌우로 심하게 흔들어댔다. 그런 다음 그녀는 질질 끌려 나가 양파 냄새를 풍기는 젊은 집시에게 키스를 당했다. 발버둥 치던 도러시는 다른 여자들도 똑같은 일을 당하고 있는 모습을 보고는 체념했다. 홉 따기의 마지막 날 여자들을 자루 속에 집어넣는 건 예전부터 이어져온 관행인 모양이었다. 그날 밤 일꾼들은 숙소에서 시끌벅적 놀며 거의 잠을 자지 않았다. 자정이 한참 지났을 때 도러시는 〈올드 랭 사인(Auld Lang Syne)〉의 곡조에 맞추어 거대한 모닥불 주위를 사람들과 빙빙 돌고 있었다. 한 손은 푸줏간 소년에게, 한 손은 크래커에 바른 스카치 보닛 소스에 심하게 취한 노파에게 잡힌 채.

아침에 그들은 돈을 받기 위해 농장으로 갔다. 도러시는 1파운드 4펜스를 받고 읽거나 쓸 수 없는 사람들의 품삯을 대신 계산해준 대가로 5펜스를 덤으로 벌었다. 런던 사람들은 1페니를 주었고, 집시들은 알랑거리는 칭찬으로 때웠다. 그런 다음 도러시는 털 가족과 함께 6킬로미터 넘게 떨어진 웨스트 애크워스 역으로 출발했다. 털 씨는 양철 트렁크를 들고, 털 부인은 아기를 안고, 아이들은 이런저런 잡동사니들을 나르고, 도러시는 털 가족의 모든 그릇이 담긴 유아차를 끌었다. 유아차에는 둥근 바퀴 두 개와 타원형 바퀴 두 개가 달려 있었다.

그들은 정오쯤 역에 도착했고, 홉 따기 일꾼들의 기차는 1시에 출발할 예정이었는데 2시에 도착해 3시 15분에 출발했다. 기차는 켄트주 전역을 지독히도 느릿느릿 구불구불 누비며, 여기서 열 명 남짓 태우고 저기서 대여섯 명을 태워가며 몇 번이고 제 궤도로 돌아왔다가 다시 측선으로 빠져 다른 기차들을 보내곤 했다. 이런 식으로 55킬로미터를 가는 데 여섯 시간이 걸렸다. 결국 밤 9시가 조금 지나서야 기차는 런던에 도착했다.

7

그날 밤 도러시는 털 가족과 함께 잤다. 도러시가 그들의 관대함에 기대려 마음만 먹었다면, 그녀를 아주 좋아하게 된 그들은 1, 2주 정도 그녀에게 거처를 마련해주었을지도 모른다. 털 가족의 방 두 개(그들은 타워브리지 로드에서 그리 멀지 않은 공동주택에 살았다)는 아이들을 포함한 일곱 명이 눕기에는 빠듯했지만, 그들은 헝겊 매트 두 장과 낡은 쿠션, 외투 한 벌로 바닥에 침대 비슷한 것을 만들어주었다.

아침이 되자 도러시는 털 가족에게 작별 인사를 하고 그들이 베풀어준 친절에 감사를 표한 다음, 곧장 버몬지 공중목욕탕으로 가서 5주 동안 쌓인 때를 씻어냈다. 그 후 하숙집을 구하러 다니기 시작했다. 도러시가 가진 거라고는 현금 16실링 8펜스, 그리고 입고 있는 옷이 전부였다. 그녀는 재주껏 옷을 꿰매고 닦았으며, 옷이 검은색이라 더러운 티가 그나마 덜 났다. 무릎 아래로는 그런대로 봐줄 만했다. 홉 따기의 마지막 날, 옆 조의 '지역민'인 킬프루 부인이 자기 딸의 좋은 신발 한 켤레와 모직 스타킹을 도러시에게 선물해주었다.

저녁이 되어서야 도러시는 겨우 방을 구할 수 있었다. 열 시간 가까이 버몬지에서 서더크로, 서더크에서 램버스로 떠돌며, 바나나 껍질과 썩은 양배추 잎들이 너저분하게 버려진 보도에서 콧물 범벅인 아이들이 돌차기 놀이를 하고 있는 미로 같은 거리들을 지나갔다. 어느 집을 찾아가든 결과는 똑같았다. 집주인들은 단칼에 그녀를 거부했다. 도러시가 자동차 절도범이나 정부 조사관이라도 되는 양, 여자들은 몸을 사리며 문간에 서서 못마땅한 눈으로 그녀를 아래위로 훑어보고는 "우린 독신녀 안 **받아요**"라고 딱 잘라 말하고는 문을 탁 닫아버렸다. 물론 도러시는 몰랐지만, 그녀의 모습 자체가 점잖은 집주인들에게 충분히 의심을 불러일으킬 만했다. 지저분하고 해진 옷은 눈감아 준다 쳐도, 아무런 짐이 없다는 사실부터 이미 문제였다. 짐이 하나도 없는 독신녀는 언제나 못 믿을 인간이다, 가 바로 런던 집주인들의 제1계명이다.

7시쯤 되자 서 있기도 힘들어진 도러시는 올드 빅 극장 근처의 아주 지저분한 작은 카페에 들어가 차 한 잔을 주문했다. 대화 중에 그녀가 방을 구하고 있다는 사실을 알게 된 카페 주인은 "컷 거리 근처 웰링스 코트에 있는 메리 여인숙에 가봐요"라고 조언했다. '메리'는 까다롭지 않은 사람이라 방세만 잘 내면 누구한테든 방을 내주는 모양이었다. 정식 이름은 소여 부인이었지만, 남자들은 모두 부인을 메리라 불렀다.

도러시는 웰링스 코트를 어렵사리 찾았다. 램버스 컷 거리를 따라 걷다가 '녹아웃 트라우저'라는 유대인 옷가게가 나오자 좁은 골목길로 들어선 다음 왼쪽으로 꺾어 또 다른 골목길로 들어갔다. 어찌나 좁은지 더러운 회반죽벽이 몸에 닿다시피 했다. 벽에는 끈질긴 사내아이들이 욕설을 수도 없이 새겨놓았고, 그 자국이 너무 깊어 지울 수 없을 정도였다. 골목길의 반대쪽 끝으로 나가자 작은 마당이 나왔다. 그곳에는 철제 계단이 달린 높다랗고 좁은 집 네 채가 서로 마주 보며 서 있었다.

도러시는 사람들에게 물어물어, 한 집의 지하에서 '메리'를 찾았다. 핼쑥한 노파로, 얼굴은 립스틱과 분을 칠한 해골처럼 보일 정도로 비쩍 말랐고 머리숱은 거의 없었다. 잠긴 목소리는 불퉁스러우면서도 말할 수 없이 음울했다. 메리는 도러시에게 질문을 던지지도, 심지어는 제대로 쳐다보지도 않고 그저 10실링을 요구하고는 듣기 싫은 목소리로 말했다.

"29호실. 4층. 뒷계단으로 올라가."

뒷계단은 집 안에 있었다. 도러시는 물기가 서린 벽들 사이로 이어진 어두컴컴한 나선형 계단을 올라갔다. 낡은 외투와 부엌의 구정물과 음식 찌꺼기 냄새가 풍겼다. 3층에 도착하자 꺄악 하는 시끄러운 웃음소리가 들리더니, 한 방에서 거칠어 보이는 두 여자가 나와 잠깐 도러시를 뚫어져라 쳐다보았다. 립스틱과 분홍색 분으로 얼굴을 감추었지만 어려 보였고, 입술은 제라늄 꽃잎 같은 진홍색으로 칠했다. 하지만 분홍빛 분 사이로 보이는 연한 회청색 눈동자는 지친 늙은이의 눈이었다. 노파가 소녀의 가면을 쓴 것 같아 왠지 오싹했다. 둘 중 키가 더 큰 여자가 도러시에게 인사를 건넸다.

"안녕하세요!"

"안녕하세요!"

"여기 새로 왔어요? 어느 방?"

"29호실요."

"세상에, 그런 끔찍한 감옥에 집어넣다니! 오늘 밤에 나가요?"

"아니요, 안 나가요." 도러시는 그 질문에 내심 놀라며 말했다. "너무 피곤해서요."

"그럴 줄 알았어, 옷차림이 좀 그래서. 그래도 일은 해야 할 거 아니에요? 푼돈 아끼려다 신세 망치면 안 되잖아요? 안 그래요? 립스틱 빌리고 싶으면 말만 해요. 여기서는 다들 친구로 지내니까."

"아…… 아니, 됐어요." 도러시는 당황해서 말했다.

"그럼! 도리스랑 난 이만 가봐야겠어요. 레스터 광장에서 중요한 사업상 약속이 있어서." 여자는 다른 여자의 허리를 쿡 찔렀고, 두 사람은 바보처럼 실없이 낄낄거렸다. "그래도!" 키 큰 여자가 은밀히 덧붙였다. "가끔은 밤에 혼자 있는 것도 정말 좋죠? **나도** 그랬으면 좋겠다. 커다란 남자 발에 떠밀리지도 않고 혼자. 여유만 있으면 괜찮잖아요?"

"그래요." 상대의 말을 막연하게만 이해한 도러시는 왠지 이렇게 답해야 할 것 같았다.

"그럼, 안녕! 잘 자요. 1시 반쯤 탈취범들이 들이닥칠 테니까 조심하고요!"

두 여자가 또 이유 없이 요란하게 웃어대며 계단을 깡충깡충 내려가자 도러시는 29호실로 찾아가 문을 열었다. 차가운 악취가 그녀를 맞았다. 가로세로 2.5미터 정도의 방은 어두컴컴했다. 가구는 단출했다. 방 한가운데에는 좁다란 철 침대 틀에 다 해진 침대보와 잿빛 이불이 덮여 있었다. 벽에 기대어진 나무 상자에는 물병 대용인 텅 빈 위스키 병과 양철 대야가 들어 있었다. 침대 위에는《필름 펀》*에서 찢은 비비 대니얼스의 사진이 압정으로 꽂혀 있었다.

---

* Film Fun. 영화의 등장인물들을 그린 영국의 만화 주간지.

이불은 더러울 뿐만 아니라 눅눅하기까지 했다. 도러
시는 침대로 들어갔지만, 닳아 떨어지고 얼마 남지 않은
속치마는 벗지 않았다. 이 무렵 그녀의 속옷은 거의 다
해져 있었다. 역겨운 이불 사이에 맨몸으로 누울 수는 없
었다. 침대에 누웠지만, 머리끝부터 발끝까지 피로감으
로 쿡쿡 쑤셔대는데도 잠이 오질 않았다. 불안하고 불길
했다. 이 불쾌한 장소의 분위기 때문인지, 그녀에게 의지
할 곳도 친구도 없으며 6실링만 떨어지면 길바닥에 나앉
아야 한다는 사실이 전보다 더 절실히 와닿았다. 게다가
밤이 깊어질수록 점점 더 소란스러워졌다. 벽이 너무 얇
아서 무슨 일이 벌어지고 있는지 전부 다 들렸다. 날카
롭고 멍청한 웃음소리, 쉰 목소리로 노래를 부르는 남자,
5행 희시를 느릿느릿 뽑는 축음기, 시끄러운 키스, 곧 죽
을 듯 내지르는 신음 소리, 한두 번 격렬하게 흔들리는
철제 침대. 자정 무렵 소음이 뇌 속에서 하나의 리듬을
형성하기 시작하면서 도러시는 살짝 불편하게 잠들었다.
하지만 1분이나 지났을까, 문이 휙 열리는 소리에 깨어
났다. 희미하게 보이는 두 여자의 형체가 들이닥치더니
침대에서 이불을 제외한 모든 천 쪼가리를 집어서는 다
시 후다닥 나가버렸다. 메리 여인숙에서는 항상 담요가
모자라 남의 침대에서 훔쳐 오는 수밖에 없었다. 그래서
'탈취범들'이라는 용어가 생겨난 것이다.

아침이 되자 도러시는 신문 광고란을 살펴보기 위해

개관 시간보다 30분 일찍 램버스 공공 도서관으로 갔다. 조금 남루한 차림의 사람들이 스무 명 정도 이미 서성거리고 있었고, 하나둘씩 더 모여들더니 예순 명 이상으로 늘어났다. 곧 도서관 문이 열리고, 사람들이 우르르 몰려들어 열람실의 반대쪽 끝에 있는 게시판을 향해 앞다투어 달려갔다. 거기에는 신문에서 오려낸 '구인 광고'가 핀으로 꽂혀 있었다. 구직자들에 뒤이어 넝마를 걸친 늙은 걸인들이 들어왔다. 길거리에서 밤을 보낸 후 잠을 자기 위해 도서관에 온 것이다. 그들은 어기적어기적 남들보다 늦게 들어와 가장 가까운 탁자 앞에 털썩 앉으며 안도의 한숨을 내쉬고, 가장 가까운 정기간행물을 끌어당겼다. 《자유 교회 소식》이든 《채식주의 지킴이》든 상관없었다. 어쨌든 도서관에 있으려면 뭐라도 읽는 시늉을 해야 했다. 그들은 신문을 펼치는 순간, 턱을 가슴에 묻고 잠들었다. 도서관 직원이 돌아다니면서 불을 연달아 쑤시는 화부처럼 차례로 쿡쿡 찌르면 그들은 끙끙거리며 깨어났다가 직원이 지나가는 순간 다시 잠들었다.

그사이 광고 게시판 주변에서는 모두가 앞자리를 차지하려 전쟁을 벌이고 있었다. 파란 작업복 차림의 청년 두 명이 뒤쪽에서 치고 나왔고, 그중 한 명은 고개를 숙인 채 풋볼 스크럼을 돌파하듯 사람들 사이를 헤치고 나아갔다. 순식간에 게시판 앞에 도착한 청년은 친구를 돌아보며 외쳤다. "여기야, 조. 찾았어! '정비공 구함―로크

정비소, 캠던 타운.' 나가자!" 청년이 힘겹게 다시 **빠져** 나갔고, 두 청년은 문으로 돌진했다. 그들은 최대한 빨리 두 다리를 놀려 캠던 타운으로 가고 있었다. 그리고 바로 이 순간 런던의 모든 공공 도서관에서, 실직한 정비공들은 똑같은 공고문을 본 후 구직 경쟁에 뛰어들고 있었다. 하지만 신문을 살 형편이 되어 아침 6시에 구인 광고를 본 사람이 십중팔구 이미 그 일자리를 꿰찼을 것이다.

드디어 게시판 앞에 도착한 도러시는 '요리사 겸 가정부'를 찾는 주소를 몇 개 적었다. 선택지는 많았다. 런던의 여자 절반이 유능하고 강한 허드레꾼을 절실히 원하고 있는 것 같았다. 스무 개의 주소를 주머니에 품고, **빵**과 마가린과 차로 3펜스어치 아침 식사를 마친 도러시는 꽤 기대하는 마음으로 일자리를 찾아 나서기 시작했다.

남의 도움 없이 일을 구할 가능성이 거의 없다는 사실을 알기엔 도러시는 아직 너무도 무지했다. 하지만 다음 나흘 동안 그녀는 서서히 세상 물정에 눈을 떴다. 나흘간 도러시는 열여덟 군데에 지원하고, 네 군데에 지원서를 보냈다. 남부 교외를 누비며 어마어마한 거리를 터덜터덜 걸어 다녔다. 클래펌, 브릭스턴, 덜위치, 펜지, 시드넘, 베커넘, 노우드. 심지어 한번은 크로이던까지 갔다. 그녀는 교외 주택의 깔끔한 거실로 끌려 들어가 온갖 여자들에게 면접을 보았다. 큰 덩치에 통통하고 위협적인 여자들, 비쩍 마르고 신랄하며 심술궂은 여자들, 금테 코안경을 낀 예민하고 쌀쌀맞은 여자들, 채식주의를 실천하거나 강령회에 참석한 것처럼 멍한 얼굴로 횡설수설하는 여자들. 뚱뚱하든 말랐든, 쌀쌀맞든 다정하든, 도러시에 대한 그들의 반응은 한결같았다. 그저 대충 훑어보고, 말하는 것을 듣고, 호기심 어린 눈으로 빤히 쳐다보다가 민망하고 무례한 질문들을 열 개 남짓 던진 다음 퇴짜를 놓았다.

경험자라면 그녀에게 이유를 설명해줄 수 있었을 것이다. 위험을 감수하면서까지 도러시 같은 처지의 여자를 고용할 사람은 없다고 말이다. 옷차림이 남루한 데다 추천서도 없으니 불리했고, 미처 감추지 못한 교양 있는 말투는 일말의 가능성마저 없애버렸다. 부랑자나 홉 밭의 런던내기 일꾼들은 도러시의 억양을 눈치채지 못했지만, 교외의 주부들은 금방 알아채고 겁을 집어먹었다. 도러시에게 짐이 없다는 사실을 불안해하던 집주인들처럼. 그들이 그녀의 말을 듣고 그녀가 교양 있는 여성임을 알아채는 순간 게임은 끝이었다. 도러시는 입을 열자마자 그들의 얼굴에 스치는 놀라고 어리둥절한 표정에 익숙해졌다. 그녀의 얼굴에서 상처 많은 손, 꿰맨 치마로 옮겨가는 호기심 어린 새초롬한 시선. 어떤 여자들은 왜 그녀 같은 계층의 여자가 하녀 일을 찾고 있느냐고 노골적으로 물었다. 분명 그녀가 '곤경에 처했다'는, 이를테면 사생아를 가졌다는—낌새를 채고 이것저것 캐물은 뒤 얼른 그녀를 내보냈다.

도러시는 주소가 생기자마자 아버지에게 편지를 썼었고, 사흘째 답장이 없자 또 한 번 썼다. 당장 돈을 보내주지 않으면 굶어 죽을 거라는 절박한 심정을 담아. 이번이 다섯 번째 편지였고, 앞선 네 통은 답장이 없었다. 메리 여인숙에서의 일주일이 끝나고 방세를 내지 못해 쫓겨나기 전 얼마 남지 않은 시간 동안 답장을 받아야 했다.

헛된 구직 활동이 계속되는 사이, 돈은 하루에 1실링씩 줄어들었다. 항상 굶주린 상태로 겨우 연명만 할 정도의 금액이었다. 아버지가 도와주리라는 기대는 거의 접었다. 그리고 이상하게도 배가 고플수록, 일자리를 구할 가능성이 희박해질수록 처음의 공포는 차츰 사그라들어 절망적인 냉담함으로 변했다. 괴로웠지만 크게 두렵지는 않았다. 그녀가 빠져들고 있는 밑바닥 세계는 그곳에 가까워질수록 덜 끔찍해 보였다.

가을 날씨는 맑았지만 점점 더 추워졌다. 날마다 태양은 겨울과 승산 없는 전쟁을 벌이며 느직하게 부득부득 안개를 뚫고 나와 집들의 앞면을 엷은 수채화 빛깔로 물들였다. 도러시는 메리 여인숙에서는 잠만 잘 뿐, 대부분의 시간을 길거리나 공공 도서관에서 보냈다. 그 여인숙은 매음굴은 아니었다. 런던에 그런 건 없으니까. 하지만 매춘부들의 피난처로 유명했다. 이런 이유로, 일주일에 5실링을 줘도 아까울 변변찮은 방에 10실링을 내고 묵

어야 했다. 늙은 '메리'(집의 주인이 아니라 관리자였다)도
젊은 시절엔 매춘부였다는데, 한눈에도 그래 보였다. 메
리 여인숙 같은 곳에서 지내면 빈민가인 램버스의 사람
들에게도 멸시받았다. 여자들은 지나가면서 콧방귀를 뀌
었고, 남자들은 음흉한 관심을 보였다. 근처 옷가게인 녹
아웃 트라우저의 유대인 주인이 그중에서도 최악이었다.
그 남자는 붉은 뺨이 불룩 튀어나와 있고 곱슬머리가 아
스트라한처럼 새까만 서른 살 정도의 건장한 청년이었
다. 그는 하루에 열두 시간씩 인도에 서서 행인들을 가로
막으며, 런던에서 더 싼 바지를 구할 순 없다며 목청껏
부르짖었다. 아주 잠깐이라도 멈춰 서는 사람은 그에게
팔을 붙잡힌 채 우격다짐으로 가게 안으로 떠밀려 들어
갔다. 들어가는 순간 그의 태도는 위협적으로 확 바뀌었
다. 그는 자기 가게의 바지를 나쁘게 말하기만 하면 싸움
을 걸었으며, 마음 약한 사람들은 순전히 육체적 공포에
못 이겨 바지를 샀다. 하지만 바쁜 와중에도 남자는 이
른바 '새들'을 예의주시했으며, 다른 모든 '새들'보다 도
러시에게 매혹된 듯했다. 그는 도러시가 매춘부가 아니
라는 사실을 간파했지만, 메리 여인숙에 살고 있으니 곧
매춘부 신세가 되리라 짐작했다. 그 생각에 군침을 흘렸
다. 골목을 걸어오는 그녀가 보이면 모퉁이에 자리를 잡
고 서서, 떡 벌어진 가슴을 한껏 앞으로 들이밀고는 음탕
한 검은 눈동자로 캐는 듯 그녀를 바라보았고("아직 준비

안 됐어?" 남자의 눈은 이렇게 묻는 듯했다), 그녀가 지나갈 때는 엉덩이를 슬쩍 꼬집었다.

메리 여인숙에서의 마지막 날 아침, 도러시는 아래층으로 내려가 편지가 온 투숙객들의 이름이 적혀 있는 석판을 실낱같은 희망으로 살펴보았다. '엘런 밀버러'에게 온 편지는 한 통도 없었다. 이것으로 결정이 났다. 거리로 나가는 수밖에, 다른 도리가 없었다. 여인숙의 다른 여자들처럼 어려운 사정을 늘어놓으며 하룻밤 더 공짜로 묵게 해달라고 졸라야겠다는 생각은 하지도 못했다. 그녀는 그저 여인숙에서 나갔고, '메리'에게 그 사실을 알릴 용기조차 없었다.

도러시에게는 계획이 없었다. 아무런 계획도. 정오에 나가서 마지막 남은 4펜스 중 3펜스를 빵과 마가린과 차에 썼을 뿐, 하루 종일 공공 도서관에서 주간지를 읽었다. 아침에는 《이발사 소식》을, 오후에는 《새장의 새》를 읽었다. 그녀가 손에 넣을 수 있는 유일한 신문들이었다. 도서관에서 빈둥거리는 사람들이 워낙 많아, 신문을 하나라도 잡을라치면 쟁탈전을 벌여야 했다. 도러시는 신문을 처음부터 끝까지, 광고도 빠뜨리지 않고 읽었다. '프랑스식 면도기를 가는 법', '왜 전동식 머리빗은 비위생적인가', '앵무새는 유채 씨를 먹고 잘 자라는가?' 같은 전문적인 내용을 몇 시간이나 정독했다. 다른 일은 할 엄두가 나지 않았다. 기묘한 무기력 상태에 빠져서, 그녀 자신의 지독한 곤경보다는 프랑스식 면도기 가는 법에 관심을 기울이기가 더 수월했다. 모든 두려움이 사라졌다. 미래는 전혀 생각할 수 없었다. 당장 오늘 밤의 일도 알 길이 없었다. 길거리에서의 하룻밤이 그녀를 기다리고 있다는 사실, 이것만은 분명했고, 그마저도 될 대로되라지 하는 심정이었다. 지금 눈앞에는 《새장의 새》와 《이발사 소식》이 있었고, 이상하게도 푹 빠져들 만큼 재미있었다.

9시, 도서관 직원이 갈고리 달린 기다란 장대를 가져와서 가스등을 끄고, 도서관 문을 닫았다. 도러시는 왼쪽으로 몸을 돌려 워털루 로드를 따라 강으로 향했다. 보행용 철교에서 그녀는 잠시 걸음을 멈추었다. 밤바람이 불고 있었다. 연무가 마치 모래언덕처럼 강에서 층층이 피어오르다가 바람을 맞아 북동쪽으로 소용돌이치며 마을로 퍼져 나갔다. 연무의 소용돌이가 도러시를 감싸며 얇은 옷을 뚫고 들어와, 밤의 추위를 미리 맛보여 주기라도 하듯 그녀를 오들오들 떨게 했다. 도러시는 계속 걸음을 옮겼고, 모든 떠돌이를 같은 장소로 끌어당기는 중력에 이끌려 트래펄가 광장에 도착했다.

제3부

1

트래펄가 광장. 북쪽 난간 벽 근처의 벤치에 도러시와 함께 모여 있는 열 명 남짓한 사람들이 연무 사이로 희미하게 보인다.

찰리: (노래한다) 마리아님 기뻐하소서, 마리아님 기뻐하소서, 마리아님 기뻐하소서 ─

빅벤이 10시를 알린다.

스나우터: (종소리를 흉내 낸다) 댕, 댕! 그만 좀 쳐대! 이 썩을 광장에서 일곱 시간은 더 버텨야 궁둥이 붙이고 잠 좀 잘 수 있다고! 이것 참!

톨보이스 씨: (혼잣말로) Non sum qualis eram boni sub reg-no Edwardi(난 에드워드 왕에 얽매여 있던 과거의 내가 아니라네)! 사탄이 날 높은 곳으로 끌어올렸다가 일요 신문의 조롱거리로 떨어뜨리기 전, 나의 순수했던 시절. 그러니까 내가 리틀 폴리와 듀스베리 교구의 담임 사제였을 때…….

디피: (노래한다) 내 고추 고추로, 내 고추 고추로—

웨인 부인: 아, 아가씨를 딱 보는 순간 천생 숙녀라는 걸 알아봤다니까. 아가씨랑 난 잘살다가 망한다는 게 어떤 건지 잘 알잖아, 안 그래? 우린 여기 이치들하고는 달라.

찰리: (노래한다) 은총이 가득하신 마리아님, 기뻐하소서!

벤디고 부인: 그러고도 자기가 남편이래? 코번트 가든에서 일주일에 4파운드 벌면서 밤에 마누라를 망할 광장으로 내보내는 주제에! 남편이란 작자가!

톨보이스 씨: (혼잣말로) 참 좋은 시절이었지, 좋은 시절! 아늑한 산비탈 아래 담쟁이로 뒤덮인 내 교회. 엘리자베스 1세 시대부터 자란 주목들 사이에 잠자고 있던 나의 붉은 타일 사제관! 내 서재, 내 포도나무, 내 요리사, 하녀, 마부 겸 정원사! 은행에 있던 내 돈, 성직자 명부에 올라가 있던 내 이름! 완벽하게 재단된 내 검은 정장, 내 사제복 칼라, 교회 경내에서 입고 다니던 내 물결무늬 실크 수단…….

웨인 부인: 물론 하느님께 감사드리는 한 가지는 가여운 우리 어머니가 이 꼴을 보지 않고 돌아가셨다는 거야. 돈도 안 아끼고 젖소한테서 바로 짠 우유를 먹여 키운 큰딸이 요 모양 요 꼴이 된 걸 보셨으면 아마…….

벤디고 부인: 남편이라는 작자가!

진저: 자, 자, 기회가 있을 때 차 마시자고. 오늘 밤 우리가 구할 수 있는 마지막 차. 커피숍은 10시 반에 닫으니까.

유대인 놈: 에이씨! 더럽게 춥네! 바지 속에 아무것도 안 입었는데. 에-이-씨이이이!

찰리: (노래한다) 마리아님 기뻐하소서, 마리아님 기뻐하소서—

스나우터: 4펜스라니! 빈둥빈둥하면서 여섯 시간에 4펜스! 올드게이트와 마일 엔드 로드 사이에 있는 술집마다 휘젓고 다니면서 싹쓸이해 가버리는 의족 단 새끼. 그 빌어먹을 의족이랑 램버스 컷에서 산 훈장을 잘도 써먹고 있지! 개새끼!

디피: (노래한다) 내 고추 고추로, 내 고추 고추로—

벤디고 부인: 뭐, 내가 그 개자식을 어떻게 생각하는지 말해줬지. '그러고도 네가 남자야?'라고 말이야. '너 같은 것들은 병원에서 젖병이나 빨고 있던데…….'

톨보이스 씨: (혼잣말로) 참 좋은 시절이었지, 좋은 시절! 쇠고기 구이와 고개를 까딱여 인사하는 마을 사람들, 그리고 사람으로서는 감히 생각할 수도 없는 하느님

의 평화! 떡갈나무로 만들어진 내 성직자석에 서 있
던 일요일 아침, 달콤한 송장 냄새와 뒤섞이던 차가
운 꽃향기와 바스락바스락 중백의가 쓸리는 소리!
석양빛이 내 서재 창으로 비스듬히 들어오던 여름의
저녁들. 차를 잔뜩 마시고, 씹는담배의 연기에 휘감
긴 채 뒤표지가 송아지 가죽으로 제본된 『윌리엄 셴
스턴 시집』, 퍼시의 『고대 영시의 유물』, 부도덕한
신학의 교수, 신학 박사, J. 렘프리에어의 책을 나른
하게 넘겨 보던…….

진저: 자, 이 수수께끼는 누가 풀어볼래? 우리한테 우유와
  차가 있어. 문제는, 망할 설탕은 누구한테 있을까?

도러시: 세상에 이렇게 춥다니! 추위가 몸을 뚫고 지나가
  는 것 같아요. 설마 밤새도록 이렇진 않겠죠?

벤디고 부인: 그만 좀 해! 헤픈 애들이 징징거리는 거 딱
  질색이야.

찰리: 제대로 얼어 죽겠는걸? 차가운 강 안개가 저기 저
  탑을 슬금슬금 타고 오르는 것 좀 보라고. 아침이 오
  기도 전에 넬슨 영감탱이* 자지 떨어지겠네.

웨인 부인: 물론 내가 지금 얘기하고 있는 그 시절엔 아직
  우리가 작은 모퉁이 가게에서 담배랑 과자 장사를 하

---

  * 트래펄가 광장 중앙에는 영국 해군의 영웅 넬슨 제독의 기념비가 세워
  져 있다.

고 있었지…….

유대인 놈: 에-이-씨이이이! 네 외투 좀 빌려줘, 진저. 얼어 죽겠어!

스나우터: 그 배신자 새끼! 잡히기만 해봐라, 배꼽을 후려쳐줄 테다!

찰리: 인생사 모르는 거라고, 친구. 오늘은 얼어 죽을 것 같은 광장에 있다가 내일은 우둔살 스테이크를 먹고 푹신한 깃털 위에서 자게 될지 누가 알아. 망할 목요일에 뭘 바라는 거야?

벤디고 부인: 저리 좀 비켜, 대디, 비키라고! 그 늙수그레하고 징그러운 머리를 내 어깨에 얹으면 내가 좋아할 것 같아? 유부녀인 내가?

톨보이스 씨: (혼잣말로) 설교, 성가, 기도문 암송에는 나를 따를 자가 없었지. 내가 부르는 〈마음을 드높이〉는 교구에서 명성이 자자했다고. 고교회파든, 저교회파든, 광교회파든, 비교회파든 난 다 소화할 수 있었어. 앵글로가톨릭교도들 앞에서는 쉰 목소리로 지저귀듯 노래하면 되고, 정통 국교회 신도들한테는 힘차게 불러주고, 저교회파한테는 이웃 교회 장로들이 후이넘*처럼 부르는 곡조 속에 여전히 숨어 있는 애처

---

* 조너선 스위프트의 소설 『걸리버 여행기』에 등장하는 종족으로, 겉모습은 말과 비슷하지만 인간과 같은 이성을 지니고 있다.

로운 콧소리를 내면 되고…….

디피: (노래한다) 내 고추 고추로—

진저: 그 외투에서 손 떼시지, 유대인 자식아. 네 몸에 이가 기어 다니는 한 내 옷에는 손댈 생각도 하지 마.

찰리: (노래한다) 쫓기어 몸이 달아오른 사슴이 시원한 물을 갈망하듯—

매켈리것 부인: (잠꼬대로) 당신이었어, 마이클?

벤디고 부인: 분명 그 음흉한 자식은 다른 마누라가 살아 있을 때 나랑 결혼했을 거야.

톨보이스 씨: (혀를 차는 듯한 소리로, 보좌신부가 설교하듯, 추억에 잠겨) 이 두 사람이 성스러운 혼인으로 맺어져서는 안 될 이유나 장애를 알고 있는 분이 있다면…….

유대인 놈: 친구! 친구 좋아하시네! 외투 하나 안 빌려주면서!

웨인 부인: 저기, 말이 나왔으니 말인데, 난 좋은 차는 절대 마다하지 않는 사람이었다니까. 우리 가여운 어머니가 살아 계실 때는 차를 몇 주전자나 계속…….

노지 왓슨: (화를 내며 혼잣말로) 나쁜 새끼!…… 부추겨놓고는 감방에 처넣어 버리다니…… 하라는 일은 안 하고 말이야…… 나쁜 새끼!

디피: (노래한다) 내 고추 고추로—

매켈리것 부인: (비몽사몽간에) **사랑하는** 마이클…… 정

말 다정한 사람이었어, 마이클은. 상냥하고 진실하고…… 크롱크네 도살장 밖에서 그이를 만난 그날 저녁 이후로 딴 남자는 쳐다보지도 않았어. 그날 마이클이 저녁으로 먹으려고 인터내셔널 스토어에서 구걸해 온 소시지 1킬로그램을 나한테 줬지…….

벤디고 부인: 뭐, 내일 이맘때는 그 망할 놈의 차를 마실 수 있겠지.

톨보이스 씨: (추억에 잠긴 채 읊조린다) 바빌론 기슭, 거기에 앉아 시온을 생각하며 눈물 흘렸도다!……

도러시: 오, 추워, 추워!

스나우터: 뭐, 이제 난 크리스마스 전에는 노숙 안 해. 꼭 자야 한다면 내일 잘 거야.

노지 왓슨: 그 자식 형사 아니야? 특별 기동대의 스미스! 차라리 배신 기동대라고 해! 그놈들이 하는 일이라곤 공정한 재판도 못 받을 늙다리 범죄자들 붙잡는 것뿐이지.

진저: 자, 헛소리는 들을 만큼 들었고. 물 사 올 돈 있는 사람?

매켈리것 부인: (잠에서 깨어난다) 에구구, 에구구! 허리 부러지겠어! 어이구, 이 벤치 때문에 삭신이 쑤시네! 맛 좋은 차 한 잔이랑 버터 바른 토스트를 침대 옆에 두고 따뜻하게 자는 꿈을 꾸고 있었는데. 내일 램버스 공공 도서관에 들어가기 전까지 다시 잠들긴 글렀

구먼.

대디: (등딱지에서 대가리를 내미는 거북이처럼 외투 밖으로 고개를 내민다) 어이, 뭐라고? 물을 돈 주고 산다고? 길거리 생활을 얼마나 한 거야, 이 무식한 애송이야. 돈 주고 물을 사? 구걸해야지, 구걸! 구걸할 수 있는 건 사지 말고, 훔칠 수 있는 건 구걸하지 마. 어릴 때부터 쭉 50년 동안 길거리에서 살아온 내가 하는 말이니까 잘 들어. (외투 속으로 다시 물러간다)

톨보이스 씨: (읊조린다) 주님께서 만드신 만물이여 —

디피: (노래한다) 내 고추 고추로 —

찰리: 널 잡은 경찰이 누구였지, 노지?

유대인 놈: 에-이-씨이이이!

벤디고 부인: 저쪽으로 좀 당겨 앉아, 당겨 앉으라고! 이 자리 전세라도 냈나.

톨보이스 씨: (읊조린다) 주님께서 만드신 만물이여, 주님을 저주하여라, 주님께 지극한 저주와 영원한 비방을 드려라!

매켈리것 부인: 내가 맨날 말하잖아, 우리 불쌍한 가톨릭 교도들이 더럽게 청승맞다고.

노지 왓슨: 스미시. 특별 기동대, 나쁜 새끼들! 집이 어떻게 생겨먹었는지 다 알려줘 놓고는 경찰을 가득 태운 밴을 대기시켜놓고 우리를 잡아갔지. 내가 죄수 호송차에 이렇게 썼잖아. '스미스 형사는 선동꾼 / 엿이나

처먹어라.'

스나우터: 우리 차는 어떻게 되는 거야? 자, 유대인 놈아, 넌 젊으니까 그만 징징거리고 통이나 들고 가봐. 돈 드는 것도 아니잖아. 아줌마들 잘 꼬셔보라고. 우는 시늉 하고. 애절한 표정 지으면서.

톨보이스 씨: (읊조린다) 인간의 자녀들이여, 주님을 저주하여라, 주님께 지극한 저주와 영원한 비방을 드려라!

찰리: 뭐야, 스미시도 썩었어?

벤디고 부인: 내 말 좀 들어봐, 여자들, 내가 왜 이리 울적한지. 썩을 남편은 담요 네 장 덮고 코를 골고 있는데, 나는 이 망할 광장에서 덜덜 떨고 있잖아. 생각만해도 부아가 치민다니까. 못돼 처먹은 인간!

진저: (노래한다) '저들은 환희에 차 있네―' 그 통에는 다 식어빠진 소시지가 들어 있으니까 가져가지 마, 유대인 자식아.

노지 왓슨: 썩었냐고? 썩어? 썩은 생선도 그 인간 옆에 있으면 진미로 보일걸! 특별 기동대에 개자식이 한둘인 줄 알아? 자기 할머니를 2파운드 10실링에 도살장에 팔고 묘비에 앉아서 감자튀김이나 씹어 먹을 놈들이라니까. 비렁뱅이들을 부추기고 꼰지르는 새끼들!

찰리: 지독하네. 넌 전과가 몇 개나 되냐?

진저: (노래한다) 저들은 환희에 차 있네, 행복한 소녀와 운 좋은 소년―

노지 왓슨: 열네 개. 우리 같은 건 그 자식들하고 상대가 안 돼.

웨인 부인: 뭐야, 그럼 남편이랑 같이 안 살아?

벤디고 부인: 안 산다니까. 내가 그런 놈이랑 결혼했다고.

찰리: 난 아홉 개.

톨보이스 씨: (읊조린다) 오, 아나니야와 아자리야와 미사엘이여, 주님을 저주하여라, 주님께 지극한 저주와 영원한 비방을 드려라!

진저: (노래한다) '저들은 환희에 차 있네, 행복한 소녀와 운 좋은 소년. 하지만 난 여기 비탄에 잠겨 있다네!' 맙소사, 사흘 동안 면도도 못 했네. 넌 언제 세수했냐, 스나우터?

매켈리것 부인: 에구구, 에구구! 그 애가 빨리 차를 가져오지 않으면 내 속이 훈제 청어처럼 바싹 말라버릴 텐데.

찰리: 노래를 제대로 부르는 인간이 없네. 크리스마스 시즌에 스나우터랑 내가 술집 밖에서 〈선한 왕 바츨라프〉를 우렁차게 부르는 걸 들어야 하는데. 찬송가도. 술집에 있는 녀석들이 우리 노래를 들으면 눈이 퉁퉁 붓도록 운다니까. 우리가 실수로 같은 집에 두 번 갔던 거 기억나, 스나우터? 그 아줌마가 우리 내장을 뜯어내려고 했잖아.

톨보이스 씨: (가상의 북 뒤를 왔다 갔다 하며 노래한다) 사악하고 지독한 모든 것, 크고 작은 모든 창조물—

빅벤이 10시 반을 알린다.

스나우터: (종소리를 흉내 낸다) 댕, 댕! 여섯 시간 반이나
남았잖아! 젠장!

진저: 유대인 놈이랑 내가 오늘 오후에 울워스에서 안전
면도기를 네 개 쌔벼 왔지. 내일 비누를 구걸할 수 있
으면 분수대에서 면도해야지.

디피: 내가 피앤드오*에서 일했을 때 바다로 나가면 이
틀째 되는 날 시커먼 인도인들을 만나곤 했지. 쌍동
선이라는 거대한 카누를 타고 식탁만 한 바다거북
을 잡고 있었어.

웨인 부인: 그럼 예전에 성직자셨나?

톨보이스 씨: (머뭇거린다) 멜기세덱 수도회 소속이지요.
'예전에'라는 건 없답니다, 부인. 한번 사제는 영원한
사제니까요. Hoc est corpus hocus-pocus(이것이 곧 내
몸이니라, 수리수리마수리). 사제직을 박탈당했든―성
직자 명부에서 지워지지요―사람들이 보는 앞에서
교구 주교에게 사제복 칼라를 뜯겼든 말입니다.

진저: (노래한다) '저들은 환희에 차 있네―' 살았다! 저
기 유대인 자식이 오네. 이제야 차 맛을 보겠어.

벤디고 부인: 목말라 죽는 줄 알았네.

---

* P and O. 19세기 초부터 시작된 영국의 운송 및 물류 회사.

찰리: 어쩌다 해고당하셨을까? 그렇고 그런 사연 때문에? 성가대 여자들을 임신시키셨나?

매켈리것 부인: 어지간히도 늑장을 부렸네, 젊은이. 어쨌든, 얼른 한 모금 마시자고, 이러다 혀가 쏙 빠지겠어.

벤디고 부인: 저리 좀 비켜, 대디! 내 설탕 봉지 깔고 앉지 마.

톨보이스 씨: 그냥 여자들이 아니지요. 플란넬 블루머※를 입고 독신 성직자를 노리는 사냥꾼들이랍니다. 교회의 암탉들, 제단을 장식하고 놋쇠를 닦는 여자들, 점점 더 여위고 절박해지는 노처녀들. 여자들이 서른다섯 살이 되면 그들 속으로 악마가 들어가지요.

유대인 놈: 할망구가 뜨거운 물을 안 주려고 하길래 길거리에서 어떤 신사한테 1페니를 구걸해서 물을 사 왔어.

스나우터: 말 같지도 않은 소리! 오는 길에 벌컥벌컥 마시지나 않았나 몰라.

대디: (외투 밖으로 고개를 내민다) 차가 있어? 나도 맛 좀 보자고. (살짝 트림을 한다)

찰리: 젖통이 가죽숫돌처럼 될 때 말이지? 내가 잘 알지.

노지 왓슨: 싱거워빠진 차. 그래도 감방에서 먹던 코코아보다는 낫겠지. 컵 좀 빌려줘, 형씨.

진저: 우유 깡통에 구멍 뚫어야 하니까 기다려. 돈 아니면

※ 예전에 여성들이 운동을 하거나 자전거를 탈 때 입던, 무릎 부분을 조이게 만든 헐렁한 반바지.

네 칼을 내놓아라, 아무개여.

벤디고 부인: 설탕 좀 아껴 써! 누구 돈으로 산 건데 그래?

톨보이스 씨: '젖통이 가죽숫돌처럼 될 때.' 이런 재치 있는 농담이라니, 고맙소. 《피핀스 위클리》는 그 사건을 대서특필했다오. '행방불명된 사제의 은밀한 연애.' 《존 불(John Bull)》에는 공개 항의서가 실렸지. '목자의 옷을 입은 스컹크에게.' 참 애석하지 뭡니까. 승급이 유력했는데 말이오. (도러시에게) 그러니까, 더 높은 계급으로 올라간다는 뜻이랍니다. 한때 내이 보잘것없는 엉덩이가 성가대석의 폭신폭신한 쿠션을 뭉개던 시절이 있었지요.

찰리: 저기 플로리가 오네. 차가 준비되자마자 곧장 올 줄 알았지. 차 냄새 하나는 기가 막히게 잘 맡는다니까.

스나우터: 그야, 항상 킁킁거리니까. (노래한다) '킁, 킁, 크크크쿵, 난 완벽한 악마―'

매켈리것 부인: 참 딱하다니까, 저 처자는 뭘 몰라. 피커딜리 광장에 가면 5실링은 고정 수입으로 챙길 수 있을 텐데. 늙은 거지들만 있는 여기는 돌아다녀 봐야 별 재미 없어.

도러시: 그 우유 괜찮아요?

진저: 괜찮냐고? (깡통에 뚫은 구멍 중 하나에 입을 대고 입김을 분다. 끈적끈적한 잿빛 액체가 다른 구멍으로 똑똑 떨어진다)

찰리: 어떻게 됐어, 플로리? 방금 전에 같이 있던 양반이랑?

도러시: '아기에게는 먹이지 말 것'이라고 적혀 있는데요.

벤디고 부인: 그래서, 댁이 아기야? 버킹엄 궁전의 왕족처럼 굴기는.

플로리: 커피랑 궐련 사주고는 끝이더라. 쩨쩨하게! 차가 있네, 진저? 난 처음부터 자기가 좋더라.

웨인 부인: 딱 열세 명이네.

톨보이스 씨: 만찬을 벌일 것도 아니니 신경 쓰지 마십시오.

진저: 자, 신사 숙녀 여러분! 차가 나갑니다. 컵 내밀어요.

유대인 놈: 에이씨! 치사하게 컵의 절반도 안 채워주냐!

매켈리것 부인: 자, 우리 모두에게 행운이 있기를, 그리고 내일은 더 좋은 곳에서 잘 수 있기를. 난 교회로 가려고 했는데, 몸에 이가 있다고 그것들이 안 받아주더라고. (차를 마신다)

웨인 부인: 뭐, 난 원래 이런 **식으로** 차를 마시던 사람은 아니지만, 어쨌든…… (차를 마신다)

찰리: 죽여주게 좋은 차네. (차를 마신다)

디피: 코코야자에 녹색 잉꼬들도 많이 앉아 있었지. (차를 마신다)

톨보이스 씨: 나는 요부들의 눈물로 만든 묘약을 마셨다네! 지옥처럼 더러운 증류기로 만든 묘약을. (차를 마신다)

스나우터: 이제 아침 5시까지는 쫄쫄 굶겠네. (차를 마신다)

플로리가 스타킹에서 부러진 귈련을 하나 꺼내고 성냥을 구걸한다. 대디, 디피, 톨보이스를 제외한 남자들은 주운 꽁초들로 담배를 만다. 담배를 피우는 사람들이 벤치나 땅바닥이나 난간 벽의 경사면에 대자로 뻗자, 안개 낀 어스름 사이로 붉은빛들이 비뚤어진 별자리처럼 타오른다.

웨인 부인: 이제 됐어! 차 한 잔에 몸이 녹는 것 같지 않아? 예전이랑 좀 다르긴 하지. 그땐 깨끗한 식탁보를 깔아놓고, 어머니가 가지고 계셨던 아름다운 도자기 찻잔을 썼으니까. 그리고 물론 항상 최고급 차를 마셨지. 500그램에 2파운드 9실링씩 하는 진품 피코 포인츠를······.

진저: (노래한다) 저들은 환희에 차 있네, 행복한 소녀와 운 좋은 소년—

톨보이스 씨: ('모든 것 위에 군림하는 독일, 독일이여'*의 곡조에 맞추어 노래한다) 엽란을 날려라—

찰리: 너희 둘은 언제 런던에 왔어?

스나우터: 내일은 술꾼들한테 한탕 해먹어야지. 고주망태가 된 자식들을 거꾸로 들고 흔들면 반 크라운은 나올걸.

---

* 호프만 폰 팔러슬레벤이 지은 독일 국가 1절의 첫 소절이었지만, 지금은 쓰이지 않고 있다.

진저: 사흘 전에. 요크셔에서 오는 동안 절반은 노숙을 했지. 빌어먹을, 추운 것만 문제가 아니더라고!

플로리: 차 더 없어, 진저? 그럼, 안녕, 친구들, 내일 아침 월킨스에서 봐.

벤디고 부인: 도둑년! 차를 처먹어 놓고 고맙다는 인사도 없이 가버리네. 뭐가 그리 바빠서.

매켈리겟 부인: 추워? 그렇기도 하겠지. 담요 한 장 없이 기다란 풀 속에서 망할 이슬에 흠뻑 젖어 자는데, 아침까지 불을 피울 수도 없으니. 거기다 차를 마시려면 우유 배달원한테 구걸해야 하지. 나도 마이클이랑 길거리에서 지낼 때 그랬어.

벤디고 부인: 검둥이들이랑 중국 놈들까지 상대할걸, 더러운 년.

도러시: 한 번에 얼마나 받아요?

스나우터: 6펜스.

도러시: 겨우 6펜스요?

찰리: 그럼. 아침에 담배 한 대 피우려면 그렇게 해야지.

매켈리겟 부인: 난 1실링 밑으로는 안 받았어, 절대.

진저: 어느 날 밤에는 묘지에서 잤는데 말이야, 아침에 깨어나 보니까 내가 묘비 위에 드러누워 있더라니까.

유대인 놈: 저년 거기 털에는 벌레도 엄청 기어 다닐걸.

매켈리겟 부인: 한번은 마이클이랑 돼지우리에서 잔 적도 있어. 살금살금 기어들어 가자마자 마이클이 '어이

쿠, 여기 돼지가 있어'라고 말하는 거야. 그래서 내가 이랬지. '못된 돼지 녀석! 그래도 어쨌든 이놈 덕분에 따뜻하게 잘 수 있을 거야.' 그래서 안으로 들어갔는데, 늙은 암돼지 한 마리가 옆으로 드러누워서 견인기관차처럼 드르렁드르렁 코를 골고 있지 뭐야. 나는 살금살금 가서 고놈을 두 팔로 껴안고 밤새도록 따뜻하게 잤지. 그게 어디야.

디피: (노래한다) 내 고추 고추로 ―

찰리: 저 영감탱이는 계속 저러네. 몸속에 콧노래 기계라도 들어 있나.

대디: 내가 어렸을 적엔 이런 빵이나 마가린, 차 같은 쓰레기는 안 먹었어. 제대로 된 요리를 먹었지. 비프스튜. 블랙 푸딩. 베이컨 덤플링. 돼지머리. 하루에 6펜스로 싸움닭처럼 먹었다고. 그런데 이제 길거리 생활 50년째. 완두콩 따기, 감자 캐기, 새끼 양 받기, 순무 뽑기, 안 해본 일이 없어. 축축한 짚 더미에서 자고, 1년에 여러 날을 쫄쫄 굶지. 자, 그럼 ―! (외투 속으로 물러난다)

매켈리것 부인: 하지만 마이클은 정말 배짱 좋은 사내였어. 어디든 들어갔지. 빈집에 몰래 들어가 멋들어진 침대에서 잔 적이 얼마나 많은지. 그이는 이렇게 말하곤 했어. '다른 사람들한테는 집이 있잖아. 우리라고 안 될 것 있나?'

진저: (노래한다) 하지만 난 눈물을 머금은 채 춤춘다네—

톨보이스 씨: (혼잣말로) Absumet haeres Caecuba dignior(더 자격 있는 상속자가 카이쿰 포도주를 다 먹어버리리라)! 아기가 태어난 그날, 내가 완행열차를 타고 떠난 그날 밤에도 내 포도주 저장고에는 1911년산 클로 생 자크가 스물한 병이나 있었는데!……

웨인 부인: 그리고 어머니가 돌아가셨을 때 우리가 어떤 화환을 준비했냐면—못 믿을걸! 얼마나 어마어마하게 컸는지…….

벤디고 부인: 다시 살 수 있다면 난 돈이랑 결혼할래.

진저: (노래한다) 하지만 난 눈물을 머금은 채 춤춘다네. 내 품 안의 여자가 당신이 아니라서!

노지 왓슨: 다들 신세 한탄할 거리가 많은 모양인데. 나 같은 불쌍한 녀석은 어때? 열여덟 살에 밀고당해서 감방에 들어간 나는?

유대인 놈: 에-이-씨이이이!

찰리: 진저, 노래 실력이 어째 내장병 걸린 수고양이보다 못하냐. 내 노래나 들어봐. 선심 한번 썼다. (노래한다) '예수, 내 영혼의 사랑—'

톨보이스 씨: (혼잣말로) 그리고 성직자 명부 안에 머무나니…… 주교들과 대주교들과 천국의 모든 이와 함께…….

노지 왓슨: 내가 제일 처음 어떻게 감방에 들어갔는지 알

아? 누나가 꼰질렀어. 그래, 친누나가! 가증스러운 인간. 종교에 미친 작자랑 결혼했는데—얼마나 종교에 미쳤는지 애를 열다섯이나 낳았지—그놈이 누나를 부추겨서 날 꼰지르게 한 거야. 하지만 내가 제대로 복수해줬지. 감방에서 나오자마자 망치를 사가지고 누나 집으로 가서 누나 피아노를 박살 내버렸거든. 그리고 이렇게 말해줬어. '자! 날 꼰지른 대가다! 이 고자질쟁이야!'

도러시: 추워, 추워! 내 발이 제자리에 붙어 있는지도 모르겠어.

매켈리것 부인: 그놈의 차를 마셔도 오래 못 가지? 난 꽁꽁 얼어붙었다니까.

톨보이스 씨: (혼잣말로) 나의 보좌신부 시절, 보좌신부 시절! 자선 활동으로 마을 광장에서 수예품 바자회와 모리스 춤 공연을 열고, 어머니 연합 회원들에게 강연을 하고, 환등기 슬라이드 열네 개를 중국 서부로 가져가서 선교 사업을 벌였지! 금주가들만 가입할 수 있는 남자 크리켓 클럽, 견진 교리—교구 회관에서 한 달에 한 번씩 신자들을 정화하는 수업—보이스카우트의 흥겨운 파티! 울프 컵스*의 그랜드 하울**.

＊ Wolf Cubs. 보이스카우트의 유년부원들(8-11세).
＊＊ Grand Howl. 『정글 북』에서 늑대들이 늙은 늑대 아켈라에게 인사하는 모습을 흉내 낸 울프 컵스의 의식.

교구 회보에 살림살이에 관한 조언도 해줬어. '버려
진 만년필 잉크 주입기는 카나리아의 관장기로 쓸 수
있다…….'

찰리: (노래한다) 예수, 내 영혼의 사랑—

진저: 짭새 떴다! 다들 일어나. (대디가 외투 밖으로 나온
다)

경찰관: (옆 벤치에서 자고 있는 사람들을 흔든다) 자, 자,
일어나, 일어나라니까! 어서! 잠은 집에 가서 자. 여
기가 무슨 공동 여인숙인 줄 알아? 일어나! (이러쿵
저러쿵)

벤디고 부인: 저 오지랖 넓은 애송이가 승진하고 싶어서
안달 났네. 저러다 우리 숨통까지 막아놓겠어.

찰리: (노래한다) 예수, 내 영혼의 사랑, 당신의 가슴으로
날아가리—

경찰관: 야, 너! 뭐 하자는 거야? 침례교 기도회라도 열려
고? (유대인 놈에게) 냉큼 일어나!

찰리: 나도 어쩔 수가 없어요, 경찰관 나으리. 원래 이렇
게 생겨먹은 놈이라. 저절로 찬송가가 튀어나오는 걸
어쩝니까.

경찰관: (벤디고 부인을 흔들며) 일어나요, 어머니, 일어나!

벤디고 부인: 어머니라니! 어머니? 내가 어머니라면, 너 같
은 놈을 아들로 두지 않은 걸 하늘에 감사해야겠네!
그리고 작은 비밀 한 가지 더 알려드리지, 경찰 양반.

다음에 또 남자의 두툼한 손이 내 뒷덜미를 더듬을 거라면 넌 아니었으면 좋겠어. 성적 매력이 영 별로야.

경찰관: 자, 자! 그렇게 심하게 말할 필요 없잖아요. 우리도 명령 때문에 어쩔 수 없이 이러는 건데. (당당하게 퇴장한다)

스나우터: (목소리를 낮추며) 꺼져, 이 개새끼야!

찰리: (노래한다) '물결 높이 일 때, 비바람이 칠 때!' 지난 2년 동안 다트무어에서 성가대의 베이스를 맡았지.

벤디고 부인: 어머니 좋아하시네! (경찰관의 뒤에 대고 소리친다) 이놈아! 정숙한 유부녀 근처에 얼쩡거리지 말고 도둑놈들이나 잡아!

진저: 이제 잡시다, 여러분. 그 자식은 이제 가고 없으니까. (대디가 외투 속으로 다시 들어간다)

노지 왓슨: 다트무어에서 어땠어? 잼이라도 주던?

웨인 부인: 물론 경찰 입장에서는 사람들이 길거리에서 자도록 허락하기가 곤란할 거야. 그랬다가는 집 없는 사람들, 그러니까 가난뱅이들을 전부 다 부추기는 꼴이 되니까……

톨보이스 씨: (혼잣말로) 참 좋은 시절이었지, 좋은 시절! 걸가이드 단원들과 함께 에핑 포레스트로 야유회도 갔어. 밤색과 흰색이 섞인 얼룩말들과 대형 사륜마차를 빌리고, 병가를 낸 나는 회색 플란넬 정장에 얼룩덜룩한 밀짚모자를 쓰고 평신도의 점잖은 넥타이를

맸어. 독실하지만 감수성 예민한 스무 명의 걸가이드 소녀들은 가슴 높이의 고사리들 속에서 뛰놀고, 행복한 보좌신부였던 나는 부모 대신 소녀들의 엉덩이를 꼬집으며 마음껏 즐겼지…….

매켈리컷 부인: 뭐, 자라고 해도 내 늙은 몸은 오늘 밤 푹 자긴 글렀어. 마이클과 함께였을 때처럼 잘 수 없으니.

찰리: 잼이 아니라 치즈를 받았어, 일주일에 두 번.

유대인 놈: 에이씨! 더 이상은 못 참아. 구빈원으로 갈래.

도러시는 일어나다가 추위로 뻣뻣하게 굳은 무릎 때문에 쓰러질 뻔한다.

진저: 거기 가봐야 노역장으로 보내기나 할걸. 내일 아침에 우리 다 같이 코번트 가든으로 가는 게 어때? 일찍 가면 배 몇 개는 얻을 수 있을 거야.

찰리: 다트무어라면 지긋지긋해. 우리 마흔 명은 시민 농장에서 일하는 늙은 여자들이랑 놀아나다가 지옥을 맛봤어. 아흔 살이나 먹은 할망구들이었지, 감자를 캐는. 우린 붙잡혀서 개고생 했어! 벽에 쇠사슬로 묶어놓고 쓰레기 같은 음식이나 던져주더라고. 정말 죽을 뻔했다니까.

벤디고 부인: 싫어! 망할 남편 놈이 거기 있는 동안은 절대 안 가. 일주일에 한 번 눈에 멍이 들도록 얻어맞는 것

만으로도 충분하니까, 난 됐어.

톨보이스 씨: (추억에 잠긴 채 읊조린다) 바빌론의 버드나무 가지 위에 우리의 수금 걸어놓고서!……

매켈리것 부인: 버텨, 처자! 발을 굴러서 다시 피가 돌게 만들어. 좀 이따 나랑 같이 세인트 폴 대성당까지 걸어가 보자고.

디피: (노래한다) 내 고추 고추로—

빅벤이 11시를 알린다.

스나우터: 여섯 시간이나 남았네! 젠장!

한 시간이 지난다. 빅벤의 종소리가 멈춘다. 안개는 점점 걷히고, 더 추워진다. 남쪽 하늘의 구름 사이로 살금살금 기어가는 꼬질꼬질한 달이 보인다. 둔감한 노인 여남은 명은 여전히 벤치에 누워 기다란 외투 속에 숨은 채 몸을 웅크리고 용케도 잠을 잔다. 가끔 잠결에 끙끙 앓는 소리를 낸다. 나머지 사람들은 밤새도록 걸어 몸에 피가 계속 돌게 하려고 사방으로 흩어지기 시작하지만, 자정 무렵엔 거의 모든 이가 광장으로 돌아온다. 또 다른 당직 경찰관이 온다. 경찰관은 30분 간격으로 광장을 돌아다니며 노숙자들의 얼굴을 살피지만, 그들이 잠들었을 뿐 죽지 않았다는 사실을 확인하고 나서는 그냥 내버려 둔다. 각각의 벤치마다 사람들 한 무리가 차례로 돌아가며 앉았다가 몇 분 뒤 추위 때문에 벌떡 일어난다. 진저와 찰리는 분수대에서 물 두 통을 채운 다음, 챈도스 거리의 인부들이 석회 덩어리로 피운 불에 차를 끓일 수 있지 않을까 하는 절박한 희망을 품고 떠난다. 하지만 그 불을 쬐고 있는 한 경찰관이 그들에게 물러나라고 명령한다. 유대인 놈은 구빈원에 침대를 구걸하러 갔는지 갑자기 보이지 않는다. 1시 무렵, 채링 크로스 다리 밑에서 한 숙녀가 뜨거운 커피와 햄 샌드위치, 담배를 나누어 주고 있다는 소문이 돈다. 사람들이 그곳으로 우르르 몰려가지만, 그 소문은 사실무근으로 밝혀진다. 광장이 다시 북적이자 벤치에서 사람들이 자리를 바꾸는 속도가 점점 더 빨라지더니 급기야 의자 뺏기 놀이처럼 되어 버린다. 두 손을 겨드랑이에 끼고 앉으면, 2-3분은 설핏 잠들거나 졸 수 있다. 이런 상태에서는 그 2-3분이 엄청나게 긴 시간처럼 느껴진다. 사람들은 주변 상황과 혹독한 추위를 일깨워 주는 복잡하고 괴로운 꿈에 빠져든다. 1분 1초가 지날 때마다 밤은 점점 더 맑아지고 추워진다. 신음, 욕설, 폭소, 노래 등 가지각색의 잡음이 어우러져 합창곡처럼 들리는데, 그 사이를 관통하는 것은 이가 딱딱거리는 소리다.

톨보이스 씨: (읊조린다) 물이 잦아들듯 맥이 빠지고, 뼈
　　마디마디 어그러지고!……

매켈리것 부인: 엘런이랑 나는 두 시간 동안 시내를 돌아

다녔어. 큰 가로등이 켜져 있는데, 둘씩 짝지은 경찰관들 말고는 아무도 안 다니니까 꼭 무덤 같더라고.

스나우터: 1시 5분. 점심 후로 쫄쫄 굶었어! 이런 고약한 밤에는 어쩔 수 없지!

톨보이스 씨: 나라면 해갈(解渴)의 밤이라 부르겠소만. 하지만 사람마다 취향이라는 것이 있으니까요. (읊조린다) '깨진 옹기 조각처럼 목이 타오르고 혀는 입천장에 달라붙었습니다!……'

찰리: 자, 내 얘기 좀 들어봐. 노지랑 내가 방금 가게를 털었거든. 노지가 한 담배 가게 진열장에 화려한 골드 플레이크* 갑이 가득 차 있는 걸 보더니 이렇게 말하는 거야. '젠장, 감방에 간다 해도 저것들을 가져야 겠어.' 그러고는 손에 스카프를 감고, 소리를 막아줄 큰 화물차가 지나갈 때까지 기다렸다가 휙 주먹을 날렸지! 우리는 열 갑 정도 쌔벼서 눈 깜짝할 새에 튀었어. 그리고 모퉁이를 돌자마자 열어봤는데, 망할 담배가 하나도 안 들어 있잖아! 가짜였던 거지. 웃음밖에 안 나오더라고.

도러시: 다리가 풀릴 것 같아. 더는 못 서 있겠어.

벤디고 부인: 천하의 나쁜 놈! 이런 지독한 밤에 여자를 집밖으로 쫓아내다니! 토요일 밤에 그 인간이 몸을 못

---

* 인도산 담배의 상표명.

가누도록 취하면 소 정강이 살에다 짓뭉개버릴 테니까 두고 봐. 다리미로 처맞으면 그 꼬락서니가 참 가관일 거야.

매켈리것 부인: 이봐, 이 처자가 앉을 수 있게 자리 좀 만들어줘. 대디 영감탱이한테 꼭 붙어서 그 인간 팔을 몸에 둘러, 엘런. 이 늙은이 몸에 이가 득시글거리기는 해도 옆에 있으면 따뜻할 거야.

진저: (제자리걸음을 두 번 한다) 발을 동동 굴러, 그 수밖에 없어. 누가 노래 좀 불러봐, 박자에 맞춰서 발 구르게.

대디: (깨어나 외투 밖으로 나온다) 무슨 일이야? (아직 잠이 덜 깬 그가 입을 벌린 채 고개를 뒤로 젖히자, 쭈글쭈글한 목에서 후골이 도끼날처럼 툭 튀어나온다)

벤디고 부인: 다른 여자가 나처럼 험한 꼴을 당했다면 그 인간 찻잔에 염산을 뿌렸을걸.

톨보이스 씨: (가상의 북을 치며 노래한다) 전진하라, 이교도 전사들이여 —

웨인 부인: 어쩜! 누가 생각이나 했겠어! 그 행복했던 시절엔 가스난로에 주전자를 올려놓고, 길 건너편의 빵집에서 사 온 구운 크럼핏*을 차려놓고, 실크스톤의 고급 석탄으로 지핀 불 주위에 둘러앉아 있었는

※ 위에 작은 구멍들이 있는 동글납작한 빵.

데……. (이가 딱딱거려 말을 잇지 못한다)

찰리: 이제 성가는 집어치우고, 조금 음란한 노래를 불러
줄게. 춤을 출 수 있게 말이야. 잘 들어.

매켈리것 부인: 크럼핏 얘기 좀 그만해. 안 그래도 뱃가죽
이 등에 달라붙었는데.

찰리가 똑바로 서서 목청을 가다듬고, 〈흥겨운 뱃사람 빌〉
이라는 제목의 노래를 우렁찬 목소리로 부른다. 벤치에 앉
은 사람들이 떨림 섞인 웃음을 터뜨린다. 그들은 노래를 처
음부터 끝까지 다시 부른다. 박자에 맞추어 발을 구르고 손
뼉을 치며 점점 더 목소리를 높여. 벤치에 따닥따닥 붙어
앉은 사람들은 기괴하게 좌우로 몸을 흔들며, 풍금 페달을
밟듯 발을 놀린다. 잠시 후에는 웨인 부인마저 동참하여 자
기도 모르게 웃는다. 그들 모두 이를 딱딱거리면서 웃고 있
다. 톨보이스 씨는 깃발이나 주교 지팡이를 앞으로 들고 있
는 시늉을 하며 올챙이배를 내민 채 이리저리 서성인다. 이
제 밤은 제법 맑게 개고, 간간이 얼음처럼 차가운 바람이
광장을 가로지른다. 지독한 추위가 뼛속까지 스며들자 사
람들은 미친 듯이 발을 구르고 손뼉을 친다. 그때 동쪽 끝
에서 광장으로 들어오는 경찰관이 보이고, 노랫소리가 뚝
멈춘다.

찰리: 거봐! 노래를 부르면 몸이 따뜻해진다니까.

벤디고 부인: 이 망할 놈의 바람! 난 속바지도 안 입었단 말이야. 그 자식한테 갑자기 쫓겨나는 바람에.

매켈리것 부인: 참 다행이지 뭐야, 조금만 더 있으면 그레이스 인 로드에 있는 교회가 동절기 개방을 시작하거든. 어쨌든 밤에 잘 곳은 생기잖아.

경찰관: 자, 자! 이 밤 시간에 고래고래 노래를 불러대면 어떡해? 조용히 입 다물고 있지 않으면 다들 집으로 보내는 수밖에 없어.

스나우터: (목소리를 낮추며) 개새끼!

진저: 그래, 그 교회에 가면 담요 대신 신문 벽보 석 장 덮고 돌바닥에서 자야 해. 차라리 광장에서 끝장을 보는 편이 나아. 아, 구빈원이 그립다.

매켈리것 부인: 그래도 홀릭스* 한 컵이랑 빵 두 조각을 주잖아. 나는 그 교회에서 자주 잤어.

톨보이스 씨: (읊조린다) 야훼 집에 가자 할 때, 나는 몹시도 기뻤다!……

도러시: (일어나기 시작하며) 아, 추워, 추워! 앉아 있어도 서 있어도 힘든 건 매한가지야. 여러분은 이걸 어떻게 견뎌요? 설마 매일 밤 이러는 건 아니죠?

웨인 부인: 다들 처음부터 이렇게 살았던 건 아니야, 아가씨.

※ 맥아 가루를 뜨거운 우유에 섞어 만든 음료.

찰리: (노래한다) 기운 내, 친구, 넌 곧 죽을 테니! 부들부들! 망할 예수! 내 자지는 파란색이 아니야! (제자리 걸음을 두 번 하고 팔로 옆구리를 친다)

도러시: 아, 하지만 어떻게 견뎌요? 밤이면 밤마다 이렇게 보낸다고요? 사람은 그렇게 못 살아요! 사실이라는 걸 모르면 믿을 수 없을 정도로 터무니없어요. 불가능하다고요!

스나우터: 불가능은 개뿔.

톨보이스 씨: (보좌신부가 설교하듯) 하느님과 함께라면 모든 것이 가능하답니다.

도러시는 여전히 무릎을 후들거리며 다시 벤치에 앉는다.

찰리: 자, 이제 1시 반이야. 다른 곳으로 옮기든가, 아니면 저 망할 벤치 위로 피라미드를 만들자고. 죽고 싶지 않거든. 런던탑까지 산책할 사람?

매켈리것 부인: 난 오늘 밤에 한 발짝도 더 못 움직여. 다리가 완전히 풀려버렸어.

진저: 피라미드에 찬성! 식은 죽 먹기잖아. 저 벤치로 다들 모입시다. 실례, 아줌마!

대디: (졸린 목소리로) 왜들 이래? 잠 좀 자게 내버려 둬. 왜 집적거리고 흔들고 난리야?

찰리: 좋았어! 밀고 들어가! 옆으로 비켜봐, 대디, 나 좀

앉게. 차곡차곡 피라미드를 쌓아. 그래. 이 옮을까 봐
신경 쓰지 말고. 깡통 속의 정어리들처럼 다들 꼭 붙
어 있는 거야.

웨인 부인: 이봐, 젊은이! 누가 내 허벅지에 앉으래?

진저: 그럼 아줌마가 내 허벅지에 앉든가. 그게 그거야.
아! 부활절 이후 처음으로 뭔가를 안아보는구나.

그들의 몸이 차곡차곡 겹쳐져 모양새 사나운 거대한 덩어
리를 이룬다. 산란기의 두꺼비들처럼 남자와 여자가 마구
달라붙어 있다. 무더기가 꿈틀거리며 안정을 찾아가고, 옷
들의 시큼한 악취가 풍긴다. 톨보이스 씨만이 계속 이리저
리 서성이고 있다.

톨보이스 씨: (열변을 토한다) 밤과 낮이여, 빛과 어둠이여,
번개와 구름이여, 주님을 저주하여라!

누군가에게 횡격막을 눌린 디피가 흉내 낼 수 없는 기묘한
소리를 낸다.

벤디고 부인: 내 아픈 다리 좀 건드리지 마. 나를 뭘로 보
는 거야? 거실 소파라도 되는 줄 알아?

찰리: 대디 영감탱이, 냄새 너무 고약하지 않아?

진저: 이들은 오늘 횡재했네.

도러시: 오, 하느님, 하느님!

톨보이스 씨: (걸음을 멈춘다) 뒤늦게 참회하며 우는 자여, 왜 하느님을 부르시오? 마음을 굽히지 말고 나처럼 악마에게 기도하시오. 허공을 다스리는 두목, 사탄 만세! (〈거룩 거룩 거룩〉의 곡조에 맞추어 노래한다) 남자 악령들과 여자 악령들 모두 당신께 굴복하니!······

벤디고 부인: 오, 닥쳐, 이 불경한 자식아! 살집이 두꺼워서 추운 줄도 몰라. 그러니까 저 지랄이지.

찰리: 궁둥이가 참 보드라우시네, 아줌마. 짭새 뜨나 잘봐, 진저.

톨보이스 씨: 만물이여, 저주하라! 검은 미사!* 안 될 게 뭐 있소? 한번 사제는 영원한 사제. 내게 마리화나 담배를 주시오, 그럼 내가 기적을 행하리다. 유황 초를 피워놓고, 주기도문을 거꾸로 읊고, 십자가상을 거꾸로 세우면 됩니다. (도러시에게) 우리에게 검은 숫염소가 있다면 당신이 도움이 될 텐데.

겹겹이 쌓인 몸뚱어리들에서 벌써 열기가 뿜어져 나온다. 모두 졸음이 쏟아지기 시작한다.

---

* 악마 숭배 의식을 뜻한다.

웨인 부인: 난 원래 이렇게 남자 무릎에 앉아 있는 데 익숙한 사람이 아닌데…….

매켈리것 부인: (졸린 목소리로) 성찬례에 꼭 나갔었는데 망할 사제가 나와 마이클을 사해주지 않겠다잖아. 썩을 영감탱이, 썩을 영감탱이!……

톨보이스 씨: (오만한 태도로) Per aquam sacratam quam nunc spargo, signumque crucis quod nunc facio(내가 지금 뿌리는 성수로써, 내가 지금 긋는 성호로써)…….

진저: 담배 피우고 싶은 사람? 난 마지막 남은 꽁초를 피워버렸어.

톨보이스 씨: (제단에 서 있는 것처럼) 사랑하는 신도들이여, 우리는 하느님이 불경한 신성모독으로 판단하실 일을 거행하기 위해 모였습니다. 하느님은 우리에게 불결함과 추위, 배고픔과 고독, 매독과 옴, 머릿니와 사면발니를 내려주었습니다. 우리의 식량은 호텔 입구에서 나누어주는 눅눅한 빵 껍질과 끈적끈적한 고기 부스러기. 우리의 즐거움은 너무 오래 우린 차와 악취 풍기는 지하실에 더덕더덕 붙어 있는 톱밥 덩어리, 술집의 찌끼와 토해놓은 질 나쁜 맥주, 합죽이 할망구들의 포옹. 우리의 운명은 빈민의 묘, 6미터 깊이의 땅속에 묻힌 전나무 관, 지하의 여인숙. 언제든 어느 곳에서든 하느님을 저주하고 욕하는 것이 우리의 마땅한 의무. 악마들과 대악마들과 함께. (이러쿵

저러쿵)

매켈리것 부인: (졸린 목소리로) 맙소사, 이제 겨우 잠들려는 참인데 어떤 자식이 내 다리를 깔아뭉개네.

톨보이스 씨: 아멘. 우리로부터 악을 구하시고, 유혹이 우리에게 빠지지 않게 하소서. (이러쿵저러쿵)

그는 기도문의 첫 단어를 말하며 축성받은 빵을 쭉 찢는다. 거기서 피가 흘러나온다. 천둥이 치듯 우르릉거리는 소리가 울리더니 풍경이 변한다. 도러시의 두 발은 아주 차갑다. 거대한 날개를 달고서 이리저리 움직이는 악마들과 대악마들이 어렴풋이 보인다. 부리 혹은 갈고리발톱 같은 무언가가 어깨에 닿자 도러시는 추위 때문에 발과 손이 아프다는 사실을 깨닫는다.

경찰관: (도러시의 어깨를 흔든다) 일어나, 일어나, 일어나라고! 외투 없어? 송장처럼 허옇잖아. 이렇게 추운 데서 대자로 뻗어 있으면 어쩌자는 거야?

도러시의 몸은 추위로 뻣뻣하게 굳어 있다. 이제 맑게 갠 하늘에는 모래알 같은 작은 별들이 저 멀리 떨어진 전등처럼 반짝이고 있다. 피라미드는 무너져 내렸다.

매켈리것 부인: 가엾기도 하지, 길거리 생활에 익숙지가

않아서.

진저: (자신의 팔을 두드리며) 부들부들! 후! 징그럽게 춥
네!

웨인 부인: 이 아가씨는 원래 숙녀라니까.

경찰관: 그래? 이봐요, 아가씨, 나랑 같이 구빈원으로 갑
시다. 거기 가면 침대를 내줄 거요. 누가 봐도 아가씨
는 여기 이 인간들하고는 수준이 다르니까.

벤디고 부인: 어이구, 경찰 양반, 퍽이나 **고맙구려**! 다들 들
었어? 우리하고는 수준이 다르다잖아. 참 다정하기
도 하지? (경찰관에게) 애스콧타이*를 매니까 댁도
잘난 양반이 된 것 같지?

도러시: 아니, 싫어요! 안 가요. 그냥 여기 있을래요.

경찰관: 뭐, 좋을 대로 해요. 상태가 정말 안 좋아 보이는
데. 나중에 또 보러 오겠소.

찰리: 저 자식이 모퉁이를 돌아가면 다시 피라미드를 쌓
아 올리자고. 얼어 죽지 않으려면 그 수밖에 없어.

매켈리것 부인: 이리 와, 처자. 사람들 밑으로 들어와, 그러
면 따뜻할 거야.

스나우터: 1시 50분. 언젠간 끝이 나겠지.

톨보이스 씨: (읊조린다) 물이 잦아들듯 맥이 빠지고, 뼈

---

* 영국의 애스콧 경마에서 신사들이 매던 넥타이에서 이름을 따온 스카
프 모양의 타이.

마디마디 어그러지고, 가슴속 심장도 촛농처럼 녹았
습니다!……

다시 한번 사람들이 벤치에 피라미드를 쌓는다. 하지만 이
제 기온은 0도보다 별로 높지 않고, 바람은 더 매섭게 불고
있다. 어미의 젖꼭지를 차지하기 위해 버둥거리는 새끼 돼
지들처럼, 사람들은 바람에 할퀴어진 얼굴을 꿈틀꿈틀 무
더기 속으로 밀어 넣는다. 간간이 찾아드는 잠은 몇 초밖에
이어지지 않고, 꿈은 더 기괴하고 심란하고 현실적으로 변
한다. 때때로 그들 아홉 명은 정상에 가까운 대화를 나누
고, 때때로 자신들의 상황에 웃음을 터뜨리고, 때때로 고통
스러운 신음을 크게 뱉으며 미친 듯 서로 들러붙는다. 갑자
기 녹초가 된 톨보이스 씨의 독백은 한바탕 헛소리로 전락
하고 만다. 그의 육중한 몸이 무더기 위로 푹 쓰러지며 다
른 사람들을 거의 질식시킨다. 무더기가 무너져 내린다. 몇
몇은 벤치에 그대로 남아 있고, 몇몇은 땅으로 미끄러져 내
려가 난간 벽이나 남들의 무릎에 부딪힌다. 경찰이 광장에
들어와 땅에 쓰러진 자들에게 일어나라고 명령한다. 그들
은 일어났다가, 경찰이 사라지자마자 다시 쓰러진다. 열 명
이 신음하듯 코 고는 소리 말고는 사방이 조용하다. 그들은
째깍째깍 움직이는 시계처럼 리드미컬하게 잠들고 다시 깨
어나며, 관절이 움직이는 중국 도자기 인형인 양 고개를 꾸
벅거린다. 어디선가 3시를 알리는 종소리가 들린다. 광장의

동쪽 끝에서 누군가가 나팔을 불듯 외친다. 친구들! 일어나! 신문이 왔어!

찰리: (흠칫 깨어나며) 신문이라니! 자, 진저! 얼른 뛰어가자!

그들은 최대한 빨리 광장의 구석으로 달려간다, 아니 어기적어기적 걸어간다. 그곳에서는 세 청년이 아침 신문을 돌리고 남은 벽보들을 무료로 나누어주고 있다. 찰리와 진저가 두툼한 벽보 뭉치를 들고 돌아온다. 이제 덩치가 제일 큰 남자 다섯이 벤치에 따닥따닥 붙어 앉고, 디피와 네 여자는 그들의 무릎 위에 앉는다. 그런 다음 신문 여러 장을 거대한 고치처럼 몸에 꽁꽁 두르고, 끝부분은 목이나 가슴 속으로, 혹은 어깨와 벤치 등 사이로 끼워 넣어 마무리한다. 스스로 해야 하므로 아주 어려운 작업이다. 이윽고 그들의 다리 아랫부분과 머리를 제외한 모든 곳이 신문지에 싸인다. 머리에는 신문지로 만든 모자를 쓴다. 끊임없이 신문지가 벗겨져 차가운 바람이 들어오지만, 이젠 5분 연속으로 자는 것도 가능해진다. 새벽 3시와 5시 사이의 이 시간에는 경찰이 광장의 노숙자들을 방해하지 않는 것이 관례이다. 얼마간의 온기가 모든 이에게 살금살금 퍼져 나가 그들의 발에까지 닿는다. 신문지 아래로 음흉하게 여자들을 더듬는 손들이 있다. 인사불성이 된 도러시는 그러든 말든 신경 쓰지 않는다.

4시 15분 즈음 신문지는 쭈글쭈글 구겨지고 갈가리 찢긴다. 너무 추워서 계속 앉아 있기가 힘들어진다. 사람들은 일어나 욕설을 뱉고는, 다리에 조금이나마 힘이 돌아온 걸 느끼고 둘씩 짝지어 구부정하니 이리저리 움직이기 시작한다. 그러다 그저 귀찮아서 자주 걸음을 멈춘다. 모두의 배 속은 허기로 뒤틀려 있다. 진저의 연유 깡통을 따 다들 손가락을 그 속에 푹 담근 다음 게걸스레 빨아 먹는다. 땡전한 푼 없는 이들은 7시까지 아무런 방해도 받지 않고 있을 수 있는 그린 파크로 떠난다. 반 페니라도 있는 이들은 채링크로스 로드에서 멀지 않은 윌킨스 카페로 향한다. 그 카페는 5시 전에는 열지 않는 것으로 알려졌다. 그렇지만 20분 전부터 많은 사람이 문밖에서 기다리며 북적이고 있다.

매켈리것 부인: 반 페니는 있어, 처자? 여기는 네 명 넘는 사람이 차 한 잔만 시키면 쫓아내거든. 쩨쩨한 놈들!

톨보이스 씨: (노래한다) 이른 새벽의 장밋빛 ─

진저: 아, 신문 덮고 조금 잤더니 개운한걸. (노래한다) '하지만 난 눈물을 머금은 채 춤춘다네 ─'

찰리: 오, 친구들, 친구들! 카페 안을 좀 봐! 창문 밑에서 김이 모락모락 피어오르고 있잖아! 끓고 있는 찻주전자, 산더미처럼 쌓여 있는 토스트랑 햄 샌드위치, 프라이팬에서 지글지글 익고 있는 소시지들 좀 보라

고! 보기만 해도 배 속에서 난리가 나지 않아?

도러시: 1페니 있어요. 그걸로는 차 한 잔 못 마시겠죠?

스나우터: 4펜스가 있으면 오늘 아침에 우리끼리 소시지를 포식할 수 있어. 차 반 잔이랑 도넛은 확실히 먹을 수 있을 테고. 아침을 먹을 수 있다니까!

매켈리것 부인: 차 한 잔을 처자 혼자서 살 필요는 없어. 나한테 반 페니 있고 대디도 그러니까, 거기에 처자의 1페니를 보태면 우리 셋이서 차 한 잔 마실 수 있어. 저 영감탱이 입술이 부르텄지만, 무슨 상관이야? 찻잔 손잡이 근처로 마시면 괜찮아.

4시 45분을 알리는 종소리가 들린다.

벤디고 부인: 내 남편 놈은 아침으로 대구를 먹겠지. 목이나 콱 막혀버려라.

진저: (노래한다) 하지만 난 눈물을 머금은 채 춤춘다네—

톨보이스 씨: (노래한다) 이른 아침 나의 노래가 당신께 올라가 닿으리!

매켈리것 부인: 여기서는 잘 수 있어서 좋아. 7시까지는 테이블에 엎드려 자도 안 건드리거든. 광장의 비렁뱅이들한테는 행운이지.

찰리: (개처럼 군침을 흘린다) 소시지! 죽여주는 소시지!

치즈 토스트! 기름이 뚝뚝 떨어지는 뜨거운 토스트! 그리고 감자튀김과 올드 버튼 맥주 한 잔을 곁들인 5센티미터 두께의 우둔살 스테이크! 아, 진짜 환장하겠네!

찰리가 앞으로 껑충껑충 뛰어나가 사람들을 밀치고 유리문 손잡이를 흔들어댄다. 총 마흔 명 정도 되는 사람이 앞으로 몰려가 문을 열려고 한다. 카페 주인인 윌킨스 씨가 안에서 문을 단단히 붙잡고 있다. 그가 유리문 너머로 그들을 위협한다. 몇몇은 몸을 녹이려는 듯 가슴과 얼굴을 창문에 짓누른다. 잠깐이라도 침대에서 눈을 붙여 비교적 기운이 팔팔한 플로리와 여자 네 명이 파란 정장 차림의 청년 패거리를 대동하고서 와 하고 함성을 지르며 옆의 골목길에서 쏟아져 나온다. 그들의 돌격에 사람들이 앞으로 쏠리면서 문이 부서질 뻔한다. 윌킨스 씨가 발끈해서 문을 확 열고 주동자들을 밀어낸다. 소시지, 훈제 청어, 커피, 뜨거운 빵의 냄새가 추운 바깥으로 흘러나온다.

뒤편에서 청년들의 목소리: 왜 5시 전에는 문을 안 열어? 차 마시고 싶어 죽겠는데! 어서 문 열어! (이러쿵저러쿵)
윌킨스 씨: 나가! 썩 나가지 못해! 안 그럼 오늘 아침엔 아무도 못 들어올 줄 알아!
뒤편에서 여자들의 목소리: 위일킨스 씨이! 위일킨스 씨이!

치사하게 이러지 말고 좀 들여보내 줘! 그럼 공짜로 키스해드릴게. 인심 좀 쓰라니까! (이러쿵저러쿵)

윌킨스 씨: 나가라니까! 우린 5시 전에는 안 열어, 알면서 그래. (문을 쾅 닫는다)

매켈리것 부인: 망할, 10분이나 더 기다리라니! 내 불쌍한 늙은 다리는 좀 쉬어야겠어. (광부처럼 쪼그려 앉는다. 많은 사람이 따라 한다)

진저: 반 페니 있는 사람? 나랑 반반씩 내서 도넛 하나 사 먹자고.

청년들의 목소리: (군가를 흉내 내다가 노래한다) '개소리!' 밴드는 이것밖에 연주할 수 없었다네. '개소리! 개소리!' 너야말로!

도로시: (매켈리것 부인에게) 우리 좀 봐요! 우리 꼴을 보라고요! 이 옷하며! 얼굴하며!

벤디고 부인: 자기가 무슨 그레타 가르보라도 되는 줄 아나 봐.

웨인 부인: 차 한 잔 기다릴 땐 시간이 참 안 간다니까.

톨보이스 씨: (읊조린다) 우리의 마음은 먼지 속에 파묻혔고, 우리의 배는 땅바닥에 붙었습니다!

찰리: 훈제 청어! 산더미처럼 쌓여 있어! 유리창으로 냄새가 흘러나오잖아.

진저: (노래한다) 하지만 난 눈물을 머금은 채 춤춘다네. 내 품 안의 여자가 당신이 아니라서!

많은 시간이 흐른다. 시계가 5시를 알린다. 견딜 수 없이 오랜 시간이 지나가는 듯하다. 그때 갑자기 문이 휙 열리고, 사람들은 구석 자리를 차지하기 위해 우르르 몰려 들어간다. 뜨거운 공기에 기절하다시피 테이블로 쓰러진 그들은 대자로 뻗은 채 모든 모공을 통해 열기와 음식 냄새를 들이켠다.

윌킨스: 자, 잘 들어! 규칙은 알고 있겠지. 오늘 아침엔 꼼수 부릴 생각 하지 마. 7시까지는 실컷 자도 좋아, 하지만 그 후에도 안 일어나는 작자가 있으면 쫓겨날 줄 알아. 얼른 차나 마셔, 아가씨들!

귀청이 터질 듯한 고함 소리들의 합창: 여기 차 두 잔! 우리 넷이서 큰 컵으로 차 한 잔이랑 도넛 하나! 훈제 청어! 위일킨스 씨이! 소시지는 얼마야? 두 조각! 위일킨스 씨이! 퀼런 종이 없어? 훈제 청어! (이러쿵저러쿵)

윌킨스 씨: 조용, 조용! 계속 소리 지르면 주문 안 받아.

매켈리것 부인: 발가락에 다시 피가 도는 것 같아, 처자?

웨인 부인: 저 남자 말이 너무 거칠지 않아? 신사는 아닌 것 같아.

스나우터: 이 구석에 있다간 쫄쫄 굶겠어. 젠장! 소시지 두 조각도 못 먹겠네!

매춘부들: (이구동성으로) 여기 훈제 청어! 어서 달라니까! 위일킨스 씨이! 여기 훈제 청어! 도넛 하나도!

찰리: 내 말이! 오늘 아침엔 냄새나 실컷 맡아야겠어. 그래도 망할 광장보다는 여기가 낫지.

진저: 이봐, 디피! 절반 마셨잖아! 찻잔 이리 내.

톨보이스 씨: (읊조린다) 그날 우리의 입에서는 함박 같은 웃음 터지고 흥겨운 노랫가락 입술에 흘렀도다!……

매켈리겟 부인: 벌써 반쯤은 잠든 것 같네. 따뜻해서 그래.

윌킨스 씨: 거기 노래 그만 불러! 규칙 알잖아.

매춘부들: (이구동성으로) 훈제 청어!

스나우터: 도넛 좀 달라니까! 식어빠진 걸 먹으면 배가 아프다고.

대디: 저놈들이 주는 차는 먼지 탄 물이나 매한가지야. (트림을 한다)

찰리: 잊어버리고 잠이나 자. 꿈속에서 제대로 먹으면 되지. 테이블에 엎드려서 편하게 쉽시다.

매켈리겟 부인: 내 어깨에 기대, 처자. 난 처자보다 살이 많으니까.

진저: 6펜스가 있으면 그 돈을 다 줘서라도 담배 한 대 피우고 싶다.

찰리: 그만하고, 내 머리에 네 머리를 기대, 스나우터. 그렇지. 젠장, 잠이나 올까 몰라!

연기 나는 훈제 청어 한 접시가 매춘부들의 테이블로 운반된다.

스나우터: (졸린 목소리로) 훈제 청어를 또 먹어? 몇 번이나 그 짓을 했길래 저런 돈이 생겼을까?

벤디고 부인: (비난하는 듯한 손가락질로 훈제 청어 접시를 가리키며 발끈한다) 저기 봐! 저것 좀 보라고! 훈제 청어라니! 이러니 화가 안 나게 생겼어? 우린 아침으로 못 먹는 훈제 청어를 저 망할 매춘부들은 냄비에서 쏙쏙 꺼내서 꿀꺽꿀꺽 잘도 삼키네. 우린 넷이서 차 한 잔 나눠 마시는 것도 운 좋다 하고 있는데 말이야. 훈제 청어라니!

톨보이스 씨: (보좌신부가 설교하듯) 죄의 대가는 훈제 청어입니다.

진저: 내 얼굴에 대고 숨 쉬지 마, 디피. 구역질 나잖아.

찰리: (잠꼬대를 한다) 찰스-위즈덤-인사불성으로-취해-취했다고?-좋아-6실링-나가-다음!

도러시: (매켈리것 부인의 가슴에 대고) 아, 좋아, 좋아라!

그들은 잠든다.

2

이렇게 시간은 계속 흐른다.

도러시는 이런 생활을 열흘 동안 견뎌냈다. 정확히 말하자면, 아홉 날과 열 밤. 그녀에게 다른 수는 보이지 않았다. 아버지는 그녀를 완전히 버린 듯했다. 런던에 있는 친구들에게 문제없이 도움을 받았으리라 생각하는 모양이었다. 도러시는 일어났던 일, 아니 일어났다고 사람들이 믿는 일을 감당할 용기가 없었다. 그렇다고 자선단체에 문의하기도 두려웠다. 그랬다가는 이름이 밝혀지고, '신부의 딸'에 대한 소동이 또 한바탕 일어날 것이 뻔했다.

그래서 도러시는 런던에 남아, 희귀하지만 절대 사라지 않는 기묘한 종족의 일원이 되었다. 돈도 없고 집도 없지만 그 사실을 필사적으로 감추려 애쓰고 용케도 잘 들키지 않는 여자들, 싸늘한 새벽에 식수대에서 세수를 하고, 잠 못 이루는 밤을 보낸 후 옷의 주름을 정성스럽게 펴는 여자들, 과묵하고 기품 있는 자태를 지니고 있어서 햇볕에 탄 피부 아래의 파리한 안색이 아니면 궁색함을 알 수 없는 여자들. 도러시의 주변에 있는 사람은 대부분 숙련된 거지들이었지만, 그녀는 기질상 그렇게 되지 못했다. 광장에서의 첫 스물네 시간 동안 도러시는 간밤에 마신 차와 아침에 윌킨스 카페에서 세 명이 나눠 마신 차 말고는 아무것도 먹지 못했다. 하지만 저녁이 되자, 못 견딜 만큼 배가 고픈 데다 남들이 구걸하는 모습을 보고 절박한 심정이 되어 어떤 낯선 여자에게 다가가 목소리를 가다듬고 말했다. "부인, 2펜스만 주실래요? 어제부터 아무것도 못 먹었거든요." 여자는 도러시를 빤히 쳐다보다가 지갑을 열어 3펜스를 주었다. 도러시는 몰랐지만, 하녀 일을 구하는 데 걸림돌이 되었던 그녀의 교양 있는 말투는 구걸에는 큰 도움이 되는 귀중한 자산이었다.

이 일을 겪으면서 도러시는 하루를 연명하는 데 필요한 1실링을 아주 쉽게 구걸할 수 있다는 걸 알았다. 그래도 그녀는 참을 수 없을 정도로 허기지거나 아침에 윌킨스 카페에 들어가기 위해 1페니가 꼭 필요할 때가 아니면 절대 구걸하지 않았다. 못 할 것 같았다. 노비와 함께 홉 농장으로 가는 동안에는 두려움이나 망설임 없이 구걸을 했었다. 하지만 그땐 달랐다. 도러시는 그때 자신이 무슨 짓을 하고 있는지 몰랐다. 이제는 정말 배가 고플 때만 용기를 짜내어, 친절해 보이는 여자에게 동전 몇 푼을 부탁했다. 물론 항상 여자들에게만 구걸했다. 남자에게 구걸하려고 시도한 적도 있기는 했다. 딱 한 번.

그 외에 부족한 잠, 추위, 불결함, 권태로움, 그리고 광장의 무서운 공산주의에는 점점 익숙해졌다. 하루 이틀이 지나자 그녀가 처한 상황이 더 이상 놀랍지도 않았다. 주변 사람들처럼 도러시 역시 이 기괴한 생활을 평범한 것인 양 받아들이게 되었다. 홉 농장으로 가는 길에 느꼈던 망연함과 얼떨떨함이 더욱 강하게 되돌아왔다. 잠을 제대로 못 자는 데다 길거리 생활까지 더해지면 나타나는 흔한 결과였다. 한두 시간 이상 지붕 밑에 있지 못하고 끊임없이 바깥을 떠돌다 보면 강한 빛에 눈을 쏘이거나 귓속에서 둥둥거리는 소음이 울리는 것처럼 지각이 흐려진다. 행동하고 계획하고 고통받아도, 그러는 내내 모든 것이 초점을 벗어난 듯 조금 비현실적으로 느껴진다. 내면과 바깥의 세상은 점점 희미해지다 결국엔 몽롱한 꿈이 되어버린다.

그사이 경찰의 눈에도 도러시가 점점 익기 시작했다. 수많은 사람이 거의 눈에 띄지 않은 채 끊임없이 광장을 드나든다. 원형 통과 짐 보따리를 들고 난데없이 나타나서는 며칠 동안 죽치고 있다가, 역시 불가사의하게 사라져버린다. 일주일 넘게 머물면 경찰에게 상습적인 걸인으로 찍혀 언젠가는 체포된다. 경찰은 구걸 금지법을 정기적으로 집행하지는 못해도 가끔 깜짝 단속을 벌여 눈에 띄는 두세 명을 잡아가곤 한다. 도러시의 경우가 그랬다.

어느 날 저녁 그녀는 매켈리것 부인과 이름을 모르는 어떤 여자와 함께 단속에 걸렸다. 얼굴이 길쭉한 말상인 어떤 심술궂은 노파에게 아무 생각 없이 구걸했더니, 그녀가 곧장 가장 가까운 경찰에게 가서 그들을 고발해버린 것이다.

도러시는 별로 개의치 않았다. 이젠 모든 것이 꿈 같았다. 열성적으로 그들을 고발하는 심술궂은 노파의 얼굴, 공손하게 느껴질 정도로 팔을 부드럽게 잡은 젊은 경찰과 함께 경찰서로 가는 길, 흰 타일이 붙은 감방, 철창 사이로 찻잔을 건네며 그녀가 죄를 인정하면 판사가 사정을 봐줄 거라고 말하는 자상한 경사. 옆방에서는 매켈리것 부인이 경사에게 썩을 놈이라고 욕하며 호통을 치더니 신세 한탄으로 밤의 절반을 보냈다. 하지만 도러시는 이렇게 깨끗하고 따뜻한 곳에 있을 수 있어 막연히 마음이 놓일 뿐이었다. 그녀는 벽에 선반처럼 붙어 있는 판자 침대로 곧장 기어들어 갔다. 너무 피곤해서 이불을 끌어당겨 덮지도 못한 채, 몸부림 한 번 치지 않고 열 시간을 내리 잤다. 다음 날 아침, 주정뱅이 다섯 명이 고래고래 불러대는 〈믿음이 충만한 신도여, 다 이리 오라〉의 곡조에 맞추어 죄수 호송차가 올드 스트리트 즉결 재판소로 힘차게 달려갈 때에야 비로소 그녀는 자신이 처한 현실을 실감하기 시작했다.

제4부

1

도러시는 자기가 길거리에서 굶어 죽든 말든 아버지가 방관하리라 생각했지만, 이는 착각이었다. 사실 신부는 딸에게 연락하려 애썼다. 다만, 우회적이고 비효율적인 방식인 게 문제였다.

도러시의 실종을 알았을 때 신부가 제일 처음 느낀 감정은 순수하고도 단순한 분노였다. 아침 8시 즈음 면도용 물이 어떻게 됐나 궁금해지기 시작했을 때, 엘런이 신부의 방으로 들어오더니 약간 두려움에 휩싸인 듯한 목소리로 선언하듯 말했다.

"신부님, 도러시 양이 집에 없어요. 아무리 찾아봐도 없어요."

"뭐?"

"도러시 양이 집에 없다고요, 신부님! 침대에서 잔 것 같지도 않아요. 제 생각에는 **떠난 것 같아요**, 신부님!"

"떠나?" 신부는 침대에서 몸을 조금 일으키며 소리쳤다. "그게 무슨 소리야, **떠나다니**!"

"그러니까요, 신부님, 가출한 것 같다고요!"

"가출! 이 시간에? 내 아침 식사는 어쩌고?"

따뜻한 물이 없어 면도도 하지 못한 채 신부가 아래층으로 내려갔을 무렵, 엘런은 마을로 내려가서 도러시를 찾아다니고 있었지만 헛수고였다. 한 시간이 지나도 엘런은 돌아오지 않았다. 그래서 전례 없는 무시무시한 일이, 이승에서 절대 잊히지 않을 일이 벌어졌다. 신부가 아침 식사를 스스로 준비해야 했던 것이다. 저속한 검은 주전자와 얇게 저민 덴마크 베이컨을 성직자의 손으로 직접 만지면서 말이다.

그 일로 당연히 도러시에 대한 신부의 마음은 차갑게 얼어붙었다. 그날 내내 제때 끼니를 챙겨 먹지 못하고 화를 내느라 바빠, 딸이 왜 사라졌는지, 어떤 나쁜 일을 당했는지 자문할 시간이 없었다. 그에게 중요한 점은 괘씸한 딸(그는 '괘씸한 딸'이라는 말을 여러 번 했고, 자칫 더 심한 표현을 쓸 뻔도 했다)이 사라지는 바람에 집 안 전체가 엉망이 되어버렸다는 사실이었다. 하지만 다음 날 더 다급한 문제가 생겼다. 셈프릴 부인이 가출 이야기를 이리저리 퍼뜨리고 다녔다. 물론 신부는 극구 부인했지만, 속으로는 진실일지도 모른다는 의심을 남몰래 품고 있었다. 도러시라면 저지를 수 있을 만한 일이 아닌가. 아버지의 아침 식사는 생각지도 않고 갑자기 집을 나가버리는 딸이 무슨 짓이든 못 할까.

이틀 후 신문들이 그 이야기를 알게 되었고, 한 젊은 기자가 나이프 힐로 와서는 이런저런 것들을 꼬치꼬치 캐묻기 시작했다. 신부가 노발대발하며 인터뷰를 거절하자 셈프릴 부인의 진술만 신문에 실려 상황이 더욱 심각해졌다. 신문들이 도러시 이야기에 싫증을 내고 템스강 어귀에서 목격된 사경룡으로 눈을 돌리기 전까지 약 일주일 동안 신부는 끔찍한 악명에 시달렸다. 신문을 펼치기만 하면 '신부의 딸. 추가로 밝혀진 사실들', 혹은 '신부의 딸. 그녀는 빈에 있나? 하급 카바레에서 목격된 것으로 전해져' 같은 자극적인 헤드라인이 눈에 띄었다. 급기야 《스파이홀》 일요판에는 '서퍽주의 한 사제관에서 비탄에 잠긴 노인이 벽만 뚫어지게 보며 앉아 있다'라는 문장으로 시작하는 기사가 실렸다. 도저히 그냥 넘어갈 수 없었기에 신부는 명예훼손으로 신문사를 고소하기 위해 변호사와 상담을 했다. 하지만 변호사는 반대했다. 어떤 판결이 내려지든 그 일이 더 많은 사람에게 알려지게 될 거라고 말이다. 그래서 신부는 아무것도 하지 않았고, 그의 얼굴에 먹칠을 한 도러시를 향한 분노는 용서가 불가능할 정도로 심해졌다.

그 후 도러시가 무슨 일이 있었는지 해명하는 편지를 세 통 보내왔다. 물론 신부는 기억을 잃었었다는 도러시의 말을 믿지 않았다. 너무 궁색한 변명 같았다. 그는 도러시가 워버턴 씨와 함께 사랑의 도주를 했거나, 아니면 탈선 비슷한 것을 했다가 무일푼으로 켄트주까지 가게 된 거라고 믿었다. 그가 최종적으로 내린 결론은 어떤 반박으로도 무너질 수 없었다. 딸이 무슨 일을 당했건 순전히 그녀 자신의 잘못이었다. 신부는 도러시가 아니라 사촌이자 준남작인 톰에게 제일 먼저 편지를 썼다. 그가 자라온 환경에서는 심각한 문제가 생길 때마다 부유한 친척에게 도움을 청하는 것이 아주 자연스러운 일이었다. 사촌과는 지난 15년 동안 말 한 마디 섞지 않았다. 50파운드의 빚이라는 사소한 문제로 다투었기 때문이다. 그래도 신부는 토머스 경에게 가능하면 도러시와 연락을 취해 런던에 일자리를 구해달라는 내용의 편지를 당당하게 썼다. 추문에 휩싸였던 딸이 나이프 힐로 돌아오는 건 불가능했다.

그리고 나서 얼마 지나지 않아, 굶어 죽을지도 모른다며 돈을 조금 보내달라고 애원하는 도러시의 편지가 두 통 날아왔다. 신부는 심란해졌다. 돈이 없으면 정말 굶어 죽을 수도 있다는 생각이 떠올랐다. 이런 문제를 진지하게 고려한 건 평생에 처음이었다. 그래서 일주일 가까이 고민한 끝에 10파운드어치의 주식을 팔고 10파운드짜리 수표를 사촌에게 보내면서, 도러시가 나타날 때까지 간직해달라고 부탁했다. 이와 동시에 도러시에게는 토머스 헤어 경한테 돈을 청하는 편이 나을 거라는 쌀쌀맞은 편지를 썼다. 하지만 며칠이 더 지난 후에야 이 편지를 부쳤다. 가명을 사용하는 것이 불법일지도 모른다는 어림짐작에 '엘런 밀버러' 앞으로 편지를 보내기가 꺼려졌기 때문이다. 그가 너무 오래 시간을 끄는 바람에, 편지가 메리 여인숙에 도착했을 때는 도러시가 이미 길거리로 나간 뒤였다.

토머스 헤어 경은 장밋빛 얼굴이 둥그스름하고 콧수염이 곱슬곱슬한 예순다섯 살 정도의 인정 많고 우둔한 홀아비였다. 그가 즐겨 차려입는 체크무늬 외투와 챙이 동그랗게 말린 중절모는 근사하니 말쑥하지만 40년은 뒤처진 패션이었다. 언뜻 보면 1890년대의 기병대 소령으로 정성스레 변장한 듯한 느낌이어서, 그를 보기만 하면 맵게 양념한 고기 뼈와 거기에 곁들인 소다 탄 브랜디, 딸랑딸랑 울리는 이륜마차의 종, 위대한 '피처(Pitcher)'*가 활동하던 시절의 《핑크 언(Pink 'Un)》, 로티 콜린스와 그녀의 노래 〈타라라붐디에이(Ta-ra-ra-Boom-de-ay)〉가 자연스레 떠올랐다. 하지만 그의 주된 특징은 참담하리만치 둔해빠진 머리였다. "척 보면 몰라?", "뭐야! 뭐!",

---

* 저널리스트이자 편집자인 아서 빈스테드의 별명.

이렇게 말해놓고는 말문이 막혀버리는 그런 사람이었다. 당황하거나 난처해질 때면 콧수염이 앞으로 곤두서는 것처럼 보여서, 착하지만 머리는 텅 빈 새우 같았다.

토머스 경은 이 친척들을 도울 마음이 전혀 없었다. 도러시는 본 적도 없었고, 신부는 그가 보기에 거지 근성을 가진 최악의 친척이었기 때문이다. 하지만 '신부의 딸' 소동을 계속 방관할 수도 없는 노릇이었다. 도러시와 같은 성을 갖고 있다는 불쾌한 사실 때문에 지난 2주 동안 골머리를 앓았고, 도러시를 저대로 내버려 뒀다간 추문이 점점 더 심해질 것 같았다. 그래서 꿩 사냥을 하러 런던을 떠나기 직전, 절친한 친구이자 지적인 인도자이기도 한 집사를 불러 작전 회의를 열었다.

"이봐, 블리스, 야단났네." 토머스 경은 미련스럽게 말했다(블리스는 집사의 이름이었다). "신문들이 떠들어대는 그 더러운 얘기는 봤겠지? '신부의 딸' 사건 말일세. 젠장맞을 내 조카딸이지."

작은 키에 이목구비가 뚜렷한 블리스는 항상 속삭이는 듯한 목소리로 말했다. 침묵에 가까운 소리였다. 귀를 쫑긋 세우고 입술을 지켜봐야만 그의 말을 제대로 파악할 수 있었다. 지금 그의 입술은 도러시가 토머스 경의 조카딸이 아니라 종질녀라고 알리고 있었다.

"아, 종질녀인가? 어이쿠, 정말 그렇군! 흠, 이봐, 블리스, 이제 그 망할 여자애를 잡아서 어딘가에 가둬놔야겠어. 무슨 소린지 알겠지? 문제가 더 생기기 전에 그 아이를 찾게. 런던에서 떠돌아다니고 있을 걸세. 어떻게 하면 쉽게 찾을 수 있을까? 경찰? 사립 탐정을 써볼까? 어떨 것 같나?" 토머스 경이 말했다.

블리스의 입술은 반대의 뜻을 표했다. 경찰에 신고해서 괜히 불쾌한 주목을 받지 않아도 도러시를 찾아낼 방법이 있다고 말하는 듯했다.

"좋아! 그럼 얼른 시작하게. 비용은 걱정하지 말고. '신부의 딸'이니 뭐니 떠들지 않게 할 수만 있다면 50파운드라도 쓰겠어. 그리고 부탁이네, 블리스." 그는 은밀히 덧붙였다. "그 망할 여자애를 찾거든 잘 감시하게. 집에 데려와서 잘 데리고 있으라고. 무슨 소린지 알겠나? 내가 돌아올 때까지 단단히 가둬두란 말일세. 또 무슨 짓을 저지를지 누가 알겠나."

물론 토머스 경은 도러시를 한 번도 보지 못했고, 그래서 신문 기사들로만 그녀를 판단할 수밖에 없었다.

블리스는 일주일 만에 도러시를 찾아냈다. 도러시가 즉결 재판소에서 나온 날 아침(그녀는 6실링의 벌금을 내지 못해 열두 시간 동안 갇혀 있었다. 매켈리것 부인은 상습범이라 이레 동안 구금되었다), 블리스는 그녀에게 다가가 중절모를 살짝 들어 올리고는 도러시 헤어 양이냐고 조용히 물었다. 도러시는 두 번째 시도 만에 그의 말을 알아듣고, 자신이 도러시 헤어 양이라고 인정했다. 블리스는 그녀를 돕고 싶어 하는 친척이 보낸 사람이라며, 곧장 그와 함께 집에 가자고 말했다.

도러시는 군말 없이 블리스를 따라갔다. 친척이 갑자기 그녀에게 관심을 보이는 것이 이상하긴 했지만, 최근에 일어난 다른 일들에 비하면 아무것도 아니었다. 그들은 블리스의 돈으로 버스를 타고 하이드 파크 코너까지 간 다음, 나이츠브리지와 메이페어의 경계에 있는 어느 큰 집으로 걸어갔다. 덧문까지 달린 그 집은 꽤 비싸 보였다. 계단 몇 개를 내려간 후 블리스가 열쇠를 꺼냈고 그들은 집 안으로 들어갔다. 이렇게 해서 도러시는 거의 6주 만에 지하 출입구를 통해 품위 있는 사회로 돌아왔다.

도러시는 친척이 돌아오기 전까지 텅 빈 집에서 사흘을 보냈다. 기묘하고도 외로운 시간이었다. 집에 하인이 여러 명 있었지만, 그녀가 만날 수 있는 사람은 블리스뿐이었다. 그는 공손함과 반감이 뒤섞인 태도로 그녀에게 식사를 가져다주고 소리 없이 말을 걸었다. 블리스는 도러시가 숙녀인지 아니면 구조된 막달라 마리아인지 판단이 서지 않았기에, 그 사이의 무언가로 대하고 있었다. 주인이 자리를 비운 집 특유의 고요하고 무기력한 분위기 때문에, 사람들은 본능적으로 살금살금 걸어 다니고 창문에는 계속 블라인드를 쳐놓았다. 도러시는 감히 집의 내실에는 발도 들일 수 없었다. 낮 동안에는 집 꼭대기에 있는 먼지투성이의 쓸쓸한 방에 처박혀 있었다. 그

곳은 1880년까지 거슬러 올라가는 자그마한 장식품들을 모아놓은 박물관과도 같았다. 5년 전 세상을 떠난 레이디 헤어는 잡동사니를 부지런히 수집했고, 레이디 헤어가 죽자 대부분의 수집품은 이 방으로 옮겨졌다. 이 방에서 가장 기묘한 물건은 뭘까. 도러시의 아버지가 찍힌 누런 사진? 사진 속의 아버지는 열여덟 살이지만 꽤 보기 좋은 구레나룻을 길렀고, 아주 큰 앞바퀴와 작은 뒷바퀴가 달린 구식 자전거 옆에 겸연쩍은 표정으로 서 있었다. 1888년에 찍은 사진이었다. 아니면, '1897년 6월, 케이프타운과 남아프리카 연회에서 세실 로즈*가 만진 빵 조각'이라는 딱지가 붙어 있는 작은 백단 상자? 책이라고는 토머스 경의 자식들이 학교에서 상으로 탄 기분 나쁜 것들뿐이었다. 토머스 경에게는 자식이 셋 있었는데, 막내가 도러시와 동갑이었다.

　도러시를 집 밖으로 내보내지 말라는 명령이 하인들에게 떨어진 것이 분명했다. 하지만 아버지의 10파운드짜리 수표가 도착해 있었고, 그녀는 블리스를 어렵사리 설득하여 수표를 현금으로 바꾼 다음, 사흘째 되는 날 밖으로 나가 옷가지를 구입했다. 기성복인 트위드 코트와 치마, 거기에 어울리는 저지 스웨터, 모자 하나, 무늬가 찍힌 인조견으로 만든 싸구려 드레스를 사고, 그런대로 팬

---

　* 19세기 남아프리카 케이프주 식민지 총독을 지낸 제국주의자.

찮은 갈색 구두 한 켤레, 라일사* 스타킹 세 켤레, 보기 흉한 싸구려 핸드백, 멀리서 보면 스웨이드로 보일 법한 회색 면장갑 한 켤레도 함께 장만했다. 8파운드 10실링을 쓰고 나니 더 살 엄두가 나지 않았다. 속옷이나 잠옷, 손수건 같은 건 그리 급하지 않았다. 어쨌든 겉으로 보이는 옷이 중요하니까.

다음 날 돌아온 토머스 경은 도러시를 보고는 깜짝 놀랐다. 루주와 분을 칠하고 그가 넘어가지도 않을 교태를 부리는 요부일 줄 알았더니, 이런 촌스러운 노처녀 같은 모습이라니, 예상을 완전히 빗나갔다. 마권업자의 개인 비서나 손톱 관리사로 취직시키리라 막연히 세워놓던 계획은 취소해야 했다. 때때로 도러시는 그녀를 뜯어보는 그의 어리둥절하고 멍한 시선을 느꼈다. 이런 여자가 어떻게 남자와 눈이 맞아 가출까지 했을까, 의아스러운 눈치였다. 그런 일은 **없었다**고 설명해봐야 소용없었다. 도러시가 사연을 들려주자 토머스 경은 "암, 물론 그렇겠지, 그렇고말고!"라며 예의 바르게 답했지만, 그 후로는 두 마디마다 한 번씩 그녀에 대한 불신을 드러냈다.

이렇듯 별다른 일 없이 이삼일이 흘렀다. 도러시는 위층 방에서 외로운 생활을 이어갔고, 토머스 경은 대부분의 식사를 사교 모임에서 해결했으며, 저녁에는 막연하

---

* 타이츠나 스타킹을 짜는 데 쓰는 고운 면사.

기만 한 대화가 오갔다. 토머스 경은 진심으로 도러시에게 일자리를 찾아주고 싶어 했지만, 자기가 하고 있던 얘기를 몇 분 만에 잊어버리는 습관이 있었다. 그는 이렇게 입을 떼곤 했다. "저, 내가 너를 얼마나 돕고 싶어 하는지 너도 잘 알 거야. 당연하지, 네 삼촌이니까. 뭐? 뭐라고? 삼촌이 아니라고? 그래, 어이쿠, 아닌가 보군! 종숙이지, 그래, 종숙. 그래, 난 네 종숙이니까, 흠, 내가 무슨 말을 하고 있었지?" 도러시가 대화를 제자리로 돌려놓으면 토머스 경은 이런 제안들을 내놓았다. "흠, 늙은 부인들 시중드는 일은 어떠냐? 검은 엄지장갑 끼고 다니고 류머티즘성 관절염에 걸린 노부인들 말이다. 죽어서 1만 파운드와 앵무새를 너한테 남겨줄지도 모르지. 어때, 어?" 그러고 나서는 대화가 더 길게 이어지지 못했다. 도러시는 가정부나 하녀가 되고 싶다는 뜻을 여러 차례 밝혔지만, 토머스 경은 들은 체도 하지 않았다. 그런 생각 자체가 흐리멍덩한 머리로 잘 기억하지도 못하는 계급적 본능을 일깨웠기 때문이다. "뭐! 망할 하녀라니? 너처럼 배운 여자가? 아니, 애야, 그건 아니다! 그런 일을 하면 못쓰지, 젠장!"

하지만 결국 모든 문제가 놀라울 정도로 쉽게 해결되었다. 그럴 능력이 없는 토머스 경이 아니라, 그에게 갑자기 상담을 의뢰받은 변호사 덕분이었다. 그 변호사는 도러시를 만나지도 않은 채 일자리를 제안했다. 변호사

말로는, 교사 자리라면 거의 확실히 구할 수 있을 거라고 했다. 가장 얻기 쉬운 일자리라고 말이다.

토머스 경은 아주 적절해 보이는 이 제안을 듣고 기분 좋게 집으로 돌아왔다. (내심 그는 도러시가 그야말로 교사에 어울리는 얼굴이라고 생각하고 있었다.) 하지만 그 소식을 들은 도러시는 순간 아연실색했다.

"교사라니요! 전 못 해요! 저한테 일자리를 줄 학교는 한 군데도 없을 거예요. 제가 무슨 과목을 가르치겠어요?" 그녀가 말했다.

"뭐? 그게 무슨 소리냐? 못 가르친다니. 맙소사! 가르칠 수 있고말고! 뭐가 어려워서?"

"전 아는 게 별로 없는걸요! 걸가이드 단원들한테 요리를 가르쳐준 것 말고는 누구한테 뭘 가르쳐본 적이 없어요. 교사가 되려면 자격이 있어야 하잖아요."

"오, 말도 안 되는 소리! 세상에서 가장 쉬운 직업이 교사란다. 굵은 자로 애들 손가락 마디를 때려주면 끝이거든. 본데 있게 자란 젊은 여자가 아이들한테 원칙을 가르친다고 하면 아주 좋아할 게다. 너한테는 교사가 딱이다. 넌 교사가 될 자질이 있어."

그리고 과연 도러시는 교사가 되었다. 한 번도 보지 못한 그 변호사가 사흘이 채 지나기도 전에 모든 조처를 취해주었다. 사우스브리지라는 교외 마을에서 여학교를 운영하는 크리비 부인이 보조 교사를 구하고 있는데, 도러시를 그 자리에 채용할 용의가 있는 모양이었다. 어떻게 이 모든 일이 그토록 빨리 진행되었는지, 그리고 어떤 학교길래 전혀 안면도 없는 데다 교사 자격도 없는 사람을 받아주는지 도러시로서는 전혀 감이 잡히지 않았다. 물론, 사례금이라는 명목으로 뇌물 5파운드가 쓰였다는 사실을 도러시는 모르고 있었다.

이렇게 해서, 구걸하다 체포된 후 겨우 열흘이 지나 도러시는 옷가지로 가득 찬 작은 트렁크와 4파운드 10실링을 가지고—토머스 경이 그녀에게 10파운드를 선물해준 덕분이었다—사우스브리지의 브러 로드에 있는 링우드 하우스 아카데미로 떠났다. 3주 전까지만 해도 비참하게 고생하던 그녀가 이토록 쉽게 일자리를 구하다니, 갑자기 다른 세상이 되어버린 것 같아 놀라웠다. 돈의 신비로운 위력이 새삼 뼈저리게 느껴졌다. 워버턴 씨가 즐겨 하던 말이 떠올랐다. 「고린토인들에게 보낸 첫째 편지」 1장에 등장하는 '사랑'이라는 단어를 전부 '돈'으로 바꾸면 열 배는 더 의미 있는 내용이 된다는 말이었다.

2

사우스브리지는 런던에서 15-20킬로미터 정도 떨어진 불쾌한 교외 마을이었다. 브러 로드는 그 중심부에, 미로 처럼 얽힌 꽤 깔끔한 거리들 사이에 있었다. 두 세대가 붙어 있는 주택들, 쥐똥나무와 월계수로 만든 울타리들, 교차로의 병든 관목이 잇달아 늘어선 거리들은 분간이 안 될 정도로 비슷하게 생겨서, 브라질의 숲에 있는 것처 럼 길을 잃기 일쑤였다. 집들뿐만 아니라 이름들도 수차 례 반복되었다. 브러 로드의 대문들에 적힌 이름을 읽다 보면 어떤 시 구절이 떠오를 듯 말 듯 했다. 잠깐 멈춰 서 서 정체가 뭘까 생각해보면, 「리시다스(Lycidas)」*의 첫

---

* 존 밀턴이 친구 에드워드 킹을 추모하며 지은 애가(哀歌)로 첫 두 구절

두 구절임을 깨닫게 되는 것이다.

링우드 하우스는 3층짜리 집 두 채가 나란히 붙은 노란 벽돌 건물로, 어두침침한 분위기를 풍겼고, 아래층의 창문들은 먼지를 뒤집어쓴 우툴두툴한 월계수들로 가려져 있었다. 월계수들 위로 집의 앞면에 붙은 판자에는 색 바랜 금색 글자들이 새겨져 있었다.

링우드 하우스 아카데미

5-18세의 여학생들

음악 및 무용 전문학교

안내서에 따라 지원하세요

그 옆으로 건물의 나머지 반쪽 집에 또 다른 판자가 붙어 있었다.

카샬턴 그레인지 고등학교

6-16세의 남학생들

부기 및 회계 전문학교

안내서에 따라 지원하세요

은 다음과 같다. '그러나 다시 한번, 아 너희 월계수들아, 그리고 다시 한번/ 너희 갈색 도금양들아, 영원히 시들지 않는 담쟁이넝쿨아.'

이 구역에는 작은 사립학교들이 넘쳐났고, 브러 로드 한 곳에만 네 개나 있었다. 링우드 하우스의 교장인 크리비 부인과 카샬턴 그레인지의 교장인 볼거 씨는 전쟁을 벌이고 있었지만, 그들의 이해관계는 전혀 충돌하지 않았다. 그 누구도, 심지어는 크리비 부인이나 볼거 씨 자신도 불화의 이유를 알지 못했다. 두 학교의 선대 주인들로부터 대물림되어 온 불화였다. 아침 식사를 하고 나면 그들은 각자의 뒤뜰에서 두 학교 사이의 아주 낮은 벽 옆을 활보하며, 서로를 못 본 척하고 혐오 섞인 웃음을 지었다.

도러시는 링우드 하우스를 보고 낙담했다. 아주 웅장하거나 아름다운 건물을 기대한 건 아니지만, 저녁 8시가 지났는데도 불 켜진 창 하나 없는 이런 초라하고 음침한 집보다는 조금 더 나은 곳일 줄 알았다. 문을 두드리자 어둑한 현관에서 키 크고 깡마른 여자가 문을 열어주었다. 도러시가 하녀로 착각한 그녀가 바로 크리비 부인이었다. 부인은 도러시의 이름을 묻고는 별다른 말 없이 앞장서서 어두컴컴한 계단을 올라가, 어슴푸레하고 불기 없는 응접실로 들어가더니 작은 가스등을 켰다. 그러자 검은 피아노 한 대와 속을 채운 말총 의자들, 벽에 걸린 누렇고 흐릿한 사진들이 모습을 드러냈다.

크리비 부인은 날씬하고 호리호리하며 몸이 단단한 40대 여자로, 군더더기 없이 당당한 움직임에서는 강한 의지가 느껴졌고, 어쩌면 사악한 기질이 엿보이는 듯도 했다. 지저분하거나 흐트러진 구석은 전혀 없었지만, 평생 햇빛을 못 보고 살아온 사람처럼 어쩐지 외모 전체가 퇴색해 있었다. 아랫입술이 밑으로 처져 보기 흉하고 뚱한 입은 두꺼비를 연상시켰다. 날카롭고 위압적인 목소리는 억양이 강하고 가끔 천박하게 들렸다. 한눈에도 자신이 원하는 것을 정확히 알고 가차 없이 손에 넣을 사람처럼 보였다. 남을 괴롭히지는 않지만—외관으로 판단컨대, 그럴 정도로 다른 사람에 관심을 기울일 것 같지는 않았다—남을 이용해먹은 다음 닳아 해진 수세미처럼 거리낌 없이 버릴 사람.

크리비 부인은 의례적인 인사에 시간을 낭비하지 않았다. 권유라기보다는 명령에 가까운 태도로 도러시에게 의자를 가리킨 다음, 자신도 앉아 비쩍 마른 팔뚝을 두 손으로 꽉 쥐었다.

"앞으로 잘 지냈으면 좋겠군요, 밀버러 양." 부인은 위협조로 느껴지는 카랑카랑한 목소리로 말을 꺼냈다. (토머스 경의 현명한 변호사가 조언해준 대로 도러시는 엘런 밀버러라는 이름을 고수했다.) "그리고 지난 두 번처럼 지저분한 꼴을 보는 일은 없었으면 해요. 전에 아이들을 가르쳐본 경험은 있나요?"

"학교에서는 없어요." 도러시는 소개장에 '개인 교습'을 해본 적이 있다는 거짓말을 적었었다.

크리비 부인은 교사 생활 속에 감추어진 비밀을 가르쳐줄까 말까 고민하는 것처럼 도러시를 뜯어보다가, 그러지 않기로 결심한 듯했다.

"흠, 어떻게 될지 한번 두고 보죠." 부인은 이렇게 말하고는 불만을 토로했다. "요즘엔 정말이지 근면하고 괜찮은 보조 교사 구하기가 쉽지 않아요. 높은 임금에 좋은 대우를 해줘도 고마운 줄을 모르죠. 얼마 전에 해고한 스트롱 양은 교사로서는 그리 나쁘지 않았어요. 문학 학사 학위까지 있었으니까. 학사라도 어디예요, 석사라면 더 좋겠지만. 밀버러 양은 학사나 석사 학위를 따지는 못했죠?"

"네, 유감이지만 그래요."

"흠, 아쉽군요. 이름 뒤에 다른 이력이 붙어 있으면 학교 안내서가 훨씬 더 보기 좋은데. 뭐! 상관없어요. 우리 학부모들은 학사가 뭔지도 잘 모를 테니까요. 그리고 무식함을 들키기 싫어하죠. 프랑스어는 할 줄 알죠?"

"어, 배우긴 했어요."

"오, 그럼 됐어요. 안내서에 써 넣으려고 그래요. 자, 본론으로 돌아가서, 스트롱 양은 교사로서는 괜찮았지만, 윤리적인 측면으로 보자면 내 기준에 미달이었어요. 우리 링우드 하우스는 **윤리적 측면**에 아주 엄격하답니다. 학부모들도 그걸 가장 중시하죠. 그리고 스트롱 양 전의 브루어 양은, 뭐랄까, 천성이 나약한 사람이었어요. 그러면 여학생들을 상대하기 어려워요. 결국엔 어느 날 아침한 녀석이 성냥을 들고 책상으로 살금살금 기어가서 브루어 양의 치마에 불을 붙였죠. 물론 그 사건 후로 나는 그녀를 계속 데리고 있을 마음이 없어졌어요. 그래서 바로 그날 오후에 쫓아냈죠. 추천서도 써주지 않고!"

"그러니까, 그 학생을 퇴학시켰다는 말씀이신가요?" 도러시는 어리둥절해하며 물었다.

"네? 학생을요? 설마요! 내가 수업료를 포기할 사람처럼 보여요? 브루어 양을 쫓아냈어요, 학생이 아니라. 학생들이 만만하게 보는 교사는 필요 없어요. 현재 우리 학교 학생이 스물한 명인데, 그 아이들을 제압하려면 강하게 밀고 나가야 할 거예요."

"교장 선생님은 안 가르치시나요?" 도러시가 물었다.

"당연하죠! 내가 할 일이 얼마나 많은데, 수업에 시간을 낭비할 순 없죠. 학교 건물도 건사해야 하고, 학교에서 점심을 먹는 학생도 일곱 명이나 돼요. 지금 당장은 청소부가 한 명밖에 없어요. 거기다, 학부모들한테 수업료 받아내기가 여간 힘든 게 아니에요. 어쨌든 중요한 건 수업료잖아요?" 크리비 부인은 거의 빈정거리듯 말했다.

"네, 그렇겠죠."

"자, 이제 임금 문제를 얘기해보죠." 크리비 부인이 말을 이었다. "학기 중에는 숙식과 주급 10실링, 방학 동안에는 숙식만 제공할 거예요. 빨래하려면 부엌에 있는 세탁 통을 써요. 그리고 토요일 밤마다, 아니 매주는 아니더라도 온수기를 틀어줄 테니까 뜨거운 물로 목욕하도록 해요. 지금 있는 이 방은 내 응접실이니까 당신은 사용할 수 없어요. 그리고 당신 방에서는 가스를 아껴 썼으면 좋겠어요. 하지만 오전용 거실은 마음껏 사용해도 좋아요."

"고맙습니다."

"자, 이 정도면 된 것 같네요. 이제 잠자리에 들고 싶겠군요? 저녁은 한참 전에 먹었겠죠?"

오늘 밤엔 어떤 음식도 내줄 수 없다는 뜻이었으므로 도러시는 그렇다고 거짓말을 했고, 대화는 끝이 났다. 크리비 부인은 항상 이런 식이었다. 필요 이상의 말은 단 한 마디도 허용하지 않았다. 요점을 벗어나는 법이 없고 답이 정해져 있는 부인과의 대화는 사실 대화라 할 수도 없었다. 대화의 빈 껍질이라고 할까. 마치 모든 등장인물이 과하게 떠들어대는 형편없는 소설 속의 대화 같았다. 사실상 부인은 **대화**를 하는 것이 아니라, 필요한 말만 짧고 무뚝뚝하게 뱉은 뒤 냉큼 상대를 쫓아냈다. 이제 부인은 도러시를 복도로 데리고 나가 방으로 안내하고는 도토리만 한 가스등을 밝혔다. 흰 누비이불이 덮인 침대, 곧 쓰러질 듯한 옷장, 의자, 그리고 차가운 흰색 자기 물병과 세면기가 갖추어진 세면대가 보였다. 바닷가 민박집에서 흔히 볼 수 있는 방이었지만, 그런 방들의 아늑함과 매력을 느끼기에는 한 가지가 부족했다. 침대 위의 문구였다.

"여기가 당신 방이에요. 스트롱 양보다는 조금 더 깨끗하게 써줬으면 좋겠군요. 그리고 부탁인데, 늦은 밤까지 불 켜놓고 있지 말아요. 몇 시에 불을 끄는지 문틈으로 다 보여요." 크리비 부인이 말했다.

이 작별 인사와 함께 그녀는 도러시를 홀로 내버려 두고 떠났다. 방은 심하게 추웠다. 불은 거의 때지 않는지, 집 전체가 눅눅하고 냉랭한 느낌이었다. 옷을 정리하던 도러시는 옷장 위에 얹힌 판지 상자를 하나 발견했다. 그 안에는 빈 위스키 병이 아홉 개 정도 들어 있었다. 아마도 **윤리적으로** 약점이 있었다던 스트롱 양의 유물이리라.

아침 8시, 도러시가 아래층으로 내려갔더니 '오전용 거실'이라는 곳에서 크리비 부인이 이미 아침 식사를 하고 있었다. 부엌에 붙은 자그마한 그 방은 원래 식기실이었다. 하지만 크리비 부인이 싱크대와 세탁 통을 부엌으로 치워버리고 손쉽게 '오전용 거실'로 바꾸었다. 거친 질감의 천을 깔아놓은 아침 식탁은 아주 크고 으스스할 정도로 휑뎅그렁했다. 크리비 부인이 앉은 쪽에는 아주 작은 찻주전자와 찻잔 두 개가 놓인 쟁반, 질긴 달걀 프라이 두 개가 담긴 접시, 마멀레이드 한 그릇이 있었다. 도러시가 팔을 뻗으면 겨우 닿는 중간 즈음에 버터 바른 빵이 놓였다. 도러시에게 맡길 수 있는 유일한 물건인 양 그녀 앞에 달랑 놓인 접시 옆에는 내용물이 엉긴 채 말라붙은 양념 병들이 받침대에 놓여 있었다.

"어서 와요, 밀버러 양. 오늘은 첫날이니까 상관없지만, 내일부터는 일찍 내려와서 아침 식사 준비를 도와줬으면 해요." 크리비 부인이 말했다.

"죄송해요."

"아침으로 달걀 프라이도 괜찮아야 할 텐데요?" 크리비 부인이 말을 이었다.

도러시는 달걀 프라이를 아주 좋아한다고 얼른 답했다.

"잘됐군요, 앞으로 나와 똑같이 먹어야 할 테니까. 부디 음식에 **까다롭게** 굴지 않았으면 좋겠어요. 내 생각에," 그녀는 나이프와 포크를 집어 들며 덧붙였다. "달걀 프라이는 잘 잘라 먹으면 훨씬 더 맛있는 것 같아요."

부인은 달걀 두 개를 가느다란 조각으로 자른 다음, 달걀 하나의 3분의 2 정도 되는 양을 도러시에게 건넸다. 이 조금의 달걀을 어렵사리 여섯 입으로 나누어 먹은 후버터 바른 빵을 가져온 도러시는 기대에 찬 눈으로 마멀레이드를 힐끔 쳐다보았다. 하지만 크리비 부인이 가느다란 왼팔을 식탁에 짚고서, 마멀레이드를 완전히 **감싸지는** 않았지만 그릇의 왼쪽 측면을 막는 듯한 자세를 취하고 있었다. 도러시가 공격하리라는 걸 알아채기라도 한 것처럼. 결국 도러시는 용기를 내지 못했고, 그날 아침에도 앞으로 다가올 수많은 아침에도 마멀레이드를 먹지 못했다.

아침 식사를 하는 동안 크리비 부인은 다시 입을 열

지 않았지만, 곧 바깥의 자갈밭을 밟는 발소리와 교실에서 들리는 시끌벅적한 목소리가 학생들의 도착을 알렸다. 학생들은 그들을 위해 열어둔 옆문으로 들어왔다. 크리비 부인은 식탁에서 일어나 식기들을 쟁반에 탁탁 올려놓았다. 뭘 옮길 때마다 꼭 시끄럽게 티를 내야 직성이 풀리는 여자인 것이다. 물건들을 쾅쾅 치고 두드려 자신의 존재를 알리는 유령처럼. 도러시가 쟁반을 부엌으로 옮긴 후 돌아오자, 크리비 부인이 찬장에서 1페니짜리 공책을 꺼내어 식탁에 펼쳐놓았다.

"이것 좀 한번 봐요. 여기 학생들 이름을 적어놨어요. 오늘 저녁까지는 전부 외우도록 해요." 부인이 말하며 엄지손가락에 침을 묻혀 세 페이지를 넘겼다. "자, 명단이 세 개 있죠?"

"네." 도러시가 답했다.

"학생들 이름을 외우고 어떤 학생이 어느 명단에 속해 있는지 알아야 해요. 모든 학생을 똑같이 대하면 안 되니까요. 절대 안 될 말이죠. 다른 학생들은 다르게 대우한다. 그게 내 철칙이에요. 첫 페이지에 이 명단 보이죠?"

"네." 도러시가 다시 답했다.

"흠, 이 아이들의 부모는 '모범' 납부자들이에요. 무슨 뜻인지 알죠? 수업료를 현금으로 내고, 잔돈을 거슬러 받지도 않아요. 이 아이들은 건드리지 말아요, **무슨** 일이 있어도. 다음은 **어중간한** 납부자들이에요. 이 아이들의 부모는 수업료를 내긴 내는데, 계속 졸라대야 겨우 내놓죠. 이 아이들이 건방지게 굴면 때려도 좋지만, 부모가 볼 수 있는 자국은 남기지 말아요. 조언을 해주자면, 귀를 비트는 게 가장 좋답니다. 해본 적 있어요?"

"아니요."

"내가 보기엔 그게 가장 효과가 좋아요. 자국도 안 남고, 아이들이 엄청 아파하니까. 그리고 여기 이 세 번째 명단은 **불량** 납부자들이에요. 애들은 이미 두 학기나 수업료가 밀려 있어서 독촉장이라도 보낼까 생각 중이에요. 이 아이들은 **어떻게** 하든 상관없어요. 물론, 경찰에 신고당할 정도로 심하게 하면 안 되겠죠. 자, 이제 가서 학생들을 만나볼까요? 이 공책을 가져가서 잘 봐요, 실수하지 않게."

그들은 교실로 들어갔다. 꽤 널찍한 방이었고, 회색 벽지가 햇빛을 보지 못해 더 창백해져 있었다. 바깥의 빽빽한 월계수들이 창문을 가로막아 햇살이 교실로 뚫고 들어오지 못했기 때문이다. 텅 빈 벽난로 옆에 교탁이 있었다. 열 개 남짓한 작은 2인용 책상들과 가벼워 보이는 칠판도 있고, 벽난로 선반에는 거대한 무덤의 모형처럼 생긴 검은 시계가 놓여 있었다. 하지만 지도나 그림은 한 장도 없고, 심지어는 책 한 권도 눈에 띄지 않았다. 이 교실에서 장식물이라 부를 수 있는 거라고는 벽에 핀으로 꽂아놓은 검은 종이 두 장뿐이었는데, 거기에는 아름다운 카퍼플레이트* 서체가 분필로 쓰여 있었다. 한 장에는 '말은 은이요, 침묵은 금이다', 다른 한 장에는 '시간 엄수는 예절의 근본이다'라고.

스물한 명의 학생들은 이미 책상에 앉아 있었다. 가까워지는 발소리를 듣고 아이들은 쥐 죽은 듯 조용해졌고, 크리비 부인이 들어오자 하늘로 날아오르는 매를 본 자고새 새끼들처럼 몸을 움츠렸다. 아이들은 대부분 핏기 없는 얼굴로 따분하고 무기력한 표정을 짓고 있었으며, 림프선 비대증이라도 걸린 듯 하나같이 입을 헤벌리고 있었다. 그중 가장 나이가 많은 학생은 열다섯 살, 가장 어린 학생은 아직 아기나 마찬가지였다. 이 학교는 교복이 없었고, 한두 아이는 누더기에 가까운 옷을 걸치고 있었다.

"일어나세요, 여러분. 아침 기도를 시작합시다." 크리비 부인이 교탁으로 다가가며 말했다.

학생들은 일어나 앞으로 두 손을 모으고 눈을 감았다. 그러고는 약하고 새된 목소리로 다 함께 기도를 따라 했고, 크리비 부인은 기도를 선창하는 내내 모두가 제대로 따라오고 있나 보려고 매서운 눈길로 학생들을 쏘아보았다.

"전능하고 영원하신 하느님 아버지." 그들은 높은 소리로 읊었다. "거룩한 가르침으로 오늘 우리의 공부에 은총

---

*　동판 인쇄처럼 가늘고 깨끗한 초서체.

을 내려주옵소서. 우리가 얌전히 복종할 수 있도록 해주옵시고, 우리 학교를 굽어살피시어 나날이 번창하게 해주옵소서. 학생들의 수가 늘어나고, 이웃에 모범이 되며, 주님께서 아시는 몇몇 학교처럼 불명예에 빠지지 않도록 해주옵소서. 주님께 간구드리나니, 부지런하고 시간을 어기지 아니하는 숙녀가 될 수 있도록, 모든 면에서 가치 있는 사람이 되어 주님의 길을 걸을 수 있도록 해주옵소서. 주님께 간곡히 기도드립니다, 아멘."

크리비 부인이 손수 지은 기도문이었다. 학생들은 이어서 주기도문을 암송한 후 자리에 앉았다.

크리비 부인이 말했다. "자, 여러분. 밀버러 선생님이 새로 오셨습니다. 여러분도 알다시피, 스트롱 선생님은 산수 수업 중에 몸이 안 좋아져서 갑자기 떠나야 했어요. 새로운 선생님을 찾느라 일주일 동안 아주 힘들었답니다. 일흔세 명의 지원자 중에 밀버러 선생님을 택했고, 나머지는 자격 미달이라 거절할 수밖에 없었어요. 잊지 말고 부모님께 꼭 말씀드리도록 해요, 일흔세 명의 지원자가 있었다고! 자, 밀버러 선생님이 여러분에게 라틴어, 프랑스어, 역사, 지리, 수학, 영문학, 작문, 철자법, 문법, 습자, 자재화를 가르칠 거예요. 그리고 부스 선생님은 평소처럼 화요일 오후에 화학을 가르칠 거고요. 자, 오늘 아침 첫 수업은 뭐죠?"

"역사요, 교장 선생님." 한두 아이가 새된 소리로 말했다.

"좋아요. 여러분이 지금까지 역사 시간에 뭘 배웠는지 밀버러 양이 몇 가지 질문을 할 거예요. 그럼 최선을 다해서, 여러분의 노력이 헛되지 않았음을 보여주도록 해요. 우리 학생들이 마음만 먹으면 얼마나 명석한 소녀들이 될 수 있는지 알게 될 겁니다, 밀버러 선생."

"그럴 거라 믿어요."

"그럼, 난 이제 그만 나가보겠어요. 그리고 예의 바르게 행동하도록 해요, 여러분! 브루어 선생님에게 했던 것처럼 밀버러 선생님에게 장난칠 생각은 하지 않는 게 좋아요. 밀버러 선생님은 그냥 넘어가지 않으실 테니까요. 이 교실에서 무슨 소음이라도 새어 나왔다간 누군가는 아주 곤란해질 거예요."

크리비 부인은 교실을 휙 둘러보면서 도러시도 힐끔 쳐다보았다. 그 '누군가'가 도러시가 될 거라는 암시였다. 그러고 나서 교실에서 나갔다.

도러시는 학생들을 마주 보았다. 아이들을 상대하는 데 익숙한 터라 두렵지는 않았지만, 순간 꺼림칙한 마음이 들었다. 사기꾼이 된 듯한 느낌(가끔 이렇게 느끼지 않는 교사가 있을까?)이 그녀를 무겁게 짓눌렀다. 전에는 어렴풋하게만 의식하고 있던 사실이 갑자기 떠올랐다. 그녀가 어떤 자격도 없이, 노골적인 거짓말로 이 교사직을 얻었다는 사실. 이제 역사를 가르쳐야 하는데, 대부분의 '교육받은' 사람들이 그러하듯 도러시는 역사에 사실상 문외한이었다. 나보다 이 학생들이 역사를 더 많이 알면 큰일인데! 하고 도러시는 생각했다.

"스트롱 선생님하고는 정확히 어떤 시대를 공부했나요?" 그녀는 주저하며 물었다.

아무런 대답도 없었다. 도러시는 나이 많은 학생들이 시선을 주고받는 모습을 보았다. 무슨 말이든 해도 괜찮을까 서로 묻다가 결국엔 입을 닫기로 결심한 듯했다.

"그럼, 어디까지 진도가 나갔어요?" '시대'라는 말이 너무 어려웠나 싶어 도러시는 이렇게 물었다.

이번에도 대답이 없었다.

"자, 그럼, **뭐라도** 기억나는 건 없나요? 지난번 역사 수업에서 배운 사람들의 이름을 말해보세요."

학생들은 또 시선을 주고받았고, 그러던 중 앞줄에 앉은 작은 소녀가 흐린 목소리로 입을 열었다. 갈색 스웨터에 치마를 입고 머리를 양 갈래로 단단히 땋은 수수한 외모의 학생이었다. "고대 브리턴족요." 그러자 다른 두 소녀가 용기를 내어 동시에 답했다. 한 명은 "콜럼버스요", 한 명은 "나폴레옹요"라고 말했다.

도러시는 막막하기만 하던 기분이 조금 풀리는 듯했다. 아이들의 지식수준이 부담스러울 정도로 높지나 않을까 하는 걱정은 기우였다. 아이들은 역사를 거의 모르는 것이 분명했다. 이런 깨달음과 함께 도러시의 무대 공포증은 사라졌다. 무언가를 가르치기 전에, 이 아이들의 머릿속에 있는 게 뭔지부터 알아내야 할 것 같았다. 그래서 수업 시간표를 따르지 않고, 아침 내내 학생들에게 각각의 과목에 대해 차례로 질문을 했다. 역사(아이들의 역사 지식을 파악하는 데 5분 정도 걸렸다) 다음엔 지리, 영문법, 프랑스어, 산수 등등 학생들이 배웠을 만한 모든 것을 얼마나 알고 있나 시험해보았다. 12시쯤엔 학생들의 무시무시한 무지를 간파했다. 자세히 파고들지 않아도 알 수 있었다.

아이들은 아무것도, 그야말로 아무것도 몰랐다. 다다이스트들처럼, 아는 것이 하나도 없었다. 아무리 어리다지만 이렇게까지 무지할 수 있다는 사실이 소름 끼칠 정도였다. 지구가 태양 주위를 도는지 아니면 태양이 지구 주위를 도는지 아는 학생은 단 두 명뿐이었고, 조지 5세의 선왕은 누구인지, 『햄릿』을 쓴 작가는 누구인지, 분수의 의미가 뭔지, 미국으로 가려면 건너야 하는 대양이 대서양인지 태평양인지 답할 수 있는 학생은 단 한 명도 없었다. 열다섯 살짜리 학생이라고 해서 여덟 살짜리 어린 학생들보다 딱히 나을 것도 없었지만, 적어도 글을 읽을 때 버벅거리지 않고 깔끔한 카퍼플레이트체를 쓸 줄 알았다. 나이 많은 학생들은 거의 모두 글씨를 깔끔하게 썼다. 크리비 부인이 특별히 신경을 쓰는 부분이었다. 그리고 물론 아이들은 무지한 와중에도 관련성 없는 단편적 지식들을 이것저것 지니고 있었다. 이를테면, 암송한 시의 몇몇 구절이나 'Passez-moi le beurre, s'il vous plaît(버터 좀 건네주세요)', 'Le fils du jardinier a perdu son chapeau(정원사의 아들이 모자를 잃어버렸어요)'처럼 올렌도르프*의 문법책에 나올 법한 프랑스어 문장 몇 개. 뜻도 모르고 교사가 시키는 대로 앵무새처럼 달달 외운 듯했다. 산수는 다른 과목들에 비하면 좀 더 나았다. 대부분의 학생이 덧셈과 뺄셈을 할 줄 알았고, 절반 정도는 곱셈의 원리를 이해했으며, 긴 나눗셈까지 진도가 나간 아이도 서너 명 있었다. 하지만 이 정도가 지식의 최대치였다. 그 범위를 벗어나면 까막눈이나 마찬가지였다.

더 큰 문제가 있었으니, 아이들은 아는 것이 없을뿐더러, 질문을 받는 것에 익숙지 않아 도통 대답을 하려 들지 않았다. 모든 걸 기계적으로 배운 탓에 스스로 생각해보라고 하면 당황해서 멍하니 입만 벌리고 있었다. 하지만 배우려는 의지는 있어 보였고, '좋은' 학생이 되려고 마음먹은 듯했다. 아이들은 늘 새 선생님에게는 잘하려 애쓴다. 도러시의 집요한 노력에 아이들은 조금씩 조금씩 우둔함에서 탈피해나갔다, 아니 그런 것처럼 보였다. 아이들의 대답을 통해 도러시는 스트롱 선생의 수업 방식이 어땠는지 정확히 파악할 수 있었다.

* 1840년대에 유행한 현대적 외국어 학습법을 만들어낸 독일의 문법학자이자 언어교육자.

이 학교에서 일반적인 교과목을 모두 가르친다지만, 아이들이 제대로 배운 건 습자와 산수뿐이었다. 크리비 부인은 특히 습자에 열성적이었다. 이 외에도 학생들은 상당한 시간—매일 하루에 한두 시간—을 '베껴 쓰기'라 는 따분하고 고약한 일과에 투자했다. 교과서나 칠판에 쓰인 글을 그대로 베끼는 일이었다. 예를 들어 스트롱 선 생이 훈계조의 짧은 '에세이'(나이 많은 학생들의 교재에 는 '봄'이라는 제목의 에세이가 실려 있었는데, 그 시작은 이 러했다. '소녀 같은 4월이 대지를 경쾌하게 활보하고, 새들이 나뭇가지에 앉아 즐겁게 노래하고, 화사한 꽃들이 망울을 터 뜨리고 있는 지금……')를 쓰면, 학생들은 습자 연습장에 다 그 글을 베꼈다. 그리고 가끔 이 연습장을 본 학부모 들은 깊은 감동을 받았다. 도러시는 이 학교가 학생들에 게 가르치는 모든 것이 사실은 부모들에게 보여주기 위 한 것임을 깨닫기 시작했다. '베껴 쓰기', 집요한 습자 교 육, 정해진 프랑스어 문장을 앵무새처럼 반복시키기는 강한 인상을 남길 수 있는 저렴하고도 쉬운 방법이었다. 반면, 하위권 학생들은 거의 읽고 쓰지 못하는 것 같았 고, 눈 사이가 많이 벌어져 약간은 험악한 인상을 풍기는 열한 살의 메이비스 윌리엄스는 숫자를 세지도 못했다. 이 아이는 지난 한 학기 반 동안 S자형의 꼬부랑글씨를 쓰는 것 말고는 아무것도 안 한 듯싶었다. 여러 권의 공 책에 페이지마다 꼬부랑글씨가 가득했다. 어느 열대 지방의 늪 속에 뒤엉켜 있는 맹그로브 뿌리처럼 꼬불꼬불한 글자들.

도러시는 상처를 입힐까 봐 아이들의 무지함에 터져 나오려는 탄식을 꾹 참았지만, 내심 기가 막히고 섬뜩한 기분마저 들었다. 문명사회에 아직도 이런 학교가 존재할 줄이야. 이곳에 전반적으로 묘하게 풍기는 고루한 분위기는 빅토리아 여왕 시대의 소설에 등장하는 음침한 사립학교를 연상시켰다. 몇 안 되는 교재들을 펼쳐보면, 마치 19세기 중반으로 돌아간 듯한 기분이 들었다. 모든 아이가 한 권씩 가지고 있는 교재는 세 권뿐이었다. 한 권은 전쟁 전에 나왔지만 아직은 쓸 만한 1실링짜리 산수책, 한 권은 『100쪽의 영국사』라는 제목의 끔찍한 작은 책이었다. 까끌까끌한 갈색 표지의 흉물스러운 12절판 책으로, 전차 앞쪽에 영국 국기를 드리워놓은 부디카*의 초상화가 권두 삽화로 들어가 있었다. 도러시는 이 책을 아무 데나 펼쳤다가 91쪽이 나오자 읽어보았다.

프랑스 혁명이 끝난 후 자칭 황제 나폴레옹 보나파르트는 자신의 세력권을 형성하려 시도했다. 그렇지만 유럽 군대를 상대로 몇 번의 승리를 거둔 나폴레옹도

---

* 서기 60년경, 그레이트브리튼섬을 정복한 로마제국의 점령군에게 대항한 이케니족(고대 켈트족)의 여왕.

'붉은색의 가느다란 전열'*에게는 적수가 되지 못했다. 워털루의 들판에서 벌어진 결전에서 5만 명의 영국군이 7만 명의 프랑스군을 패주시켰다. 우리의 동맹이었던 프로이센군이 너무 늦게 전장에 도착했기 때문이다. 우리 영국군은 함성을 지르며 돌진했고 적군은 뿔뿔이 흩어져 도주했다. 이제 1832년의 대개혁법에 대해 얘기해보자. 현재 우리가 누리고 있는 자유를 가능케 하고 영국을 다른 국가보다 더 운 좋은 국가로 만드는 데 기여한 최초의 개혁 법안이었다. (······)

1888년에 나온 책이었다. 전에 이런 유의 역사서를 본 적이 없는 도러시는 공포에 가까운 감정을 느꼈다. 1863년에 출판된 특이한 작은 '독본'도 한 권 있었다. 주로 페니모어 쿠퍼, 와츠 박사, 테니슨 경의 글들이 조금씩 실려 있고, 끝에는 목판화와 함께 괴상하기 짝이 없는 '자연 도감'이 붙어 있었다. 이를테면 코끼리 그림을 새긴 목판화 밑에 작은 활자로 다음과 같은 설명이 곁들여 있었다. '코끼리는 명민한 짐승이다. 야자나무 그늘을 좋아하며, 말 여섯 마리보다 힘이 세지만 어린아이가 이끄는 대로 따라가 준다. 먹이는 바나나다.' 이런 식으로 고래, 얼룩말, 호저, 얼룩무늬 기린도 소개되었다. 교탁에는 『아름다운

---

* 붉은 군복을 입은 영국군을 칭하는 말.

조(*Beautiful Joe*)』와『머나먼 땅을 엿보다(*Peeps at Distant Lands*)』라는 너덜너덜한 책, 그리고 1891년에 나온 프랑스어 회화책이 놓여 있었다.『프랑스 여행에 필요한 모든 것』이라는 그 책에서 제일 처음 등장하는 문장은 '내 코르셋을 조여주세요, 너무 답답하지 않게요'였다. 교실에 지도책이나 기하학 도구 같은 건 하나도 없었다.

11시에 10분의 쉬는 시간이 시작되자 어떤 아이들은 따분한 3목 두기 게임을 하거나 필통을 두고 다투었고, 처음의 수줍음을 떨쳐낸 몇몇 아이는 도러시의 책상 주위로 모여들어 그녀에게 말을 걸었다. 아이들은 스트롱 선생과 선생의 수업 방식에 관해 알려주면서, 자기들이 연습장에 얼룩을 묻히면 선생이 귀를 비틀었다고 했다. 스트롱 양은 일주일에 두 번 정도 '아플' 때만 빼고는 아주 엄격한 교사였던 모양이었다. 그리고 아플 때면 작은 갈색 병에 든 약을 마셨고, 마신 후에는 잠시 기분이 좋아져 캐나다에 있는 형제에 관해 얘기해주었다. 하지만 마지막 날 산수 시간에 심하게 아팠을 땐 약이 오히려 선생의 상태를 악화시킨 듯했다. 약을 마시자마자 노래를 부르며 책상 위로 쓰러졌고, 크리비 부인에게 교실 밖으로 끌려 나갔다.

쉬는 시간이 끝나고 45분의 한 교시를 마친 후 오전 수업이 끝났다. 도러시는 냉랭하면서도 답답한 교실에서 세 시간을 보내고 나니 온몸이 뻐근하고 피곤했다. 바깥

바람을 쐬고 싶었지만, 크리비 부인이 점심 식사 준비를 도와달라고 사전에 말했었다. 학교 근처에 사는 학생들은 대부분 집에 가서 점심을 먹었지만, 한 번에 10펜스를 내고 '오전용 거실'에서 점심을 해결하는 아이가 일곱 명 있었다. 식사는 불편한 분위기 속에 이루어졌다. 아이들이 크리비 부인 앞에서 말하기 두려워했기 때문에 한 마디도 오가지 않았다. 점심으로 나온 요리는 양 목살 스튜였는데, 크리비 부인의 특별한 손재간에 따라 살코기는 '모범 납부자들'에게, 지방은 '어중간한 납부자들'에게 분배되었다. 세 명의 '불량 납부자들'은 교실에서 종이봉투에 든 간소한 점심을 먹었다.

2시에 수업이 다시 시작되었다. 겨우 아침나절에 한 번 가르쳐본 도러시는 벌써부터 위축되고 불안한 마음으로 교실로 돌아갔다. 앞으로의 생활이 그려지기 시작했다. 매주 매일 햇빛 들지 않는 교실에서 심드렁한 녀석들의 머리에 기초적인 지식을 주입하려 애써야겠지. 하지만 그녀가 학생들을 집합시켜 이름을 부를 때, 어두운 회색 머리칼에 안색이 창백한 작은 아이 로라 퍼스가 교탁으로 다가오더니, '다 같이' 준비한 거라며 황갈색 국화로 만든 초라한 꽃다발을 건넸다. 도러시가 마음에 든 아이들이 자기들끼리 4펜스를 모아 꽃다발을 산 것이다.

볼품없는 꽃다발을 받아 들 때 도러시의 마음속에서 무언가가 움직였다. 아이들의 생기 없는 얼굴과 남루한 옷차림을 제대로 눈여겨보자, 아침에 무심하게 아이들을 바라보며 거의 반감까지 느꼈던 자신이 갑자기 지독히도 부끄러워졌다. 이제 그녀는 깊은 연민에 사로잡혔다. 가여운 아이들, 가여운 아이들! 학대당하며 발육이 멎은 아이들! 그런데도 몇 푼 안 되는 돈을 선생님에게 선물할 꽃에 써버릴 만큼 아이다운 상냥함을 잃지 않았다니.

이 순간부터 도러시는 자신의 일에 대한 마음가짐이 완전히 달라졌다. 가슴속에서 애정과 애틋함이 샘솟았다. 이 학교는 **그녀의** 학교였다. 이 학교를 위해 일하고, 이 학교를 자랑스러워하며, 이 학교를 속박의 장소에서 인간적이고 품위 있는 곳으로 바꿔놓으리라. 도러시가 할 수 있는 일은 거의 없을지도 몰랐다. 교사로서는 너무도 미숙하고 부적격했기 때문에, 남을 가르치기 전에 먼저 배워야 할 것이 너무 많았다. 그래도 그녀는 최선을 다하리라 마음먹었다. 모든 의지와 에너지를 쏟아부어 아이들을 이 끔찍한 암흑에서 구해내리라.

3

그 후 몇 주 동안 도러시는 무엇보다 두 가지 일에 전념했다. 하나는 수업에 일종의 질서를 잡는 것, 하나는 크리비 부인과 타협을 보는 것이었다.

두 번째 일이 훨씬 더 어려웠다. 크리비 부인의 집은 생활하기에 너무도 불편했다. 항상 한기가 돌았고, 편하게 앉을 수 있는 의자라곤 하나도 없었으며, 음식은 형편없었다. 아이들을 가르치는 일은 보기보다 힘들어서, 잘 먹어야 계속해낼 수 있었다. 맛없는 양고기 스튜, 작고 검은 구멍이 잔뜩 뚫려 있는 눅눅한 삶은 감자, 묽은 라이스 푸딩, 버터를 조금 바른 빵, 싱거운 차로 일할 기운이 날 리 만무했다. 그마저도 실컷 먹을 수 없으니 더 큰 문제였다. 자신이 먹는 음식에도 돈을 아낄 만큼 인색한 크리비 부인은 도러시와 거의 똑같은 식사를 했지만, 항상 더 많은 양을 가져갔다. 매일 아침 두 개의 달걀 프라이가 얇은 조각으로 잘려 불공평하게 배분되었고, 마멀레이드는 도러시에게 언제나 신성불가침의 음식이었다. 학기가 진행될수록 도러시는 점점 더 허기졌다. 일주일에 이틀 저녁은 어떻게든 외출해서, 점점 줄어들고 있는 돈을 축내어 플레인 초콜릿을 샀다. 그리고 절대 들키지 않도록 몰래 먹었다. 크리비 부인은 어느 정도 고의로 도러시를 허기지게 하면서도, 도러시가 혼자 음식을 사 먹었다는 사실을 알면 몹시 불쾌해할 사람이었다.

도러시에게 최악의 상황은 사생활이 전혀 없고 혼자만의 시간을 거의 가질 수 없다는 점이었다. 하루 수업이 끝나고 나면 그녀의 유일한 피난처는 '아침용 거실'이었지만, 그곳에서도 크리비 부인의 눈을 벗어날 수 없었다. 크리비 부인은 도러시를 10분 이상 편안히 내버려 둘 생각이 없는 듯했다. 도러시를 계속 감시해야 할 게으른 인간으로 여겼다, 아니 그렇게 생각하는 척했다. 그래서 항상 이런 식으로 말했다. "흠, 밀버러 선생, 오늘 저녁에 할 일이 아주 많지 않아요? 연습장을 검사해야 하잖아요? 아니면, 바느질이라도 좀 하지 그래요? 내가 선생이라면 그렇게 아무것도 안 하고 내 의자에 앉아 있기가 무안할 것 같은데!" 부인은 언제나 도러시에게 집안일을 시켰으며, 심지어는 학생들이 등교하지 않는 토요일 아

316

침마다 교실 바닥을 닦게 했다. 순전히 심술이었다. 부인은 도러시가 그런 일들을 제대로 하리라 믿지 않았고, 대개는 나중에 자신이 직접 다시 했다. 어느 날 저녁 도러시는 어리석게도 공공 도서관에서 소설 한 권을 빌려 왔다. 책을 보자마자 크리비 부인은 노발대발하며 매섭게 말했다. "정말 기가 막히는군요, 밀버러 선생! 책이나 읽고 앉아 있을 시간이 있다니!" 부인은 평생 책 한 권 읽지 않았고, 그 사실을 자랑스러워했다.

그뿐만 아니라, 도러시는 크리비 부인과 함께 있지 않을 때조차 부인의 존재감을 느낄 수밖에 없었다. 항상 교실 근처를 배회하는 부인이 당장이라도 쳐들어오지나 않을까 불안했다. 너무 시끄럽다 싶을 때마다 부인은 빗자루 손잡이로 갑자기 벽을 톡톡 쳤고, 그러면 아이들은 흠칫 놀라며 동작을 멈추었다. 온종일 부인은 부산스럽고 요란하게 움직였다. 요리를 하고 있지 않으면, 빗자루와 쓰레받기를 들고 쿵쾅거리며 다니거나, 청소부를 닦달하거나, 교실을 덮쳐 도러시나 아이들의 못된 짓을 잡아내거나, 그것도 아니면 '약간의 정원 가꾸기'—뒤뜰의 황량한 자갈밭 사이에 자란 불쾌한 떨기나무들을 가위로 난도질하기—를 했다. 도러시가 부인에게서 벗어날 수 있는 시간은 일주일에 단 이틀 저녁뿐이었다. '학생들을 구하러', 그러니까 미래의 학부모들을 찾으러 부인이 출격할 때였다. 이런 저녁이면 도러시는 주로 공공 도서관에서 시간을 보냈다. 크리비 부인은 자기가 집에 없는 동안 불과 가스등을 아끼기 위해 도러시도 집 밖에 있기를 원했다. 그 이틀을 제외한 저녁에는 학부모들에게 수업료 독촉장을 쓰거나, 지역 신문의 편집자에게 광고료를 깎아달라는 편지를 쓰거나, 학생들의 책상을 뒤져 연습장 검사가 제대로 되어 있는지 보거나, '약간의 바느질'을 했다. 5분이라도 시간이 비면 반짇고리를 꺼내어 '약간의 바느질'을 했는데, 부인이 무수히 가지고 있는 까칠까칠한 흰 리넨 블루머들을 다시 꿰매는 것이 보통이었다. 끔찍이도 추워 보이는 옷이었다. 수녀의 흰 두건이나 은둔자의 헤어 셔츠*도 그처럼 차갑고 지독한 순결함을 풍기지는 못할 것 같았다. 그 옷을 보면 세상을 떠난 크리비 씨가 궁금해질 수밖에 없었다. 그는 정말 존재하기나 했을까?

외부인의 눈으로 크리비 부인의 생활 방식을 보면, 인생의 낙이라곤 전혀 없어 보였다. 그녀는 보통 사람들이 기분 전환으로 하는 일을 전혀 하지 않았다. 영화를 보러 가지도 않고, 책을 읽지도 않고, 단것을 먹지도 않고, 특별한 요리를 해 먹지도 않고, 좋은 옷을 차려입지도 않았다. 사교 생활은 부인에게 아무런 의미도 없었다. 친구가

＊ 과거에 종교적인 고행을 하던 사람들이 입던, 털이 섞인 거친 천으로 만든 셔츠.

한 명도 없었고, 우정 따위는 상상도 못 하는 듯했으며, 업무 외의 이야기는 동료와 한 마디도 주고받지 않았다. 종교적 믿음은 털끝만치도 없었다. 학부모들에게 독실한 신자처럼 보이기 위해 일요일마다 침례교회에 나가긴 했지만, 종교를 바라보는 부인의 태도는 성직자들이 '돈만 좇는다'는 생각에서 비롯된 허술한 반교권주의였다. 그녀는 단조로운 삶에 완전히 잠식되어버린, 철저히 따분한 존재처럼 보였다. 하지만 현실은 그렇지 않았다. 그녀에게 강렬하고도 끊이지 않는 쾌감을 주는 것이 몇 가지 있었다.

돈에 대한 탐욕도 그중 하나였다. 돈은 부인 인생의 최고 관심사였다. 세상에는 두 종류의 탐욕스러운 인간이 있다. 돈을 위해서라면 남을 망가뜨릴 수도 있지만 푼돈은 절대 쳐다보지 않는 대담하고 통이 큰 유형, 그리고 돈을 벌 사업 계획 같은 건 없지만 어떻게든 퇴비 속에서 동전을 찾아내는 쩨쩨한 구두쇠. 크리비 부인은 두 번째 유형이었다. 끊임없는 모집 활동과 뻔뻔스러운 허풍으로 스물한 명의 학생을 끌어모으긴 했지만, 워낙 인색해서 필수적인 학습 도구에도 돈을 쓰지 않고 보조 교사에게 적절한 임금을 지불하지 않으니 학생 수가 더 늘어날 가능성은 없었다. 한 학기의 수업료는 5기니에 일정한 추가 금액이 붙었고, 따라서 보조 교사를 굶기고 착취한다 해도 1년에 150파운드 이상의 순익을 내기가 어려웠다.

하지만 부인은 별로 불만이 없었다. 부인에게는 1파운드를 버는 것보다 6펜스를 아끼는 것이 더 중요했다. 도러시의 점심 식사에서 감자를 하나 빼거나 연습장을 열두 권에 반 페니 더 싸게 구하거나 '모범 지불자'의 청구서에 반 기니를 은근슬쩍 더 밀어 넣을 수 있는 방법을 생각해내는 것만으로도 부인은 행복해했다.

그리고 부인이 아무런 목적 없는 순수한 악의—자신에게 득이 될 것도 없는 심술궂고 옹졸한 행위—로 지치지도 않고 즐기는 취미가 하나 있었다. 그녀는 어떻게든 남을 혼내줄 때 영적 오르가슴을 느끼는 사람이었다. 이웃인 볼거 씨와의 전쟁—가여운 볼거 씨는 크리비 부인의 상대가 되지 못했기 때문에 일방적인 싸움이었다—에서 일말의 동정이나 자비도 보이지 않았다. 볼거 씨를 꺾어놓는 즐거움을 놓치지 않기 위해 가끔 돈을 쓰기까지 했다. 1년 전 볼거 씨는 집주인에게 크리비 부인의 부엌 굴뚝이 볼거 씨네 뒤창으로 연기를 뿜어낸다며 굴뚝을 60센티미터 정도 높였으면 좋겠다는 내용의 편지를 썼다(볼거 씨와 크리비 부인은 서로의 행동을 불평하는 편지를 끊임없이 집주인에게 보냈다). 집주인의 편지가 도착한 바로 그날 크리비 부인은 벽돌공을 불러 굴뚝을 60센티미터 낮추었다. 30실링이 들었지만, 돈을 쓴 보람이 있었다. 그 후로 밤에 정원 담 너머로 물건들을 던지는 기나긴 게릴라전이 펼쳐졌고, 쓰레기통에 한가득 채운 젖은 재를 볼거 씨의 튤립 밭에 던진 크리비 부인의 승리로 전쟁은 끝이 났다. 공교롭게도 도러시가 온 지 얼마 안 되었을 때 크리비 부인은 깔끔하고도 손쉬운 승리를 또 한 번 거두었다. 볼거 씨의 자두나무 뿌리가 담 밑을 파고들어 부인의 정원까지 뻗어 나온 것을 우연히 발견한 부인은 곧장 뿌리에다 제초제를 한 통 부어 나무를 죽였다. 도러시가 크리비 부인의 웃음소리를 유일하게 들을 수 있었던 놀라운 사건이었다.

하지만 처음에 도러시는 너무 바빠서 크리비 부인과 부인의 고약한 성질에 별로 주의를 기울이지 못했다. 크리비 부인이 밉살스러운 사람이고 그녀 자신의 처지가 노예나 마찬가지라는 사실은 명확히 알았지만, 크게 고민하지는 않았다. 일이 아주 흥미로웠고, 그 무엇보다 중요했기 때문이다. 그에 비하면 그녀의 안락과 심지어는 미래도 중요치 않아 보였다.

이틀 만에 수업은 원활하게 진행되었다. 가르친 경험도 없고 교육론에 관해서도 전혀 몰랐지만, 신기하게 바로 첫날부터 도러시는 마치 본능인 양 개편과 설계와 혁신을 단행했다. 당장에 해결해야 할 문제가 무척 많았다. 우선, '베껴 쓰기'라는 끔찍한 일과부터 없애야 했다. 크리비 부인이 한두 번 콧방귀를 뀌긴 했지만, 도러시가 수업을 맡은 지 이틀째부터 교실에서 '베껴 쓰기'는 사라졌다. 습자 수업도 축소되었다. 도러시는 나이 많은 학생들을 생각해서 그 수업을 완전히 없애고 싶었다. 열다섯 살이나 된 아이들이 카퍼플레이트체를 연습하는 데 시간을 허비하는 것이 우스꽝스럽게 느껴졌다. 하지만 크리비 부인이 반대했다. 부인은 습자 수업에 거의 미신적인 가치를 두고 있는 듯했다. 그다음으로 할 일은, 혐오스러운 『100쪽의 영국사』와 터무니없는 '독본들'을 버리는 것이었다. 크리비 부인에게 새 교재를 사달라고 부탁해봐야 좋을 것이 없었다. 그래서 처음으로 맞은 토요일 오후, 도로시는 런던에 다녀오게 해달라고 청하여 마지못한 승낙을 얻어낸 뒤 저렴한 학생판 셰익스피어 작품들 중 고본 10여 권, 커다란 중고 지도책, 한스 안데르센의 동화책 몇 권, 기하학 도구 세트, 1킬로그램의 공작용 점토를 샀다. 그녀의 귀중한 4파운드 10실링 중에 2파운드 3실링을 꺼내 써야 했다. 이와 더불어 공공 도서관에서 역사서들까지 빌리니, 이제 새롭게 시작할 수 있을 것 같은 기분이 들었다.

아이들이 가장 필요로 하는 것, 그리고 한 번도 누리지 못한 것이 개개인에 대한 관심이라는 걸 도로시는 한눈에 알아보았다. 그래서 아이들을 세 반으로 나눈 다음, 그녀가 한 반을 가르치는 동안 나머지 두 반이 스스로 공부할 거리를 주었다. 처음엔 어려웠다. 특히 어린 학생들은 혼자 내버려 두면 곧장 집중력이 흐트러져서 계속 지켜봐야 했다. 하지만 놀랍게도, 그리고 뜻밖에도, 첫 몇 주 만에 거의 모든 학생이 이 시스템에 적응했다! 아이들은 정말 우둔한 것이 아니라 따분하고 기계적인 수업만 듣다 보니 머리가 굳었을 뿐이었다. 일주일 동안은 여전히 가르치기가 힘들었다. 그런데 갑자기, 찌그러져 있던 아이들의 정신이 정원용 롤러에 깔려 있다가 벗어난 데이지처럼 휙 일어나 펴지기 시작했다.

아이들에게 스스로 생각하는 습관을 길러주는 작업은 아주 빠르고 수월하게 이루어졌다. 나뭇가지에 앉아 지저귀는 새들과 망울을 터뜨리는 꽃들에 관한 시시한 글들을 베껴 쓰는 대신, 자신의 머리로 생각해낸 에세이를 쓰게 했다. 산수의 기초부터 바로잡아 주고, 어린 학생들에게는 곱셈을, 나이 많은 학생들에게는 긴 나눗셈을 지나 분수까지 가르쳤다. 그중 세 명은 소수를 시작해볼까 하는 얘기가 나올 정도로 진도가 많이 나갔다. 프랑스어는 'Passez-moi le beurre, s'il vous plaît', 'Le fils du jardinier a perdu son chapeau' 대신에 기초 문법을 가르쳤다. 세계의 어느 나라가 어떻게 생겼는지 알고 있는 학생이 한 명도 없어서(에콰도르의 수도가 키토라는 걸 아는 학생은 여러 명이었다) 도러시는 아이들에게 지도책을 참고하여 세 겹의 목판에 점토로 유럽의 등고선 지도를 큼직하게 만들도록 했다. 아이들은 지도 만들기를 좋아했다. 계속하게 해달라고 항상 아우성이었다. 그리고 가장 어린 학생 여섯 명과 꼬부랑글씨의 전문가 메이비스 윌리엄스를 제외한 모든 아이에게 『맥베스』를 읽히기 시작했다. 《걸스 오운 페이퍼》[*] 말고는 뭔가를 자발적으로 읽어본 적이 없을 아이들이었지만, 셰익스피어에 쉽게 빠져들었다. 분석과 해석으로 작품을 망쳐놓지만 않으면 모든 아이가 그렇다.

가장 가르치기 힘든 과목은 역사였다. 가난한 집안의 아이들은 역사의 의미조차 이해하기 힘들다는 사실을 도러시는 미처 모르고 있었다. 상류층은 아무리 지식이 얕다 해도 약간의 역사는 알고 자란다. 로마의 백부장, 중세의 기사, 18세기의 귀족이 어떤 모습인지 머릿속에 그릴 줄 알고 고대, 중세, 르네상스, 산업혁명 같은 단어를 들으면 헷갈리더라도 어떤 의미를 떠올린다. 하지만 이 아이들은 책이라곤 없는 가정에서, 과거가 현재에 어떤 의미를 지닌다는 개념을 비웃을 법한 부모 밑에서 자랐다. 로빈 후드에 대해 들어본 적도 없고, 왕당원이나 원두당원 역할로 연극을 해본 적도 없으며, 영국의 교회들을 누가 지었는지, 페니 동전에 새겨져 있는 FID. DEF.^{**}가 무슨 의미인지 궁금해한 적도 없었다. 거의 예외 없이 모든 아이가 들어본 적 있는 역사적 인물은 단 두 명이었

---

[*] *Girl's Own Paper*. 1880년부터 1956년까지 영국에서 소녀들과 젊은 여성들을 대상으로 발간된 문학 잡지 성격의 정기간행물.
^{**} 라틴어 구절 'Fidei Defensor'의 약자로, '신앙의 수호자'라는 뜻이다. 영국의 헨리 8세가 교황 레오 10세에게 받은 칭호다.

는데, 바로 콜럼버스와 나폴레옹이었다. 그 이유는 아무도 모른다. 콜럼버스와 나폴레옹이 대부분의 역사적 인물보다 더 자주 신문에 실려서인지도 모른다. 그 두 명이 쌍둥이처럼 아이들의 마음속에서 크게 부풀어 올라 과거의 모든 풍경을 막아버린 듯했다. 자동차가 언제 발명되었느냐고 묻자 열 살짜리 아이가 용기를 내어 애매하게 답했다. "천 년 정도 전에 콜럼버스가 발명했어요."

나이가 많은 학생 가운데 몇몇은 『100쪽의 영국사』를 부디카부터 최초의 희년까지 네 번이나 읽어놓고도 거의 다 잊어버렸다. 책에 실린 내용의 대부분이 거짓이었으므로 그리 큰 문제는 아니었다. 도러시는 율리우스 카이사르의 침공부터 다시 시작하면서, 처음엔 공공 도서관에서 빌린 역사서들을 아이들에게 읽어주었다. 하지만 이 방법은 실패로 돌아갔다. 아이들은 한두 음절의 단어로 설명해주지 않으면 아무것도 이해하지 못했다. 그래서 도러시는 부족한 지식으로나마 자신이 할 수 있는 일을 했다. 책의 내용을 쉽게 풀어 아이들에게 전달하며, 둔감해져 있는 아이들의 머릿속에 과거의 그림들을 집어넣으려 애썼다. 더 힘든 일은 역사에 대한 흥미를 불러일으키는 것이었다. 그러던 어느 날 기발한 생각이 번뜩 떠올랐다. 실내 장식 가게에서 저렴한 무지 벽지를 구해 와 아이들에게 역사 연표를 만들게 했다. 아이들은 종이에다 세기와 연도를 표시하고, 책에서 잘라낸 삽화들—갑옷을 입은 기사, 스페인의 갤리언선, 인쇄기, 열차 등의 그림—을 적절한 위치에 붙였다. 점점 더 많은 연표들이 채워지면서 교실 벽에는 영국 역사의 파노라마가 펼쳐졌다. 아이들은 등고선 지도나 연표를 더 좋아했다. 단순히 배우기보다는 무언가를 **만들** 때 아이들의 영리함이 더욱 돋보였다. 종이 반죽으로 가로세로 120센티미터 크기의 세계 등고선 지도를 만들어보자는 얘기까지 나왔다. 종이 반죽을 준비하려면 여러 통의 물을 써서 성가신 작업을 거쳐야 하기 때문에 도러시가 크리비 부인을 잘 설득하여 허락을 받아내야 했다.

크리비 부인은 도러시의 혁신적인 수업 방식을 질투 어린 눈으로 지켜보면서도, 처음엔 적극적으로 간섭하지 않았다. 물론 티를 내지는 않았지만, 제대로 일할 의지가 있는 보조 교사를 잡았다는 사실에 내심 놀라며 기뻐하고 있었다. 사비를 들여 교재를 사는 도러시를 봤을 땐, 사기 치기에 성공하면 느낄 법한 쾌감까지 맛보았다. 하지만 부인은 도러시가 하는 모든 일에 콧방귀를 뀌며 투덜거렸고, 툭하면 연습장의 '철저한 교정'을 강요했다. 이 학교의 교과과정이 모두 그렇듯, 교정 역시 학부모에게 보이기 위한 것이었다. 아이들은 정기적으로 공책을 집으로 가져가 부모에게 검사를 받았고, 크리비 부인은 부모들의 눈에 조금이라도 안 좋은 평가가 들어가는 걸 허용하지 않았다. '틀렸다'고 표시하거나, 줄을 그어 지우거나, 너무 짙게 밑줄을 긋는 일은 절대 없었다. 대신에 도러시는 저녁마다 크리비 부인의 지시에 따라 붉은 잉크로 그만저만한 칭찬을 곁들였다. 크리비 부인이 즐겨 사용하는 표현은 '칭찬해요', '참 잘했어요! 장족의 발전을 하고 있네요. 계속 노력하세요!'였다. 학교의 모든 학생이 계속 '장족의 발전'을 하고 있기라도 한 것처럼. 어느 방향으로 나아가고 있다는 설명은 없었지만. 그래도 부모들은 이런 칭찬을 한없이 넙죽 받아먹을 용의가 있는 듯했다.

물론 도러시는 아이들 때문에 애를 먹기도 했다. 학생들의 나이가 모두 다르다 보니 상대하기가 힘들었고, 그녀를 마음에 들어 한 아이들이 처음엔 아주 착하게 굴었지만, 항상 착하기만 한 아이란 이 세상에 없었다. 가끔은 게을렀고, 가끔은 여학생이 할 수 있는 가장 못된 짓―킬킬거리며 웃기―을 하기도 했다. 첫 며칠 동안 도러시의 가장 큰 걱정거리는 메이비스 윌리엄스였다. 그 아이는 열한 살이 맞나 싶을 정도로 우둔해서 뭘 가르쳐줘도 제대로 배우지 못했다. 처음에 꼬부랑글씨 외에 다른 걸 시켰을 때, 사이가 크게 벌어진 두 눈이 인간의 것이 아닌 양 멍한 빛을 띠었다. 하지만 가끔은 느닷없이 신나게 떠들어대며 대단히 놀랍고 답하기 어려운 질문을 하기도 했다. 이를테면, '독본'을 펼쳤다가 어떤 삽화―영리한 코끼리―가 보이면 이렇게 묻곤 했다.

"선생님, 이게 머예요?" (메이비스는 묘하게 틀린 발음으로 말했다.)

"코끼리란다, 메이비스."

"코끼리가 먼데요?"

"야생동물의 한 종류지."

"동물이 먼데요?"

"흠, 개도 동물이야."

"개가 먼데요?"

이런 식의 대화가 끝없이 이어졌다. 나흘째 되는 날 아침 수업의 중간 즈음 메이비스가 손을 들더니, 능글맞은 표정으로 공손하게 말했다.

"선생님, 화장실에 갔다 와도 대요?"

"그래요." 도러시는 방심하고 말했다.

나이 많은 학생 중 한 명이 손을 들어 올렸다가 얼굴을 붉히더니, 부끄러워 말을 못 하겠는지 손을 다시 내렸다. 도러시가 재촉하자 학생이 수줍게 말했다.

"선생님, 스트롱 선생님은 메이비스를 혼자 화장실에 안 보냈어요. 가기만 하면 문을 잠가놓고 안 나오려고 해서 크리비 선생님이 화를 내거든요."

도러시는 급하게 한 학생을 보냈지만, 이미 늦었다. 메이비스는 12시가 돼서야 그 지저분한 은신처에서 나왔다. 나중에 크리비 부인이 도러시에게 귀띔하기를, 메이비스는 타고난 백치─부인의 표현대로 하자면 '미치광이'—라고 했다. 그 아이에게는 뭐라도 가르치는 것이 전혀 불가능했다. 물론 크리비 부인은 자기네 자식이 조금 '더딜' 뿐이라고 믿고 수업료를 꼬박꼬박 내는 메이비스의 부모에게 그 사실을 알리지 않았다. 메이비스를 다루기는 아주 쉬웠다. 공책 한 권과 연필 한 자루를 주면서 얌전히 그림을 그리라고 시키기만 하면 그만이었다. 하지만 메이비스는 평소 버릇을 버리지 못하고 줄곧 꼬부랑글씨만 썼다. 혀를 쭉 내밀고 글씨들을 꽃줄처럼 이으며 몇 시간이고 조용히 행복한 표정을 짓고 있는 것이다.

이런 소소한 문제들이 있긴 했지만, 첫 몇 주는 모든 것이 순조로웠다! 너무 순조로워서 불길할 정도로! 11월 10일경, 크리비 부인은 석탄 가격에 대해 한바탕 푸념을 늘어놓은 후 교실에 불을 피울 수 있게 허락해주었다. 교실이 꽤 따뜻해지자 아이들의 명민함이 눈에 띄게 빛을 발하기 시작했다. 벽난로에서 불이 탁탁거리고 크리비 부인이 자리를 비워 아이들이 좋아하는 수업에 조용히 몰입하는 행복한 시간도 가끔 있었다. 그중 최고는 나이가 많은 학생들로 이루어진 두 반이 『맥베스』를 읽을 때였다. 아이들이 카랑카랑한 목소리로 숨도 쉬지 않고 장면들을 읽어나가면, 도러시는 아이들을 멈추고 발음을 고쳐주거나 벨로나의 신랑이 누구인지 말해주거나 마녀들이 어떻게 빗자루를 타는지 알려주었다. 아이들은 추리소설이라도 읽는 것처럼 흥분해서는, 어떻게 버넘 숲이 던시네인까지 올 수 있었는지, 어떻게 맥베스가 '여인의 몸에서 태어나지 않은 자'에게 살해당했는지 궁금해했다. 이런 순간이야말로 교사들은 보람을 느낀다. 열정을 쏟아부어 가르친 만큼 아이들이 뜨겁게 답해줄 때, 기대치 않았던 총명함을 갑작스레 빛내는 아이들의 모습에 이제까지의 마음고생이 눈 녹듯 사라질 때. 자유재량권만 갖고 있다면 교사만큼 매혹적인 직업도 없다. 하지만 도러시는 그 조건이 세상에서 가장 까다로운 조건임을 알지 못했다.

교사는 도러시의 적성에 맞는 직업이었고, 그녀는 불만 없이 일하고 있었다. 이즈음엔 아이들의 마음을 잘 알았고 개개인의 특성은 뭔지, 어떻게 격려해줘야 스스로 생각하게끔 만들 수 있는지도 파악하고 있었다. 얼마 전까지만 해도 이런 마음이 될 줄은 몰랐지만 아이들이 좋았고, 아이들을 성장시키고 싶었으며, 아이들에게 최선을 다하고 싶었다. 집에서 교회 일이 그녀의 일상을 채웠듯이, 이곳에서의 생활은 교사의 복잡하고도 끝이 보이지 않는 노동으로 가득 차 있었다. 도러시는 가르치는 일을 생각하고 꿈꾸었다. 공공 도서관에서 책을 빌리고 교육론을 공부했다. 계속 이런 식으로 할 수만 있다면, 일주일에 10실링과 생활비만 받고도 평생 가르치며 살 마음이 있었다. 교사야말로 천직이라는 생각이 들었다.

궁핍함 속에 헛되이 보낸 그 끔찍한 시간 뒤에 어떤 직업을 가졌어도 구원받은 느낌이 들었겠지만, 이 일은 그저 단순한 직업이 아니었다. 그녀에게는 하나의 사명, 삶의 목적 같았다. 이 아이들의 둔감해진 머리를 깨우는 것, 교육이라는 이름으로 아이들에게 행해진 사기 행위를 지워 없애는 것. 이야말로 마음과 영혼을 바칠 만한 과업이 아닐까? 이렇듯 자신의 일에 푹 빠진 도러시는 당장은 크리비 부인과의 불쾌한 동거를 무시하고, 자신의 묘하고도 이례적인 처지와 불확실한 미래를 잊을 수 있었다.

4

물론 이런 상태는 오래가지 못했다.

몇 주 지나지 않아 학부모들은 도러시의 수업 방식에 참견하기 시작했다. 사립학교에서 학부모와의 마찰은 늘 있는 일이다. 교사들의 눈에 모든 부모는 성가신 존재이며, 4류 사립학교의 학부모들은 완전히 구제 불능이다. 그들은 교육의 의미를 잘 모른다. 그런 주제에 '학교교육'을 정육점이나 식료품 가게의 계산서처럼 여기며, 자기들이 사기당하고 있는 건 아닌지 끊임없이 의심한다. 교사에게 불가능한 요구를 하는 쪽지를 아무렇게나 휘갈겨 써 아이 손에 들려 보내고, 아이는 학교로 가는 길에 그 쪽지를 읽는다. 첫 2주가 끝났을 때, 학교에서 가장 촉망받는 학생인 메이블 브리그스가 도러시에게 다음과 같은 내용의 쪽지를 건넸다.

선생님, 메이블한테 **산수**를 더 가르쳐주세요. 선생님이
우리 애한테 가르쳐주는 건 별로 쓰잘머리가 없는 것
같습니다. 지도나 그런 거 말입니다. 우리 애는 쓰잘머
리 있는 공부를 하고 싶어 해요, 그렇게 뜬구름 잡는 거
말고요. 그러니까 **산수**를 더 가르쳐주세요. 그럼 이만.

조지 브리그스 드림

추신: 메이블 말로는 선생님이 소수라는 걸 가르쳐주
겠다고 하셨다는데, 우리 애는 소수를 안 배워도 괜찮
습니다. **산수**를 가르쳐주세요.

그래서 도러시가 메이블에게 지리 대신 산수를 더 가
르치자 메이블은 눈물을 흘렸다. 그 뒤로도 편지들이 이
어졌다. 한 부인은 자기 아이가 수업 시간에 셰익스피어
를 읽는다는 얘기를 듣고는 불안해하며 이런 편지를 썼
다. '이 셰익스피어 씨라는 사람이 연극을 쓴다는데, 밀
버러 선생님은 그가 아주 **부도덕한** 작가가 아니라고 확신
할 수 있나요? 나는 평생 연극은 고사하고 영화를 본 적
도 없고, 연극을 **읽는** 것 자체가 아주 위험하게 느껴지는
데요……' 하지만 셰익스피어 씨가 이미 죽은 사람이라
는 사실을 알고 안심이 됐는지 그 후로는 별말이 없었다.

또 다른 부모는 습자에 더 신경을 써달라고 했고, 프랑스어를 배우는 건 시간 낭비라고 생각하는 부모도 있었다. 이런 불만 제기가 계속되면서, 도러시가 신중하게 짜놓은 수업 시간표는 거의 망가지고 말았다. 크리비 부인은 학부모들의 요구를 반드시 따라야 한다고, 아니, 따르는 척이라도 해야 한다고 도러시에게 확실히 말해두었다. 하지만 대부분의 경우엔 거의 불가능한 일이었다. 다른 모든 학생이 역사나 지리를 공부하고 있을 때 한 아이에게만 산수를 가르쳐야 한다면 수업이 제대로 돌아갈 리 없었다. 그렇지만 사립학교에서는 학부모의 말이 곧 법이다. 이런 학교는 상점처럼 고객의 비위를 잘 맞추어야 계속 살아남을 수 있고, 어떤 부모가 자기 아이에게 실뜨기와 설형문자만 가르쳐달라고 하면 학생 하나를 잃으니 그렇게 해주어야 하는 것이다.

부모들은 아이들이 집에 와서 들려주는 도러시의 수업 방식에 당혹스러워했다. 점토로 지도를 만들고 시를 읽는 이런 신식 교육이 다 무슨 소용이란 말인가. 도러시를 경악케 했던 구식의 기계적인 방식이 그들에게는 아주 합리적으로 느껴졌다. 부모들은 점점 더 불만을 드러냈고, 그들의 편지에는 온통 '실용적'이라는 단어가 흩뿌려져 있었다. 습자와 산수 수업에 더 많은 시간을 할애해달라는 의미였다. 그들이 생각하는 산수란 덧셈, 뺄셈, 곱셈처럼 '실제 계산'에 한정되어 있었으며, 긴 나눗셈은 현실적으로 아무런 가치도 없는 화려한 '기예'에 불과했다. 거의 모든 부모가 소수 계산법을 몰랐고, 자기 자식이 배우기를 딱히 바라지도 않았다.

하지만 이게 전부였다면 심각한 문제는 없었을지도 모른다. 모든 부모가 그러듯 학부모들은 도러시를 닦달했을 테지만, 도러시 역시 모든 교사가 그러듯 어느 정도의 배려만 보여주면 학부모들의 반란을 잠재울 수 있다는 이치를 결국엔 배웠을 것이다. 하지만 갈등을 일으킬 수밖에 없는 한 가지 요인이 있었다. 세 명을 제외한 모든 학생의 부모가 비국교도인 반면, 도러시는 국교도였다. 도러시가 신앙을 잃은 건 사실이었다. 지난 두 달 동안 파란만장한 하루하루를 보내면서 신앙이나 신앙의 상실 같은 건 생각할 여유도 없었다. 하지만 그렇다고 해서 크게 달라진 건 없었다. 로마가톨릭교도든 국교도든 비국교도든 유대교도든 이슬람교도든, 머릿속에 주입된 사고방식은 변하지 않는다. 국교회 구역에서 태어나 자란 도러시는 비국교도의 마음을 전혀 이해하지 못했다. 도러시가 아무리 잘하려 애써도 어떤 학부모들에게는 반감을 살 수밖에 없었다.

거의 처음부터 성경 수업—일주일에 두 번 아이들은 구약 성경과 신약 성경을 번갈아 가며 두 장씩 읽었다—을 두고 작은 충돌이 있었다. 몇몇 부모가 도러시에게 편지로 부탁하기를, 아이들이 동정녀 마리아에 대해

물으면 아무런 답도 해주지 **말라고** 했다. 동정녀 마리아에 대한 부분은 조용히 넘어가거나, 가능하다면 아예 **빼**달라는 것이었다. 하지만 상황을 더욱 악화시킨 건 비도덕적인 작가 셰익스피어였다. 아이들은 마녀들의 예언이 과연 이루어질까 궁금해하며 『맥베스』를 열심히 읽어나갔다. 드디어 마지막 장면까지 왔다. 버넘 숲이 던시네인으로 왔다. 그 부분은 어쨌든 해결되었다. 그런데 여자의 몸에서 태어나지 않은 남자는? 아이들은 결정적인 구절에 이르렀다.

맥베스: 헛수고하지 마라. 네놈의 날카로운 칼은 공기에 흠집을 낼 수 없듯이 내 피도 흘리게 할 수 없다. 벨 수 있는 머리에 그 칼날을 휘둘러라. 내 목숨에는 마법이 걸려 있다. 여자의 몸에서 태어난 자에게는 절대 지지 않는다.

맥더프: 마법 따위는 단념하여라. 네가 섬겨온 마녀에게 물어봐. 이 맥더프는 달이 차기도 전에 어머니의 자궁을 찢고 나왔으니.

아이들은 어리둥절한 표정을 지었다. 잠깐의 침묵이 흐른 후 아이들의 질문이 합창처럼 울렸다.

"선생님, 이게 무슨 뜻이에요?"

도러시는 설명해주었다. 논란이 되리라는 불길한 예감

에 갑자기 불안해져 더듬더듬 어설프게 하긴 했지만, 어쨌든 설명했다. 물론 그 후에 난리가 났다.

학생들의 절반은 집에 돌아가서 부모에게 '자궁'의 뜻을 물었다. 갑작스러운 소동이 일고, 흥분된 메시지가 날아오고, 점잖은 비국교도인 열다섯 가정은 경악하며 소스라쳤다. 그날 밤 학부모들끼리 비밀회의라도 연 모양이었다. 다음 날 저녁 학교가 파할 무렵 학부모 대표단이 크리비 부인을 찾아왔다. 도러시는 그들이 하나둘씩 도착하는 소리를 들으며, 무슨 일이 벌어질지 짐작했다. 아이들을 내보내자마자 크리비 부인의 날카로운 목소리가 위에서 들려왔다.

"당장 올라와요, 밀버러 선생!"

도러시는 후들거리는 무릎을 애써 진정시키며 위층으로 올라갔다. 삭막한 거실에 들어가 보니 크리비 부인이 피아노 옆에 엄한 표정으로 서 있고, 부모 여섯 명이 종교재판관처럼 말총 의자에 둘러앉아 있었다. 메이블에게 산수를 더 가르쳐달라는 편지를 썼던 신중한 표정의 채소 장수 조지 브리그스 씨와 그의 비쩍 마르고 깐깐한 아내, 그리고 버펄로 같은 거구에 아래로 처진 콧수염을 기른 남자와 어떤 묵직한 물건—아마도 남편이리라—에 짓눌린 것처럼 생기라고는 없는 **창백한** 아내가 있었다. 도러시는 알지 못하는 부부였다. 타고난 백치의 어머니 윌리엄스 부인도 와 있었다. 작은 몸집에 가무잡잡하고 아주 둔한 윌리엄스 부인은 남의 말에 맞장구를 치기만 했다. 그리고 외판원인 포인더 씨가 있었다. 청년에서 중년 사이의 남자로 납빛 얼굴에 입술을 이리저리 자주 움직였고, 민둥산 같은 두피에는 불결해 보이는 축축한 머리카락 몇 가닥이 세심하게 들러붙어 있었다. 학부모들의 방문을 기념하여, 벽난로 안에서는 큼직한 석탄 세 덩어리를 땐 불이 타오르고 있었다.

"거기 앉아요, 밀버러 선생." 크리비 부인은 둥글게 앉은 부모들 한가운데에 회개의 의자처럼 놓인 딱딱한 의자를 가리켰다.

도러시는 의자에 앉았다.

"자, 이제부터 포인더 씨가 하시는 말씀을 잘 들어요."

포인더 씨는 아주 많은 말을 했다. 학부모들의 대변인으로 뽑힌 듯한 포인더 씨는 입가에 누런 거품이 낄 때까지 말을 멈추지 않았다. 놀라운 점은, 이 모든 논란의 원인이 된 그 단어를 단 한 번도 입 밖에 내지 않으며 끝까지 품위를 지켰다는 것이다.

포인더 씨는 외판원다운 유창한 말솜씨를 뽐냈다. "여기 계신 모든 분이 나와 같은 의견이리라 믿습니다만. 밀버러 선생님이 『맥더프』인가 뭔가 하는 연극에 그런 단어, 흠, 우리가 지금 얘기하고 있는 그 단어가 들어 있다는 걸 알았다면 아이들한테 읽히지 말았어야 한다고 생각합니다. 학교 교재에 그런 단어가 찍혀 있다니, 참으로 망신스럽지 뭡니까. 셰익스피어가 그런 작자인 줄 알았다면 처음부터 단호하게 반대했을 겁니다. 기가 막혀요. 바로 요전 날 아침에 《뉴스 크로니클》에서 셰익스피어가 영국 문학의 아버지라는 글을 봤는데 말입니다. 흠, 그런 게 문학이라면, 문학 수업을 좀 **줄입시다!** 모두 내 말에 동의하시겠지요. 그리고 만약에 밀버러 선생님이 그 단어, 흠, 문제의 그 단어가 거기에 나온다는 사실을 몰랐다면, 단어가 나왔을 때 그냥 무시하고 넘어갔어야지요. 그런 건 아이들한테 설명해줄 필요가 전혀 없어요. 그냥 입 다물고 질문하지 말라고 하면 그만입니다. 아이들은 그렇게 다뤄야 해요."

"하지만 그 단어를 설명해주지 않으면 아이들이 작품을 이해하지 못해요!"도로시가 세 번째인가 네 번째로 항변했다.

"물론 그렇겠지요! 내 말을 못 알아들으신 모양이군요, 밀버러 선생님! 우리 아이들이 책에서 추잡한 거나 배우면 좋겠습니까? 안 그래도 온갖 추잡한 영화들과 2펜스짜리 소녀 잡지들—그림까지 그려져 있는 그 더럽고 쓰레기 같은 연애소설—이 판을 치고 있는데 말입니다. 뭐, 더 깊게는 얘기하지 않겠습니다. 우리는 아이들 머리에 이상한 생각이나 집어넣어 달라고 학교에 보내는 게 아니에요. 모든 부모가 같은 생각일 겁니다. 우린 독실한 사람들입니다. 침례교도도 있고 감리교도도 있고,

심지어는 국교도도 한두 명 있어요. 하지만 이 문제에 대해서만큼은 모두가 같은 의견입니다. 우리는 아이들을 품위 있는 사람으로 키우려고 애쓰고 있습니다. 성에 관한 지식은 필요 없어요. 내 생각에 아이들, 아니 적어도 여자애들은 스물한 살 전까지는 성에 관해 아무것도 몰라도 됩니다."

부모 대부분이 고개를 끄덕였고, 버펄로 같은 남자가 열성적으로 덧붙였다. "그래, 그래요! 내 말이 그 말이라니까요, 포인더 씨. 그래요, 그래!"

셰익스피어 문제를 처치한 뒤 포인더 씨가 도러시의 신식 교수법에 대해 몇 마디 하자, 조지 브리그스 씨는 기회를 놓치지 않고 가끔 끼어들어 툭툭 내뱉듯이 말했다. "그렇다니까요! 실용적인 공부, 그게 우리가 원하는 겁니다, 실용적인 공부! 시를 읽고 지도를 만들고 종이에 잡동사니를 붙이고, 그런 쓸데없는 거 말고요. 셈하고 글씨 쓰는 것만 잘 가르쳐줘요, 나머지는 됐으니까. 실용적인 공부! 그거라니까요!"

그들은 20분간 계속해서 불만을 쏟아냈다. 처음에 도러시는 반박하려 했지만, 버펄로 같은 남자의 어깨 뒤에서 고개를 사납게 젓는 크리비 부인이 보였다. 입 다물고 있으라는 신호 같았다. 부모들의 성토가 끝났을 때 도러시는 눈물이 날 지경이었고, 부모들이 떠나려 하자 크리비 부인이 그들을 막았다.

"잠깐만요, 여러분. 여러분의 말씀은 잘 들었습니다. 기회를 드리기를 잘한 것 같군요. 그러니 이제 제 얘기를 들어주셨으면 합니다. 이 불미스러운 일을 제 탓으로 여기실까 봐, 해명하고 싶어요. 그리고 밀버러 선생도 여기 있도록 해요!"

부인은 도러시를 비난하며, 부모들 앞에서 악의적인 '꾸중'을 10분 넘게 이어나갔다. 요지는, 도러시가 부인 몰래 그 추잡한 책들을 학교로 들였고, 이는 배은망덕한 배신행위이며, 이런 일이 다시 한번 더 일어난다면 일주일치 임금만 쥐여 주고 도러시를 내쫓겠다는 것이었다. 부인은 도러시의 속을 박박 긁어놓았다. '내 집에 받아준 여자', '내 밥을 얻어먹는', 심지어는 '내 덕에 먹고사는' 같은 말들을 수차례 들먹였다. 앉아서 지켜보는 부모들의 우둔한 얼굴─모질거나 사악한 것이 아니라, 그저 무지와 부덕으로 무뎌진 얼굴─에는 엄숙한 찬동의 표정이 어렸다. 죄인이 질책받는 광경을 목격하는 데서 오는 엄숙한 쾌감과 함께. 도러시도 이해 못 할 일은 아니었다. 크리비 부인은 부모들 앞에서 그녀를 '꾸중'할 수밖에 없었다. 그래야 부모들이 돈을 낸 보람을 느끼고 흡족해할 테니까. 하지만 무례하고 잔인한 질책이 계속 이어지자 속에서 분노가 치솟아 올라 벌떡 일어나 크리비 부인의 얼굴을 한 대 칠 수 있을 것만 같은 기분이 들었다. '못 참겠어, 더 이상은 못 참아! 내가 이 여자를 어떻게 생각하는지 말해주고 곧장 여기서 나가버리겠어!' 이런 생각을 몇 번이고 했다. 하지만 그녀는 움직이지 않았다. 자신의 무력한 처지를 가혹하리만치 잘 알고 있었기 때문이다. 무슨 일이 일어나든, 무슨 욕을 먹든 감수하면서 계속 일할 수밖에 없었다. 그래서 도러시는 굴욕감에 붉어진 얼굴로 부모들 사이에 가만히 앉아 있었고, 분노는 곧 비참함으로 변했다. 억지로 참지 않으면 눈물이 쏟아질 것 같았다. 하지만 눈물을 보였다간 모든 것이 끝장나고 부모들이 그녀의 해고를 요구하리라는 것 또한 잘 알고 있었다. 도러시는 눈물을 막기 위해 손톱으로 손바닥을 아주 세게 찔렀다. 나중에 보니 피가 몇 방울 맺혀 있었다.

이제 '꾸중'은 끝이 나고, 다시는 이런 일이 없을 것이며 문제의 셰익스피어 책은 곧장 불태우겠다는 크리비 부인의 약속이 이어졌다. 부모들은 흡족해했다. 도러시도 교훈을 얻었으니 도움이 될 거라면서. 그들은 도러시에게 어떤 악의도 품지 않았고, 자신들이 그녀에게 굴욕감을 안겨줬다는 사실도 의식하지 못하고 있었다. 그들은 크리비 부인에게 작별 인사를 하고 도러시에게는 조금 더 차가운 인사를 건넨 뒤 떠났다. 도러시 역시 나가려고 몸을 일으키자 크리비 부인이 자리에 남으라는 신호를 보냈다.

"선생은 잠깐 기다려요." 부모들이 방을 나설 때 부인이 불길하게 말했다. "아직 안 끝났어요, 어림도 없지."

도러시는 다시 앉았다. 무릎이 떨리고, 금방이라도 눈물이 쏟아질 것 같았다. 현관문까지 부모들을 배웅한 크리비 부인은 물 한 그릇을 들고 돌아와 불에 확 끼얹었다. 부모들도 없는 마당에 아까운 석탄을 낭비할 이유가 없었다. 도러시는 '꾸중'이 또 한바탕 시작될 거라 생각했다. 하지만 크리비 부인의 노기는 가라앉은 것처럼 보였다. 어쨌든, 부모들 앞에서 덕망을 과시하며 격분하던 모습은 이제 사라지고 없었다.

"얘기 좀 합시다, 밀버러 선생. 앞으로 이 학교를 어떻게 운영할지, 그리고 뭘 금해야 할지 확실히 정해야겠어요."

"네."

"흠, 솔직히 말할게요. 선생이 여기 왔을 때, 교사 일에 대해서 아무것도 모르는 사람이라는 걸 한눈에 알아봤어요. 하지만 선생이 여느 여자처럼 조금의 상식이라도 있었다면 나도 가만히 있었을 거예요. 그런데 아니더군요. 한두 주 동안 선생이 하고 싶은 대로 하도록 내버려뒀더니 학부모들 심기만 건드려놨잖아요. 이런 일은 한 번으로 족해요. 앞으로는 선생 방식이 아니라 내 방식대로 하겠어요. 알아들었어요?"

"네." 도러시는 또 이렇게 답했다.

"선생이 이 학교에 꼭 필요하다는 생각은 하지 말아요." 크리비 부인이 말을 이었다. "학사나 석사 학위까지 있는데 하루에 2실링 1페니만 받고 일해줄 교사를 얼마든지 구할 수 있으니까. 다만 학사나 박사는 술을 좋아해서 탈이죠, 아니면 다른 문제가 있거나. 그런데 선생은 술 같은 건 안 할 사람처럼 보여요. 선생이 신식 교육을 포기하고 실용적인 학교 교육의 의미를 이해하기만 하면 앞으로 문제없이 잘할 수 있을 거예요. 그러니까 내 말 잘 들어요."

도러시는 부인의 말에 귀를 기울였다. 감탄이 나올 정도로 명료하게, 그리고 완전히 무의식적인 것이기에 더욱더 혐오스러운 냉소와 함께 크리비 부인은 실용적인 학교 교육이라는 이름의 지저분한 사기 수법을 설명해주었다.

"이것만 알아둬요." 부인은 이렇게 운을 뗐다. "학교에서 중요한 건 한 가지뿐이고, 그건 바로 수업료예요. **아이들의 정신을 성장시키느니 뭐니 하는 건 중요치 않아요.** 내가 원하는 건 아이들의 정신을 성장시키는 게 아니라 수업료예요. 그게 상식이죠. 돈을 못 번다면 뭐 하러 이 고생을 하면서 학교를 운영하고 귀찮은 애새끼들이 집안을 온통 뒤집어놓도록 내버려 두겠어요. 수업료가 먼저고 나머지는 그다음이에요. 선생이 처음 온 날 말하지 않았던가요?"

"네." 도러시는 순순히 인정했다.

"자, 그럼, 수업료를 내는 사람은 학부모들이니 선생이 생각해야 하는 건 학부모들이에요. 학부모들이 원하는 대로 하라. 그게 우리 학교의 원칙이에요. 점토나 종이 쪼가리로 장난치는 게 아이들한테 딱히 해롭지는 않겠죠. 하지만 학부모들이 싫다잖아요. 그럼 그걸로 끝이에요. 학부모들이 자식들한테 가르치고 싶어 하는 과목은 단 두 개예요. 습자와 산수. 특히 습자가 중요해요. 어쨌든 결과물이 눈에 보이니까. 그러니까 선생이 주력해야 하는 과목은 습자예요. 아이들이 깔끔하고 보기 좋은 습자본을 집에 많이 가져가서 부모들이 동네 사람들한테 자랑하면 우리는 공짜로 광고 효과를 볼 수 있죠. 하루에 두 시간씩은 아이들한테 습자만 가르쳐요, 다른 과목 말고."

"하루에 두 시간씩은 습자만." 도러시는 고분고분히 교장의 말을 따라 했다.

"그래요. 그리고 산수도 많이 가르치도록 해요. 학부모들이 산수에 관심이 아주 많으니까, 특히 돈 계산에. 항상 학부모들을 주시해야 해요. 거리에서 만나면 붙잡고 그 집 아이에 대해 얘기하세요. 학교에서 가장 우수한 학생이라고, 세 학기만 더 다니면 정말 놀라운 결과를 낼 거라고. 무슨 말인지 알겠죠? 더 발전할 여지가 없다는 말 같은 건 하지 말라고요. **그랬다가는** 애를 학교에서 **빼** 갈 테니까. 세 학기만 더, 이 말을 잊지 말아요. 그리고 학기 말 성적표를 작성할 때 나한테 가져와요. 내가 잘 보고 직접 성적을 매기고 싶으니까."

크리비 부인은 도러시와 눈이 마주쳤다. 모든 학생이
수석에 가까운 등수를 차지할 수 있도록 점수를 안배한
다고 말할 참이었을지도 모르지만, 부인은 그냥 입을 다
물었다. 도러시는 잠시 아무런 대답도 할 수 없었다. 겉
으로는 파리한 얼굴로 침착하게 앉아 있었지만, 속에서
치밀어 오르는 분노와 지독한 거부감과 싸우느라 쉽게
입을 뗄 수가 없었다. 하지만 크리비 부인에게 맞설 생각
은 전혀 없었다. '꾸중'을 들은 후 기가 꺾여버렸다. 그녀
는 목소리를 가다듬고 말했다.

"습자와 산수만 가르치라는 말씀이세요?"

"흠, 정확히 그렇게 말하지는 않았어요. 구색 맞추기
에 좋은 과목도 많으니까요. 이를테면 프랑스어가 그래
요. 학교 안내서에 프랑스어가 들어가 있으면 아주 폼이
나죠. 하지만 많은 시간을 허비할 과목은 아니에요. 문
법이나 구문론이나 동사 같은 건 대충 넘어가요. 내가 보
기에 그런 건 애들한테 별로 도움이 안 돼요. 'Parley vous
Francey'나 'Passey moi le beurre',* 이런 거나 가르쳐요. 문
법보다 훨씬 더 유용하니까. 그리고 라틴어. 난 항상 학
교 안내서에 라틴어를 집어넣어요. 하지만 선생이 라틴
어를 잘할 것 같지는 않고."

※ 각각 'Parlez-vous français(프랑스어를 할 줄 아세요)?'와 'Passez-moi le
beurre(버터 좀 주세요)'의 잘못.

346

"네." 도러시는 시인했다.

"뭐, 상관없어요. 안 가르쳐도 되니까. 자기 아이가 라틴어에 시간 낭비하는 걸 좋아할 학부모는 한 명도 없어요. 하지만 학교 안내서에 그게 들어가 있으면 좋아하죠. 고급스러워 보이잖아요. 선생이 실제로 가르칠 수 없는 과목이 부지기수지만 그래도 홍보는 똑같이 할 거예요. 부기, 타자 치기, 속기 같은 거 말이에요. 음악과 무용도. 안내서에 들어가 있으면 폼 나잖아요."

"산수, 습자, 프랑스어. 다른 건요?"

"아, 물론 역사, 지리, 문학도 괜찮아요. 단, 지도 만들기는 당장 그만둬요. 시간 낭비니까. 지리 시간에는 주도(州都)를 가르치는 게 최고예요. 영국의 모든 주도를 구구단처럼 달달 외우게 만들어요. 남들 앞에서 뽐낼 거리가 생기게. 그리고 역사는, 계속 『100쪽의 영국사』로 수업을 진행하도록 해요. 선생이 도서관에서 빌려온 그 큼직한 역사서들은 치워요. 요전 날에 한 권을 펼쳐봤더니, 영국이 어떤 전쟁에서 졌다는 내용이 제일 먼저 눈에 띄더군요. 아이들한테 가르쳐서 좋을 게 없잖아요! 학부모들은 **그런 거** 안 좋아해요!"

"그럼 문학은요?" 도러시가 물었다.

"뭐, 조금 읽히기는 해야겠죠. 그런데 왜 선생이 우리 독본을 우습게 보는지 이해가 안 돼요, 괜찮기만 한데. 그 독본들을 계속 사용하도록 해요. 조금 오래되긴 했지만 애들한테는 그 정도만 읽혀도 충분해요. 그리고 시 몇 편도 외우면 좋죠. 아이가 시 외우는 걸 보고 좋아하는 부모도 있거든요.「불타는 갑판에 서 있는 소년」, 아주 괜찮은 시죠. 또 그것도 있잖아요, '증기선······.' 배 이름이 뭐였더라?「증기선 헤스퍼러스호의 잔해」*였지. 가끔 짧은 시 정도는 괜찮아요. 하지만 **셰익스피어**는 더 이상 안 돼요, 절대!"

도러시는 그날 차를 전혀 마시지 못했다. 티타임이 한참 지났지만, 크리비 부인은 장황한 열변을 토한 후 차에 관해서는 한 마디도 없이 도러시를 내보냈다. 아마도 맥베스 사건에 대한 또 다른 벌이리라.

도러시는 외출 허락을 받지 않았지만, 더는 집 안에 머물고 싶은 마음이 없었다. 모자와 코트를 걸친 뒤 어둑한 도로를 따라 공공 도서관으로 향했다. 이제 11월 말로 접어들고 있었다. 낮은 축축했지만, 밤에는 헐벗은 나무들 사이로 칼바람이 불어 유리 등피가 무색하게 가스등 불빛이 깜박이고 보도에 흩뜨려진 질펀한 플라타너스 이파리들이 휘날렸다. 도러시는 몸이 살짝 떨렸다. 으스스한 바람은 뼛속 깊이 새겨진 트래펄가 광장의 추위를 상기시켰다. 설사 일자리를 잃는다 해도 그 밑바닥 생활로 돌

---

* 원래 제목은 '영국 역사상 최악의 시인'으로 꼽히는 윌리엄 토파즈 맥고나걸의 시「증기선 모히건호의 잔해」이다.

아가리라는 생각은 들지 않았다. 그때만큼 절박한 상황은 아니었다. 최악의 경우에는 토머스 경이나 다른 누군가의 도움을 받을 수 있으리라. 그렇지만 크리비 부인의 '꾸중'을 겪은 후 갑자기 트래펄가 광장이 훨씬 더 가깝게 느껴졌다. 현대의 위대한 계명이 전보다 훨씬 더 뼈저리게 와닿았다. 다른 모든 계명을 지워버리는 열한 번째 계명. '일자리를 잃지 말지니라.'

하지만 크리비 부인이 말한 '실용적인 학교 교육'은 지극히 현실적인 얘기였다. 부인과 같은 위치에 있는 사람들의 대부분이 생각은 하면서도 말하지 않는 것을 입 밖으로 냈을 뿐이다. 부인이 입버릇처럼 되뇌는 "중요한 건 수업료다"라는 말은 영국에 있는 모든 사립학교의 대문에 쓰여 있는, 아니 쓰여 있어야 하는 교훈이었다.

그런데 영국에는 사립학교가 수도 없이 많다. 런던의 교외 마을마다, 지방의 소도시마다 2류, 3류, 4류(링우드 하우스는 4류 학교였다) 사립학교들이 수십 개씩 존재한다. 언제든 만 개 정도의 사립학교가 운영 중인데, 그중 정부의 감사를 받는 곳은 1천 군데도 되지 않는다. 개중에는 괜찮은 학교들도 있고 경쟁 상대인 공립학교보다 나은 곳도 몇몇 있기는 하지만, 모든 사립학교에는 기본적으로 똑같은 폐단이 있다. 돈을 버는 것 외에는 아무런 목적도 없다는 것이다. 불법이 아니다뿐이지, 개업할 때의 정신은 매춘굴이나 무허가 증권 중개소와 다를 바가 없다. 어느 오만한 사업가(이런 학교들은 자신이 직접 가르치지 않는 사람들이 운영하는 경우가 다반사다)가 어느 날 아침 아내에게 이렇게 말한다. "에마, 좋은 생각이 떠올랐어! 우리 둘이 학교를 열면 어때? 현금도 많이 들어오고, 상점이나 술집처럼 힘들게 일 안 해도 되잖아. 게다가 잘못될 위험도 전혀 없어. 임대료와 책상 몇 개, 칠판 하나 말고는 비용도 별로 안 들고 말이야. 그래도 폼은 나야지. 옥스퍼드나 케임브리지를 나온 백수를 쓰자고. 싼값에 부릴 수 있게. 학위복을 입히고, 그…… 술 장식 달린 네모난 모자를 뭐라고 하더라? 그걸 씌우는 거야. 그럼 부모들이 모이겠지? 눈 똑바로 뜨고 이미 이런 학교가 넘쳐나는 구역만 잘 피하면 돼."

그 사업가는 가난해서 좋은 학교의 학비를 감당할 형편은 못 되지만 자존심 때문에 아이들을 공립학교에 보내지 못하는 중산층 구역을 골라서 학교를 연다. 그런 다음 우유 배달원이나 채소 장수와 거의 같은 방식으로 차츰 인맥을 쌓아나간다. 수완이 좋고 경쟁자가 많지 않으면 1년에 수백 파운드는 벌 수 있다.

물론 이런 학교들이 다 똑같지는 않다. 모든 교장이 크리비 부인처럼 탐욕스럽고 천박한 심술쟁이는 아니며, 온화하고 품위 있는 분위기 속에서 한 학기에 5파운드의 학비로 기대할 법한 훌륭한 교육을 받을 수 있는 학교도 많다. 반면, 어떤 학교들은 참담한 수준이었다. 나중에 도러시는 사우스브리지에 있는 다른 사립학교의 교사를 한 명 알게 되어, 링우드 하우스보다 훨씬 더 심각한 학교들에 관해 들었다. 순회공연을 하는 배우들이 기차역의 휴대품 보관소에 짐을 맡기듯 아이들을 떠넘기고 가는 싸구려 기숙학교도 그중 하나였다. 그곳에서 아이들은 아무것도 하지 않고 그저 빈둥거리며, 읽는 법도 배우지 못한 채 열여섯 살이 되었다. 우당탕탕 조용할 날 없는 학교도 있었다. 신경쇠약에 걸린 늙은 교사가 사내아이들을 이리저리 쫓아다니며 회초리를 휘두르다가 갑자기 책상 위로 쓰러져서 눈물을 흘리고, 아이들은 그런 교사를 비웃는다. 돈이 주목적인 학교에서는 늘 벌어지는 일이다. 부잣집 자녀들이 다니는 값비싼 사립학교들은 표면적으로는 그리 나쁘지 않다. 제대로 된 교사진을 갖출 여건이 되고, 공립학교 식의 시험제도 때문에 일정 수준을 계속 유지할 수 있기 때문이다. 하지만 본질적으로는 똑같은 문제를 안고 있다.

나중에야, 그리고 서서히 도러시는 사립학교들의 이런 생리를 이해했다. 처음엔, 어느 날 갑자기 학교 감사관들이 들이닥쳐 링우드 하우스가 사기만 치는 엉터리 학교라는 사실이 발각되어 한바탕 소란이 일어나지나 않을까 하는 얼토당토않은 두려움에 시달리곤 했다. 하지만 시간이 흐르면서, 그런 일은 절대 일어나지 않으리라는 걸 깨달았다. 링우드 하우스는 '정평 있는' 학교가 아니었기에 감사 대상에 잘 오르지도 않았다. 하루는 정부 감사관이 실제로 학교를 찾아오긴 했지만, 학생 한 명 한 명이 적절한 양의 공기를 마시고 있는지 확인하기 위하여 교실의 크기를 쟀을 뿐 아무것도 하지 않았다. 그 이상의 검사를 진행할 권한이 감사관에게는 없었다. '정평 있는' 극소수의 학교들—10분의 1도 되지 않았다—만이 합당한 교육 수준을 유지하고 있는지에 관한 공식적인 조사를 받는다. 나머지 학교들은 자신들이 선택한 교과과정대로 가르치든 안 가르치든 자유다. 학부모들을 제외하고는 아무도 단속하거나 조사하지도 않는다. 맹인이 맹인 길 안내하는 격이다.

5

다음 날 도러시는 크리비 부인의 지시에 맞추어 수업 계획을 수정하기 시작했다. 1교시는 습자, 2교시는 지리였다.

구슬픈 소리의 시계가 10시를 치자 도러시가 말했다. "됐어요, 여러분. 이제 지리 수업을 시작하겠어요."

아이들은 책상을 휙 열어젖히고 안도의 한숨을 푹 내쉬며, 꼴도 보기 싫은 습자책을 치워버렸다. "아, 지리 시간이다! 좋아라!" 하고 중얼거리는 소리가 여기저기서 들렸다. 지리는 아이들이 좋아하는 과목 중 하나였다. 칠판을 지우고 연습장을 거두는 등의 일을 담당하는 그 주의 '학급 위원'(아이들은 이 자리를 서로 맡으려 싸우곤 했다)인 두 학생이 미완성인 채로 벽에 기대어져 있는 등고선 지도를 가져오려 자리에서 벌떡 일어났다. 하지만 도러시가 제지했다.

"잠깐만. 두 사람, 자리에 앉아요. 오늘 아침엔 지도를 안 만들 거예요."

실망의 탄식이 터져 나왔다. "오, 선생님! 왜요, 선생님? 제발 계속 만들어요!"

"안 돼요. 요즘 우리가 지도에 너무 많은 시간을 허비한 것 같아요. 오늘부터는 영국의 주도를 배우도록 하겠어요. 학기가 끝날 무렵에는 전원이 모든 주도를 외울 수 있도록 말이에요."

아이들의 얼굴이 어두워졌다. 이를 본 도러시는 분위기를 띄워보려 말을 덧붙였다. 따분한 과목을 흥미로운 것으로 속여 넘기려는 교사의 공허하고 얕은 수였다.

"아무 주의 주도를 물어봐도 여러분이 또박또박 답하면 부모님이 얼마나 좋아하시겠어요!"

아이들은 전혀 속아 넘어가지 않았다. 오히려 그런 기분 나쁜 상황을 예상하며 괴로워했다.

"윽, **주도**! **주도** 외우기! 스트롱 선생님하고도 한 거예요. 제발요, 선생님, 계속 지도 만들면 안 돼요?"

"자, 이제 조용히. 공책 꺼내서 내가 불러주는 대로 적어요. 그런 다음 다 같이 읽어볼 거예요."

아이들은 마지못해 공책을 꺼내면서도 구시렁거렸다. "그럼 **다음**엔 지도 만들어도 돼요?"

"글쎄요. 두고 보죠."

그날 오후 지도는 교실 밖으로 치워졌고, 크리비 부인은 목판에서 점토를 긁어내어 내다 버렸다. 다른 과목들도 하나씩 그런 식으로 처리되었다. 도러시가 만들었던 모든 변화는 무효가 되었다. 지루한 '베껴 쓰기'와 지루한 계산 연습, 'Passez-moi le beurre'나 'Le fils du jardinier a perdu son chapeau' 같은 문장을 앵무새처럼 달달 외우기, 『100쪽의 영국사』, 그리고 못 견디게 싫은 '독본'으로 되돌아갔다. (크리비 부인은 불태워 버리겠다며 셰익스피어 책들을 압수해 갔지만, 아마도 팔았을 것이다.) 습자 수업은 하루에 두 시간씩 배정되었다. 도러시가 떼어냈던 암울한 검은 종이 두 장이 다시 벽에 붙고, 격언들이 깔끔한 카퍼플레이트 서체로 새로이 쓰였다. 역사 연표는 크리비 부인이 떼어내 태워버렸다.

영원히 벗어난 줄 알았던 혐오스러운 수업들이 하나씩 되돌아오는 걸 지켜보던 아이들은 처음엔 놀라다가 괴로워하더니, 그다음엔 뚱해졌다. 하지만 아이들보다 훨씬 더 힘든 사람은 도러시였다. 복잡하고 장황한 수업 내용을 아이들 머리에 억지로 주입하는 일이 너무도 곤욕스러워, 고작 이틀째부터 이런 식으로 계속할 수 있을지 의구심이 들기 시작했다. 크리비 부인을 거역할까 하는 생각을 몇 번이나 했다. '아이들이 억지로 수업을 받으면서 징징거리고 투덜거리고 괴로워하고 있잖아. 그러니까 하루에 한두 시간만이라도 제대로 된 수업으로 돌아가면 어떨까? 가식적인 엉터리 수업은 집어치우고 그냥 아이들이 놀 수 있게 해준다면? 그러는 편이 아이들한테는 훨씬 더 나을 거야. 그림을 그리거나 점토로 뭘 만들거나 동화를 짓게 하자. 아이들이 흥미를 느낄 만한 **진짜** 수업을 하는 거야. 이런 끔찍하고 터무니없는 짓거리 대신에.' 하지만 그녀는 감히 그러지 못했다. 언제든 크리비 부인이 교실에 들어왔다가 정해진 공부를 하지 않고 '놀고' 있는 아이들을 목격했다간 무슨 사달이 날지 몰랐다. 그래서 도러시는 마음을 단단히 먹고 크리비 부인의 지시를 철저히 따랐으며, 학교의 분위기는 스트롱 선생이 '병들기' 전과 거의 비슷해졌다.

수업이 어찌나 따분해졌는지, 목요일 오후에 있는 부스 씨의 이른바 화학 강의가 그나마 즐거운 시간이 되었다. 부스 씨는 쉰 살 정도의 기운 없고 심약한 남자로, 소똥 색깔의 축축하고 기다란 콧수염을 기르고 있었다. 오래전엔 사립 중고등학교의 교사였지만, 이제는 시간당 2실링 6펜스에 강의를 하며 알코올 중독 직전의 상태로 근근이 살아가고 있었다. 부스 씨의 강의는 단조로운 헛소리에 불과했다. 최전성기에도 부스 씨는 그리 뛰어난 강사가 아니었다. 이미 한 번 섬망증을 경험했고 두 번째 발병을 매일 두려워하며 살고 있는 지금, 머릿속에 있던 화학 지식은 빠른 속도로 사라져가고 있었다. 부스 씨는 학생들 앞에 초조하게 서서, 같은 말을 연거푸 쏟아내다가 자신이 하고 있던 얘기를 기억해내려 애썼으나 헛수고였다. "기억하세요, 여러분." 부스 씨는 허스키한 목소리로 인자한 척 말했다. "원소의 수는 아흔세 개예요. 아흔세 개의 원소, 여러분, 원소가 뭔지는 모두 알고 있지요? 아흔세 개랍니다. 이 숫자를 기억해요, 여러분, 아흔셋." 지켜보는 도러시(여학생들을 남자와 함께 둬서는 안 된다는 크리비 부인의 생각 때문에 도러시는 화학 시간 동안 교실에 남아 있어야 했다)가 다 부끄러울 지경이었다. 모든 강의는 아흔세 개의 원소로 시작되었고, 거기서 더 진도를 나가지 못했다. 부스 씨가 언제나 꺼내는 얘기가 또 하나 있었다. "다음 주에는 아주 재미있는 실험을 하나 할 겁니다, 여러분. 아주 재미있을 거예요. 다음 주에 꼭 할 겁니다. 아주 재미있는 실험을요." 물론 실험은 한 번도 이루어지지 않았다. 부스 씨에게는 화학 기구가 하나도 없었고, 설령 있다 해도 손이 너무 떨려 사용할 수 없을 터였다. 강의 내내 학생들은 무감각한 상태로 멍하니 앉아 있었지만, 이마저도 습자 수업으로부터 벗어날 수 있는 반가운 시간이었다.

학부모들의 방문 이후 도러시를 대하는 아이들의 태도는 예전과 같지 않았다. 물론 하루아침에 돌변한 건 아니었다. 아이들은 '예전의 밀리*'를 좋아했고, 그녀가 하루

---

* '밀버러'의 애칭.

이틀 정도만 습자와 '상업 산술'로 그들을 괴롭힌 후 흥미로운 수업으로 되돌아가리라 기대했다. 하지만 습자와 산수가 계속 이어지자, 학생들을 때리거나 꼬집거나 귀를 비틀지 않고 수업을 재미있게 하는 교사로서 도러시가 누렸던 인기는 차츰 사그라들었다. 거기다, 『맥베스』를 두고 일었던 소동에 관한 이야기가 곧 새어 나갔다. 아이들은 '예전의 밀리'가 뭔가 잘못된 일—그게 뭔지는 정확히 몰랐다—을 해서 '꾸중'을 들었다는 사실을 알았다. 그러자 그녀에 대한 아이들의 평가는 낮아졌다. 아이들은 아무리 자기가 좋아하는 어른이라도 위신이 떨어지면 제대로 대우해주지 않는다. 평판이 훼손된 어른은 심성 고운 아이에게도 멸시받는 법이다.

그래서 아이들은 평범하고 전통적인 방식으로 못되게 굴기 시작했다. 전에는 그저 가끔 게으름을 피우고, 갑자기 시끄럽게 떠들고, 멍청하게 킬킬거리는 정도가 다였다. 지금은 거기에 악의와 기만이 곁들여졌다. 아이들은 끔찍한 일과에 끊임없이 반항했다. 예전의 밀리가 아주 좋은 교사였고 학교가 꽤 재미있게 느껴졌던 짧은 몇 주는 머릿속에서 아예 사라졌다. 이제 학교는 예전으로 되돌아가, 예상에서 조금도 빗나가지 않는 곳이 되었다. 빈둥거리며 하품을 하고, 옆 아이를 꼬집거나 선생의 화를 북돋으려 애쓰며 시간을 보내고, 마지막 수업이 끝나는 순간 속이 시원해서 환성을 지르게 되는 곳. 가끔 아이들은 골을 내며 울음을 터뜨렸고, 가끔은 "왜 이걸 해야 하는데요? 읽고 쓰는 걸 왜 배워야 하는데요?"라며 미치도록 집요하게 따져 물었다. 결국 도러시가 옆에 지키고 서서 때리는 척 위협하며 입을 다물려야 할 지경에까지 이르렀다. 요즘 도러시는 거의 습관처럼 짜증을 부리고 있었다. 그녀 자신에게도 놀랍고 충격적인 일이었지만, 멈출 수가 없었다. 매일 아침 "오늘은 화내지 말아야지"라고 스스로 맹세했지만, 매일 아침 맥이 빠질 정도로 여지없이 화를 내고 말았다. 아이들이 제일 말을 안 듣는 11시 반쯤엔 특히 참을 수가 없었다. 반항아들을 상대하는 것만큼 짜증스러운 일은 세상에 또 없다. 도러시는 조만간 자신이 더는 참지 못하고 아이들에게 손찌검을 시작하게 되리라는 걸 알았다. 아이를 때리는 건 용서받지 못할 짓 같았지만, 거의 모든 교사가 결국엔 그렇게 된다. 이젠 도러시가 지켜보지 않으면 아무도 말을 듣지 않았다. 그녀가 등을 돌리는 순간 압지 뭉치들이 이리저리 날아다녔다. 그럼에도 습자와 '상업 산술'로 끊임없이 아이들을 혹사한 효과가 확실히 나타났고, 의심의 여지 없이 부모들은 흡족해했다.

학기의 마지막 몇 주는 도러시에게 아주 힘든 시간이었다. 크리비 부인이 일부 학생의 수업료를 받지 못해 임금을 줄 수 없다고 말했기 때문에, 2주 넘게 도러시는 거의 무일푼이었다. 그래서 계속 일할 수 있게 해주는 원동

력이었던 초콜릿도 몰래 사 먹을 수 없었고, 항상 약간의 허기에 시달리다 보니 노곤하고 기운이 없었다. 나른한 아침에는 1분이 한 시간 같고 시계에서 눈을 떼기 어려웠다. 이 수업 다음에 똑같은 수업이 기다리고 있고, 그 후로도 영원처럼 지루하고 긴 시간 동안 더 많은 수업이 계속되리라 생각하면 눈앞이 캄캄해졌다. 설상가상으로, 시끄럽게 떠드는 아이들을 조용히 시키느라 항상 진을 빼야 했다. 그리고 물론 교실 벽 너머에는 크리비 부인이 도사리고 있었다. 언제나 귀를 쫑긋 세우고 있다가 갑자기 교실을 덮쳐 문을 휙 열고는, 밑살이 처진 눈을 부라리며 "어이, 왜 이렇게 시끄럽지?"라고 말하는 듯 아이들을 노려보는 것이었다.

이제 도러시는 크리비 부인과의 동거가 얼마나 야만적인지 완전히 자각하고 있었다. 불결한 음식, 추위, 부족한 목욕이 얼마 전보다 훨씬 더 큰 문제로 느껴졌다. 게다가 일의 즐거움에 빠져서 의식하지 못했던 지독한 외로움이 실감나기 시작했다. 아버지도 워버턴 씨도 도러시에게 편지를 쓰지 않았고, 두 달 동안 사우스브리지에서 친구를 한 명도 사귀지 못했다. 이런 상황에서, 특히 여성이 친구를 사귀기란 거의 불가능하다. 도러시에게는 돈도 집도 없었고, 학교 밖에서 그녀가 피난처로 삼을 수 있는 곳이라곤 아주 가끔 저녁에 찾아가는 공공 도서관과 일요일 아침마다 다니는 교회뿐이었다. 물론 교회에는 빠짐없이 나갔다. 크리비 부인의 강요 때문이었다. 도러시가 링우드 하우스에서 처음으로 맞은 일요일 아침, 식사를 하는 자리에서 크리비 부인은 도러시의 종교 생활에 관한 문제를 정리했다.

"선생이 어느 교회로 가야 할지 고민을 해봤는데. 선생은 국교도로 자랐죠?"

"네."

"흠, 이걸 어쩌지. 선생을 어디로 보내야 할지 결정하기가 어렵네요. 성 조지 교회도 있고—거긴 국교회죠—내가 다니는 침례교회도 있어요. 우리 학부모들은 대부분 비국교도라, 국교도 교사를 반갑게 받아줄지 모르겠군요. 학부모들한테 신경을 많이 써야 해요. 2년 전 내가 데리고 있던 교사가 로마가톨릭교도라는 사실이 밝혀졌을 때 약간의 소동이 있었거든요! 물론 그 교사는 최대한 오래 그 사실을 숨겼지만 결국엔 들통났고, 아이 셋이 학교를 그만뒀어요. 당연히 나는 바로 그날 그 여자를 해고해버렸죠."

도러시는 아무 말도 하지 않았다.

"그래도." 크리비 부인이 말을 이었다. "국교도 학생이 세 명 있으니까, 어쩌면 교회 인맥이 통할지도 모르겠군요. 그러니까 선생은 위험을 감수하고 성 조지 교회로 가는 게 좋겠어요. 하지만 조심하도록 해요. 성 조지 교회는 절이나 성호 긋기를 많이 시킨다고 하니까. 우리 학교에 플리머스 형제단에 속한 부모가 둘 있는데, 선생이 성호를 긋는 모습이 목격됐다는 말을 들으면 가만있지 않을 거예요. 그러니까 절대 **그건** 하지 말아요."

"알겠어요."

"그리고 설교를 듣는 동안엔 눈을 크게 뜨고 잘 둘러봐요. 우리 학교에 들어올 만한 어린 여자애가 있는지. 가능성 있어 보이는 애가 눈에 띄면 나중에 신부한테 찾아가서 이름이랑 주소를 알아내요."

이렇게 해서 도러시는 성 조지 교회에 다니게 되었다. 성 애설스탠 교회보다는 아주 조금 더 고교회파에 가까웠다. 벤치형 신도석이 아닌 의자들이 놓여 있었지만 향은 피우지 않았고, 신부(이름이 고어 윌리엄스 씨였다)는 행사가 없는 날에는 수수한 수단과 중백의를 입었다. 예배는 성 애설스탠 교회와 아주 비슷해서 도러시는 큰 문제 없이 따라가며, 완전히 멍한 상태에서도 제때에 모든 대답을 할 수 있었다.

신앙의 힘이 도러시에게 돌아온 순간은 단 한 번도 없었다. 사실 숭배라는 개념 자체가 지금의 그녀에겐 아무런 의미도 없었다. 도러시의 신앙은 완전히, 그리고 돌이킬 수 없이 사라졌다. 신앙의 상실은 신앙 자체만큼이나 불가사의한 일이다. 신앙과 마찬가지로 그것은 논리에 근거하지 않으며 마음속 기후의 변화일 뿐이다. 하지만 예배가 아무리 의미 없다 해도 그녀는 교회에서 보내는 시간이 싫지 않았다. 오히려 잠깐이나마 행복하고 평화로운 시간을 누릴 수 있는 일요일 아침이 기다려졌다. 단지 크리비 부인의 꼬치꼬치 캐묻는 듯한 눈과 잔소리에서 벗어날 수 있어서만은 아니었다. 또 다른 깊은 의미에서 교회의 분위기는 도러시에게 위로와 안정감을 주었다. 교회 안에서 벌어지는 모든 일이 목적만 보자면 비합리적이고 비열할지 몰라도, 바깥세상에서는 좀처럼 찾을 수 없는 무언가, 정의하기는 어렵지만 품위 있고 영적으로 아름다운 무언가가 있다는 걸 도러시는 인지했다. 더이상 믿음이 없더라도 교회에 나가는 편이 더 좋을 것 같았다. 뿌리 없는 자유 속에서 방황하기보다는 옛 방식을 따르는 편이 좋을 것 같았다. 그녀는 진심으로 기도를 올릴 수 있는 날이 다시는 오지 않으리라는 걸 아주 잘 알고 있었다. 그래도 남은 평생 지금까지처럼 계속 신앙생활을 해나가야 한다는 사실 또한 알았다. 적어도 이만큼의 신앙심은 남아 있었다. 신앙은 살아 있는 몸 속의 뼈처럼 한때 그녀 인생의 버팀목이었으므로.

하지만 도러시는 상실한 신앙과 그것이 미래에 어떤 의미를 지닐지에 대해 그리 깊이 생각하지 않았다. 그저 살아가느라, 이 비참한 학기가 끝날 때까지 무너지지 않으려 바둥거리느라 너무 바빴다. 학기가 끝으로 향할수록 수업을 질서 있게 진행하기가 점점 더 힘들어졌다. 아이들은 극악무도하게 행동하고 있었고, 한때 도러시를

좋아했었기에 더 잔인하게 굴었다. 아이들은 그녀에게
속았다고 생각했다. 좋은 교사인 척하더니 결국엔 지긋
지긋한 옛 선생들과 똑같은 인간이었던 것이다. 끔찍한
습자 수업을 계속하고, 공책에 얼룩을 남기기만 하면 머
리를 탁 때리던 고약하고 못된 인간. 도러시는 가끔 학생
들이 아이다운 냉담하고 잔인한 눈빛으로 그녀의 얼굴을
빤히 쳐다보는 걸 느꼈다. 한때 아이들은 도러시가 예쁘
다고 생각했었지만, 이제 아이들의 눈에 그녀는 못생기
고 늙고 비쩍 마른 여자에 불과했다. 실제로 그녀는 링우
드 하우스에 오고 나서 살이 많이 빠졌다. 학생들은 이전
의 모든 교사를 미워했듯 이제 도러시를 미워했다.

　종종 아이들은 다분히 고의적으로 도러시에게 미끼를
던졌다. 나이가 많고 똑똑한 학생일수록 상황을 잘 간파
했다. 밀리가 크리비 부인의 손아귀 안에 있으며, 학생
들이 시끄럽게 떠들면 나중에 질책받는다는 사실을 알
고 있었다. 그래서 아이들은 크리비 부인을 교실로 불러
들여 부인에게 혼나는 밀리의 얼굴을 즐겁게 구경할 심
산으로 떠들었다. 때때로 도러시는 냉정을 잃지 않고 아
이들이 무슨 짓을 하든 용서할 수 있었다. 역겨울 정도로
단조로운 학업에 저항하는 것이 당연한 본능이라고 생각
했기 때문이다. 하지만 평소보다 신경이 더 날카로운 날
에는, 씩 웃거나 반항적인 표정을 짓고 있는 멍청한 작은
얼굴을 보고 있자면 아이들을 미워할 수도 있구나 하는

생각이 들었다. 아이들은 너무도 비논리적이고 너무도 이기적이며 너무도 잔인하다. 자기들이 누군가를 도가 지나치게 괴롭히고 있다는 걸 모르고, 안다 해도 신경 쓰지 않는다. 아이들에게 아무리 잘해줘도, 인내심이 시험당하는 상황에서 화를 참아도, 아이들은 어쩔 수 없이 자기들을 지루하게 만들고 억압하는 사람의 입장은 생각지도 않고 그를 미워한다. 교사가 아니라면, 자주 인용되는 다음의 시 구절에 동감할 것이다.

> 늙고 잔혹한 눈의 감시를 받으며
> 어린 꼬마들은 한숨과 환멸 속에
> 하루를 보낸다!

하지만 늙고 잔혹한 눈의 입장이 되어보면, 여기에 또 다른 이면이 있음을 알게 된다.

드디어 마지막 주가 오고, 파렴치한 광대극 같은 '시험'이 치러졌다. 크리비 부인의 설명에 따르면 시험 방식은 아주 단순했다. 예를 들어 아이들에게 일련의 계산 문제를 가르친 다음 아이들이 확실히 풀 수 있게 되면 아이들의 머릿속에서 답이 잊히기 전에 똑같은 문제를 시험으로 내는 것이다. 모든 과목의 시험이 이런 식으로 진행되었다. 물론 시험지는 집으로 보내져 부모의 검사를 받았다. 도러시는 크리비 부인이 불러주는 대로 성적표를 작성하느라, '우수'라는 단어를 아주 많이 써야 했다. 같은 단어를 몇 번이고 계속 쓰다 보니 '우슈', '유수', '유슈' 같은 오자가 나오기 시작했다.

마지막 날은 무시무시한 소란 속에 지나갔다. 아이들은 크리비 부인마저 무시했다. 정오 즈음 도러시는 정신이 너덜너덜해졌고, 크리비 부인은 학교에서 점심을 먹는 일곱 명의 아이 앞에서 그녀를 꾸중했다. 오후에 교실은 한층 더 시끄러워졌고, 참다못한 도러시는 아이들에게 제발 그만하라고 애원하며 울먹이다시피 했다.

"여러분! 제발 그만해요, 제발! 나한테 왜 이리 못되게 구는 거예요? 착한 학생들이 할 행동인가요?" 그녀는 자신의 목소리가 소음을 뚫고 들리도록 크게 외쳤다.

물론 이는 결정적인 실수였다. 절대, 절대, 아이들의 자비를 기대하지 말 것! 순간 교실에 적막이 흐르더니 한 아이가 조롱하듯 큰 소리로 부르짖었다. "밀-리!" 다음 순간 반 전체가, 심지어는 저능아 메이비스까지 합류하여 다 함께 외치기 시작했다. "밀-리! 밀-리! 밀-리!" 그때 도러시 안에서 무언가가 탁 하고 부러지는 듯했다. 도러시는 잠깐 멈칫했다가, 가장 시끄러운 소리를 내는 소녀를 가려낸 후 그쪽으로 걸어가 소녀의 귀싸대기를 있는 힘껏 때렸다. 다행히도 그 아이는 '어중간한 납부자들' 중 한 명이었다.

6

방학 첫날 도러시는 워버턴 씨의 편지를 받았다.

친애하는 도러시(그가 이렇게 썼다), 아니 당신의 새 이름인 엘런이라고 불러야 할까? 당신은 이제야 편지를 쓰는 내가 무정하다 하겠지만, 우리와 관련된 추문을 열흘 전에야 들었다오. 난 외국에 있었소. 처음엔 프랑스의 이곳저곳에, 그다음엔 오스트리아, 그다음엔 로마에. 당신도 알다시피, 이런 여행을 할 때마다 난 동포들을 열심히 피해 다니잖소. 고국에서도 역겨운 인간들이지만 외국에서의 행태를 보면 너무 창피해서, 나는 보통 미국인인 척하고 다닌다오.

나이프 힐에 왔을 때 당신 아버지가 날 만나주지 않길

래, 빅터 스톤에게서 당신의 주소와 당신이 지금 사용하고 있는 이름을 알아냈소. 스톤은 조금 꺼리는 것 같더군. 그 인간마저 이 지독한 마을의 다른 사람들처럼 당신이 뭔가 부정한 행동을 했다고 믿는 모양이오. 당신과 내가 눈이 맞아 달아났다는 억측은 이제 사라진 듯하지만, 여전히 사람들은 당신이 뭔가 남부끄러운 짓을 했다고 믿고 있소. 젊은 여자가 갑자기 집을 떠났으니 남자가 있는 게 틀림없다, 이게 촌사람들의 사고방식이라오. 내가 그 소문을 극구 부인했다는 건 말 안 해도 알 거요. 걱정 마시오, 내가 그 역겨운 할망구 셈프릴 부인을 혼내줬으니. 아주 따끔하게 말이오. 하지만 그 여자는 인간 이하더군. 위선을 떨면서 '가여워서 어째, **가여운 도러시**'라고 우는소리만 해대니.

당신 아버지가 당신을 아주 많이 그리워하고 있다고 들었소. 추문만 아니었다면 기꺼이 당신을 다시 집으로 불러들일 텐데 말이오. 요즘 식사도 제때 못 하시는 모양이오. 다른 사람들에게는 당신이 '가벼운 병에서 회복하기 위해 떠났고 여학교에 아주 좋은 자리를 얻어 일하고 있다'고 말하고 있소. 그분한테 무슨 일이 있었는지 들으면 당신도 깜짝 놀랄 거요. 빚을 모두 갚았지 뭐요! 상인들이 다 같이 들고일어나서 사제관으로 몰려가 채권자 모임을 열었다고 들었소. 사제관에서 일어날 법한 일은 아니지만, 이제 민주주의의 시대잖

소! 그동안 상인들이 참고 있었던 것도 오로지 당신 때
문이니.

이제 내 소식을 좀 전할까 하오……

이 시점에서 도러시는 실망감에 편지를 갈기갈기 찢어
버렸다. 약이 오르기까지 했다. 조금의 연민이라도 보여
줘야 하는 거 아닌가! 역시 그다웠다. 그녀를 심각한 곤
경에 빠트려놓고서—어쨌거나 그가 이 모든 사달의 주
된 책임자였다—이토록 건방지고 무심한 태도라니. 하
지만 다시 생각해보니 그를 무정하다 탓할 일만은 아니
었다. 워버턴 씨가 도러시를 도울 수 있는 길은 거의 없
었고, 듣지도 못한 문제로 그녀를 동정할 수는 없는 노릇
이었다. 게다가 워버턴 씨는 추문으로 얼룩진 인생을 살
아온 사람이었다. 여자에게 추문이 얼마나 심각한 문제
인지 이해 못 할 수도 있었다.

크리스마스에는 도러시의 아버지도 편지를 보내왔다.
뿐만 아니라 크리스마스 선물로 2파운드도 함께 부쳤다.
편지의 어조로 보건대 이젠 도러시를 용서한 것이 분명
했다. 정확히 **무엇**을 용서했는지는 확실치 않았다. 그녀
가 정확히 무슨 짓을 저질렀는지 확실치 않았으므로. 그
래도 어쨌든 아버지는 그녀를 용서했다. 편지는 형식적
이지만 꽤 다정한 질문들로 시작되었다. 새 직업이 그
녀에게 잘 맞기를 바란다고 아버지는 썼다. 그리고 학교

의 방이 편안한지, 다른 직원들과 잘 지내고 있는지 물었다. 요즘은 교사도 꽤 잘 번다고 들었다며, 40년 전과 아주 다르다고 했다. 아버지의 젊은 시절엔 이러쿵저러쿵…… 아버지는 도러시의 현재 상황을 전혀 모르고 있었다. 학교 이야기가 나오니, 자신이 다녔던 윈체스터 칼리지가 떠오르는 모양이었다. 링우드 하우스 같은 곳은 아버지가 상상도 할 수 없는 학교였다.

편지의 나머지 내용은 교구가 돌아가는 상황에 대한 푸념으로 가득 차 있었다. 신부는 걱정거리도 많고 과로하고 있다며 넋두리를 늘어놓았다. 가증스러운 교구 위원들이 이런저런 일로 걸고넘어져서 성가시고, 종탑이 무너지고 있다는 프로겟의 보고도 진절머리 나고, 엘런을 거들어주라고 고용한 여자는 서재에 있는 괘종시계의 앞면을 빗자루 손잡이로 쳐버린 골칫거리고…… 이런 불평이 여러 장이나 이어졌다. 도러시가 곁에서 도와주면 좋을 텐데 하고 수차례 은근슬쩍 돌려 말하면서도, 집으로 돌아오라고 제안하지는 않았다. 아직은 그녀를 눈에서도 마음에서도 멀리 두고 싶은 것이다. 남의 눈에 띄면 곤란한 집안의 수치니까.

편지를 읽자 도러시는 갑자기 사무치도록 집이 그리워졌다. 돌아가서 교구민들의 집을 방문하고 걸가이드 단원들에게 요리를 가르쳐주고 싶었다. 그동안 그녀 없이 아버지가 잘 지냈을지, 두 여자가 아버지를 잘 돌보고 있을지 걱정스러웠다. 쉽게 애정을 표할 수 있는 상대가 아니기에 지금껏 겉으로 드러낸 적은 한 번도 없지만, 도러시는 아버지를 좋아했다. 그러고 보니 지난 넉 달 동안 아버지를 생각한 날이 거의 없었다. 그녀에게는 놀랍고도 다소 충격적인 사실이었다. 몇 주 동안 아버지의 존재 자체를 잊은 적도 있었다. 하지만 그날그날 먹고살기 바빠 다른 감정을 느낄 여유가 전혀 없었을 뿐이다.

하지만 이제 학기가 끝났으니 남아돌 만큼의 여유가 있었다. 크리비 부인이 아무리 애를 써도 도러시에게 하루 종일 집안일을 시킬 수는 없었다. 부인은 방학 동안에는 도러시가 식충이에 불과하다는 사실을 분명히 하며 식사 때마다 눈치를 주었다(일하지 않는 직원에게 밥을 먹여야 한다는 사실이 아주 언짢은 기색이었다). 더는 견딜 수 없게 된 도러시는 최대한 밖에 나가 있었고, 아버지가 보내준 2파운드와 임금(9주치 급료로 받은 4파운드 10실링)으로 주머니가 두둑해진 기분이 들어 시내의 델리카트슨에서 샌드위치를 구입해 야외에서 점심을 먹었다. 크리비 부인은 눈감아 주었다. 도러시가 집에 없으면 잔소리를 할 수 없으니 아쉬운 마음 반, 몇 끼니를 절약할 수 있으니 기쁜 마음 반으로.

도러시는 홀로 오랫동안 걸으며, 사우스브리지와 황량한 이웃 마을들인 돌리, 웸브리지, 웨스트 홀턴을 탐험했다. 어느덧 겨울이 다가왔다. 바람 한 점 없이 축축한 공

기가 감돌고, 미로처럼 복잡하게 얽힌 이 생기 없는 교외
는 망망한 황야보다 더 을씨년스러웠다. 지금 사치를 부
리면 나중에 배를 곯게 될지도 모르지만, 두세 번은 저렴
한 왕복표를 구해서 아이버 히스나 버넘 비치스에 다녀
왔다. 겨울 분위기의 눅눅한 숲에서는 땅에 수북이 쌓인
너도밤나무 낙엽들이 고요하고 습한 공기 속에서 구릿빛
으로 반짝였고, 낮 동안에는 날씨가 온화해서 장갑만 끼
면 밖에 앉아 책을 읽을 수 있을 정도였다. 크리스마스이
브에 크리비 부인은 작년에 쓰고 남은 호랑가시나무 가
지들을 꺼내어 먼지를 턴 다음 못으로 박았다. 하지만 크
리스마스 만찬을 열 생각은 없다고 말했다. 크리스마스
를 야단스럽게 축하하는 건 장사꾼들의 상술에 놀아나
헛돈을 쓰는 짓이라고 말이다. 그리고 어쨌든 칠면조 고
기와 크리스마스 푸딩이 싫다고 했다. 도러시는 마음이
놓였다. 그 삭막한 '오전용 거실'에서의 크리스마스 만찬
(크리스마스 크래커*에서 나온 종이 모자를 쓰고 있는 크리
비 부인의 끔찍한 모습이 머릿속을 언뜻 스쳐 지나갔다)은
생각하기도 싫었다. 도러시는 버넘 근처의 숲에서 우툴
두툴하고 거대한 너도밤나무에 기대어 앉아 조지 기싱
의 『짝 없는 여자들』을 읽으며 그녀만의 크리스마스 만

   ＊ 영국에서 크리스마스 만찬 때 쓰는 튜브 모양의 긴 꾸러미로, 두 사람이
양쪽 끝을 잡고 끌어당기면 폭죽 터지는 소리가 나고, 안에는 보통 종이 모자
같은 작은 선물이 들어 있다.

찬―완숙으로 삶은 달걀, 치즈 샌드위치 두 개, 레모네이드 한 병―을 즐겼다.

너무 습해서 산책하기가 어려운 날에는 공공 도서관에서 대부분의 시간을 보냈다. 읽지도 않는 그림 신문을 따분하게 들여다보는 실직자들, 일주일에 2파운드로 '하숙' 생활을 하면서 도서관에 찾아와 요트 조종에 관한 책을 몇 시간이나 정독하는 우중충한 노총각들과 함께 도러시도 도서관의 단골 중 한 명이 되었다. 학기가 끝났을 땐 속이 후련했지만, 이런 느낌은 오래가지 않았다. 대화를 나눌 사람이 한 명도 없으니 하루하루가 전보다 훨씬 더 무료하게 흘러갔다. 인간 세상에서 런던 교외만큼 이토록 오롯이 혼자일 수 있는 곳은 또 없으리라. 큰 도시에서는 수많은 사람과 부산스러움 때문에 적어도 혼자가 아니라는 착각을 할 수 있고, 시골에서는 지나치다 싶을 정도로 서로에게 관심이 많다. 하지만 사우스브리지 같은 곳에서는 가족과 자기 집이 없으면 친구 하나 사귀지 못한 채 인생의 절반을 보낼 수도 있다. 그런 곳에는 수년을 거의 완전한 고독 속에 지내는 여자들이 있는데, 특히 좋은 가문 출신이지만 버려진 채 보수가 낮은 일을 하는 여성들이 그렇다. 오래지 않아 도러시는 기운이 가라앉고 지칠 대로 지쳐, 그 어떤 것에도 흥미가 일지 않았다. 그리고 이 지긋지긋한 권태감―모든 현대인 앞에 도사리고 있다가 그들을 망가뜨리는 권태감―속에서 도러시는 신앙을 잃는다는 것의 의미를 처음으로 완전히 이해했다.

그녀는 책에 탐닉하려 애썼고, 일주일 정도는 이 작전이 먹혀들었다. 하지만 얼마 후에는 거의 모든 책이 따분하고 난해하게 느껴졌다. 철저히 혼자일 때 우리의 정신은 어떤 목적에도 맞추어 움직여주지 않는다. 결국 도러시는 추리소설보다 어려운 책은 감당할 수가 없었다. 몸을 움직이면 기분이 나아질까 싶어 15킬로미터나 25킬로미터씩 걸어보기도 했지만 초라한 교외 길, 진흙투성이의 눅눅한 숲길, 헐벗은 나무들, 축축한 이끼와 스펀지 같은 거대한 곰팡이들은 지독한 우울감만 불러일으킬 뿐이었다. 그녀에게 필요한 건 인간과의 교류였는데, 그걸 얻을 수 있는 방법이 도무지 보이지 않았다. 밤에 다시 학교로 걸어가면서 따뜻한 불이 켜진 집들의 창문을 보고 사람들의 웃음소리와 집 안에 흐르는 축음기 소리를 들으면, 속에서 질투심이 치밀어 올랐다. 아, 저들처럼 집과 가족, 그리고 내게 관심을 가져주는 친구 몇 명만 있다면! 어떤 날은 길거리에서 낯선 사람에게 말을 걸 용기가 아쉬웠다. 독실한 신자인 척하고 성 조지 교회의 신부와 그 가족과 친분을 쌓아 소소한 교구 일을 맡아볼까 하는 고민도 했다. 오죽하면 YWCA에 가입할 생각까지 했다.

하지만 방학이 거의 끝나갈 무렵 도러시는 도서관에서

의 우연한 만남으로 비버 양이라는 여자와 사귀게 되었다. 그녀는 사우스브리지의 또 다른 사립학교인 투트 상업학교의 지리 교사였다. 투트 상업학교는 링우드 하우스보다 훨씬 더 크고 허세가 대단한 학교였다. 자택에서 통학하는 남녀 학생이 150명에 이르렀고, 기숙사에 거주하는 학생도 열 명이 넘었다. 교과과정으로 뻔뻔하게 사기를 치지는 않았다. '최신 업무 교육'에 목을 매는 부모가 이 학교의 표적이었고, 교훈은 '능률성'이었다. 인문 교육은 깡그리 버리고, 쉽게 돈 버는 방법만 열성적으로 가르쳤다. 모든 학생은 입학하자마자 '능률성 의식'이라는 일종의 문답을 외워야 했다. 이를테면 다음과 같은 질문과 답으로 이루어져 있었다.

질문: "성공의 비결은 무엇일까요?"
답: "성공의 비결은 능률성입니다."
질문: "능률성의 시금석은 무엇일까요?"
답: "능률성의 시금석은 성공입니다."

이런 식이었다. 교장의 지휘에 따라 모든 남녀 학생이 '능률성 의식'—일주일에 이틀 아침은 기도 대신 이 의식을 행했다—을 읊조리는 모습은 그야말로 일대 장관이라고들 했다.

비버 양은 통통한 몸에 얼굴이 갸름하고, 코가 불그스

름한 단정하고 작은 여자로, 암컷 뿔닭처럼 걸어 다녔다. 그녀는 20년 동안 뼈 빠지게 일한 끝에 주급 4파운드를 벌고, 학교 밖에서 살 수 있게 되었다. 그 덕에 밤마다 기숙사 학생들을 재우느라 고생할 필요도 없었다. 비버 양은 침실과 거실을 겸한 한 칸짜리 방에서 살았고, 가끔 둘 모두 한가한 저녁에는 도러시를 초대하기도 했다. 도러시에게는 너무도 기다려지는 시간이었다. 하지만 아주 드물게만 가능한 일이었다. 비버 양의 집주인이 '손님을 좋아하지 않았기' 때문이다. 그리고 그 집에 간다 해도 《데일리 텔레그래프》의 가로세로 낱말 퍼즐을 풀고, 비버 양이 1913년에 오스트리아의 티롤주를 여행했을 때(이 여행은 그녀 인생의 최절정이자 자랑거리였다) 찍은 사진을 구경하는 것 말고는 딱히 할 일이 없었다. 그래도, 앉아서 누군가와 다정하게 대화를 나누고, 크리비 부인의 차보다 덜 밍밍한 차를 마시는 건 대단한 일이었다! 비버 양은 옻칠이 된 여행 가방(1913년에 티롤주까지 그녀와 함께한 가방) 안에 알코올램프를 갖고 있었고, 그 램프로 차 몇 주전자를 콜타르만큼 새카맣게 우려내어 하루 동안 엄청난 양의 차를 마셨다. 그녀가 도러시에게 은밀히 털어놓기를, 항상 보온병을 학교로 가져가서 쉬는 시간에, 그리고 점심시간 후에 뜨거운 차를 한 잔씩 마신다고 했다. 도러시는 모든 3류 여교사가 잘 다져진 두 길 중 하나를 걸어간다는 사실을 알았다. 하나는 위스키를

거쳐 구빈원으로 가는 스트롱 양의 길, 다른 하나는 진한
차를 마시다 노쇠한 귀부인들의 요양소에서 품위 있는
죽음을 맞는 비버 양의 길이었다.

비버 양은 사실 둔감한 여자였다. 도러시가 보기에 그
녀는 '죽음의 상징', 아니 그보다는 '노약함의 상징'이었
다. 그녀의 영혼은 오래전 잊힌 비누 그릇에 비쩍 말라붙
어 있는 비누처럼 처량하니 시든 듯했다. 집주인의 횡포
아래 단칸방에 살며, 헛구역질하는 아이들의 목에다 상
업 지리를 '능률적으로' 밀어 넣는 인생만이 그녀가 상상
할 수 있는 거의 유일한 운명이 되어버렸다. 하지만 도러
시는 비버 양이 아주 좋아졌고, 때때로 단칸방에서 함께
뜨거운 차를 마시며《데일리 텔레그래프》의 낱말 퍼즐을
푸는 시간은 도러시 인생의 오아시스나 마찬가지였다.

부활절까지의 봄학기가 시작되자 도러시는 기뻤다. 공
허하고 외로운 방학보다는 몸을 혹사시키며 일하는 편이
차라리 나았다. 게다가 이번 학기에는 아이들을 다루기
가 한결 쉬웠다. 다시는 아이들의 머리를 때릴 필요도 없
었다. 처음부터 인정사정 두지 않으면 아이들이 알아서
잘 따라온다는 이치를 이제는 그녀도 알고 있었다. 지난
학기에 아이들이 못되게 군 건 처음에 아이들을 인간으
로 대우해준 탓이었다. 나중에 자기들이 좋아하는 수업
이 계속되지 않자 아이들은 인간처럼 반항했다. 하지만
쓰레기를 가르쳐야 한다면 학생들을 인간으로 대해서는

안 된다. 짐승처럼 다루어야 한다. 설득이 아닌 몰아붙이기로. 특히, 순종보다 반항이 더 고통스럽다는 사실을 일깨워주어야 한다. 이런 취급은 아이들에게 그리 좋지 않겠지만, 틀림없이 아이들은 이해하고 잘 따라오리라.

도러시는 교사의 비루한 요령을 터득했다. 정신을 흐릿하게 해 지루하고 긴 시간을 버텨낼 것, 허튼 곳에 신경을 쓰지 말 것, 항상 경계하며 자비를 베풀지 말 것, 무익하고 장황한 수업을 잘 마쳤을 때 자부심과 쾌감을 느낄 것. 갑작스러운 변화일지 몰라도 그녀는 훨씬 더 거칠고 원숙해졌다. 조금은 천진했던 눈빛이 완전히 사라지고, 얼굴이 홀쭉해져 코가 더 길어 보였다. 가끔은 확실히 교사의 얼굴로 보이기도 했다. 코안경을 껴도 어울릴 법한. 그렇다고 냉소주의자가 된 건 아니었다. 아이들이 음침한 사기 행각의 희생자라는 생각은 변함없었고, 할 수만 있다면 아이들에게 더 나은 수업을 해주고 싶은 마음도 그대로였다. 그녀가 아이들을 괴롭히고 아이들의 머릿속을 쓰레기로 가득 채운다면, 그 이유는 단 하나였다. 무슨 일이 있어도 일자리를 지켜야 했기 때문이다.

이번 학기에는 교실에서 소음이 거의 들리지 않았다. 어떻게든 트집을 잡고 싶어 안달인 크리비 부인도 빗자루 손잡이로 벽을 두드릴 일이 좀처럼 없었다. 어느 날 아침 식사를 할 때 부인은 어떤 결정을 고민하는 것처럼 도러시를 빤히 쳐다보다가 마멀레이드를 쭉 밀어주었다.

"마멀레이드 좀 먹어요, 밀버러 선생." 부인치고는 아주 정중한 말투였다.

도러시는 링우드 하우스에 온 후 처음으로 마멀레이드를 맛보았다. 그녀는 약간 얼굴을 붉히며 속으로 생각했다. '내가 최선을 다해 일했다는 걸 이 여자도 아는구나.'

그 후 매일 아침 도러시는 마멀레이드를 먹었다. 다른 면에서도 크리비 부인의 태도가 변했다. 친절해졌다고는 할 수 없어도―그건 불가능한 일이었다―예전처럼 잔인하고 무례하게 굴지는 않았다. 심지어는 미소를 짓겠다는 의도로 얼굴을 찡그릴 때도 있었다. 억지로 애쓰는 부인의 얼굴에서 **삐걱거리는** 소리가 나는 것만 같았다. 이 무렵 부인의 말에는 '다음 학기'라는 단어가 자주 등장했다. "다음 학기에는 우리 이렇게 해봐요", "다음 학기에는 이렇게 해줘요" 등등. 도러시는 드디어 크리비 부인의 신뢰를 얻어 노예보다는 동료로 대우받고 있는 듯한 느낌이 들기 시작했다. 작고 근거 없지만 아주 설레는 희망이 그녀의 마음속에 뿌리를 내렸다. 크리비 부인이 임금을 올려주려는 건 아닐까! 그럴 가능성은 희박했고, 기대를 버리려 애썼지만 잘 되지 않았다. 일주일에 반 크라운만 올라도 어마어마한 차이가 날 텐데!

마지막 날이 왔다. 운이 좋으면 내일 임금을 받을 수 있을 거라고 도러시는 생각했다. 돈이 정말 절실했다. 지난 몇 주 동안 빈털터리로 지냈고, 견디기 힘든 허기만이 문제가 아니었다. 성한 스타킹이 한 켤레도 없어서 얼른 새 것을 사야 했다. 다음 날 아침 도러시는 자기에게 할당된 집안일을 한 다음 외출하는 대신 '오전용 거실'에서 기다렸다. 그동안 크리비 부인은 위층에서 빗자루와 쓰레받기를 들고 시끄럽게 돌아다녔다. 곧 크리비 부인이 내려왔다.

"아, 여기 있었군요, 밀버러 선생!" 부인은 묘하게 의미심장한 투로 말했다. "오늘 아침엔 급하게 외출하지 않을 것 같더라니. 마침 여기에 있으니 임금을 지불해줄게요."

"고맙습니다."

"그리고 그 후에." 크리비 부인이 덧붙여 말했다. "선생에게 잠깐 할 말이 있어요."

도러시는 가슴이 설렜다. '잠깐 할 말'이라니, 그토록 바라던 임금 인상일까? 상상도 못 할 일은 아니었다. 크리비 부인은 화장대의 자물쇠 달린 서랍에서 낡고 불룩한 가죽 지갑을 하나 꺼내어 열고는 엄지손가락에 침을 묻혔다.

"12주하고 5일. 12주로 치죠. 며칠까지 꼼꼼하게 셀 필요는 없으니까. 그럼 6파운드군요."

그녀는 때 묻은 1파운드짜리 지폐 다섯 장과 10실링짜리 지폐 두 장을 세었다. 그런 다음 그중 한 장을 꼼꼼히 살피더니 너무 깨끗하다 싶었는지 도로 지갑에 집어넣고, 두 조각으로 찢긴 다른 지폐를 꺼냈다. 그러고는 화

380

장대로 가서 투명 접착테이프를 가져와 두 쪼가리를 조심스럽게 붙였다. 그 지폐와 나머지 여섯 장을 함께 건네며 부인이 도러시에게 말했다.

"받아요, 밀버러 선생. 그리고 지금 **당장** 이 집에서 나가줄래요? 당신은 더 이상 필요 없어요."

"설마 저를……."

도러시는 배 속이 얼어붙는 느낌이었다. 얼굴에서 핏기가 싹 가셨다. 하지만 이 공포와 절망 속에서도, 그녀가 방금 들은 말의 의미를 확신할 수가 없었다. 오늘 하루 동안은 집 밖에 나가 있으라는 의미가 아니었을까?

"제가 더 이상 필요 없다고요?" 그녀는 힘없이 물었다.

"그래요. 다음 학기부터 다른 선생을 쓸 거예요. 설마 방학 동안 공짜로 여기 붙어 있을 생각이었어요?"

"하지만 나더러 **나가라는** 건, 해고한다는 뜻은 아니죠?"

"아니긴요. 그게 아니면 무슨 뜻이겠어요?"

"미리 통보해주지도 않았잖아요!"

크리비 부인이 발끈하며 말했다. "통보라니! 내가 통보를 해주든 말든 무슨 상관이에요? 계약서를 쓴 것도 아닌데, 안 그래요?"

"그건…… 그렇죠."

"자, 그럼! 올라가서 짐이나 싸요. 더 있어봐야 좋을 것도 없어요. 당신 점심은 없으니까."

도러시는 위층으로 올라가 침대 끄트머리에 앉았다. 온

몸이 걷잡을 수 없이 떨렸다. 몇 분이 지난 후에야 정신을 차리고 짐을 싸기 시작했다. 그녀는 머릿속이 새하얘졌다. 너무도 갑작스럽게, 별 이유 없이 닥친 재앙이라 실제로 일어났다는 걸 믿기가 힘들었다. 하지만 크리비 부인이 그녀를 해고한 이유는 아주 단순하고도 합당했다.

링우드 하우스에서 그리 멀지 않은 곳에 학생이 일곱 명밖에 안 되는 게이블스라는 폐교 직전의 가난한 학교가 있었다. 그곳의 무능한 늙은 교사 올콕 양은 지금껏 서른여덟 군데의 학교를 옮겨 다녔고, 온순한 카나리아 한 마리도 감당 못 할 사람이었다. 하지만 올콕 양에게도 한 가지 탁월한 재주가 있었으니, 고용주를 배신하는 데 아주 능했다. 이런 3류, 4류 사립학교에서는 일종의 해적질이 쉴 새 없이 진행 중이다. 학부모들을 감언이설로 꾀어 다른 학교의 학생들을 훔쳐온다. 그 밑바탕에는 대개 교사의 배신이 깔려 있다. 교사는 학부모들에게 차례로 은밀히 접근하고("자녀분을 제게 맡겨주시면 한 학기에 10실링씩 깎아드릴게요"), 충분한 인원이 채워지면 갑자기 떠나 자기 학교를 열거나, 아이들을 다른 학교로 옮겨버린다. 올콕 양은 고용주의 일곱 학생 중 세 명을 빼앗는 데 성공했고, 크리비 부인을 찾아와서는 학생들을 주겠다고 제안했다. 그 대가로 도러시의 자리를 대신 차지하고, 자신이 데려오는 학생들에 대해 15퍼센트의 수수료를 받기로 했다.

거래가 성사되기 전 몇 주 동안 은밀한 흥정이 벌어져, 올콕 양의 수수료는 15퍼센트에서 12.5퍼센트로 깎였다. 크리비 부인은 늙은 올콕이 데려오는 세 학생이 링우드 하우스에 계속 다니리라는 확신이 들면 곧장 올콕을 해고하리라 마음먹었다. 한편 올콕 양은 학교에 발을 들여놓는 순간부터 늙은 크리비의 학생들을 한 명씩 훔쳐갈 계획이었다.

도러시를 해고하기로 마음을 정한 후 크리비 부인에게 가장 중요한 건 그 결정을 들키지 않는 것이었다. 무슨 일이 벌어질지 알면, 도러시가 학생들을 꼬드기기 시작하거나, 남은 학기 동안 손 하나 까딱하지 않을 테니 말이다. (크리비 부인은 자기가 인간의 본성을 잘 안다고 자부하고 있었다.) 도러시에게 마멀레이드를 주고 어색한 미소를 짓는 등의 친절을 베푼 것도 의심을 사지 않기 위한 책략이었다. 사립학교의 이런 생리를 아는 사람이라면 마멀레이드가 자기 쪽으로 미끄러져 오는 순간 다른 일자리를 생각하기 시작했을 것이다.

해고 통고를 받은 지 30분 만에 도러시는 손가방을 들고서 대문을 열었다. 4월 4일, 바람이 센 화창한 날이었다. 가만히 서 있기가 힘들 정도로 추웠다. 하늘은 바위종다리의 알처럼 파랗고, 갑자기 인도에 불어닥친 심술궂은 살바람이 건조하고 따끔한 흙먼지를 얼굴에 때려댔다. 도러시는 대문을 닫고 철도 간선역 쪽으로 천천히 건기 시작했다.

나중에 주소를 알려줄 테니 트렁크를 보내달라고 하자 크리비 부인은 곧장 운송비로 5실링을 요구했다. 그래서 이제 도러시의 수중에는 5파운드 15실링이 남아 있었다. 아껴 쓴다면 3주 정도는 버틸 만했다. 우선 런던으로 가서 적당한 하숙집을 찾아야 한다는 것 말고는, 앞으로 어찌해야 할지 막막하기만 했다. 하지만 처음의 당혹스러움이 가시자 완전히 절망적인 상황은 아님을 깨달았다. 얼마 동안은 아버지의 도움을 받을 수 있을 테고, 최악의 경우에는, 생각도 하기 싫었지만 토머스 경에게 또 한 번 도움을 청할 수도 있었다. 게다가 일자리를 구할 가능성도 꽤 높았다. 그녀는 젊었고, 상류층의 억양을 썼으며, 하녀의 임금을 받고 일할 용의도 있었다. 4류 학교의 주인이라면 아주 좋아할 만한 자질들이었다. 만사가 잘 풀릴 것 같았다. 하지만 도러시 앞에는 아주 힘든 시간이 기다리고 있었다. 일자리를 찾아 돌아다니고, 불확실한 미래를 걱정하며 굶주림에 시달릴 시간. 적어도 이것만은 확실했다.

제5부

1

하지만 상황은 전혀 다른 방향으로 흘러갔다. 도러시가 대문에서 5미터도 채 가지 않았을 때, 전보를 배달하는 소년이 휘파람을 불며 집에 붙은 명패들을 확인하면서 자전거를 타고 반대 방향에서 달려왔다. 소년은 링우드 하우스라는 이름을 보더니 자전거를 휙 돌려 갓돌에 세워두고 도러시에게 다가왔다.

"밀-버로 양이 여기 살아요?" 소년은 링우드 하우스 쪽으로 고개를 까딱하며 물었다.

"그래. 내가 밀버러 양이야."

"답장을 보낼지도 모르니까 기다려야겠네." 소년은 이렇게 말하며 허리띠에서 오렌지색 봉투를 하나 꺼냈다.

도러시는 가방을 내려놓았다. 또다시 몸이 격렬하게 떨

리기 시작했다. 기쁨 때문인지 두려움 때문인지 알 수 없었다. 두 가지 상반된 생각이 거의 동시에 떠올랐다. '좋은 소식일 거야!'라는 생각과 '아버지가 위독하신 건가!' 하는 생각. 그녀가 간신히 봉투를 뜯어보니 두 장짜리 전보가 나왔는데, 내용을 이해하기가 상당히 어려웠다.

바르게 사는 자들, 야훼 품에서 즐거워하여라! 기쁜 소식! 당신의 명예가 완전히 회복되었소. 셈프릴 부인이 스스로 자기 무덤을 팠다오. 명예훼손 소송. 이제는 아무도 그 여자 말을 믿지 않소. 당신 아버지가 당신의 빠른 귀가를 바라고 있소. 괜찮다면 내가 직접 가서 당신을 데려오리다. 곧 도착할 예정. 날 기다려주시오. 자바라를 치며 그를 찬미하여라! 큰 사랑을 담아.

서명은 볼 필요도 없었다. 당연히 워버턴 씨가 보낸 전보였다. 도러시는 힘이 쭉 빠지면서 몸이 더 심하게 떨렸다. 소년 배달부가 그녀에게 뭔가를 묻고 있는 것이 어렴풋이 느껴졌다.

"답장은요?" 소년이 세 번째인가 네 번째로 물었다.

"오늘은 됐어, 고마워." 도러시는 멍하니 답했다.

소년은 다시 자전거에 올라타 떠나며, 팁을 주지 않은 도러시에게 불만을 표하듯 아까보다 더 큰 소리로 휘파람을 불었다. 하지만 도러시는 소년의 멸시도 알아차리지 못했다. 전보에서 그녀가 완전히 이해한 유일한 문장은 '당신 아버지가 당신의 빠른 귀가를 바라고 있소'였다. 예기치 않은 일에 도러시는 약간 얼떨떨해졌다. 얼이 빠진 채 차가운 바람을 맞으며 한참이나 인도에 서 있자니 택시 한 대가 거리를 천천히 굴러왔다. 그 안에 타고 있던 워버턴 씨가 도러시를 보더니 택시를 멈추고 펄쩍 뛰어내렸다. 그러고는 환한 미소를 지으며 거리를 건너 그녀에게 다가왔다. 그는 그녀의 두 손을 덥석 잡았다.

"이런!" 워버턴 씨는 이렇게 외치며, 아버지처럼 안아준답시고 팔을 뻗어 도러시를 자기 쪽으로 끌어당겼다. 누가 보고 있든 신경 쓰지 않고. "그동안 어떻게 지냈소? 어이쿠, 왜 이리 마른 거요! 갈비뼈가 느껴질 정도잖아. 당신이 일하던 학교가 어디지?"

아직 그의 품에서 벗어나지 못한 도러시는 몸을 약간 돌려 링우드 하우스의 어둑한 창을 힐끔 쳐다보았다.

"아니! 저기? 맙소사, 누추하기 짝이 없군! 짐은 어쨌소?"

"저 안에 있어요. 부쳐달라고 돈을 줬으니까 괜찮을 거예요."

"말도 안 되는 소리! 돈을 왜 줘? 우리가 가져갑시다. 택시 위에 얹으면 될 거요."

"아니에요, 됐어요! 그냥 부치라 그래요. 다시 못 들어가겠어요. 크리비 부인이 펄펄 뛸 거예요."

"크리비 부인? 크리비 부인이 누구요?"

"교장요…… 어쨌든 학교 주인이죠."

"왜, 괴물 같은 여잔가 보지? 나한테 맡겨요. 내가 상대하리다. 페르세우스와 고르곤의 대결이지. 당신은 안드로메다. 잠깐 나와봐요!" 그가 택시 기사를 불렀다.

두 남자는 현관문으로 올라갔고, 워버턴 씨가 문을 두드렸다. 도러시는 그들이 크리비 부인에게서 트렁크를 받아낼 수 있으리라 믿지 않았다. 걸음아 날 살려라 하고 도망쳐 나오는 그들과 빗자루를 들고 뒤쫓아 오는 크리비 부인의 모습이 머릿속에 그려졌다. 하지만 몇 분 만에 그들은 다시 나왔고, 택시 기사가 어깨에 트렁크를 짊어지고 있었다. 워버턴 씨는 도러시를 택시에 태우고 자신도 자리에 앉은 후, 반 크라운짜리 동전 한 닢을 그녀의 손에 떨어뜨렸다.

"참 기가 막힌 여자야! 기가 막혀!" 택시가 출발하자 그는 다 알겠다는 듯 말했다. "저런 악마를 그동안 어떻게 참았소?"

"이건 뭐예요?" 도러시는 동전을 보며 물었다.

"짐을 부쳐달라고 당신이 맡겼던 반 크라운. 그런 할망구한테서 받아내다니, 좀 대단하지 않소?"

"하지만 난 5실링을 줬는데요!"

"뭐? 그 여자는 당신이 반 크라운만 줬다고 하던데. 참 뻔뻔스럽기도 하지! 돌아가서 반 크라운을 마저 받아 옵시다. 그 여자도 혼 좀 나봐야지!" 워버턴 씨가 유리창을 톡톡 두드렸다.

"아니, 됐어요!" 도러시는 그의 팔에 손을 얹으며 말했다. "아무 상관 없어요. 그냥 여기서 떠나요, 당장. 그곳으로 다시는 돌아가고 싶지 않아요, 절대!"

진심이었다. 링우드 하우스를 또 보느니, 반 크라운쯤은, 아니 전 재산이라도 포기할 수 있을 것 같았다. 그래서 그들은 크리비 부인을 승리자로 남겨둔 채 떠났다. 과연 크리비 부인은 이 일로 또 한 번 웃음 지었을까?

워버턴 씨는 런던까지 택시를 타고 가자고 고집을 부렸고, 도로가 한산해지면 도러시가 끼어들 틈이 없을 정도로 심하게 떠들어댔다. 교외 중심부로 들어가고 나서야 도러시는 갑작스러운 상황 변화에 대한 설명을 들을 수 있었다.

"무슨 일이 있었던 거예요? 이해가 안 돼요. 왜 갑자기 내가 집에 돌아갈 수 있게 된 거죠? 왜 이제 사람들이 셈프릴 부인의 말을 안 믿어요? 설마 자백한 건 아니죠?" 그녀가 말했다.

"자백? 그럴 리가! 하지만 죄가 만천하에 드러났으니 매한가지긴 하지. 당신 같은 독실한 사람들은 신의 섭리라 여길 만한 일이었다오. 인과응보라고나 할까. 그 여자가 불미스러운 일에 엮여서 명예훼손 소송을 당했거든. 지난 2주 동안 나이프 힐에서는 다들 그 얘기뿐이었소. 당신도 신문에서 봤을 텐데."

"신문은 안 본 지 한참 됐어요. 누가 소송을 걸었어요? 설마 우리 아버지는 아니죠?"

"당연히 아니지! 성직자는 명예훼손 소송을 제기할 수 없으니. 바클레이스 은행 지점장이었소. 그 여자가 자주 떠들던 얘기 기억나시오? 지점장이 은행 돈으로 어떤 여자를 먹여 살리고 있다는 둥."

"네, 그랬던 것 같아요."

"몇 달 전에 셈프릴 부인이 어리석게도 그 얘기를 편지에 썼지 뭐요. 어떤 친절한 친구―아마도 여성 친구였겠지―덕분에 그 편지가 은행 지점장의 손에 들어갔지. 지점장은 소송을 제기했고, 셈프릴 부인은 150파운드의 배상금을 지급하라는 명령을 받았소. 한 푼이라도 냈을지 의문이지만, 어쨌든 그 여자의 험담꾼 인생도 이것으로 끝이오. 수년 동안 남을 물어뜯고 다니면 뻔한 거짓말이라도 사람들이 믿어줄지 모르지. 하지만 공개 법정에서 거짓말쟁이라는 게 탄로 나면 자격을 잃게 되거든. 적어도 나이프 힐에서는 셈프릴 부인이 발붙일 곳이 없어졌소. 과연 며칠 사이에 마을을 떠나버리더군. 실은 야반도주나 마찬가지였지. 지금은 아마 베리 세인트 에드먼즈에서 물을 흐리고 있을 거요."

"하지만 부인이 당신과 나에 관해 떠들었던 얘기는 그 사건과 아무 상관 없잖아요?"

"전혀 상관없지, 전혀. 하지만 뭐가 걱정이오? 중요한 건 당신의 명예가 회복됐다는 거요. 지난 몇 달 동안 당신에 대해 이러쿵저러쿵 떠들어대던 인간들이 이제는 이렇게 말하고 있다오. '어이쿠, 가여운 도러시, 그 지독한 여자한테 된통 당했잖아!'"

"그러니까, 셈프릴 부인이 한 가지 거짓말을 했으니 다른 얘기도 다 거짓일 거라는 소리예요?"

"생각이라는 걸 할 줄 아는 사람이라면 당연히 그렇게 말하겠지. 어쨌든 셈프릴 부인은 체면을 구겼고, 그 여자한테 모함당했던 사람들은 전부 다 순교자가 되는 거요. 심지어 내 평판도 지금은 아주 괜찮다오."

"정말 이걸로 끝일까요? 그게 다 우연한 사고라고 사람들이 진심으로 믿을까요? 내가 기억을 잃었을 뿐, 누군가와 눈이 맞아 도망간 게 아니라고?"

"뭐, 그것까지는 알 수 없지. 촌사람들은 워낙 의심이 많으니. 구체적으로 어떤 일을 수상하게 여기는 게 아니라, 뭐든 의심부터 하고 보는 거요. 시골뜨기들의 본능적이고 천한 성정으로. 아마 앞으로 10년 동안은 도그 앤드 보틀의 바에서 당신의 과거에 뭔가 추잡한 비밀이 있다는 막연한 소문이 돌 테지, 그 비밀이 뭔지 아는 사람은 한 명도 없겠지만. 그래도 어쨌든 고생은 끝이오. 내가 당신이라면, 질문을 받기 전까지는 굳이 어떤 해명도 하지 않겠소. 공식적으로는 당신이 심한 독감에 걸려서 휴양을 떠난 것으로 되어 있으니까. 계속 그렇게 밀어붙입시다. 사람들도 문제없이 받아들일 거요. 공식적으로 당신한테 불리한 건 아무것도 없소."

곧 런던에 도착하자 워버턴 씨는 코번트리 스트리트의 한 식당으로 도러시를 데려갔다. 그곳에서 그들은 아스파라거스와 때 이르게 수확한 자그맣고 새하얀 감자를 곁들인 영계구이와 당밀 타르트, 그리고 따뜻한 부르고뉴산 포도주를 점심으로 먹었다. 하지만 도러시에게 가장 큰 즐거움을 준 것은 식사 후에 마신 블랙커피였다. 크리비 부인의 미지근하고 싱거운 차와는 너무도 달랐다. 식사를 마친 그들은 또 택시를 타고 리버풀 스트리트역까지 가서 2시 45분 기차를 탔다. 나이프 힐까지는 네 시간의 여정이었다.

워버턴 씨는 일등칸을 타자고 고집하면서, 자기 요금을 내겠다는 도러시의 말을 들으려 하지 않았다. 그리고 도러시의 눈을 피해 차장에게 팁을 주어 단독 칸을 구했다. 실내에 있느냐 실외에 있느냐에 따라 봄일 수도 겨울일 수도 있는 화창하고 추운 날이었다. 객차의 닫힌 창 뒤로 펼쳐진 새파란 하늘은 따뜻하니 온화해 보였고, 기차가 덜커덩거리며 지나가는 황량한 빈민가—미로처럼 뒤얽힌 칙칙한 색의 작은 집들, 무질서하게 들어선 거대한 공장들, 진흙투성이의 운하, 녹슨 보일러들이 흩어져 있고 연기로 검게 그을린 잡초로 뒤덮여 있는 버려진 건축 부지들—는 태양의 황금빛에 구원받았다. 첫 30분 동안 도러시는 거의 입을 열지 않았다. 너무 행복해서 아무 말도 할 수 없었다. 별다른 생각 없이 그저 가만히 앉아, 유리창으로 스며 들어오는 햇빛, 푹신한 좌석의 편안함, 크리비 부인의 손아귀에서 벗어난 해방감을 만끽했다. 하지만 이런 기분도 그리 오래가지는 못했다. 점심에 마셨던 포도주의 온기처럼 만족감은 서서히 사그라지고, 표현하기 고통스러운 혹은 어려운 생각이 고개를 들기 시작했다. 워버턴 씨는 지난 여덟 달 동안 그녀에게 일어난 변화를 가늠하기라도 하려는 듯 평소보다 더 주의 깊게 도러시의 얼굴을 지켜보고 있었다.

"더 나이 들어 보이는군." 마침내 그가 말했다.

"나이가 더 들었으니까요." 도러시가 답했다.

"그건 그렇지만, 흠, 좀 더 완벽하게 어른이 된 것 같다고 할까. 더 단단해졌다고 할까. 얼굴이 뭔가 달라졌소. 이렇게 말하면 화낼지 모르겠지만, 당신 몸에서 예전의 그 걸가이드 단원은 영원히 쫓겨난 것 같군. 그 대신에 일곱 악마가 들어간 건 아니겠지?" 도러시가 답하지 않자 그가 덧붙였다. "악마처럼 지독한 시간을 보냈던 모양이오?"

"오, 말도 말아요! 말할 수 없이 끔찍할 때도 있었어요. 당신은 상상도 못 하겠지만 가끔은……."

도러시는 멈칫했다. 음식을 구걸했다고 워버턴 씨에게 말할 뻔했다. 길거리에서 자고, 구걸을 하다 체포되어 감방에서 밤을 보내고, 크리비 부인에게 괴롭힘당하며 배를 곯았다고 말할 뻔했다. 하지만 그녀는 말을 멈추었다. 이런 얘기는 하고 싶지 않다는 생각이 문득 들었기 때문이다. 코감기에 걸렸다거나 기차를 갈아타는 역에서 두 시간을 기다렸다는 등의 얘기와 별다를 것 없는 사소하고 무의미한 사건들에 지나지 않았다. 불쾌하지만 중요치 않은 사건들. 모든 진정한 사건은 마음속에서 일어난다는 진부한 말이 어느 때보다 뼈저리게 와닿았다.

"그런 일들은 별로 중요치 않아요. 돈이 한 푼도 없다거나 제대로 못 먹는다거나. 설사 굶어 죽을 지경이라도 마음속에서 **변하는** 건 아무것도 없으니까요."

"그런가? 그 말을 믿어주겠소. 어렵긴 하겠지만."

"뭐, 그런 일이 일어나면 물론 끔찍하게 힘들죠. 하지만 크게 달라지는 건 없어요. 중요한 건 마음속에서 벌어지는 일이니까."

"그게 무슨 뜻이오?" 워버턴 씨가 물었다.

"아, 마음이 변하면 세상 전체가 변하잖아요. 세상을 보는 눈이 달라지니까."

그녀는 여전히 창밖을 바라보고 있었다. 런던 동부의 빈민가를 벗어난 기차는 산울타리에 여린 연둣빛 새싹이 구름처럼 돋아나기 시작한 낮은 목초지와 버드나무가 줄지어 선 개울을 지나며 점점 속도를 높이고 있었다. 철길 근처의 어느 들판에서는 노아의 방주에 탄 짐승처럼 생기 없어 보이는 생후 1개월 된 송아지 한 마리가 뻣뻣한 다리를 깡충거리며 어미를 따라가고, 오두막 정원에서는 류머티즘에 걸린 듯 느릿느릿 움직이는 늙은 인부가 희미한 꽃에 뒤덮인 배나무 아래의 땅을 뒤집고 있었다. 기차가 지나갈 때 인부의 삽이 햇빛에 번득였다. '온 세상의 변화와 쇠퇴가 보이네'라는 우울한 성가 가사가 도러시의 머릿속을 스쳤다. 그녀가 방금 한 말은 진실이었다. 그녀의 가슴속에서 무슨 일인가 벌어졌고, 그 순간부터 세상은 조금 더 공허하고 조금 더 불행한 곳이 되었다. 지난봄이나 더 전의 봄에 이런 날을 맞았다면, 소생하는 한 해의 첫 푸른 하늘과 첫 꽃들을 주신 하느님에게 아무 생각 없이 신나게 감사 기도를 올렸을 텐데! 지금은 감사 기도를 올릴 하느님도 없는 듯했고, 우주 만물—꽃이나 돌이나 풀잎 하나도—이 예전과 달라 보였다.

"마음은 변하죠." 도러시는 다시 말한 뒤 불쑥 덧붙였다. "난 신앙을 잃었어요." 의도치 않게 이 말을 뱉고 나니 그녀는 조금 창피해졌다.

"뭘 잃었다고?" 워버턴 씨는 이런 유의 어법에 도러시보다 덜 익숙했다.

"신앙요. 무슨 말인지 알잖아요! 몇 달 전에 갑자기 내 마음이 송두리째 변한 것 같았어요. 그때까지 믿었던 모든 것, 그야말로 모든 것이 갑자기 무의미하고 어리석게까지 느껴지더군요. 하느님이니, 불멸의 생이니, 천국이

397

니, 지옥이니 하는 그 모든 것. 전부 다 사라져버렸어요. 내가 이성적으로 그런 결론을 도출한 게 아니에요. 그냥 나한테 그런 일이 벌어진 거죠. 어릴 때 어느 날 갑자기 뚜렷한 이유 없이, 세상에 요정 같은 건 없다고 생각하게 되잖아요. 그런 거예요. 그냥 더는 믿을 수가 없었어요."

"처음부터 믿음 같은 건 없었던 거지." 워버턴 씨가 무심하게 말했다.

"아니에요, 난 정말 믿었어요! 당신은 그렇지 않다고 쭉 생각했겠죠. 내가 체면 때문에 인정하지 못하고 믿는 척한다고 생각했겠죠. 하지만 그렇지 않아요. 내가 지금 이 객차에 앉아 있다고 믿는 것처럼, 굳게 믿었다고요."

"믿지 않았대도 그러네! 당신 나이에 어떻게 그럴 수 있겠소? 그런 걸 믿기엔 당신은 너무 똑똑해. 하지만 그런 터무니없는 믿음 속에서 자라다 보니, 감수할 수 있다고 생각하면서 살았겠지. 당신은 신자에게만 가능한 생활 패턴을 구축했고—심리학에나 어울리는 말을 해서 미안하오만—당연히 그것이 당신에게 무거운 짐이 되기 시작한 거요. 당신의 문제가 뭔지는 처음부터 명백했소. 십중팔구는 바로 그 이유 때문에 기억을 잃었을 거요."

"그게 무슨 뜻이에요?" 도러시는 그의 말이 당황스러웠다.

그녀가 이해하지 못하고 있다는 걸 눈치챈 워버턴 씨는 기억상실이란 견딜 수 없는 상황에서 탈출하기 위한 무의식적인 장치라고 설명했다. 인간의 정신은 궁지에 빠졌을 때 신기한 묘기를 부린다고 말이다. 이런 얘기를 난생처음 들어보는 도러시는 처음엔 그의 설명을 받아들일 수 없었다. 그래도 잠시 고민해보고는, 설사 그 말이 맞더라도 근본적인 사실은 변하지 않는다는 결론을 내렸다.

"그런다고 달라지는 건 없어요." 마침내 그녀가 말했다.

"그런가? 상당한 차이가 있는 것 같소만."

"신앙이 사라졌다면, 내가 지금 막 신앙을 잃었든 몇 년 전에 잃었든 그게 뭐가 중요하겠어요? 중요한 건, 신앙이 없어졌으니 내 인생을 완전히 다시 시작해야 한다는 거죠."

"설마하니, 신앙을 잃어서 **아쉽다**는 뜻은 아니겠지? 차라리 갑상선종을 잃어서 아쉽다고 하시오. 물론 내 말에 무슨 근거가 있는 건 아니오. 난 잃을 신앙이라는 것도 별로 없었던 사람이니까. 그나마 지녔던 얄팍한 신앙도 아홉 살에 편안히 떠나보냈지. 하지만 그걸 잃었다고 **아쉽지**는 않을 텐데. 내 기억이 맞는다면, 끔찍한 일을 해야 하지 않았소? 새벽 5시에 일어나서 빈속으로 성찬례에 나간다거나. 설마 그런 것 때문에 집이 그리운 건 아니겠지?"

"그런 의식을 꼭 지켜야 한다는 생각은 이제 없어요. 많은 부분이 좀 우스꽝스러워 보이기도 하고. 하지만 그런다고 달라지는 건 없어요. 내가 지녔던 모든 믿음이 사라졌는데, 그 자리를 대신 채워줄 만한 게 하나도 없다는 사실이 중요하죠."

"맙소사! 왜 그 자리를 다시 채우려고 하지? 미신적인
쓰레기들을 속 시원히 내다 버렸으니 기뻐할 일 아닌가?
이제는 지옥불이 무서워서 벌벌 떠는 것도 싫지 않소?"

"하지만 갑자기 온 세상이 텅 비어버리면 모든 게 달라
질 수밖에 없죠."

"텅 비어?" 워버턴 씨는 탄식하듯 말했다. "텅 비었다니,
그게 무슨 소리요? 당신 나이의 여자가 입에 올릴 말은 아
닌 것 같은데. 세상은 전혀 텅 비어 있지 않소, 오히려 너
무 꽉 차 있어서 문제지. 오늘 이렇게 살아 있다가 내일 죽
을지도 모를 일, 즐기며 살기에도 짧은 시간이잖소."

"하지만 아무 의미도 없는 걸 어떻게 즐길 수가 있어요?"

"거참! 왜 그렇게 의미에 집착하지? 내가 밥을 먹는 건
신의 영광을 위해서가 아니요. 내가 즐거워서지. 이 세상
에 즐거운 일들이 얼마나 많소. 책, 영화, 포도주, 여행,
친구…… 거기에 무슨 의미가 있는 것도 아니고, 찾고 싶
지도 않소."

"하지만……."

도러시는 말을 끊었다. 아무리 설명해봐야 헛수고라는
걸 알았기 때문이다. 워버턴 씨는 도러시의 고충을 이해
하지 못했으며, 원래 독실하던 사람이 세상의 무의미함
을 깨달았을 때 움츠러들 수밖에 없다는 걸 이해하지 못
했다. 범신론자들이 지긋지긋하게 늘어놓는 진부한 이야

기도 이해 못 할 사람이었다. 인생은 본질적으로 무의미하다는 개념이 그에게는 좀 더 재미있게 느껴지리라. 하지만 그는 충분히 예리했다. 도러시의 난처한 입장을 알아채고 잠시 후 이렇게 말했다.

"물론, 집으로 돌아가면 조금 힘들긴 할 거요. 말하자면 양의 가죽을 쓴 이리가 될 테니까. 어머니 연합이니 임종 기도니 하는 교회 일이 가끔은 싫겠지. 그걸 견디지 못할까 봐 두렵소? 그게 고민인 거요?"

"아, 아니에요. 그런 생각은 해본 적 없어요. 예전에 하던 일은 계속해나갈 거예요. 내게 가장 익숙한 일이니까. 게다가 아버지를 도와드려야죠. 보좌신부를 들일 형편이 안 되는데 할 일은 많고."

"그럼 대체 뭐가 문제요? 위선을 떨어야 한다는 게 괴로워서? 성찬례 빵이 목에 걸릴까 봐? 걱정할 필요 없소. 아마 영국에 있는 성직자의 딸 중 절반이 같은 어려움을 겪고 있을 테니. 그리고 성직자들도 열에 아홉은 그럴 테고."

"그런 점도 없지 않아 있죠. 앞으로는 계속 연기를 해야 할 거예요. 오, 그게 어떨지 상상도 안 가요! 하지만 가장 큰 문제는 그게 아니에요. 사실 그건 별일 아닐 수도 있어요. 그런 위선자라면 차라리 나을지도 몰라요."

"그런 위선자라니? 믿는 척하는 게 믿음의 차선책이라는 뜻은 아니길 바라오만?"

"음...... 그런 뜻으로 한 말이에요. 신앙이 없어도 믿는 척하는 게 낫다고, 그게 덜 이기적이라고 생각해요. 안 믿는다고 공개적으로 떠벌려서 다른 사람들까지 그렇게 되게 하는 것보다는."

"이런, 도러시, 미안한 말이지만, 마음에 병이 들었군요. 아니지! 더 심각해. 완전히 썩었어. 기독교도로 자란 후유증 때문에 정신이 썩은 거야. 태어나는 순간부터 당신한테 쑤셔 넣어졌던 그 우스꽝스러운 믿음이 전부 사라졌다면서, 그런 믿음이 없는 삶은 무의미하다니. 이게 말이 되는 소리요?"

"글쎄요. 아마 말이 안 되겠죠. 하지만 내 천성이 그런가 봐요."

워버턴 씨는 자신의 생각을 밀고 나갔다. "내가 보기에 당신은, 양쪽 세계의 가장 나쁜 점만 합쳐놓으려는 것 같소. 기독교식 세계관을 그대로 고수하되 거기에서 천국만 쏙 빼는 거지. 그리고 사실을 말하자면, 당신처럼 국교회의 폐허 속에서 방황하는 인간이 꽤 많을 거요. 당신들도 한 교파인 셈이지." 그는 생각에 잠겨 덧붙였다. "국교회의 무신론자들. 나라면 속하고 싶지 않을 교파야."

두 사람의 대화는 조금 더 이어졌지만, 그리 큰 성과는 없었다. 워버턴 씨는 종교적 믿음이니 종교적 회의니 하는 이야기가 따분하고 난해하기만 했다. 신성모독의 구실로써가 아니라면 이런 주제는 그에게 아무런 의미도 없었다. 도러시의 생각을 이해하려는 시도를 포기한 듯

이내 그는 화제를 바꾸었다.

"이렇게 떠들어봐야 소용없소. 당신은 아주 우울한 생각에 빠져 있지만, 나중엔 거기서 벗어날 수 있을 거요. 기독교 신앙이 불치병은 아니니까. 그건 그렇고, 당신한테 하려던 다른 얘기가 있소. 잠깐 내 말을 들어봐요. 여덟 달 만에 집으로 돌아가면 그리 편하지만은 않을 거요. 이미 꽤 고된 생활을 했는데—적어도 내가 보기엔 그렇소—이제는 예전의 모범적인 걸가이드 단원도 아니니, 훨씬 더 힘들겠지. 그런데 꼭 집으로 돌아가야겠소?"

"그럼 어떻게 하겠어요, 일자리를 또 구한다면 모를까. 다른 방법이 없어요."

워버턴 씨는 고개를 약간 갸웃하며 묘한 표정을 지었다.

"사실은 말이오. 내가 제안하고 싶은 한 가지 대안이 있는데." 그가 평소보다 진지한 목소리로 말했다.

"교사 일을 계속 해보라는 건가요? 사실 그래야 할지도 몰라요. 어찌 됐든 결국엔 그 일로 돌아가야겠죠."

"아니. 내가 하려는 조언은 그게 아니오."

워버턴 씨는 대머리를 감추기 위해 늘 멋지고 챙이 넓은 회색 중절모를 쓰고 다녔다. 그런데 지금은 모자를 벗더니 빈 옆자리에 조심스레 내려놓았다. 귀 부근에 금빛 머리칼이 한두 가닥 붙어 있는 벌거벗은 머리가 거대한 분홍빛 진주처럼 보였다. 도러시는 약간 놀라며 그를 지켜보았다.

"당신한테 내 최악의 모습을 보여주려고 모자를 벗었소. 그 이유는 곧 알게 될 거요. 자, 이제 당신에게 대안을 제안하겠소. 걸가이드와 어머니 연합으로 돌아가거나, 감옥 같은 여학교에 갇히지 않아도 되는 길 말이오."

"무슨 뜻이에요?"

"그러니까—잘 생각해보고 답해요, 거절할 이유가 꽤 있다는 건 나도 알고 있으니—나와 결혼해주겠소?"

도러시는 놀라서 입을 벌렸다. 아마 얼굴도 하얗게 질렸을 것이다. 그녀는 거의 무의식적으로 얼른 몸을 움츠리며 뒤로 한껏 젖혀, 그에게서 최대한 멀리 떨어졌다. 하지만 워버턴 씨는 도러시 쪽으로 전혀 움직이지 않고 아주 차분하게 말을 이었다.

"당신도 알다시피, 돌로리스(돌로리스는 워버턴 씨의 예전 정부였다)는 1년 전에 떠났잖소?"

"안 돼요, 난 못 해요!" 도러시는 소리쳤다. "안 된다는 걸 당신도 알잖아요! 난…… 그렇게 안 돼요. 당신도 처음부터 알았을 텐데요. 난 평생 결혼하지 않을 거예요."

워버턴 씨는 도러시의 말을 무시한 채 여전히 점잖고 침착하게 말했다.

"물론 내가 좋은 신랑감이라고는 할 수 없지. 당신보다 꽤 나이가 많으니까. 오늘은 우리 둘 다 속내를 솔직하게 드러내고 있는 것 같으니, 내가 큰 비밀을 하나 알려주리다. 내 나이는 마흔아홉이오. 그리고 아이가 셋에 평판이

나쁘고. 당신 아버지가 반길 만한 결혼은 아니지. 그리고 내 수입은 1년에 700파운드밖에 안 된다오. 그래도 한번 고려해볼 만하지 않소?"

"난 못 해요, 그 이유는 당신도 알잖아요!" 도러시는 다시 말했다.

도러시는 워버턴 씨가 당연히 알고 있다고 생각했지만, 그녀가 결혼할 수 없는 이유를 그에게도 다른 누구에게도 설명한 적이 없었다. 설사 설명했다 해도 워버턴 씨는 이해하지 못했을 것이다. 그는 도러시의 항변을 못 들은 척하며 계속 말을 이어나갔다.

"일종의 계약이라 생각해보시오. 아주 유리한 거래라는 건 말 안 해도 알 거요. 내가 사람들이 말하는 이상적인 남편감도 아니니, 당신이 특별히 내게 끌리지 않는 한 결혼해달라고 청해서는 안 되겠지. 하지만 우선 사업적 측면에서 생각해봅시다. 당신에게는 집과 생계 수단이 필요하고, 내게는 나를 바로잡아줄 아내가 필요하오. 다른 여자들을 입에 올려서 미안하지만, 그동안 함께 지냈던 그 혐오스러운 여자들한테 질릴 대로 질려서 이젠 정착을 하고 싶소. 조금 늦은 감이 있기는 하지만 아예 시도도 않는 것보다는 낫지. 아이들을 돌봐줄 사람도 필요하고. **사생아들** 있잖소. 이런 내가 크게 매력적으로 보이지는 않을 거요." 그는 머리 한 올 없는 정수리를 가만히 어루만지며 덧붙였다. "하지만 다른 한편으로는, 같이 지내기에 참 편한 사람이기도 하지. 사실 부도덕한 인간들이 대개 그렇다오. 그리고 당신 입장에서 봐도 이 결혼은 꽤 이득이라오. 평생 교구 회지나 돌리고 심술궂은 노파들 다리에 류머티즘 연고나 발라주면서 살고 싶소? 결혼하는 편이 더 행복할 거요. 상대가 과거가 복잡한 대머리 남자라도. 당신은 또래의 여자보다 힘들고 따분한 인생을 살았고, 미래도 마냥 장밋빛만은 아니지. 결혼하지 않으면 당신의 미래가 어떨지 진지하게 생각해본 적 있소?"

"글쎄요. 어느 정도는요."

워버턴 씨가 그녀에게 손을 대지도, 애정 표현을 하지도 않자 도러시는 아까처럼 거부의 말만 되풀이하지는 않았다. 그는 창밖을 바라보며 생각에 잠긴 목소리로 평소보다 차분히 말을 이어갔다. 처음에는 덜컹거리는 기차 소리 때문에 잘 들리지 않았지만, 곧 목소리가 높아졌고 그 목소리에는 그녀가 전에 들어본 적도 없고 상상해본 적도 없는 진지함이 깃들어 있었다.

"당신의 미래가 어떨지 생각해봐요." 그가 다시 말했다. "남편도 돈도 없는 당신 계층의 여자들과 똑같은 미래가 기다리고 있겠지. 당신 아버지가 10년 더 산다고 가정해봅시다. 그 시간이 끝날 즈음 그 양반의 재산은 한 푼도 남아 있지 않을 거요. 목숨 줄이 붙어 있는 한 낭비벽은 사라지지 않을 테니까. 그 사이에 노인은 더 노망들고 더 고약해져서 같이 살기 힘든 인간이 되겠지. 점점 더 폭군처럼 당신을 압박하면서 당신한테 주는 생활비도 점점 줄일 테고, 그럼 당신은 이웃들과 상인들 때문에 점점 더 애를 먹을 테지. 걱정 근심 많은, 노예 같은 인생이 계속되는 거요. 억척스럽게 먹고살면서 걸가이드 단원들을 훈련하고, 어머니 연합 회원들에게 소설을 읽어주고, 제단의 놋쇠를 닦아 광을 내고, 오르간 외상값을 갚기 위해 모금을 구걸하고, 학생 연극에 쓸 갈색 포장지 군화를 만들고, 닭장 같은 교회의 천박한 싸움과 추문 속에서도 책임을 다해야 하는 인생. 해마다 겨울이든 여름이든 자전거를 타고 악취 나는 오두막을 차례로 돌면서, 헌금함의 동전들을 나누어주고 더 이상 믿지도 않는 기도문을 반복하겠지. 단조롭고 시시해서 몸에 병까지 들게 만드는 끝도 없는 예배를 꾹 참아내야 하고. 해마다 당신의 삶은 조금씩 더 쓸쓸해지고, 독신녀들에게 떠맡겨지는 끔찍한 잡일은 조금씩 늘어나겠지. 그리고 당신이 영원히 스물여덟 살로 머물 수 없다는 사실을 잊지 마시오. 점점 더 시들어가다 어느 날 아침 거울을 보면, 당신이 더 이상 아가씨가 아니라 비쩍 마른 노처녀에 불과하다는 사실을 깨닫게 될 거요. 물론 당신은 그렇게 되지 않으려 애쓰겠지. 체력과 아가씨다운 태도를 유지하면서. 지나치다 싶을 정도로 오래. '최고야', '대단해', '좋아' 같은 말을 쉴 새 없이 하면서 자기의 유쾌함을 자랑하는 밝은, 지나치게 밝은 노처녀들을 아시오? 어찌나 유쾌한지 주변 사람들을 불편하게 만들 정도지. 그뿐 아니라 테니스도 열성적으로 치고, 아마추어 연극도 열심히 돕고, 걸가이드 일과 교구민 방문에 필사적으로 발 벗고 나서면서, 교회 친목회들의 중심이 되는 거야. 그래서 해가 가도 늘 스스로를 젊은 여자로 생각하지. 등 뒤에서 모두가 자기를 가엽고 우울한 노처녀로 비웃고 있는지도 모르고. 당신은 그렇게 될 거요. 아무리 미리 알고 피하려 애쓴다 해도 그런 여자가 될 수밖에 없어. 결혼하지 않는 한 당신에게 다른 미래는 없소. 결혼하지 않는 여자는 시들어가거든. 뒷방 창의 엽란 화분처럼. 정말 잔인한 건, 자기가 시들어가고 있다는 것조차 모른다는 거지.”

도러시는 말없이 앉아서 열심히 귀를 기울이며 두려움 속에 홀린 듯 워버턴 씨의 말을 들었다. 그가 어느새 일어나, 기차의 흔들림에 균형을 잃지 않으려 한 손을 문에 대고 있는 것조차 눈치채지 못했다. 그녀는 최면에 걸린 듯한 기분이었다. 그의 목소리보다는 말이 불러일으키는 환영 때문에. 워버턴 씨는 도러시를 10년 후의 끔찍한 미래로 데려간 듯 그녀의 필연적인 운명을 무서우리만치 사실적으로 묘사했다. 그녀는 자신이 더 이상 젊고 활기 넘치는 아가씨가 아니라, 지칠 대로 지치고 절망에 빠진 서른여덟 살의 노처녀로 느껴졌다. 워버턴 씨는 말을 이으며, 의자 팔걸이에 가만히 놓여 있는 도러시의 손을 잡았다. 도러시는 이마저도 거의 알아채지 못했다.

워버턴 씨가 계속 말했다. "10년 후에, 당신 아버지는 동전 한 닢은 고사하고 빚만 남겨둔 채 세상을 떠날 거요. 당신은 돈도, 직업도, 결혼할 가망도 없는 마흔 살이 다 된 노처녀가 되겠지. 무책임한 성직자의 딸이 대개 그러듯이. 영국에 당신 같은 처지의 여자들이 한둘이 아니오. 그 후에는 어떻게 될 것 같소? 당신은 일자리를 찾아야 할 거요. 성직자의 딸이 얻을 만한 일자리. 이를테면 보모 겸 가정교사가 되든가, 아니면 당신을 골탕 먹일 생각만 하는 병든 할망구의 시중을 들든가. 아니면 다시 교사가 될 수도 있겠지. 어느 끔찍한 여학교에 영어 교사로 취직해서 1년에 75파운드와 생활비를 받고, 8월마다 2주일은 해변의 하숙집에서 지내는 거야. 그사이에 점점 시들시들 메말라 가고, 더 심술궂고 모질어져서 친구도 줄어들고, 그래서……."

워버턴 씨는 '그래서'라고 말하며 도러시를 일으켜 세웠다. 그녀는 아무런 저항도 하지 않았다. 마법에 걸린 듯 그의 목소리에 홀려 있었다. 도러시는 그런 소름 끼치는 미래가 현실이 될 수도 있다는 걸 받아들였다. 그 공허함을 그보다 훨씬 더 잘 알고 있었다. 절망의 수렁에 빠져든 도러시가 입을 열었다면, "좋아요, 당신과 결혼하겠어요"라는 말이 나왔을 것이다. 워버턴 씨가 한 팔로 부드럽게 그녀를 껴안아 자기 쪽으로 조금 끌어당겼지만, 이때조차 도러시는 저항하지 않았다. 반쯤 최면에 걸린 두 눈이 그의 눈만 뚫어지게 바라보고 있었다. 워버턴 씨가 그녀의 몸에 팔을 둘렀을 땐, 마치 그에게 보호받는 듯한 느낌이 들었다. 어두컴컴하고 끔찍한 가난으로 빠지기 직전에 그에게 구원받아 따뜻하고 즐거운 세상―안전하고 평온한 생활, 어여쁜 집과 좋은 옷, 책과 친구와 꽃, 먼 나라에서 보내는 여름날―으로 돌아온 듯한 기분이었다. 그렇게 거의 1분 동안, 뚱뚱하고 방탕한 독신남과 마른 노처녀 같은 아가씨는 서로의 눈을 바라보며 몸이 닿을 듯 마주 서 있었다. 그사이에 기차는 계속 달리며 그들을 흔들어대고, 구름과 전신주들과 새싹 돋은 산울타리와 밀싹으로 푸르른 들판이 그들의 눈길을 받지 못한 채 지나갔다.

워버턴 씨가 도러시를 자기 쪽으로 세게 끌어당겼다. 그 순간 마법이 깨어졌다. 도러시를 무기력하게 만들었던 환영들―빈곤과 빈곤으로부터의 탈출―이 갑자기 사라지고 나니, 지금 그녀에게 벌어지고 있는 일에 대한 충격적인 깨달음만 남았다. 그녀는 뚱뚱하고 늙은 남자의 품속에 있었다! 역겨움과 지독한 두려움이 파도처럼 밀려들면서, 배 속이 오그라들고 얼어붙는 듯했다. 그의 두툼한 남자 몸이 그녀를 뒤로 아래로 짓누르고, 수염 없이 매끈하지만 그녀의 눈에는 늙어 보이는 큼직한 분홍빛 얼굴이 그녀의 얼굴에 기대어 있었다. 불쾌한 남자 냄새가 그녀의 콧구멍으로 밀려들었다. 그녀는 움찔하며 몸을 뒤로 뺐다. 사티로스의 털북숭이 허벅지! 도러시는 미친 듯 몸부림치기 시작했지만, 워버턴 씨는 그녀를 계속 붙잡고 있으려 애쓰지 않았다. 순식간에 그에게서 벗어난 그녀는 하얗게 질린 얼굴로 바르르 떨며 다시 자리에 앉았다. 그러고는 두려움과 혐오감에, 낯선 사람을 보듯 그를 올려다보았다.

워버턴 씨는 그대로 서서, 체념한 듯 실망한 표정으로 도러시를 물끄러미 바라보았다. 한편으로는 이 상황이 재미있기도 한지, 전혀 고통스러워 보이지는 않았다. 냉정을 되찾은 도러시는 그가 했던 모든 말이 그녀의 감정을 건드려 청혼 수락을 얻어내기 위한 속임수에 지나지 않는다는 걸 깨달았다. 그리고 더욱 기묘한 점은, 워버턴 씨의 진짜 관심사는 그녀가 그와 결혼을 하느냐 마느냐가 아니라는 것이었다. 그에게는 이 모든 것이 그저 시간을 때우기 위한 놀이에 불과했다. 예전부터 주기적으로 그랬듯 이번에도 그녀를 유혹하려는 시도였으리라.

워버턴 씨는 바지 주름을 신경 쓰며 도러시보다 조심스럽게 자리에 앉더니 점잖게 말했다.

"비상 신호줄을 당겨서 기차를 멈추고 싶거든 내 지갑에 5파운드가 있는지 확인부터 하는 게 좋을 거요."

그 후 워버턴 씨는 평소의 모습으로 돌아갔다. 아니, 아까의 웃지 못할 상황 뒤에 최대한 자연스럽게 행동하며, 민망한 기색은 눈곱만큼도 없이 계속 떠들어댔다. 그에게 수치심이라는 것이 있었다 해도 이미 수년 전에 사라진 터였다. 평생 여자들과 지저분한 관계로 얽히다 보니 그런 감정은 닳아 없어질 만도 했다.

한 시간 정도 도러시는 마음이 불편했지만, 기차가 입스위치에 도착하자 15분 동안 정차하는 틈을 타 식당에 가서 차를 마실 수 있었다. 여정의 마지막 30킬로미터 동안 그들은 꽤 화기애애한 분위기에서 대화를 주고받았다. 워버턴 씨는 청혼 얘기를 다시 꺼내지 않다가, 나이프 힐이 가까워지자 아까보다는 덜 진지하게 도러시의 미래를 또 문제 삼았다.

"정말 교회 일로 되돌아갈 생각이오? 그 시시하고 재미없는 생활로? 피서 부인의 류머티즘과 르윈 부인의 티눈이 있는 그 세상으로? 환멸이 느껴지지 않소?"

"글쎄요, 가끔은 그래요. 하지만 다시 일하기 시작하면 괜찮아지겠죠. 습관이 들었으니까."

"당신이 과연 고의로 위선적인 인생을 살 수 있을까? 결국엔 위선이지 뭐요. 무심코 속내가 튀어나오지 않을까 두렵지는 않소? 주일학교 아이들에게 주기도문을 거꾸로 읽도록 가르치거나, 어머니 연합 회원들한테 진 스트래턴 포터 대신 기번의 15장*을 읽어주지 않을 자신이

※ 에드워드 기번(1737-1794)이 저술한 『로마제국 쇠망사』의 15장은 초기 기독교의 발전 과정을 냉소적으로 평가하고 있다.

있느냐는 말이오."

"그런 일은 없을 거예요. 왜냐하면 내가 믿지 않는 기도문을 읊는 것도, 내가 진실이라 생각하지 않는 것들을 아이들에게 가르치는 일도 어떤 점에서는 유익하니까요."

"유익?" 워버턴 씨는 불쾌한 듯 말했다. "당신은 '유익'이라는 우울한 단어를 지나치게 좋아하는군. 비대한 의무감, 그게 바로 당신의 문제요. 일이 잘 풀릴 때 조금 재미를 보는 건 상식 중의 상식 아니오?"

"그건 쾌락주의일 뿐이죠." 도러시는 그의 말에 반대했다.

"참 순진하기도 하지. 삶의 철학 중에 쾌락주의가 아닌 것이 하나라도 있소? 당신네 그 벌레 같은 기독교 성인들이야말로 제일가는 쾌락주의자들이오. 우리 가여운 죄인들은 겨우 몇 년 치 기대하는 축복을 그 인간들은 영원히 누리려 하잖소. 결국 누구나 약간의 재미를 보려고 노력하는데, 그걸 아주 변태적인 형태로 받아들이는 사람들도 있지. 당신이 생각하는 재미란 피서 부인의 다리를 문질러주는 일 같소만."

"그런 게 아니라…… 아! 어떻게 설명해야 할지 모르겠어요!"

신앙을 잃기는 했지만 마음의 영적인 바탕은 바뀌지 않았고 바꿀 수 없었으며 바꾸고 싶지도 않다고, 이제는 텅 비고 의미 없어 보일지라도 그녀의 우주는 여전히 기독교적 세계관 속에 있다고, 기독교도로서의 삶이 여전히 그녀에게 자연스럽게 느껴진다고, 도러시는 말하고 싶었다. 하지만 제대로 표현할 수 없었고, 시도한다 해도 워버턴 씨에게 비웃음만 당할 것 같았다. 그래서 도러시는 어설프게 말을 맺었다.

"예전처럼 지내는 편이 나을 것 같아요."

"예전과 **똑같이**? 그걸 전부 그대로? 걸가이드, 어머니 연합, 연소자 금주 동맹, 결혼을 위한 교류회, 교구민 방문, 주일학교 수업, 주 2회의 성찬례, 거기다 그레고리오 성가까지 읊조리면서 다람쥐 쳇바퀴 돌듯 살겠단 말이오? 정말 감당할 자신 있소?"

도러시는 자기도 모르게 픽 웃었다. "그레고리오 성가는 안 불러요. 아버지가 안 좋아하시거든요."

"신앙을 잃기 전과 똑같이 살 수 있을 것 같소? 생각이 변했다면 옛 습관도 그대로 지키기 힘들 텐데?"

도러시는 생각해보았다. 맞는 말이었다. 습관도 분명 변할 터였다. 하지만 대부분은 남들이 눈치채지 못하리라. 스스로를 벌하는 데 쓰던 핀이 문득 떠올랐다. 도러시 자신 말고는 아무도 모르는 비밀이었다. 그녀는 그 일을 언급하지 않기로 하고 대신 이렇게 말했다.

"음, 성찬례에서 메이필 양의 왼쪽이 아니라 오른쪽에 앉게 될지도 모르겠네요."

2

일주일이 지났다.

마을로 나갔던 도러시는 자전거로 언덕을 오른 뒤 사제관 대문에 도착하자 자전거를 끌고 안으로 들어갔다. 맑고 추운 저녁이었고, 저 멀리 푸르스름한 하늘에서 밝은 해가 뉘엿뉘엿 떨어지고 있었다. 대문 옆 물푸레나무에는 꽃이 만발해 있었다. 덩어리진 암적색 꽃들이 곪은 상처처럼 보였다.

도러시는 조금 피곤했다. 그녀의 명단에 올라 있는 모든 여자를 방문하고, 교구의 업무를 다시 제자리로 돌리느라 바쁜 일주일을 보냈다. 그녀가 없는 동안 모든 것이 엉망진창으로 어그러져 있었다. 교회는 믿을 수 없을 정도로 더러웠다. 거의 하루 종일 수세미와 빗자루와 쓰레받기로 쓸고 닦아야 했고, 오르간 뒤편에 수북이 쌓여 있던 쥐똥은 생각만 해도 몸이 움츠러들었다. (교회에 쥐가 들끓기 시작한 이유는 오르간 송풍기를 여닫는 조지 프루가 비스킷을 교회에 가져와서 설교하는 동안 먹곤 했기 때문이었다.) 교회의 모든 단체는 방치되어 있었다. 연소자 금주 동맹과 결혼을 위한 교류회는 활동을 중단했고, 주일학교의 출석률은 절반으로 떨어졌으며, 어머니 연합은 푸트 양의 눈치 없는 발언 때문에 내분을 겪고 있었다. 종탑의 상태는 그 어느 때보다 심각했다. 교구 회지는 정기적으로 배달되지 않은 탓에 구독료도 걷히지 않았다. 교회 자금 계좌 중에 제대로 유지되고 있는 건 하나도 없었고, 출처 불명의 돈도 19실링 있었으며, 교구 기록부마저 뒤죽박죽이었다. 문제는 한도 끝도 없었다. 그동안 신부는 모든 일에 두 손 놓고 있었다.

도러시는 집에 도착하는 순간부터 일에 전념했다. 놀라우리만치 순식간에 예전의 일상으로 돌아갔다. 고작 하루 집을 떠나 있었던 것처럼. 추문은 사라졌으므로 나이프 힐 사람들은 도러시의 귀가에 큰 호기심을 보이지 않았다. 방문 명단에 있는 여자 중 몇 명, 특히 피서 부인은 그녀가 돌아온 것을 진심으로 기뻐했고, 빅터 스톤은 셈프릴 부인의 모함을 잠시라도 믿었던 것이 조금 부끄러운 모양이었다. 하지만 곧 부끄러움은 잊고, 최근 《처치 타임스》의 논쟁에서 거둔 승리를 도러시에게 이야

416

기해주었다. 물론 커피 연대의 여러 여자들도 길거리에서 도러시를 멈춰 세우며 이런 말을 했다. "정말 잘 돌아왔어요! 너무 오랫동안 떠나 있었잖아! 그 끔찍한 여자가 당신 얘기를 떠들고 다녀서 얼마나 망신스럽던지. 하지만 이것만 알아줘요. 다른 사람은 몰라도 난 한 마디도 안 믿었어요." 하지만 그녀가 걱정했던 거북한 질문을 하는 사람은 한 명도 없었다. "런던 부근의 학교에서 아이들을 가르쳤어요"라는 답변에 모두가 만족하며, 학교 이름도 묻지 않았다. 트래펄가 광장에서 잤고 구걸 죄로 체포당했다는 고백은 할 일이 없을 것 같았다. 사실 작은 시골 마을에 사는 사람들은 자기 집 대문에서 15킬로미터 넘게 떨어진 곳에서 일어나는 일에 관해서는 잘 알지 못한다. 바깥세상은 용들과 식인종들이 살지만 딱히 흥미롭지는 않은 미지의 땅인 것이다.

도러시의 아버지마저 주말여행이라도 다녀온 것처럼 그녀를 맞았다. 도러시가 도착했을 때 아버지는 서재의 괘종시계 앞에 서서 생각에 잠긴 채 파이프 담배를 피우고 있었다. 넉 달 전 청소부가 빗자루 손잡이로 부숴버린 시계의 유리판은 여전히 수리 전이었다. 도러시가 방으로 들어가자 아버지는 파이프를 입에서 빼더니 노인 같은 움직임으로 멍하니 주머니에 집어넣었다. 예전보다 많이 늙어 보인다고 도러시는 생각했다.

"드디어 왔구나. 여행은 즐거웠고?" 아버지가 말했다.

도러시는 두 팔로 아버지의 목을 껴안고 은백색 뺨에 입을 맞추었다. 그녀가 몸을 뗄 때 신부는 평소보다 조금 더 다정하게 도러시의 어깨를 토닥였다.

"무슨 생각으로 그렇게 집을 떠났던 거냐?"

"말씀드렸잖아요, 아버지, 기억을 잃었다고요."

"흠." 신부가 말했다. 도러시는 아버지가 그녀의 말을 믿지 않는다는 걸, 앞으로도 절대 믿지 않으리라는 걸 알았다. 그리고 종종 아버지의 심기가 불편할 때마다 그 사건이 거론되리라는 것도. "됐다." 신부가 덧붙여 말했다. "짐을 위층으로 옮기고 나서 타자기를 가지고 내려오너라. 설교문을 쳐다오."

그동안 마을에서 벌어진 흥미로운 사건은 딱히 없었다. 디 올드 티 숍은 부지를 확장하며 하이 스트리트의 미관을 해치고 있었다. 피서 부인의 류머티즘은 호전되었지만(물론 안젤리카 차 덕분이었다), 피서 씨는 방광에 돌이 있을지도 모른다는 걱정에 의사의 치료를 받는 중이었다. 블리필고든 씨는 이제 의회에 입성하여, 보수당의 평의원석에 무임 승객처럼 앉아 있었다. 늙은 툼스 씨는 크리스마스 직후 세상을 떠났고, 푸트 양은 툼스 씨의 고양이 중 일곱 마리를 맡은 후 나머지 고양이들에게도 집을 찾아주려고 눈물 나는 노력을 했다. 철물상 트위스 씨의 조카딸인 이바 트위스는 사생아를 낳았지만, 아기는 죽었다. 프로겟은 텃밭을 갈아 씨앗을 조금 뿌렸고,

누에콩과 완두콩이 이제 막 싹을 틔웠다. 채권자 모임 후 외상값이 다시 쌓이기 시작해서, 카길에게 6파운드를 갚아야 했다. 빅터 스톤은 《처치 타임스》를 통해 종교재판에 관하여 쿨편 교수와 논쟁을 벌여 완승을 거두었다. 엘런의 습진은 겨울 내내 아주 심했다. 월프 블리필고든은 시 두 편을 《런던 머큐리(*London Mercury*)》에 실었다.

　도러시는 온실에 들어갔다. 그녀에게 맡겨진 큰일이 하나 있었다. 오르간 외상값 변상을 돕기 위해 주일학교 아이들이 성 조지 축일에 여는 가장행렬의 의상을 만들어야 했다. 지난 여덟 달 동안 오르간 외상값은 한 푼도 해결되지 않았다. 아마도 점점 더 표현이 격해지는 오르간 상점의 독촉장을 신부가 열어보지도 않고 내다 버린 탓이리라. 도러시는 돈을 마련할 방법을 궁리하다가, 율리우스 카이사르로 시작해 웰링턴 공작으로 끝나는 역사적 가장행렬을 열기로 결정했다. 한 번의 가장행렬로 2파운드는 모일 것 같았다. 운이 따르고 날씨가 좋으면 3파운드까지 노려볼 만했다!

　도러시는 온실을 둘러보았다. 집에 돌아온 뒤로 이곳에 거의 들어오지 않았다. 그녀가 없는 동안 아무도 손을 대지 않았는지, 물건들이 그녀가 남겨둔 자리에 그대로 놓여 있었다. 다만 모든 곳에 먼지가 잔뜩 쌓여 있었다. 천 쪼가리, 갈색 포장지, 실패, 페인트통이 어질러진 탁자의 익숙한 풍경 속에 재봉틀이 있었고, 바늘은 녹슬었지만 여전히 실이 꿰여 있었다. 그리고, 아! 그녀가 사라진 밤에 만들고 있었던 군화도. 도러시는 군화 한 짝을 집어 들어 살펴보았다. 가슴속에 약간의 흥분이 일었다. 그래, 남들이 뭐라 하든, 훌륭한 군화였다! 이걸 묵혔다니 아쉽기도 하지! 하지만 가장행렬에서 유용하게 쓰이리라. 찰스 2세에게 어울리려나. 아니, 찰스 2세보다는 올리버 크롬웰이 낫겠다. 올리버 크롬웰이라면 가발을 안 만들어도 되니까.

도러시는 석유난로를 켜고, 가위와 갈색 포장지 두 장을 찾은 뒤 앉았다. 만들어야 할 옷이 산더미였다. 율리우스 카이사르의 흉갑부터 시작하기로 했다. 지긋지긋한 갑옷이 항상 골칫거리였다. 로마 병사의 갑옷이 어떻게 생겼더라? 도러시는 대영박물관의 로마 전시관에서 봤던, 곱슬곱슬한 턱수염을 기른 미화된 모습의 황제 조각상을 어렵사리 떠올렸다. 아교와 갈색 포장지로 흉갑 비슷한 것을 만들고 가느다란 종잇조각들을 붙여 갑옷의 철판들을 표현한 다음 은색을 입히면 된다. 천만다행으로 투구는 만들지 않아도 된다. 율리우스 카이사르는 항상 월계관을 쓰고 다녔으니까. 워버턴 씨처럼 대머리가 창피했던 모양이다. 그나저나 정강이가리개는 어쩐담? 율리우스 카이사르의 시절에 정강이가리개가 있었던가? 그리고 군화는? '칼리가'는 장화였을까, 아니면 샌들이었을까?

잠시 후 도러시는 가위를 무릎에 둔 채 동작을 멈추었다. 지난 한 주 동안 틈이 생길 때마다 쫓아낼 수 없는 유령처럼 머릿속에 계속 맴돌던 생각이 또다시 돌아와 정신을 흩트려 놓았다. 기차에서 워버턴 씨가 했던 말들. 결혼도 하지 않고 돈도 없는 그녀에게 앞으로 펼쳐질 삶의 모습.

그녀가 맞을 미래의 외적 사실에 대해서는 의심의 여지가 없었다. 눈앞에 선명하게 그려질 정도였다. 무급 교회 관리자로 10년 정도 일하다가 다시 교사로 돌아가겠지. 크리비 부인의 학교 같은 곳은 아니더라도—그보다는 나은 곳을 찾을 수 있으리라 확신했다—어느 정도 허름하고, 어느 정도 감옥 같은 학교로. 어쩌면 훨씬 더 암울하고 훨씬 더 비인간적인 단순노동을 하게 될지도 몰랐다. 아무리 잘 풀려봐야, 외롭고 돈 없는 여성들에게 닥칠 운명은 피할 수 없으리라. 누군가는 그들을 '늙은 영국의 노처녀들'이라 불렀다. 스물여덟 살인 도러시도 그 대열에 들어갈 나이였다.

하지만 그건 중요치 않았다, 전혀! 워버턴 씨 같은 사람들에게는 천년을 떠들어도 먹히지 않을 얘기지만, 가난이니 천한 일이니 외로움이니 하는 표면상의 문제는 중요치 않다. 중요한 건 우리의 마음속에서 벌어지는 일이다. 기차에서 워버턴 씨의 말을 듣는 동안 아주 잠깐, 가난의 공포가 느껴졌던 잔인한 순간이 있었다. 하지만 도러시는 그 두려움을 극복했다. 그건 걱정할 만한 일이 아니었다. 그녀가 용기를 다지고 마음가짐을 완전히 바꾸어야 했던 건 그런 두려움 때문이 아니었다.

아니, 훨씬 더 근본적인 문제 때문이었다. 세상사의 중심부에서 그녀가 발견한 지독한 공허함. 1년 전에도 도러시는 이 의자에 앉아서 가위를 든 채 지금과 똑같은 일을 하고 있었다. 하지만 그때와 지금의 그녀는 완전히 다른 두 사람이었다. 여름 향기가 물씬 풍기는 들판에서 황홀경에 빠져 기도를 올리고 불경한 생각에 대한 벌로 팔을 찌르던 그 우스꽝스럽고 선한 여자는 어디로 갔을까? 1년 전의 우리는 지금 어디에 있을까? 하지만 그럼에도 그녀는 같은 사람이었다. 그리고 여기에 문제가 있었다. 믿음도 변하고 생각도 변하지만, 결코 변하지 않는 영혼 속의 알맹이가 있다. 신앙은 사라지지만, 신앙에 대한 욕구는 예전과 똑같이 남는다.

그리고 신앙이 있다면, 그 무엇이 문제가 될 수 있을까? 이 세상의 어떤 목적에, 자신이 납득하는 목적에 헌신할 수 있다면, 실망이라는 걸 할 일이 있을까? 인생 자체가 목적의식으로 반짝반짝 빛나는데 말이다. 마음이 지칠 일도, 공허함을 느낄 일도, 방심한 틈에 보들레르의 권태가 찾아들 일도 없다. 신앙으로 인해 끝없는 환희의 무늬와 천으로 엮이는 모든 행동은 의미 있고, 모든 순간은 성스럽다.

도러시는 삶의 본질에 대해 묵상하기 시작했다. 우리는 자궁에서 나와, 60-70년을 살다가, 죽어서 썩는다. 궁극적인 목적이 없는 삶의 구석구석에는 우울함과 쓸쓸함이 도사리고 있다. 말로 표현할 수는 없어도 육체적 고통처럼 생생하게 느껴지는 마음의 아픔. 무덤으로 끝나는 삶은 잔인하고 끔찍하다. 아무리 아니라고 주장해봐야 소용없다. 삶의 본모습, 삶의 낱낱을 생각해보라. 그런 다음 거기에 아무런 의미도, 아무런 목적도, 무덤 말고는 아무런 목표도 없다고 생각해보라. 멍청이이거나 스스로를 속이는 사람, 혹은 억세게 운 좋은 사람이 아니라면 그런 생각을 아무렇지 않게 받아들일 수 있을까?

그녀는 자세를 고쳐 앉았다. 어쨌든 분명 인생에는 어떤 의미, 어떤 목적이 있다! 이 세상이 우연한 사고일 리 없다. 모든 일에는 원인이 있으며, 따라서 결국엔 목적이 있다. 우리가 존재한다는 건 하느님이 우리를 창조하셨다는 뜻이고, 하느님이 우리를 의식적인 존재로 창조하셨으니 하느님 역시 의식적인 존재임에 틀림없다. 하찮은 것에서 위대한 것은 나오지 않는다. 하느님은 우리를 창조하셨고, 그분만의 목적을 위해 우리를 죽일 것이다. 하지만 그 목적은 헤아리기 어렵다. 그것은 우리가 결코 발견할 수 없는 사물의 본질 속에 있으며, 설령 발견한다 해도 우리의 마음에 들지 않을 것이다. 우리의 생과 사는 그분의 즐거움을 위해 연주되는 영원한 관현악 속의 한

음에 불과하다. 그런데 그 곡조가 마음에 들지 않는다면?
도러시는 트래펄가 광장에서 만났던, 성직을 박탈당했다
던 끔찍한 남자를 떠올렸다. 그 남자가 떠들어댄 말은 그
녀의 꿈이었을까, 아니면 그 남자가 실제로 뱉은 말이었
을까? '악마들과 대악마들과 지옥의 모든 군단과 함께.'
정말이지 어리석은 생각이었다. 우리가 그 곡을 좋아하
지 않는 것 또한 곡의 일부인데 말이다.

도러시는 이 문제와 씨름하는 와중에도 해답이 없음을
확실히 알았다. 신앙을 대신할 수 있는 건 없었다. 인생
은 그 자체로 충분하다는 이교도적 관점도, 무조건 용기
를 북돋아주는 범신론도, 강철과 콘크리트 더미나 화려
한 유토피아의 이미지로 '진보'를 설파하는 사이비 종교
도 신앙의 대체물이 될 수 없었다. 둘 중 하나다. 지상에
서의 삶이 더 위대하고 더 지속적인 무언가를 위한 준비
이거나, 아니면 무의미하고 어둡고 끔찍하거나.

도러시는 움찔했다. 아교 냄비에서 지글지글하는 소리
가 나고 있었다. 깜박하고 냄비에 물을 붓지 않은 바람에
아교가 타기 시작했다. 그녀는 냄비를 들고 허둥지둥 부
엌방의 개수대로 가서 물을 채운 다음 다시 가져와 석유
난로 위에 올려놓았다. 어떻게든 저녁 식사 전에 흉갑을
끝내야 해! 하고 그녀는 생각했다. 율리우스 카이사르 다
음엔 정복왕 윌리엄이었다. 또 갑옷이다! 그리고 곧 부엌
으로 가서 엘런에게 저녁 식사로 다진 쇠고기와 함께 먹

을 감자를 삶으라고 알려줘야 한다. 그리고 또, 내일 할 일을 '쪽지'에 적어야 한다. 도러시는 흉갑의 두 반쪽을 만들고 팔과 목이 들어갈 구멍을 뚫은 다음 다시 멈추었다.

어디까지 했더라? 죽음으로 모든 것이 끝이라면, 그 무엇에도 희망과 의미가 없다. 그럼, 어떻게 되는 거지?

부엌방에 가서 냄비를 다시 채우고 오니 생각의 방향이 바뀌기 시작했다. 도러시는 그녀가 과장과 자기 연민에 빠졌었다는 걸 순간적으로 알아차렸다. 아무것도 아닌 일로 무슨 야단이람! 그녀와 같은 처지에 놓인 사람은 무수히 많았다. 수천, 수백만 명의 세상 사람들이 신앙에 대한 욕구는 그대로 간직한 채 신앙을 잃었다. '영국에 있는 성직자의 딸 중 절반'이라고 워버턴 씨는 말했었다. 그의 말이 옳을지도 몰랐다. 성직자의 딸들뿐만이 아니었다. 각양각색의 사람들—아프고 외롭고 실패한 사람들, 좌절과 절망의 인생을 살고 있는 사람들—이 신앙의 버팀목을 필요로 하면서도 그것을 가지지 못했다. 어쩌면 수녀원의 바닥을 닦고 아베마리아를 부르면서 속으로는 신을 믿지 않는 수녀들도 있으리라.

이미 떨쳐버린 맹신을 그리워하고, 잘못된 믿음이라는 걸 뼛속 깊이 알면서도 버리지 않으려 하는 건 얼마나 비겁한 짓인가!

하지만—!

도러시는 가위를 내려놓았다. 그러고는 거의 습관처럼

의자 옆에 무릎을 꿇고 앉았다. 집으로 돌아와서도 신앙은 되찾지 못했지만, 독실한 신자의 피상적 습관은 되돌아온 듯했다. 그녀는 두 손에 머리를 묻고 기도하기 시작했다.

"주여, 저는 믿습니다. 그러나 제 믿음이 부족하다면 도와주십시오. 주여, 저는 믿습니다. 그러나 제 믿음이 부족하다면 도와주십시오."

아무 소용 없는 몸부림이었다. 이 말을 뱉는 와중에도 허망함이 느껴졌고, 이런 행동이 조금 부끄러웠다. 도러시는 고개를 들었다. 그 순간, 지난 여덟 달 동안 잊고 있었지만 익숙하기 그지없는 독한 악취가 콧구멍 속으로 흘러들었다. 아교 냄새. 냄비 속의 물이 시끄럽게 부글부글 끓고 있었다. 도러시는 벌떡 일어나 아교 붓의 자루를 더듬었다. 아교가 녹고 있었고, 5분만 더 있으면 액체가 될 터였다.

아버지 서재의 괘종시계가 6시를 알렸다. 도러시는 움찔 놀랐다. 20분이나 허비했다는 걸 알고 가슴이 따끔 찔리면서, 모든 괴로운 의문이 싹 사라져버렸다. 내가 대체 뭘 하고 있었던 거지? 그 순간은 정말이지 아무런 답이 떠오르지 않았다. 그녀는 스스로를 꾸짖었다. 정신 차려, 도러시! 게으름 좀 피우지 마, 제발! 저녁 식사 전에 흉갑을 끝내야 하잖아. 도러시는 앉아서 입에 핀을 가득 문채 흉갑의 두 반쪽을 핀으로 합쳐 형태를 잡기 시작했다.

아교가 준비되기 전에 끝내야 했다.

　아교 냄새는 그녀의 기도에 대한 답이었다. 도러시는 이 사실을 몰랐다. 그녀의 고충에 대한 해결책은 해결책이 없다는 사실을 받아들이는 데 있다는 걸, 손에 주어지는 일을 하다 보면 그 일의 목적은 대수롭지 않게 된다는 걸, 습관적이고 유용하며 허용되는 일만 한다면 신앙이 있든 없든 매한가지라는 걸 그녀는 자각하지 못했다. 아직은 이런 생각을 구체화하지 못한 채 그 생각대로 살아갈 뿐이었다. 먼 훗날 생각이 정리되면 그로부터 위안을 얻을 수 있으리라.

　아교가 준비되기까지 아직 1-2분 정도 남아 있었다. 도러시는 홍갑을 핀으로 꿰매는 작업을 마치자마자 앞으로 만들어야 할 수많은 의상을 머릿속으로 스케치하기 시작했다. 정복왕 윌리엄—정복왕 윌리엄의 시대엔 사슬 갑옷이었던가?—다음엔 로빈 후드의 황록색 옷과 활과 화살, 성 토머스 베킷의 망토와 주교관, 엘리자베스 여왕의 주름 옷깃, 웰링턴 공작의 삼각모. '그리고 6시 반에 엘런에게 감자를 삶으라고 말할 것' 하고 그녀는 생각했다. 그리고 또 내일 할 일을 '쪽지'에 적어야 했다. 내일은 수요일이니, 잊지 말고 자명종을 5시 반에 맞춰두어야 한다. 도러시는 종이 한 장을 집어, 해야 할 일의 목록을 작성하기 시작했다.

7시. 성찬례

J 부인 아기 다음 달 방문할 것.

아침 식사. 베이컨.

도러시는 잠시 멈추고, 추가할 항목을 생각해보았다. J 부인은 대장장이의 아내인 조잇 부인이었다. 조잇 부인은 아기를 낳으면 감사 예배를 드리러 오긴 했지만, 사전에 잘 구슬려놔야 했다. 그리고 프루 부인한테 진통제 캔디를 조금 가져다줘야겠어, 그럼 부인이 조지한테 설교하는 동안 비스킷을 먹지 말라고 말해줄지도 몰라. 도러시는 방문자 명단에 프루 부인을 추가했다. 그리고 내일 정찬, 아니 오찬은 어쩌지? 카길에게 외상값을 조금이라도 갚아야 하는데! 또 내일은 어머니 연합의 다과회가 열리는 날이었고, 푸트 양이 그들에게 읽어주던 소설은 끝이 났다. 다음으로 그들에게 뭘 읽어주느냐가 문제였다. 그들이 좋아하는 작가인 진 스트래턴 포터의 작품은 이미 다 읽은 듯했다. 워릭 디핑은 어떨까? 너무 난해할까? 그리고 프로겟한테 어린 꽃양배추를 조금 심어달라고 해야지. 도러시는 마지막으로 생각했다.

아교가 다 녹았다. 도러시는 갈색 포장지 두 장을 가느다란 조각들로 잘라서 흉갑의 앞면과 뒷면에 가로로 붙였다. 흉갑을 볼록하게 만들어야 하기 때문에 꽤 어려웠다. 그녀의 두 손 아래에서 흉갑은 차츰 단단해져갔다.

보강 작업이 끝나자 도러시는 흉갑을 똑바로 세워놓고 바라보았다. 꽤 괜찮았다! 종이를 한 번 더 입히면 진짜 갑옷처럼 보일 것도 같았다. 이번 가장행렬은 반드시 성공해야 해! 하고 그녀는 생각했다. 말을 못 빌려서 부디카가 전차를 몰 수 없으니 아쉽지 뭐야! 바퀴에 낫을 달아서 정말 멋진 전차를 만들면 5파운드는 벌 수 있을 텐데. 헹기스트와 호르사*도 해볼까? 십자 모양으로 교차하는 양말대님과 날개 달린 투구를 만드는 거야. 도러시는 갈색 포장지 두 장을 더 집어, 가느다란 조각들로 잘라서 흉갑에 마지막으로 덧입혔다. 신앙이 있고 없고의 문제는 머릿속에서 완전히 사라졌다. 날이 어두워지기 시작했지만, 너무 바빠 등불을 켜지도 못한 채 아교 냄비의 알싸한 냄새 속에서 종잇조각들을 하나하나 계속 붙여나가며 그녀는 경건한 마음으로 몰두했다.

---

* 449년경에 브리튼섬을 침공했다고 전해지는 주트족의 우두머리 형제.

해설 ——— 신 없이 성스러운, 무신론자 성녀
도러시의 모험

김성중(소설가)

조지 오웰의 소설 중 유일하게 여성이 주인공인 『신부의
딸』은 무엇보다 재미있다. 이 책을 읽으면서 새삼스럽게
발견한 것은 오웰이 소설을 흥미롭게 쓰는 작가라는 것이
다. 이것이 왜 새삼스러운가 하면, 우리가 오웰을 떠올릴
때 그의 묵직함, 메시지, 일종의 예언서가 되어버린 두 권
의 강력한 책, 『동물농장』과 『1984』의 두 기둥 아래 담배
를 문 채 타이프라이터를 치고 있는 반골 기질 가득한 작
가의 이미지가 먼저 도착해 있기 때문이다. 『동물농장』과
『1984』는 문학을 초월해 대중문화에도 영향을 끼친 모종
의 현대적 교양이기에, 책을 읽지 않은 사람도 돼지가 혁
명을 배반한다거나 "빅 브러더가 보고 있다"는 말들은 알
은체할 수 있을 정도다. 그러나 이런 명성의 덤불을 치우
고 작품 자체로 들어가 보면 오웰이야말로 소설을 흥미롭
게 쓰는 데 각별히 공을 들였던 작가라는 것을 알 수 있다.
   오웰 식의 흥미로움은 무엇보다 그가 인간의 본질을 세

밀하게 묘파해나가는 데 있다. 소설만큼이나 많이 썼던 르포르타주와 에세이에서도 드러나듯이 오웰의 사유는 빈방에서 시작하지 않는다. 우선 세상으로 나아가고, 스쳐 가는 사람들의 행동과 양식을 관찰해 그들 삶의 조건을 밝혀낸다. 그러는 동안 인물이 자기 앞에 놓인 세계에 적응하느라 분투하는 장면이 태어나고, 그 '적응'이 타고난 기질과 맞물려 어떤 내면의 변화를 일으키는지가 드러난다. 이런 과정에서 독자로 하여금 인간과 사회를 구체적인 동시에 총체적으로 그려볼 수 있게 만드는 것이야말로 오웰 소설의 재미인 것이다.

오웰이 세 번째로 출간한 책이자 두 번째 소설인 『신부의 딸』도 이런 특징을 잘 보여주는 작품이다. 총 5부로 되어 있고 각 장마다 회전무대처럼 주인공을 둘러싼 배경이 바뀌는 구성으로 이루어져 있다. 1부는 그 자체로도 완결된 장편이 될 만큼 풍부한 표정을 지니고 있다. 이것은 통속의 세계, 많은 사람들이 발붙이고 살아가는 일상 세계다. '도러시의 고단한 하루'쯤으로 부제가 붙을 만한 이 장에서 우리는 눈을 뜨자마자 2인칭으로 자신을 다그치는 주인공을 만난다.("이러지 마, 도러시, 얼른 일어나!") 스물여덟인 그녀는 외상값 독촉에 시달리면서도 교구를 관리하고 까다로운 아버지를 모시느라 몸이 열 개라도 모자랄 지경이다. 그녀의 동선에 따라 차례로 등장하는 인물들은 오웰의 냉소 어린 유머 끝에 본질이 간파당하는데, 그 예리함을 맛보는 것이 큰 즐거움이다.

돈과 신도들은 줄어가는데 고급 식사를 고집하며 딸의 희생을 당연시하는 신부, 그는 매사 까탈스럽고 불평불만이며 "현대 세계에 태어나지 말았어야 할" 인간으로 그려진다. "불편한 심기가 한결같이 유지되는 비결이라면 그가 시대를 잘못 타고 났다는 사실"에 있기 때문이다. 사생아 셋을 떠벌이는 바람둥이 워버턴 씨는 일곱 배로 희석된 오스카 와일드 같은 조잡한 화려함을 지녔고, 온갖 추문을 꿰고 있는 셈프릴 부인은 시골 마을의 평범한 험담꾼들이 보카치오라면 프로이트급이라고 묘사된다. 독실한 피서 부부에게 대화의 주제는 딱 두 가지, 천국의 환희와 삶의 고통뿐이고, 천국은 고통에 대한 흥정 혹은 죽어서 가는 고급 요양원에 불과하다. 마지막으로 만나는 청년 빅터는 누군가, 혹은 무언가와 다툴 때만 행복을 느끼는 종류의 쌈닭으로 정작 기도 이야기는 부끄러워한다. 그는 타인을 꾸짖기 위한 채찍으로 종교를 다루는 사람이다. 이렇듯 심술 맞고 천박하고 오만하며 비루한 신앙심을 가진 한 다스의 인간 사이에서 동분서주하는 도러시는 어떠한가. 그녀는 순박한 신앙인으로 잠들기 전까지 외상값으로 근심하고 아이들의 공연 의상을 만드는 노동을 붙잡고 있다.

2부는 둔중한 충격 속에서 시작된다. 런던에서 거지꼴로 깨어난 그녀는 지난 여드레 동안의 기억이 하나도 떠오르지 않는 것이다. 돈도 없고, 기억도 잃고, 자신이 누구인지도 모른 채 얼떨결에 세 명의 동료와 함께 홉을 따러 가기 위한 긴 여정에 나선다. 그녀는 '허기진 배와 아픈 발'의 시기를 맞이한다. 이 시기는 가장 비참하지만 전반적인 분위기는 기이하게도 환상적이다. 자아를 잃어버린 채 바닥 생활과 단순 노동에 적응하는 도러시에게는 몽환적인 무심함뿐만 아니라 기묘한 해방감마저 느껴진다.

강한 햇빛 속에서 마흔 명의 노랫소리를 들으며 나무를 땔 연기와 홉 냄새를 맡으며 힘들게 일했던 그 기나긴 시간에는 묘하면서도 잊을 수 없는 무언가가 있었다. (……) 그래도 행복했다. 이유를 알 수 없는 행복이었다. 그 일은 사람을 휘어잡고 집어삼켰다. 미련하고 기계적이고 고단한 일인 데다 날이 갈수록 손이 더 아팠지만, 일이 싫어지지는 않았다. 날씨가 화창하고 홉이 잘 열려 있

433

으면, 평생 흠을 따며 살 수 있을 것 같은 기분이 들었다.

마비 상태에서 깨어나 기억을 되찾은 그녀는 신문을 통해 자신이 위버턴 씨와 야반도주를 했다는 추문의 주인공이 되었음을 알게 되지만, 동시에 고향으로 돌아갈 수도 없는 처지라는 것을 깨닫는다. 4부에 이르러서야 도러시는 아버지와 겨우 연락이 닿고 부유한 친척의 도움으로 링우드 기숙학교의 교사로 거듭난다. 그러나 탐욕스러운 크리비 부인은 도러시의 열정을 철저한 모욕으로 짓밟고 한 학기 만에 해고한다. 도러시의 학교생활은 오웰 자신의 교사 경험이 녹아 있어 생생한데, 헌신적인 교사가 어떻게 의지를 꺾이고 타성에 젖어가다 마침내 아이들을 때리게 되는지 신랄하게 보여준다.

이렇듯 추락에서 나락으로 떨어지는 도러시의 운명에 뜻밖의 전환점이 생겨난다. 셈프릴 부인이 수년간 해온 거짓말이 법정에 서게 되면서 평판이 회복되어 순교자처럼 비치게 된 것. 꼭 1년 만의 일이었다. 집으로 돌아가는 동안 도러시는 위버턴 씨에게 신앙을 잃었음을 고백한다. 모든 것은 제자리에 놓여 있을 테지만 자신만은 바뀌어버린 것이었다. 어떻게 이런 일이 벌어졌을까?

홉을 따는 동안 도러시는 백치-거지의 상태를 경험했고 이상하리만큼 안온했다. 기억이 사라지는 것과 돌아오는 것, 모함을 받아 인생이 통째로 부정당하는 일과 복권되는 일도 겪었다. 아무것도 배우지 못한 학생들과의 교감으로 난생처음 사명감을 맛보았고, 교사의 열정을 잔인하게 꺾는 사회의 암적인 구조를 경험했다. 한마디로 생존 문제에서 개인적, 사회적 정체성에 관한 존재론적인 모든 위기를 통과한 셈이다. 풍랑을 만나 조난당한 사람처럼 출렁거리던 시절을 겪은 후 마침내 구조되었다. 가장 소중한 신은 바다에 두고 온 채. 그렇게 텅 빈 그녀에게, 워버턴 씨는 광야의 예수에게 마지막 유혹에 던지는 악마처럼 육박해 들어간다. 그녀가 기억을 잃은 것은 견딜 수 없는 상황을 탈출하기 위한 무의식적 장치이고, 다시 돌아가는 것은 '기독교식 세계관을 고수하되 천국만 쏙 빼놓는' 어리석은 짓이라는 것이다. 위선적인 인생을 사느니 자신과 결혼하자고 제안한다. 그러나 도러시는 그 말의 사실성을 인정하면서도 끝내 거절하고 원래의 자리로, '신부의 딸'로 돌아간다. 도대체 왜?

여름 향기가 물씬 풍기는 들판에서 황홀경에 빠져 기도

를 올리고 불경한 생각에 대한 벌로 팔을 찌르던 그 우스꽝스럽고 선한 여자는 어디로 갔을까? 1년 전의 우리는 지금 어디에 있을까? 하지만 그럼에도 그녀는 같은 사람이었다. 그리고 여기에 문제가 있었다. 믿음도 변하고 생각도 변하지만, 결코 변하지 않는 영혼 속의 알맹이가 있다.

영혼 속의 알맹이. 그것이 있기에 도러시는 신 없는 신앙인이며 무신론자 성녀인 것이다. 형용모순인 이 말은 내면의 변화로 인해 진실일 수 있다.

소설을 읽다 보면 커다란 두 개의 미스터리에 붙들리게 된다. 도러시는 왜 느닷없이 기억상실에 걸렸으며 런던까지 배회하게 되었을까? 그리고 왜 신앙을 잃게 되었는가? 이 부분은 도려낸 듯 책에도 나오지 않고, 당사자도 제대로 해석하지 못한다. 기억을 잃고 방황하는 도러시의 모습은 과학철학자 이언 해킹이 『미치광이 여행자』에서 소개한 '방랑벽' '둔주병'의 증상과 유사해 보인다. 19세기 말, 삶의 압력을 견디지 못한 사람들이 살던 곳에서 빠져나와 정처 없이 돌아다니며 자신이 왜 그렇게 다니는지 기억하지 못하는 정신병이 일시적으로 유행한 적이 있다. 1부에 보여준 도러시의 세상을 보면 그녀가 어디론가 달아나고 싶어 해도 이상하지 않다는 생각이 든다. 그러나 이것이 '무의식적으로' 이루어질 만큼 신과 아버지라는 초자아의 존재감은 강했을 것이다.

'어떻게 신앙을 잃었는가?'라는 질문에 도러시는 '이 세상에 요정 같은 건 없다고 생각하게 되듯 그렇게 되었다'라고 두루뭉술하게 말한다. 기도에 응답이 없어서였을까, 아니면 너무 많은 것을 겪고 보고 알게 된 탓일까. 1년 전에 더없이 신실하게 하느님을 믿던 그녀는 포도가 와인으로 숙성되듯 신과 불운을 발효시켜 자기만의 신앙을 만들었다. 교주와 교도가 하나뿐인 종교, 자기 자신이 되는 종교 말이다. 다시 교구 아이들의 무대 의상을 만들기 위해 아교풀을 끓이고 있는 도러시는 신 없이 충만하며, 기도 없이도 마지막 문장에 이른다.

(……) 그녀는 경건한 마음으로 몰두했다.

도러시는 기억을 잃고 신마저 잃은 다음, 자기 자신을 되찾았다. 소설의 말미에서 그녀가 진정한 자기 인생의 2권을 시작했음을 알 수 있다. 신이 됐든 이데올로기가 됐든 절대적이고 거대한 세계에 흡수되지 않고 자기 자신으로 남는 여성의 모험에 동행하는 동안, 우리는 오웰식 렌즈를 끼고 세상을 바라보게 된다. '신'이란 말에 다른 절대적인 믿음이나 신념, 문화를 넣는다면 우리는 얼마든지 도러시의 아버지나 워버턴 씨, 셈프릴 부인과 크리비 부인 같은 유형을 찾아낼 수 있다. 참으로 신비롭지 않은가? 시간이 아무리 흘러도 오웰이 발굴해낸 불멸의 전형들은 다른 옷을 입고 태어난다는 것이. 그렇다면 나 자신으로 태어나 살아가는 동안 많은 일을 통과하고도 영혼 속에 무엇이 남아 있는지, 도러시의 질문을 우리 스스로에게 돌려주는 것 또한 여전히 유효할 것이다.

1903	6월 25일, 인도 벵골의 모티하리에서 식민행정청 아편국 공무원으로 일하던 영국인 리처드 웜즐리 블레어와 프랑스인 이다 리무쟁 사이에 1남 2녀의 둘째로 태어남. 본명은 에릭 아서 블레어(Eric Arthur Blair).
1904	여름, 온 가족이 영국에서 휴가를 보냄. 리처드 블레어는 가을에 홀로 인도로 돌아가고 이다는 아이들의 교육을 위해 옥스퍼드주에 남음.
1908-11	우르술라회 수녀원에서 운영하는 초등학교에 다님.
1911-16	세인트시프리언스 사립 기숙학교에 다님.
1912	아버지 리처드 블레어가 대영 식민행정청을 그만두고 본국으로 돌아옴.
1914	7월, 제1차 세계대전 발발.

1917-21	장학금을 받아 명문 사립 이튼 스쿨에 다님.
1922	4월, 스탈린이 소련 공산당 중앙위원회 서기장에 취임. 10월, 영국령 인도의 제국경찰이 되어 버마에서 복무하기 시작.
1927	작가의 길을 걷기로 마음먹고, 휴가차 돌아온 런던에서 사직서 제출. 이후 런던의 싸구려 하숙집에 살며 하층민들과 어울림.
1928-29	저임금 일을 하며 파리의 노동자 계층 지역에서 거주. 기사와 평론을 쓰기 시작. 『파리와 런던의 부랑자(*Down and Out in Paris and London*)』와 『버마의 나날(*Burmese Days*)』 집필에 착수.
1932	4월, 미들섹스주의 작은 사립학교 호손스 남자 고등학교에서 교사로 부임하여 이듬해까지 일함.
1933	1월 9일, '조지 오웰'이라는 필명으로 첫 책 『파리와 런던의 부랑자』를 출간.
1934	10월 25일, 『버마의 나날』이 미국에서 먼저 출간됨.

1935	3월 11일, 『신부의 딸(*A Clergyman's Daughter*)』 출간.
	6월 24일, 영국판 『버마의 나날』 출간. 런던의
	서점에서 일하면서 저술 활동을 이어감.

1936	4월 20일, 『엽란을 날려라(*Keep the Aspidistra Flying*)』
	출간.
	6월 9일, 하트퍼드셔주 월링턴의 교회에서 아일린
	오쇼너시와 결혼.
	7월, 스페인 내전 발발.
	12월, 스페인 내전을 보도하기 위해 스페인으로
	향함.

1937	1월, 영국 독립노동당원 자격으로 스페인
	마르크스주의 통합노동당 의용군에 가담해 참전.
	3월 8일, 『위건 부두로 가는 길(*The Road to Wigan*
	Pier)』 출간.
	5월, 스페인 북동부의 우에스카에서 저격수의 총에
	목을 맞음.
	6월, 아일린과 함께 기차를 타고 스페인에서
	프랑스로 피신.

| 1938 | 3월, 폐결핵 진단을 받고 요양소에서 치료받음. |
| | 4월 25일, 스페인 내전의 경험을 바탕으로 쓴 |

『카탈루냐 찬가(*Homage to Catalonia*)』출간(1,500부).
9월, 요양을 위해 간 프랑스령 모로코에서『숨 쉴
곳을 찾아서(*Coming Up for Air*)』집필 시작.

1939	3월, 스페인 내전이 끝나고 프랑코의 군사 독재 정권이 들어섬. 6월 12일,『숨 쉴 곳을 찾아서』출간. 8월, 히틀러와 스탈린이 상호불가침 조약을 맺음. 제2차 세계대전 발발.
1940	3월 11일, 수필집『고래 배 속에서(*Inside the Whale*)』출간. 6월, 건강상의 이유로 참전을 거부당했지만 국방 시민군에 자원해 런던에서 복무.
1941	2월 19일, 수필집『사자와 유니콘(*The Lion and the Unicorn*)』출간. 12월, BBC에 채용되어 나중에 시사 토크 프로그램의 프로듀서가 됨. 매주 정기적으로 전쟁 상황에 대한 시사를 다룸. 오웰이 원고를 쓰고 대부분의 방송 진행까지 맡음.
1943	가을, BBC를 그만두고《트리뷴(*Tribune*)》의 문학 편집자로 일함(1945년 2월까지).

1944	2월, 『동물농장(*Animal Farm*)』 탈고. 6월, 갓난아이를 입양하고 리처드 호레이쇼 블레어라고 이름을 지어줌.
1945	3월 29일, 아내 아일린 블레어 사망. 8월 17일, 『동물농장』 출간(초판 4,500부).
1946	2월 14일, 『문학평론집(*Critical Essays*)』 출간. 8월, 스코틀랜드 주라섬에 머물며 『1984』를 ('유럽의 마지막 인류'라는 제목으로) 쓰기 시작. 8월 26일, 『동물농장』 미국판이 출간되고 전 세계적 반향을 일으키며 큰 성공을 거둠.
1947	11월, 『1984』 초고 완성. 12월, 폐결핵으로 글래스고 근교 헤어마이어스 병원에 입원해 7개월 동안 치료받음.
1948	5월, 『1984』 두 번째 개고를 시작. 10월, 출판인 프레드릭 워버그에게 보낸 편지에 '1984'와 '유럽의 마지막 인류'라는 제목을 놓고 갈등 중이라고 씀. 11월, 『1984』를 탈고하고 손수 타자 원고를 작성. 12월, 『1984』의 정서본을 완성해서 출판사로 발송.

1949	1월, 폐결핵이 악화되어 글로스터셔주의 코츠월드 요양원에 9월까지 입원.
	6월 8일, 『1984』 출간(초판 2만 5,500부).
	10월 13일, 런던 유니버시티 칼리지 병원의 병상에서 소니아 브라우넬과 결혼.
1950	1월 21일, 46세에 폐결핵으로 사망.
	1월 26일, 런던의 크라이스트처치에서 장례식을 치르고 버크셔주의 올 세인츠 공동묘지에 본명 '에릭 아서 블레어'로 묻힘.